서문문고
9

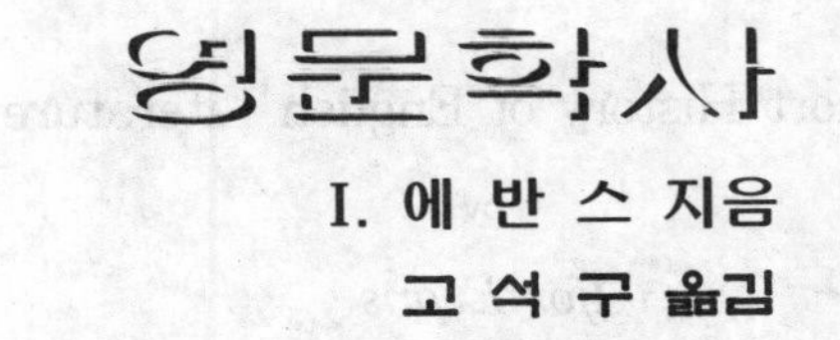

영문학사

I. 에 반 스 지음

고 석 구 옮김

A Short History of English Literature

by

Ifor Evans

해 설

고석구(高錫龜)

에반스 교수의《英文學史》는 원문으로 227면밖에 안 되는 조촐한 내용으로 〈베오울프〉에서 제임스 조이스에 이르기까지의 약 12세기 동안의 영국 문학을 개관하고 있다. 이 책이 지닌바 유독 뚜렷이 눈에 띄는 특색은 시·극·소설·산문 등을 개별적으로 취급하고 있으면서도 그들이 상호간에 지니고 있는 유기적인 연관성을 항용 등한시하고 있지 않다는 점이다. 어떤 학문분야를 막론하고 학서니 개론이니 통론을 쓴다는 것은 대단히 힘든 일이다. 부피가 압축되면 될수록 그 애로가 더해짐은 말할 것도 없다. 영국이나 미국에서 간행된 육중한 영문학사에 관한 저서의 수효는 그야말로 부지기수이며, 이런 따위의 포켓판 영문학사만 해도 이루 헤아릴 수 없을 만큼 그 수가 많다. 그러나 대개의 영문학사는 학사라는 제목 아래에 작가와 작품의 해설을 카탈로그 모양——부피가 적은 경우에 특히 그렇지만——만연히 늘어놓기가 일쑤이다. 그런데 에반스 교수의《영문학사》는 거론할만한 작가들과 그들의 대표작을 총망라하다시피 하면서, 그렇듯 숱한 작품들 안에 하나의 흐름과 같이 일관된 영문학의 조류를 알기 쉽고 명료하게 다듬은 솜씨에는 탄복 하지않을 도리가 없다. 그러면 이 일관된 영문학의 조류, 다시 말하여 이른바 전통이란 과연 무엇일까?

이 전통을 운운하기 전에 우리들은 영문학을 형성한 영국민의 국민성을 알아 둘 필요가 있을 것 같다. 영국민이란 무엇보다 '사실'을 존중하는 백성이다. 사실을 존중하는 정신은 곧 정직성과 병행하게 마련이다. 이 정신은 실행성을 촉구하고 실행성은 곧 상식이 풍부한 인간을 만들어 내는 법이다. 상식이 풍분한 사람은 항용 마음의 균형을 잃지 않으며 어디까지나 치우친 판단을 삼가한다. 이렇게 하여 이 어질고 솔직하고도 소박한, 좋은 의미에서의 평범한 인간이 바로 이 영국 사람인 것이다.

이 점이 바로 영국인이 독일 사람이나 프랑스 사람과 근본적으로 다른 국민성이며, 동시에 이 점이 영문학이 독문학이나 프랑스 문학과는 본질적으로 다른 요소이다. 영국 사람은 독일 사람과 같이 관념이나 체계를 앞세우기를 좋아하지 않으며, 프랑스 사람과 같이 흥분하기를 싫어한다. 환언하면 영국 사람은 인생의 모든 현상을 독일 사람과 같이 이론적으로 따지지도 않으며, 또 프랑스 사람과 같이 인생의 어떤 일면을 들추어 내서 과장하지도 않고 다만 침착하게 사실 자체를 그대로 보려고 한다. 독일 문학의 주류를 '아이디얼리즘'이라고 규정하고 프랑스 문학의 그것을 '내추럴리즘'으로 규정할 수 있다면, 영문학의 전통은 확실히 '리얼리즘'일 것이다.

저자 에반스 교수가 이 영문학사를 취급한 태도가 바로 '리얼리즘'의 관점이며, 이 관점을 척도로 하여 모든 작가와 작품들을 평가하고 있는 것이다. 에반스 교수는 어떤 작가의 예술을 대했을 때 그 예술이 사회에 어느 정도나 뿌리박고 있으며, 그 예술이 인생이나 인간의 실태를 어느 정도 파악하고 있는가를 문학 비판의 대원칙으로 삼는다. 그러므로 그는 아무리 훌륭한 작가의 작품을 대했을 때도 절대로 흥분하지 않고 냉정한 비판을 내리는가 하면, 세상에서 냉대받거나 혹은 오해받는 작가에 대해서는 언제나 관용의 태도를 베푼다. '인간 정신을 사로잡은 쇠사슬을 끊으려는'작가로 알려진 블레이크(Blake)에 대해서 에반스 교수는, 그 공로만은 인정하되 인간 정신이 이룩한 모든 것을 파괴하는 위험성 때문에 그는 전통을 완전히 무시한 위험한 예술가라고 지적하는가 하면, 한낱 통속적인 '스토리 텔러'로 뭇 비평가들의 오해를 사고 있는 서머셋 모옴을 다음과 같이 비판하고 있다.

비평가들이 어떤 작가의 진가를 평가할 때 그 작가의 대중성 때문에 그릇된 판단을 내리는 경우가 가끔 있다. 이 작가처럼 심하게 곡해받는 현대작가도 드물 것이다. ……흔히 비평가들이 그를 문제삼지 않으나 그는 모름지기 중요한 작가로 대접받아야 할 것이다.

마지막으로 에반스 교수가 말하는 영문학의 전통을, 그의 조지 기싱(George Gissing)에 대한 비판에서 엿보기로 한다.

조지 기싱은 사회의 부패를 그렸고 그 부패에 대한 값싼 해결의 약속을 독자들에게 거부했다. 이 절망적인 비타협 정신 때문에 그의 소설이 영국 사람들 사이에 인기를 얻지 못했는지도 모른다. 영국민은 희극의 요소가 없는 비극은 싫어한다. 디킨즈의 문학이 만약에 충분한 웃음거리를 가지고 있지 않았던들 그의 문학은 영국민들에게 용납되지 않았을 것이다.

이는 프랑스의 자연주의의 영향을 다분히 받아들인 조지 기싱에 대한 에반스 교수의 비판으로서, 기싱 개인에 대한 비판이라기보다는 오히려 영문학 전체에 대한 저자의 비판이라고 하는 편이 더 적절한 것이다. 요컨대 에반스 교수는 영문학의 전통을 희극성을 지닌 '리얼리즘'에 두었음이 분명하다.

끝으로 아이퍼 에반스(B. Ifor Evans)를 소개한다. 에반스 교수는 1899년 영국 태생으로 1951년 이후부터 런던 대학교에서 학료장이란 요직에 있었다. 그전에는 런던 대학교에서 영문학을 강의했고 단과대학장을 역임했다. 아델피(The Adelphi)라는 계간 문학지의 편집주간인 그는 문학비평가 겸 문학사가로서 영국 비평 문단에서 높이 평가받고 있다, 에반스 교수의 그후의 역작으로 《셰익스피어 극의 언어(The Language of Shakespeare's play's)》를 들 수 있다. 그는 또한《스티븐 베인을 찾아서(In Search of Stephen Vane)》《킹즈 로드의 가게(The Shop on the King's Road)》《시장 안에 있는 교회(The Church in the Markets)》 등의 철학적인 소설을 쓰기도 했다. 또한 그는 中東아시아, 캐나다, 미국 등지를 널리 여행했고 현재 영국예술협회 부회장에다 올드 빅(Old Vic) 극단과 영화협회의 지배인을 지내기도 했다.

⊠ 영문학사

차 례

제 1 장 노르만 정복 이전

영문학은 초서(Chaucer)에서 시작된다고 흔히들 말한다. 이렇게 말한다면 영국은 6세기의 문학밖에 갖지 못하는 셈이 된다. 그렇지만 사실 초서가 태어나기 전에도 6세기 이상의 문학이 있었다. 현대 독자라면 초서 작품의 한 페이지의 대의(大意)쯤이야 쉽게 이해할 수 있겠지만 그에 앞선 고대 영문학 작품을 대하면 마치 외국어와 같은 느낌을 가질 것이다. 그 때문에 고대 작품의 대부분이 현대어 판으로 나와 있지만 우리들은 오늘날 고대 문학을 등한시한다.

노르만 정복에 앞서서 영문학사상 특기할 만한 사건이 두 가지 있다. 그 하나는 앵글스, 색슨스, 주트스(Jutes) 등의 민족이 침략할 목적으로 대륙에서 떼를 지어 영국에 건너와서 영국사를 형성했다는 사실이다. 여러 기록을 종합해 보면, 그들은 본국에서는 존경받을 만한 신사였지만 생활권을 찾아 침략해 왔을 무렵에는 표변하여 망나니가 되어 버렸다고 한다.

두 번째 사건은 그때 이교도였던 영국민이 기독교로 귀의했다는 사실이다. 597년 어거스틴(Augustine)이 로마로부터 건너와서 켄트(Kent)에 도착한 주트스를 개종하기 시작한 반면, 이와 때를 같이하여 아일랜드(Ireland)에서 수많은 승려들이 건너와서 노섬브리어

(Northumbria)에 승원(僧院)을 건립하고 있었다. 초기 앵글로색슨(Anglo-Saxon) 시대의 영시(英詩)는 거의 예외 없이 이들 두 개의 대사건과 관련되어 있다. 고대시를 이룬 이야기는 침략 민족이 대륙에 있는 게르만 민족의 본거지에서 가져온 것이 아니면 거의가 기독교에 관한 이야기였다.

앵글로색슨 시대의 문학은 모두가 원본으로 기록되어 있으므로 그 내력을 정확히 알기는 아주 곤란하다. 우리들이 앵글로색슨 시대의 시문학에 대해 갖고 있는 지식의 근거는 다음 네 가지의 원고에 두고 있다. 그것들을 열거해 보면 첫째, 로버트 코튼 경(Sir Robert Cotton)이 수집한 원본을 들 수 있는데, 이것은 현재 대영제국 박물관에 보존되어 있다.

두 번째 것은 1050년경 리오프릭 승정(Bishop Leofric)이 엑시터 사원(Exeter Cathedral)에 기증한 세칭 〈엑시터 판(Exeter Book)〉이다. 세 번째 것은 1822년 밀란(Milan) 근처에 있는 베르셀리에서(이 원본이 어째서 이곳에 오게 되었는지에 대해서는 아무도 만족할 만한 이유를 댈 수는 없지만) 발견된 이른바 〈베르셀리 판(Vercelli Book)〉이다. 마지막 것은 옥스퍼드(Oxford)에 있는 보들리언 도서관(Bodleian Library)에 보관된 것으로, 에런덜 백작(Earl of Arundel)의 사서(司書)였던 네덜란드 학자 프란시스 듀존(Francis Dujon)——일명 주니스(Junis)——이 기증한 것이다. 로버트 코튼 경이 수집한 원고 가운데 〈베오울프(Beowulf)〉의 원본이 있는데 이것은 고대 영시 중에서 가장 중요한 것이다. 이 원본이 현대까지 살아 남은 내력을 살펴보면 하나의 원본이 후세까지 살아 남는다는 일이 얼마나 어려운가를 가히 짐작할 수 있을 것이다.

앵글스가 〈베오울프〉의 이야기를 영국에 가지고 온 것은 6세기인데 그 이야기가 시로 형성된 것은 기원 700년경이다. 이때로 말하자면 마호메트(Mahomet)의 사후 70년이며, 중국에서는 당나라가 시작될 무렵이었다. 그 뒤 300년, 그러니까 기원 1000년경에 그때까지 살아 남았던 원고가 복사되었다. 그 뒤 700년 동안 이 원고가 걸어온 내력에 대해서는 도저히 알 수 없다. 1706년에야 이 원고는 로버트 코튼 경의 서재에 있다는 사실이 기록에 남아 있다. 그뒤 26년이 채 못 가서 그의 서재에 큰 불이 일어났으나 다행히도 이 원고는 가까스로 난을 모면했다.

대영제국 박물관에 가본 사람이면 누구나 이 원고의 가장자리가 불탄 자국을 지금도 볼 수 있을 것이다. 두 개의 단편으로 된 또 하나의 시로서 〈왈데리(Waldere)〉를 들 수 있는데 이것 역시 〈베오울프〉와 비슷한 연륜을 지니고 있는 것으로 추측되고 있다. 이것은 코펜하겐(Copenhagen)의 왕립 도서관에서 1860년에 책을 장정하고 있을 때에야 발견된 것이다.

최초의 영시인 〈베오울프〉의 주인공과 배경은 사실상 영국과는 관계가 없다. 이야기만은 앵글스가 영국으로 가져온 것이지만 앵글스족과도 관계가 없으며 스칸디나비아인에 관한 것이다. 게르만족들은 서로 싸웠을 뿐 아니라 닥치는 대로 다른 민족들과 전투를 일삼았지만, 이야기를 교환하는 데에는 자유무역을 한 셈이다. 게르만 시인들은 게르만 민족이 단일 민족임을 믿어 의심치 않았다. 그러므로 최초의 영시는 앵글스가 가져온 스칸디나비아의 이야기가 영국에 와서 시 형태를 갖추게 된 것이다. 〈베오울프〉의 이야기 줄거리를 말한다면, 제1부는 헤오로트(Heorot)라는 대궁전에 사는 왕인 흐로스가(Hrothgar)를 그렌델(Grendel)이라는 괴물이 괴롭히는 이야기이다. 베오울프라는 젊은 기사가 수많은 동료들을 이끌고 흐로스가를 구하러 가서 그렌델을 무찌른 다음 그 괴물의 어머니인 바다의 괴물과 싸우려고 물 속에 있는 집으로 들어가는 것이다. 이 시의 제2부에서는 베오울프가 왕이 되어 자기 왕국을 무시무시한 용의 위험에서 수호하는 것이다.

이 시는 베오울프의 장례식을 묘사하며 막을 닫는다.

이 시의 약점은 이야기 줄거리에 있다고 말하는 비평가도 더러는 있다. 그들에 의하면, 이 시는 괴물들과 용들로 엮은 한낱 동화에 불과하다는 것이다. 하지만 그 시대에는 사실상 그런 괴물이 흔히 있었다. 누구나 깜깜한 밤에 으슥한 길을 걸어가면 그런 괴물쯤이야 얼마든지 있었다 한다. 덩치가 크고 악의를 품은 험상궂은 괴물이 얼마든지 있었으니 영웅이야말로 그 괴물을 죽일 수 있었던 것이다. 그런 이야기와 아울러 우리들은 이 시 안에서, 기사들이 궁전에 모여서 기사도를 발휘하는 묘사라든가 술마시며 선물을 교환하는 묘사뿐만 아니라, 시인이 기사들 사이에 나타나서 시를 읊으면서 기사들의 영웅적 행위를 찬양하는 모습을 볼 수 있다.

모든 고대 시가 그렇듯이 이 시 역시 시행이 긴 것이 특징이다. 행말(行末) 운(韻)은 전혀 없으나 줄마다 두운법(頭韻法)으로 되어 있는 것이 특색이며, 시인이 구사하는 어휘는 특수하고도 광범위하다. 시인은 그가 묘사하는 사물과 인물에 대하여 그림말(picture-name)을 즐겨 썼다. 바다(sea)는 백조의 길(swan's road)이라고 했고, 육체(body)는 뼈의 집(bone-house)이라고 묘사했다. 이 시의 이야기 내용은 게르만 민족의 이교도 생활에 속하나, 시 자체는 기독교에 귀의한 이후의 작품이다. 이 시에는 새로운 신앙심과 낡은 영웅 정신이 뒤섞여 있다. 이 시의 가치는 고대 이교도 시대에 속하는 것은 사실이나, 거기에 엿보이는 인내성이라든가 운명에 도전하는 정신, 불굴의 용기는 후세 문학에서도 그 유례를 찾아보기 힘들다. 993년 말라던 전쟁(The Battle of Maladon) 직후에 씌어진 〈말라던(Maladon)〉이라는 단시를 읽어 보면 고대 문학의 특색인 영웅적 기백이 얼마나 강하게 표시되어 있는가를 알 수 있을 것이다.

사상은 더 굳어야 하고 기백은 더 서슬져야 하겠다
힘이야 약해질망정 용기야 백 배 안 될소냐

Thought must be the harder : the heart, the keener.
Courage shall be greater as our strength grows less.

사실상 고대 문학 중에서 〈베오울프〉는 단연 독보적인 작품이며, 부피에 있어서나 위엄에 있어서나 고전 서사시의 면목을 갖추고 있다고 할 수 있다. 추측건대 이 시를 지은 이는 누구인지는 모르지만 분명코 버질(Vergil)의 시나 아니면 후기 로마의 서사시를 읽은 것 같다. 〈베오울프〉와 같이 게르만족의 이야기에서 취재한 것으로서 현재까지 남아 있는 단시가 적지 않다. 〈먼 나그네(Widsith)〉는 한 시인이 게르만 왕국을 돌아다니는 이야기이다. 엑시터 판 안에도 어떤 독자가 읽어도 흥미진진한 7편의 단시가 있는데 〈데오르(Deor)〉 〈늑대와 에아드와서(Wolf and Eadwacer)〉 〈아내의 설움(The Wife's Lament)〉 〈남편 소식(The Husband's Message)〉 〈폐허(The Ruin)〉 〈방랑자(The Wanderer)〉 〈뱃사람(The Seafarer)〉 등이 바로 그것들이다. 이와 같은 시편에 나타난 인생관은 무척 당차고 과감한 것은 사실이나, 동시에 숙명적인 애수를 면치 못한다. 이러한 애조 띤 인생관은 〈데오르〉의 후렴에 잘 나타나 있다.

이 시에서 시인은 지난날의 비애를 회상하면서 다음과 같은 후렴을 읊고 있다.

저 설움 흘러갔으니 이 설움 역시 총총히 날아가거라

That grief passed away : so may this sorrow pass.

〈데오르〉의 만가적(挽歌的)인 정서는 〈방랑자〉란 작품에 한결 강하게 표현되어 있음을 볼 수 있다. 즉 정든 옛 주인의 허물어져 가는 집을 바라보며 새 주인을 찾으러 나갈 때 그 안타까운 심정을 시인이 회고하는 것이 바로 이 시의 요점이다. 〈뱃사람〉 역시 이와 비슷한 정서, 즉 19세기에 와서는 스윈번(Swinburne)의 영시에 번갈아 되풀이되는 바다의 고난과 매력 또는 음산한 기력 따위를 잘 그려내고 있다.

종교시 역시 영웅의 이야기와 꼭 같은 운문과 어휘를 사용하고 있다. 교회도 기독교를 위하여 새로운 싸움을 전개할 목적으로 고대 이교시를 사용하고 있었다. 선교사들 역시 이 이교도의 이야기만은 도저히 파괴해 버릴 수 없음을 인식하였다. 새로운 성경 이야기를 옛이야기 식으로 함으로써만 소기의 목적을 달성할 수 있다고 그들 선교사는 은근히 믿고 있었다. 그뿐만 아니라 수도사들 역시 이와 같은 이교도의 이야기를 대단히 즐겼고, 때로는 도가 넘칠 지경이었다. 〈앤드리애스(Andreas)〉(성 앤드루)는 모든 각도로 보아 〈베오울프〉에 손색 없는 서사시로 기독교적인 요소와 이교도적인 요소가 혼합되어 있다. 베오울프가 흐로스가를 살리듯이 성 앤드루는 성 매튜(St. Matthew)를 구제하지 않으면 안 되는 것이다. 〈앤드리애스〉는 종교시인 동시에 무사들의 영웅적인 이야기의 재래식 분위기를 다분히 지니고 있는 탐정소설이기도 하다.

이와 같은 기독교 시에 연관된 두 시인으로 캐드먼(Caedmon)과 키니울프(Cynewulf)를 들 수 있다. 캐드먼은 휘트비(Whitby)의 수도원에 고용된 수줍고도 감성이 날카로운 목우자(牧牛者)였다. 비드(Bede) 씨의 말에 의하면, 그는 천사의 방문을 받은 다음 시인이 되었다고 한다. 캐드먼은 구약과 신약에 나오는 여러 이야기를 영시로 옮겨 엮었다고는 하나 현존하고 있는 것이 과연 그의 작품인지는 확실치 않다. 다만 이름 모를 어떤 사람이〈창세기(Genesis)〉나〈출애굽기(Exodus)〉나〈다니엘(Daniel)〉을 부분적으로 소재삼아 시를 쓴 것만은 틀림없는 사실이다. 키니울프에 대해서는 기록이 많으나 사실상 알려진 바는 적다. 수많은 시가 그의 이름과 관련되어 있다. 즉 성 줄리아나(St. Juliana)의 순교시, 혹은 성 헬레나(St. Helena)가 십자가를 발견하는 이야기인〈엘레네(Elene)〉〈사도들의 운명(Fates of the Apostles)〉〈그리스도의 승천(Christ's Ascension)〉에 관한 시 등이 그것이다.

성경이나 성자의 생애를 소재로 한 그 밖의 종교시는 누가 지은 것인지는 알 수 없으나 현존하고 있는 세 편만은 우수하다. 그 중의 하나는 세칭〈제2 창세기(Genesis B)〉로 알려져 있는 것으로 천사의 타락을 기록한 창세기 이야기의 일부분이다. 이 시인은 고대 색슨 시를 구사하여 후세 밀턴(Milton)의〈실락원(Paradise Lost)〉에 재술된 이야기를 아주 싱싱하게 표현하고 있다. 이 작품에서 이 고대 영시인은 악마의 성격과 지옥의 지리를 묘사하는 데 있어서 놀라울 만한 솜씨를 보여 주고 있다.

두 번째 것은〈십자가의 꿈(The Dream of the Rood)〉인데 고

대 영시 중 유독 상상적인 점이 특색이다. 이 시의 내용은, 시인이 잠들었을 때 십자가가 꿈에 나타나서 예수가 순교할 때 본의 아닌 역할을 했다는 사실을 뉘우치듯 진술하는 것이다.

세 번째는 주디스(Judith)의 이야기인데 이 시는 고대 영시 중에서 가장 자극적인 걸작 서사시이다. 주디스가 폭군 홀로퍼니스(Holofernes)를 살육하는 내력을 취급한 경외서(經外書)의 이야기가 그 내용을 이루고 있다. 극적 효과와 순수한 인간 성격묘사라는 점에서 주디스에 대적할 만한 시를 고대 영시 중에서 찾아보기는 힘들 것이다.

고대 영산문의 저자는 시의 경우보다 한결 명백하게 밝혀질 수 있다. 영국에서 가장 빠르고 저명한 산문 저술가는 앨드헬름(Aldhelm, 709년 사망)인데, 그는 가장 수사가 풍부한 라틴어로 성모 예찬문을 썼다. 존사 비드(Venerable Bede, 673~735)는 고대 산문 저술가 중 단연 독보적인 존재로 재로(Jarrow)의 수도원에서 거의 일생 동안을 진지한 연구에 헌신했다. 그는 재로나 요크(York) 사이만을 여행했을 뿐이나 그의 정신은 당시 알려진 역사, 천문학, 성자 전기, 순교자 전기 등 각 방면의 연구에 손을 뻗쳤다. 그의 작품 중에서 가장 이름난 것은 저 위대한 〈영국 교회사〉이다. 그는 유럽의 기독교 문명이 위기에 처해 있었을 때 재로의 수도원을 위대한 문명의 중심지로 만들었다. 그는 아일랜드의 수도사들이 영국의 거류지에 가지고 온 미덕과 순박성을 자신의 생활에 실천한 듯한 느낌을 준다. 그런데 그에 있어서는 이 순박성은 위대한 정신과 결합되어 있다. 비드는 라틴어로 글을 썼으나 그의 작품의 탁월성은 그가 살아 있을 때뿐만 아니라 사후까지도 길이 명성을 떨쳤다. 비드가 사망한 뒤 2세기 동안에 데인족의 침략(Danish Invasion, 787~855)이 시작되어 싹트는 영국 문명이 무참히도 짓밟히고 말았다. 큰 사원들이 연달아 파괴되는 형편이었다. 국가가 시련에 봉착했을 때는 희한하게도 위인이 나타나게 마련이다. 위기에 처한 영국은 871년에 다행히도 22세란 약관의 나이로 왕관을 쓰게 된 앨프레드(Alfred, 849~901)를 국왕으로 모시게 되었는데, 그는 영국 사상 현저한 인물로서 영원히 기억되고도 남을 만한 존재이다. 그는 군인, 전략가, 학자, 교육자, 행정가 등을 겸한 초인간적인 인물로서, 침략자 데인 사람들에게 대항할 만큼 충분한 준비가 갖추어질 때까지는 유화정책을 쓰는데 능숙한 솜씨를 보였다.

그는 영국의 군사적인 구세주일 뿐더러 지식욕이 왕성했고 또한 지식 보급에도 유달리 열의를 가지고 있었다. 그의 업적의 대부분은 번역 사업인데, 이 번역 사업에서 그는 지도 역할을 하는 위대한 지도자이다. 그는 또한 목사 지도편람용으로 교왕 그레고리(Gregory)가 저술한 목사 규율(Pastoral Ryle)의 영역을 시도하였다.

그는 영국 백성들에게 영국을 보다 잘 이해시키기 위하여 비드의 〈교회사〉의 번역에 착수한 것이다. 또한 그는 고대 웰스(H.G. Wells)라고 부름직한 스페인의 역사가 오로시우스(Orosius)의 역작인 〈세계사(History of the World)〉를 영역했는데, 이 책은 H.G.웰스의 것보다 재미는 덜하지만 그래도 무척 대중성을 띠고 있다. 앨프레드 왕은 대륙의 게르만 본거지에서 건너온 두 나그네인 오데레(Ohthere)와 울프스탄(Wulfstan)의 진술로 말미암아 오로시우스의 번역 사업을 최후로 완성시켰다. 전란에 대한 오로시우스의 애매한 기록에 당대 여행가들의 진술을 참작하려는 앨프레드 왕의 의욕보다도 그의 탐구심을 더 명백히 말해 주는 것은 없을 것이다. 오로시우스의 저서 번역의 목적이 국민 교화에 있다면 로마의 철인 보에티우스(Boethius, 475?~525?)의 〈철학의 위안(Consolation of Philosophy)〉은 자위 목적으로 영역된 것이라 하겠다. 보에티우스가 옥중에서 이 책을 쓰는 동안 가장 참다운 행복은 정신에서 오는 것이라는 사실을 체험했는데, 앨프레드 왕 역시 자기 생활 속에서 이와 비슷한 심정을 몸소 느낀 것이다. 앨프레드 왕이 고무(鼓舞)시켜 이룩된 업적이 또 하나 있다. 여러 수도사들의 손으로 이루어진 수많은 사건의 기록에서 그는 전 영국사의 이념을 구성하여 잠정적이나마 앵글로색슨 연대기(AngloSaxon Chronicle)로서 그 목적을 달성한 셈이다. 이 과업은 전체로 보아 수많은 사람들의 손을 거친 만큼, 산문의 기법이 천태만상이다. 이 사업은 앨프레드의 사후까지 계속되어 피터버러(Peterborough) 판(版)은 1154년까지의 기록을 가지고 있다. 덴마크인과의 전쟁 기록은 당시 영국민의 생활이 그 얼마나 역경에 처했던가를 여실히 보여 주고 있다. 이것을 배경삼아 앨프레드 왕을 생각해 본다면, 그의 위대성은 점차로 커져 급기야는 가장 거인적인 인물 중의 하나로서 의젓하게 영국사에 군림하게 된다.

그가 착수했던 업적은 그의 사후 대부분 상실되고 말았으나, 성 베네딕트(St. Benedict) 승원에 엄연히 성직을 둔 두 작가가 현재까지 보존되어 있는 종교산문을 썼다. 윈체스터(Winchester) 수도 학교의 학도 겸 세르네 아바스(Cerne Abbas) 승원의 선생이던 엘프릭은 아무리 무식한 사람일지라도 능히 신과 영교(靈交)할 수 있도록 영어로 수수하게 설교하고 기도문을 작성했다. 그가 쓴 말은 음률적이며 섬세해서 그 효과는 앨프레드 왕의 단적이며 실용적인 산문의 효과보다는 오히려 운문의 효과에 가깝다. 또 하나 기억할 만한 사실로서——요크의 대승정 울프스탄의 저작인 〈늑대의 설교(A Sermon of the Wolf)〉를 들 수 있다. 이는 '덴마크인들이 영국민을 혹독하게 학대하고 있을 때' 영국민에 대해서 설교한 것이다. 울프스탄은 국민 도덕이 땅에 떨어지고 촌락은 파괴되어 가고 있는데도 속수무책인 채로 방관하는, 문약(文弱)하고도 비겁한 왕 에델러드(Aethelred)에 대하여 열화와 같은 비난의 화살을 퍼부었다. 그는 덴마크인이 침략했을 때의 잔인성과 절망을 〈앵글로색슨 연대기〉의 기록으로 확인했다. 울프스탄은 그의 저서의 서문 속에서 세계의 종말이 다가왔다고 독자들에게 외쳤다. 세계의 종말이란 좀 과장된 말이고, 앵글로색슨의 세계가 종말에 다다랐다고 해두는 편이 타당하리라.

제 2 장 초서에서 존 단까지의 시

모든 예술은 저마다 매개체를 가지고 있다. 즉 화가는 그림도구요, 음악가는 음률이며, 작가는 말을 가지고 있는 것이다. 마치 장시간 사용하면 화폐가 닳듯이 '말'이란 온갖 일상 목적을 위해서 쓰이는 탓으로 낡아 버리기 쉽다는 사실은 확실히 작가의 애로일 것이다. 시인은 어느 다른 작가보다도 말을 신선하게 보려고 애쓴다. 시인은 시를 통해, 우리들이 음악이나 회화에서 얻을 수 있는 쾌락을 말에서 얻도록 말을 적절히 배열하는 것이다. 이 쾌감의 대부분은 말 자체에서 오는 것이지만 그 일부분은 말이 지닌 음률적인 배열에서 나오기도 한다. 시에서 낱말의 음운이 쾌감을 주도록 배열된다면 그러한 시율로 인해, 우리들이 음악에서 얻는 쾌감을 낱말이 모여서 형성된 어떤 '패턴'에서 얻게 된다. 시인이 다루는 말은 언제나 반드시 어떤 의미를 전달해야 한다는 사실로 인하여 시인은 음악가보다도 더 크나큰 애로에 직면하게 된다. 음악가는 의미성의 구속을 받지 않으므로. 어떤 시인은 시가 지닌 이런 핸디캡을 제거하려고 노력하기도 했다. 그런가 하면 대부분의 위대한 시인들은 의미성을 가장 중요한 것으로 인정하여 왔다. 그들은 자기네들의 사랑, 죽음 또는 포부에 대한 인식을 표현하기 위하여 시를 써온 것이다. 그들은 또한 이야기라든가 또는 인생의 희비극을 말하기 위하여 시를 써오기도 했다. 우리들이 처음 학교에서 시를 배웠을 때, 아직 나이가 어린 탓에 가장 재미있는 제목에 관한 시는 모조리 빼놓고 배웠다는 점이 수많은 독자가 직면하고 있는 난점 중의 하나일 것이다.

현대시는 외교관이며 군인이며 학자를 겸한 제프리 초서(Geoffrey Chaucer, 1340~1400)에서 시작된다. 이 시인은 부유 계급의 사람으로서 궁중 생활을 이해했는가 하면 서민에 대해서도 예리한 식견을 가졌고, 당대에 보급된 문학은 거의 무엇이나 도통하다시피 다독했다. 그는 무엇보다도 대륙시의 좀더 대담한 방법을 배우기 위하여 프랑스와 이탈리아를 여행했는데 이로 인해 얻은 바가 컸다. 당대의 모든 학자들과 같이 중세 라틴어에 통달하였고 라틴어로 씌어진 일부의 고전, 특히 오비드(Ovid)와 버질을 열심히 읽었다. 그는 진정으로 자기 자신의 천재성을 의식하였던 것 같다. 그가 시를 쓴 동기는 바로 이것이었다. 그의 독자들은 어쩔 수 없이 적을 수밖에 없었다. 그의 생전에는 수효가 제한된 궁신이라든가 신흥 계급에 속하는 기술자나 상인들을 포함하여 몇 천이 될 듯 말 듯하는 형편이었다. 그의 작품을 읽어 보면 그가 중세 문학에 대해서 유달리 취미를 가진 것을 알 수 있는데, 이 취미는 특히 프랑스에서 발견한 것이다. 그는 비유(allegory)와 궁중에 사는 젊은 남녀들의 연애 기분에 유독 흥미가 깊었다. 그는 귀일롬 드 로리스(Guillaume de Lorris)와 풍자를 즐기는 장 드 멩(Jean de Meung)의 합작인 〈장미의 로맨스(The Romance of the Rose)〉의 역자는 아니었지만, 그들의 시를 면밀히 연구하였다. 귀일롬의 여성 예찬과 장(Jean)의 여성에 대한 조소의 양면이 초서의 시 안에 아울러 표현되어 있음을 볼 수 있다. 가운트의 존(John of Gaunt)의 부인, 블랑슈(Blanche)의 죽음에 즈음하는 비유시 〈공작 부인의 책(The Book of Duchess)〉(1369)과 더러는 고전미를 풍기면서 착잡하면서도 가벼운 중세기 전설을 가득 싣고 있는 몽환적인 혼성곡 〈명망의 집(The House of Fame)〉 안에 거의 완벽할 정도로 중세기적인 특색이 엿보인다.

그의 서정시, 민요, 14행시와 위에 언급해 둔 시만 하더라도 능히 초서는 14세기 영문학이 자랑할 만한 시인이 되었을 것이다. 그러나 전 영문학사를 통하여 그를 거인적인 존재로 만든 것은 다음 세 작품이다. 즉 〈트로이루스와 크리세이드(Troilus and Criseyde)〉(1385~7) 〈선녀전(The Legend of Good Women)〉(1385) 그리고 미완성작인 〈캔터베리 이야기(Canterbury Tales)〉 등이다.

이 세 개의 작품 중에서 완성된 것으로 가장 야심적인 작품은 〈트로이루스와 크리세이드〉이다. 셰익스피어가 후일 가장 난해한 그의 극에 취재한 이 이야기는 초서가 복카치오(Boccaccio)의 〈사랑의 포로(Il Filastrato)〉에서 발견했던 것이다. 이 작품은 트로이(Troy) 전쟁담의 고전 테마에다 중세기적인 것을 가미한 것으로, 크리세이드(Criseyde)에 대한 트로이루스의 사랑과 크리세이드의 부정을 취급하고 있다. 이 이야기 줄거리는 단순히 그것만 해도 훌륭한 한 권의 소설이 될 것이며, 어느 모로 보면 초서는 어느 시대에나 이해될 수 있는 인물과 그 주제를 싸고 도는 생의 활동을 소재로 하여 거대한 운문소설을 쓴 셈이다. 서로 사랑하고 있는 당사자들뿐만 아니라 극적이며 우정적이며 육감적인 중매인 크리세이드의 숙부 판다루스(Pandarus)의 성격 묘사에 이르러서는 단연 독보적이다. 판다루스는 재치 있는 논평과 기지로 인해서 영문학사상 가장 잘 묘사된 최초의 성격 인물이 되었다.

〈선녀전〉은 클레오파트라(Cleopatra), 디스비(Thisbe), 필로멜라(Philomela) 등 사랑의 고배를 만끽한 불행한 여인들을 간결하게 그리기는 했지만 비교적 졸작에 속한다. 이 시의 서시에서 초서는 비유와 중세기적인 장미원에 복귀했고, 그의 모든 서정시 중에서 가장 아름다운 시 〈Hide, Absalon, thy gilte tresses clear(감추어라 압사론아, 그대의 눈부신 황금빛 머리채를)〉가 바로 이 부분에 자리잡고 있는 것이다.

초서의 명성을 떨치게 한 작품은 미완성작인 〈캔터베리 이야기〉인데, 이 시는 캔터베리 사원에 참배하러 가는 뭇 순례자들이 제각기 하는 여러 이야기와 후기 중세 풍속을 선명하게 그린 서시(序詩)로 구성되어 있다. 그의 예리하고도 믿음직한 필치는, 순례자들을 당대를 대표하는 타입으로 그리고 있다. 여러 이야기를 집대성시키는 구상은 복카치오의 〈데카메론(Decameron)〉의 영향인 듯싶으나 초서가 복카치오의 힘을 입은 것은 그 정도에 그쳤다.

그는 순례자들의 이야기에다 그들의 담화, 토론, 의견교환 따위를 산재시킴으로써 시 전체의 생기를 돋우고 있다. 특히 혼인과 남성 취급에 관하여 세세하게 묘사하는 〈바스의 아낙네(Wife of Bath)〉는 가히 놀랄 만하다.

초서의 예술은 존 가우어(John Gower, 1325~1408)의 예술에 비하면 얼마나 뛰어났는가를 능히 짐작할 수 있다. 가우어는 초서와 거의 같은 흥미를 가져서, 초서가 만약에 존재하지 않았더라면 그는 당대에 당당하게 시인 행세를 하였을 것이다. 초서와 같이 프랑스어와 라틴어를 모국어 못지않게 능숙하게 읽었고 3개 국어를 자유자재로 구사하여 시를 지었다. 초서 시대에는 런던 시민들이 급속도로 중동부 지방(East-Midland) 말을 표준어로 삼고 있었지만 영어는 여전히 여러 가지 방언으로 분할되어 있는 형편이었다. 서부 지방에서는 초서의 시와 공통성이 적고 그가 무척 싫어하는 시가 부활되고 있었다. 가장 현저한 것은 윌리엄 랭글런드(William Langland)의 〈농군 피어즈의 환상(The Vision of Piers the Plowman)〉이다. 이 시인은 추측건대 하급 성직자로 있었던 듯하여 주로 교인층에서 독자를 구했다. 현존하고 있는 사본의 수를 보면 이 시가 대중적 인기를 가졌다는 사실을 미루어 알 수 있다. 그리고 다음과 같이 이 시집이 세 번이나 판을 거듭했다는 사실만 보아도 이 시인이 자기 작품에 계속 흥미를 느꼈다는 것을 가히 짐작할 수 있다. 세 번이나 거듭했다는 판(版)은, 1362년의 A판, 1377년의 B판, 그리고 1392년의 C 최장판(最長版) 등이다. 이 시는 시인이 몰번 언덕(Malvern Hills) 위에서 사람들이 가득 찬 들판(field full of folk)의 환상을 본 것에서 시작된다. 계속적으로 전개되는 길고도 착잡한 여러 장면의 묘사에서 그는 14세기의 사회상을 다채로운 각도로 그려 내고 있다. 그는 우선 재물의 부패와 정부의 부정을 적발한 다음 정직한 노동과 주에 봉사하는 것만이 인간을 구제하는 유일한 방법이라고 생각한다. 그는 신비주의자가 아니라면 혁명가로 규정지어야 할 것이다. 그는 영국 시인 중에서 가장 단테(Dante)에 가까운 시인이라 할 수 있다. 왜냐하면 그의 시가 거칠고 황량한 분위기를 면치 못하지만 기독교적인 생활방식에 골똘한 영시 중에서 최대 걸작임이 틀림없기 때문이다.

랭글런드의 시는 서부 지방이 낳은 유일한 것이다. 서북 방언으로 씌어진 네 편의 시를 포함하고 있는 유일한 원본이 남아 있다. 〈진주(Pearl)〉 〈순결(Purity)〉 〈인내(Patience)〉 그리고 〈개웨인과 녹색기사(Gawain and Green Knight)〉 등은 유사점이 많으므로 동일 작가의 작품으로 추정되고 있다. 〈진주〉는 이들 네 편의 시 중에서 뚜렷이 종교적 성격을 띤 것으로 아들을 잃은 아버지에 관한 이야기인데, 아버지의 환상을 그린 신비로운 언어는 성 요한의 계시 못지않게 매력과 정열을 지니고 있다.

〈개웨인 경(Sir Gawain)〉은 중세기 영문학 중에서 비할 바 없이 섬세한 운문으로 된 로맨스이다. 아서(Arthur) 왕, 샤를마뉴(Charlemagne) 왕, 트로이(Troy) 전쟁 등을 소재로 한 로맨스나 스토리 또는 〈혼 왕(King Horn)〉이나 〈데인 사람 해블록(Havelok the Dane)〉과 같이 좀더 국민적인 스토리는 중세 문학을 대표하는 가장 전형적인 소산이나, 이제 와서는 그다지 흥미진진한 것은 못 된다. 〈토파스 경(Sir Topas)〉이란 작품의 풍자에 나타나 있듯이 초서는 그와 같은 로맨스를 그다지 신통하게 여기지 않았다. 즉 초서는 로맨스가 극악으로 타락할 우려성을 심히 두려워했던 것이다. 로맨스는 흔히 인간의 생활이나 인간 성격을 등한시하는 경향이 있지만 〈개웨인 경〉은 그렇지 않다. 비록 그 스토리는 허무맹랑할망정 산양 묘사나 개웨인 경이 유혹당하는 장면에는 인간 생활이나 사람의 성격 따위가 유감 없이 나타나 있다. 로맨스에 비하여 중세기 서정시의 생명은 강하고 줄기차다. 특히 저 유명한 〈하리안 원본(Harleian Manuscript)－2253, 로버트 하리(Robert Harley)와 에드워드 하리(Edward Harley)의 2대에 걸쳐 수집된 원고〉 속에 실린 채로 현재까지 남아 있는 수많은 서정시의 가락이며 말씨는 지금껏 우리들의 청각에 신선미를 준다.

3월과 4월 사이에
물보라 굼실 뛰놀 제

Between March and April
When spray beginneth to spring

중세기의 많은 서정시 가운데 가장 뛰어난 것은 〈앨리소운(Alysoun)〉인데, 이 시는 언어의 변덕스러운 변화는 아랑곳 않는 듯이 허물할 데 없는 작품으로 지금까지 시의 생명을 지속하고 있다.

민요는 스토리를 표현하는 하나의 독특한 방식으로 된 서정시이므로 서정시와 아울러 기억되어도 좋을 것이다. 모르면 몰라도 현존하고 있는 중세 문학 중에서 최고위를 점하는 것이 바로 이 민요일 것이다. 〈패트릭 스펜스 경(Sir Patrick Spens)〉과 〈빈노리의 물방아 아낙네(The Mill Dams of Binnorie)〉 등의 민요는 후세대가 중세기와 더불어 연상할 수 있는 온갖 마력을 지니고 있다. 그뿐 아니라 이 민요들은 민요 이외의 다른 문학 분야에서는 도저히 찾아보기 어려운 미묘하고도 암시적이며 운문적인 방법으로 씌어지고 있다.

시인으로서의 초서의 존재가 하도 커서 15세기 영문학이란 정말 보잘것없는 듯하였다. 초서를 따르는 아류시인들의 문학 활동은 미미하기 짝이 없었다. 토머스 오클리브(Thomas Occleve)의 경우에 있어서도 그랬고, 존 리드게이트(John Lydgate)도 마찬가지였다. 15세기에는 초서의 가장 좋은 점을 모방할 수 있는 시인은 사실상 하나도 없었다. 리드게이트를 비롯한 다른 시인군은 그들이 시도한 것으로 인해 다른 의미에서 호평을 받고 있다. 리드게이트는 번역가로서 수많은 스토리와 로맨스를 영역한 공로자이다. 초서 이후의 그 세기 시인들이 시를 쓴 때로 말하자면 영어란 언어의 질 변화, 특히 어미 e가 탈락하던 때여서, 초서의 시에서는 자유롭고 규칙적인 율동미를 엿볼 수 있었던 것이 초서 이후의 시는 어쩔 수 없이 그런 운율미를 상실하게 되었다.

한결 섬세한 시인들마저 모방적이며 반복적인 것 같은 인상을 준다. 그리하여 설혹 불협화음적인 것일지라도 시는 어느 정도의 혁신을 가져야 한다는 세론이 일게 되었다. 이것은 빅토리아 시대 말기와 사정이 거의 비슷하다 할 수 있다. 하나의 전통이 너무 오래 계속되면 사람은 으레 염증을 느끼는 법이다. 그 전통은 시가 새로운 발달을 위하여 탈피하려고 할 때는 당연히 무너져야 한다. 스티픈 호즈(Stephen Hawes)의 여러 우의시(寓意詩) 중에서도 유독 〈재미있는 소일거리(The Pastime of Pleasure)〉는 그런 낡은 전통을 전형적으로 대표하고 있다. 호즈의 모든 우화시는 죽은 과거에 속하는 듯 싶다. 이런 판국에 초서를 모방하는 궁중 시인들이나 호즈가 넋두리처럼 되풀이하는 매너리즘에 대항한 독창적이고 과감한 시인이 있었으니, 그 이름은 존 스켈턴(John Skelton, 1460?~1529)이라 했다. 그의 시는 거칠고 험상궂고 불협화음적이며 불규칙적인 반면에, 함축성이 있고 원시적이고 단도직입적인 것이 특색이다.

내 시가 비록 거칠고
째지고 까슬까슬하고
마구 비바람에 부대끼고
험상궂게 좀먹었을망정
자세히 검토하여 보면
그런 대로 더러는 진짜도
있을 것이요

Though my rime be ragged,

Tatter'd and jagged,
Rudely rain-beaten,
Rusty and moth-eaten,
If ye take well therewith,
It hath in it some pith.

그는 풍자적이며 험구악담을 좋아하는 시인이었으나 우화시의 달콤한 음식에 하도 오랫동안 물린 당시의 독자들에게는, 그의 시에 그런 감미로운 요소가 없는 편이 오히려 환영을 받았다.

로버트 헨리슨(Robert Henryson)의 〈크리세이드의 서약(Testament of Cresseid)〉과 스코틀랜드 왕 제임스 1세의 〈어제집(御製集 : King's Quair)〉과 더불어 스코틀랜드에서 초서의 인기는 매우 좋았다. 윌리엄 던바(William Dunbar)는 이와 같은 유에 속하나 한낱 모방자로 규정지어 버리기에는 너무나 독창적이다. 그의 시에 나타난 색채와 미묘한 짜임새는 어느 중세기적인 경기를 부활시킨 느낌을 주고 혹은 문장도안(紋章圖案)을 말로 꾸며 놓은 것 같은 인상을 주기도 한다. 교과서에서 흔히 게빈 더글러스(Gavin Douglous)를 위의 세 시인과 같이 취급하므로, 아울러 이 자리에 첨가해 둔다. 그의 시가 비범한 것은 못 될지라도 버질을 영역했다는 공로만으로도 그는 기억될 만한 가치가 있다.

영시의 새로운 경향은 이탈리아 시를 모방함으로써 전개되었으나 그것은 그것대로 여러 가지 난점을 초래했다. 이와 같은 이탈리아 문학의 초기 영향은 〈토틀의 잡록(Tottel's Miscellany)〉으로 세상에 알려진 선집(選集) 안에 1559년에 발표된 와이어트(Wyatt)와 서레이(Surray)의 시에서 엿볼 수 있다. 와이어트와 서레이는 마치 두 사람의 옷감 장수의 이름이 붙어다니듯이 문학사상 흔히 한 그룹으로 취급되어 왔다. 그러나 그들은 둘 다 뛰어난 존재이며 기억될 만한 사람들이다. 와이어트 경은 파란 많은 궁중에서 끝까지 이성을 잃지 않은 관신(官臣)이며 동시에 외교관이었다. 서레이 백작은 나이 30에 단두대의 이슬로 사라진 귀인이었다. 아담하고도 처량한 서정시를 훌륭하게 쓸 수 있었던 와이어트는 이탈리아의 14행시 형식을 영문학에 옮기려고 무한히 애썼다. 그는 이 시도에 마침내 성공하고야 말았지만 그의 시의 도처에 애쓴 흔적이 역력히 보인다. 그때까지만 하더라도 영시의 율격은 아직도 정식 궤도에 올라서지 못한 터였다. 그런 판국에 놓였던 영시에다 새 형식을 적용하는 것이야말로 와이어트의 노고였던 것이다.

서레이는 와이어트에 비하여 비교적 쉽게 시를 지었으나 그 역시 14행시를 실천했다. 그가 꾀한 실험 중에서 무엇보다도 중요한 것은 버질의 〈이니드(Aeneid)〉의 제2권과 제4권을 오각무운시(五脚無韻詩) 형식으로 영역했다는 사실일 것이다. 서레이는 자기가 채택한 격조의 유산이 장차 이렇듯 명예스러운 것이 될 줄은 상상조차 못했다. 라틴어를 영역하는 방법은 이와 같이 영국에 처음으로 도입된 다음 영시극 중 가장 위대한 격조인 말로(Marlowe)의 시를 거쳐, 후일 셰익스피어와 그 밖의 다른 시극 작가들을 통해 오늘날에 이르기까지 계속 극시인들의 총애를 받고 있다. 극시가 아닌 시에서도 이 전통은 극시 못지않을 만큼 고상하게 나타나고 있다. 밀턴은 이 시 형식을 〈실락원(Paradise Lost)〉에서, 키츠(Keats)는 〈하이피어리온(Hyperion)〉에서, 테니슨(Tennyson)은 〈왕의 목가(Idylls of the King)〉에서 택하였으며, 그 외에도 수많은 시인들이 이 오각무운시의 형식을 통해서 설화・담화・풍자 따위를 즐겨 표현했다.

이 14행시가 후기 시인들에게 번번이 매력을 주게 될지는 와이어트도 서레이도 모르고 있었다. 그들 자신은 페트라르크(Petrarch)의 영향을 받아 하나의 독특한 형태의 연애시(戀愛詩)를 위하여 14행시 형식을 사용하고 있었다. 이러한 타입의 시는 보통 남자 편에서는 불안과 초조 속에 파리하게 질린 표정으로 온갖 정성을 다하면서 종래의 진부한 비유법으로 표현된 오만가지 찬사를 애인에게 베푸는가 하면, 여자측에서는 거만하고 소극적이나 상대방이 알뜰히 사랑만 하여 준다면 언제고 환영하겠다는 태도를 취하기가 일쑤이다. 엘리자베스 시대를 통하여 시인들은 이와 같은 페트라르크식의 애정의 기분을 모방하여 남녀간의 애정을 표현하는 데 14행시를 사용하였다.

그런데 〈로미오와 줄리엣〉에 등장하는 머큐시오(Mercutio)의 입을 빌려 셰익스피어가 일찍이 조소했듯이, 페트라르크식의 그런 애정 표시가 부자연스럽다는 것을 간파한 독자도 더러는 있었다. 필립 시드니(Philip Sidney) 경도 〈아스트로펠과 스텔라(Astrophel and Stella)〉에서 이와 같은 방법을 일소에 붙이기는 하였으나, 그 역시 반은 그런 매너리즘적인 수법에 굴복한 셈이다. 그가 쓴 14행시에는 현실주의를 주창하는 것도 있고 인습적인 미사여구를 잇달아 늘어놓은 것도 있다. 셰익스피어도 14행시 형식에 대하여 풍자하는 태도였으나 그 자신의 소네트는 영문학상 어느 작품보다도 수많은 논평가들의 비판을 받았다. 다른 것에 있어서도 그렇거니와 셰익스피어는 이 14행시에서도 역시 셰익스피어답게 그의 개성을 발휘하였다. 그의 소네트는 종래 시인들과는 태도를 달리하여 어떤 것은 여성을 위하여 쓴 것이 아니고 한 청년을 위해서 썼으나 역시 정열적인 것만은 변함 없었다. 다른 소네트에서는 이른바 검은 여인(dark lady)에 대한 사모와 환멸을 노래하고 있다. 말장난을 비롯하여 화법의 변화성에 이르기까지 그가 구사한 놀라울 만큼 폭이 넓은 표현 역량은 그의 모든 소네트에 넘쳐 흐르는 특색이 되어 있다. 종래의 것에 비하여 한결 심각한 의미를 간직한 그의 소네트에는 미가 있을 뿐 아니라 동시에 심오한 모럴 의식이 깃들여 있음을 엿볼 수 있다.

엘리자베스 시대가 지나도 소네트의 생명은 역시 변함이 없었다. 시를 쓰는 형식이 제아무리 변화무쌍할지라도 시인들은 항상 이 간결한 14행시에 버릇과 같이 돌아가곤 하는 것이었다. 소네트는 단순히 열네 줄로 된 시에 그치지 않고 그 이상의 무엇을 지녔는데, 통일된 시적 화술(話術)이 바로 그것일 것이다. 밀턴은 소네트를 사용하였지만 남녀간의 애정 찬미가 목적이 아니었고, 자서전의 모멘트를 규정짓는다든가 또는 사회에서 벌어지는 수많은 사건에 대해서 요령 있고도 힘찬 비판을 하기 위한 것이었다. 워즈워스(Wordsworth)가 소네트에 들어간 목적은 영국을 무기력 상태에서 일깨워 준다든가 나폴레옹을 비난한다든가 혹은 시인 자신의 정서를 기록하는 데에 있었다. 이와 같은 목적으로 셰익스피어와 밀턴에 골똘했던 키츠는 그의 유명한 〈채프먼의 호머를 처음 읽고〉란 소네트로서 시인으로서의 그의 명성을 세상에 떨쳤다.

19세기에 와서 메레디스(Meredith)는 〈현대 연애(Modern Love)〉에서 소네트가 분석의 방편이 될 수 있다는 것을 증명했고, 로제티(D. G. Rossetti)는 그의 소네트집인 〈생명의 집(The House of Life)〉에서 수많은 변화를 거친 다음 단테와 페트라르크의 낡은 방법에 복귀하여, 연애감정을 표현하기에는 모든 소규모의 운문 형식 중에서 제일 완벽한 이 소네트 형식을 유독 즐겼다.

와이어트나 서레이는 그들이 직접 쓴 시보다도 그들이 발족한 전통에 더 큰 의미가 있다. 그들이 세운 전통은 에드먼드 스펜서(Edmund Spencer, 1552~99)가 이어받았다. 그는 시 예술의 거장이어서 모든 시인들이 대가로 모셨다. 그는 케임브리지 대학을 졸업하고 귀인이나 현인들의 사랑을 흠뻑 받았는데, 그들 중에는 당대 청년들이 가장 어진 선배로 숭배하여 마지않았던 캐브리엘 하베이(Cabriel Harvy)도 끼어 있었다. 대학에서 궁중으로 본의 아닌 전환을 하게 되었지만, 이를 굳이 말리려고 든 사람은 그의 집안에 하나도 없었다. 예술이란 매개체로 사귄 친구가 있는가 하면, 지성을 통해서 가까워진 벗도 있었다. 이 점에 대해서 알려진 바는 거의 없지만 아마도 그의 타고난 성품이 그와 같은 넓은 교우 관계에 큰 도움이 된 것 같다. 그는 레세스터(Leicester) 백작의 수하인으로 채용되어 아일랜드에 동반한 일도 있었다. 영국을 두 차례 방문한 것을 제외하고는 1599년에 사망할 때까지 아일랜드 땅을 떠나지 않았다. 그가 쓴 시 중에서 영원히 독자들의 기억에 남을 시가 두 개 있는데——하기는 현대 수많은 사람들에게는 겨우 이름 정도로 기억되고 있는 형편이지만——1579년에 출판된 〈양치기의 달력(Shepherd's Calendar)〉과 1590년에 나오기 시작한 〈선녀왕(The Faerie Queene)〉이 바로 그것이다.

위대한 예술가란 대개가 그렇지만 스펜서(Spencer) 역시 당대의 형식과 압력이 그의 저술을 구속하는 것을 느꼈다. 그는 영어를 모국어로서 해묵고 대중적인 전통에 깊이 뿌리박은 채로, 숭고한 어휘가 가득 찬 세련된 언어로 지양시키려는 욕망을 의식하고 있었다. 그는 호머와 버질의 고전 서사시나 혹은 아리스토(Aristo)와 타소(Tasso) 등의 참신하고 야심적인 낭만시와 같이 위대하고도 만인 숭배의 중심이 될 만한 시를 모국어인 영어로 써보려는 야심에 항상 불탔던 것이다. 그는 또한 중세기 이후에 종적을 감추고 만 민간설화나 신화 또는 아서(Arthur) 왕이야기, 우화시(寓話詩), 거인(巨人) 이야기, 가인(佳人) 이야기 따위를 의식하고 있었다. 그는 동시에 헥터(Hector), 아킬리스(Achilles), 율리시스(Ulysses), 이니스(Aeneas) 등의 고전 세계에 나오는 고상한 영웅들을 싸고 도는 여러 이야기를 자기 문학 세계 안에 구사할 줄 알았다. 아무튼 그는 향토적인 이야기에다 고전적인 야심을 뒤섞은 시를 쓰려고 하였다. 이중적인 심지어는 삼중적인 작품 구상을 마음속에 궁리하였으나, 선녀왕이며 영광을 한 몸에 모은 귀하신 신선여왕 엘리자베스 자신이 응락하기만 하면 자기 시의 가장 확고한 독자층이 궁중에 있다는 사실을 알고 있었다. 그로 말미암아 마침내 그의 거창한 작품 의식이 제한을 받게 되었다. 사실상 그의 정신은 궁성 담 너머에 살고 있는 서민 계급과 그들이 지닌 미신 신앙 등을 내다보았고, 자기가 사랑하는 조국을 향상시켜 보려는 심오한 도덕적 목표까지도 세워 보았으나, 역시 궁중과 여왕이 그의 상상력의 최첨단을 차지하게 되었다. 스펜서의 마음속에는 중세기 정신과 문예부흥 정신, 현대성과 고전성, 그리고 궁중과 서민 등이 서로 손을 맞잡고 있다.

이와 같이 그가 목적하는 바에 설혹 지리멸렬한 감이 있더라도 그가 예술가임은 틀림없는 사실이다. 그는 말의 형태, 색채, 특히 음향적인 배합미에 대하여 매혹당하였다. 그의 초기작인 〈양치기의 달력〉의 신선미는 그것이 출판된 해인 1579년에 보면 다분히 신선미가 상실된 감이 없지 않으나, 우리들이 이제 4월달의 목가(牧歌 : 〈양지기의 달력〉의 일부분)를 다시 한 번 읽어 볼 때 후기 시에 속하는 〈결혼 전 축가(Prothalamion)〉나 〈결혼 후 축가(Epithalamion)〉에서 그렇듯이 시어의 음악에 도취되지 않고는 못 배길 것이다. 셰익스피어의 경우에서도 역시 마찬가지지만 지성을 구속한다 거나 혹은 상상력을 놀라게 하는 바가 별로 없는 채로, 비길 바 없이 오색영롱한 화필로 그려진 한 폭의 수채화——이것이야말로 선녀왕이 지닌 궁극적인 효과이다. 스펜서가 〈선녀왕〉을 위하여 발명한 연(聯 : Stanza)은 낱말들을 희한하도록 하나의 유기체로 결속시키는 힘을 지니고 있으며, 동시에 이전보다도 두드러지게 낱말을 음악으로 치레하는 신통한 마력의 효과를 발휘한다.

스펜서를 일개 통속 시인으로 복귀시켜 버리지 않고도 이와 같은 말은 정정당당히 할 수 있으리라. 〈양치기의 달력〉은 처음 읽을 때에는 기이하고 난삽하고 낡아빠진 작품으로밖에 보이지 않을 것이다. 이 작품은 초서의 〈트로이러스와 크리세이드〉와 같이 우리들의 인간 경험을 가지고는 똑바로 비평하기 어려울 것이다. 박물관에 진열된 골동품과 같이 그 진가가 올바로 감상되기 전에 우선 목록을 참고로 대조해 볼 필요가 있다. 스펜서는 일 년 열두 달 매달 한 개씩 모두 열두 개의 목가를 썼는데, 고전이나 문예부흥기의 목가 시인들을 모방하여 교회 풍자에서 여왕 예찬에 이르기까지 다채로운 테마를 자유롭게 구사하였다. 이 시집의 제목이 약속하는 것은 한낱 단순히 전원적인 작품일 뿐이지만, 〈양치기의 달력〉의 시는 재기발랄하고 단순한 것 같으면서도 단순치 않은, 어디까지나 귀족적인 작품으로 보아야 할 것이다. 이 시는 무엇보다도 스펜서의 시 정신의 이중성을 나타내 주고 있다.

〈선녀왕〉이 스펜서에 뒤따르는 거의 모든 영국 시인들에게 매력을 준 시임은 틀림없는 사실이나 오늘날에 와서는 그다지 대중성을 띤 작품이라고는 볼 수 없다. 20세기에 와서 이 작품을 보는 것은 마치 큐피드(Cupid) 가면극에 나오는, 얼룩덜룩 무늬 있는 바랜 담요가 걸린 금속가구로 치장된 방을 보는 기분이다. 아니면 아서(Arthur)나 개웨인(Gawain) 등의 전설적인 인물들이 망령과 같이 경마장에 나타나 진흙투성이가 되어 달리는 모습을 관람이나 하는 듯할 것이다. 심지어는 엘리자베스 시대에도 이 시는 한낱 덧없는, 그러나 기억할 만한 과거를 읊은 시로 인정되었다. 스펜서는 중세기의 로맨스와 특히 아서 왕에 관련된 여러 전설 이야기나 일련의 우의적(寓義的) 모험담으로 엮어 넣을 수 있는 다채로운 설화에서 그의 시 소재를 택한 것이었다. 지금에 와서는 우의적 시 자체는 아주 번거로운 것이지만, 엘리자베스 시대의 시정인(市井人)들과 이 우의시의 관계는 극히 친근미가 있었으며 우의성 자체를 능히 터득할 수 있을 만큼 그들의 생활은 중세기적인 취미에 무척 가까웠다. 유독 사실주의를 갈망하는 현대인들은 초서나 셰익스피어가 제시하는 인간상을 자칫하면 잘못 보기 쉽다. 오늘날 이 시를 읽는 사람은 적을망정, 이 시가 영문학뿐만 아니라 간접적이긴 하지만 영국적인 성격 자체에 미치는 영향만은 절대 무시할 수 없다.

결혼식에 있어서 스펜서로 인해 이상화된 중세기의 예의범절이나 낭만적인 기분은 우리 영문학 속에 구체화되었으며, 영국인들의 세련된 인생 태도의 무시하지 못할 부분이 되어 버렸다. 그뿐 아니라 상업의 세계가 그 악랄한 마수를 인간생활 위에 뻗치고 있는 판국에, 상업적인 가치에 전혀 물들지 않은 순수한 세계를 아주 안전하게 감싸주는 시가 여기 이 자리에 등장하고 있는 셈이다. 독자가 그의 시를 읽지 않고 팽개칠망정, 이 시에 나타난 영국 정신의 신비로운 작용에 대해서는 넌지시 사의를 표해도 좋음직하다. 이 시는 시로서는 많은 사람들에게 읽혀지지는 않을 것이나, 아라비아의 척박한 모래땅을 정처없이 헤매던 나그네들이 느닷없이 눈부신 정경을 만났을 때 험한 나그네길의 보수나 받은 것같이 느끼듯이 독자들은 스펜서의 시를 즐길 것이다. 〈선녀왕〉에 있어서도 이와 같이 시 전체를 읽는 것은 지루할지 모르지만, 〈장미원(Bower of Rose)〉이나 〈큐피드의 가면극(Masque of Cupid)〉과 같은 과시된 대목에 이르러서는 여전히 읽는 사람으로 하여금 쾌감을 느끼게 해준다.

엘리자베스 시대의 가장 훌륭한 시는 극과 연관되어 있다. 스펜서를 별도로 한다면 운문 작가로서 셰익스피어나 말로를 당할 사람이 없다. 이 극작가들은 극작품을 제쳐놓고라도 당당한 시인이었다. 즉 말로는 〈히어로와 리앤더(Hero and Leander)〉로서, 셰익스피어는 〈비너스와 아도니스(Venus and Adonis)〉 〈루크리스(Lucrece)〉, 14행 시집 등으로서, 벤 존슨(Ben Johnson)은 유명한 〈너의 눈만으로 나에게 술을 따라라(Drink to me only with thine eyes)〉를 포함한 수많은 서정시로서 각기 시 천재성을 발휘했다. 그 시대에 여전히 풍성댄 것은 역시 순수시였고 시의 범위는 기다란 거인적인 작품에서 가장 섬세한 노래와 서정시에까지 이르렀다. 하나의 대표적인 시인으로 마이클 드레이턴(Michael Drayton, 1563~1631)을 들 수 있는데, 그의 작품은 당대의 시 쓰는 법을 총망라한 듯한 느낌이 있다. 그는 스펜서의 천재성을 북돋아 주었던 이탈리아 낭만시의 영향을 받지 않고 그 밖의 다른 모든 시율법을 시험하여 보았다. 그는 거창한 시탑을 건립하는 반면에 햇빛 속을 날아다니는 우모(羽毛)와 같이 가벼운 서정시를 쓰기도 했다. 그의 역사시인 〈남작들의 싸움(The Barons' Wars)〉(1603)은 그 템포가 무척 완만한 것이 특징이다. 이 작품에 느슨하게 취급된 사재(史材)를 셰익스피어의 참다운 사극 창작 태도와 비교하면 셰익스피어의 상상력이 얼마나 강력한가를 짐작할 수 있다. 이 작품은 공연히 육중하기만 할 뿐이지 그의 다른 작품인 〈폴리올비온(Polyolbion)〉에 비하면 내용이 공허하다. 그렇지만 이 작품은 강약약격(強弱弱格) 운율법을 사용한 대규모적인 장시여서, 독자로 하여금 영국 풍토에 대한 인상을 느끼게 해준다. 읽는 사람이 없다 해서 읽을 가치마저 없다는 것은 아니며, 이 시는 〈선녀왕〉과 공통된 동기를 가지고 있다. 그 공통된 동기란, 일약 유럽의 최강국이 된 조국 영국의 명예를 드레이턴 역시 찬양했다는 점이다. 그러나 드레이턴은 영문학상 가장 행복스러운 동화인 〈님피디아(Nymphidia)〉와 빈틈없이 짜여짐으로써 대인기를 얻은 작품 〈애긴커트의 노래(Ballad of Agincourt)〉 〈도와줄 손 없는 뒤로(Sine there's no help)〉라는 놀라운 소네트를 작성하기 위하여 전술한 바와 같은 육중한 작품들로부터 방향을 전환했다. 이 소네트에 대해서는 드레이턴의 다른 모든 작품을 희생시켜도 좋을 만한 걸작이라고 과분하게 칭찬하는 독자도 많다.

새뮤얼 다니엘(Samuel Daniel, 1562~1619)은 시를 작성하는 정력이 있다는 점과 탁월한 시어법이 결핍되었다는 두 가지 점에서 드레이턴과 어느 정도 공통점이 있다. 그는 드레이턴과 같이 역사시 〈랭커스터와 요크의 내란(The Civil Wars between Lancaster and York)〉(1595~1609)을 썼으나 그의 천분(天分)은 유독 명상시에 있었다. 그의 시 〈서한(Epistles)〉은 나중에 워즈워스의 주의를 일깨워 주었다.

엘리자베스 시대의 장시는 독자들로부터 그다지 환영을 받지 못하고 있다. 독자들은 역사적인 흥미를 가지고 장시에 접근해야만 하는데, 만약에 그렇지 못할 때 독자의 취미는 손상될 것이며 주의력이 다른 데로 쏠려 버릴 것이다. 그러나 소곡(小曲)과 서정시만은 당대의 총아로 귀여움을 받았고 후세에까지도 변함없이 기쁨을 주었다. 셰익스피어는 〈제12야(Twelfth Night)〉에서, 오르시노 공작(Duke Orsino)의 집에서 손님을 접대하는 데에는 소곡이 알맞는 유쾌한 오락이라고 말했다. 엘리자베스 시대에 공작의 집에서도 그랬거니와 여왕 자신의 궁정에서 또한 그랬다. 당시의 많은 시인들은 결혼 축하를 위한 시와 노래를 짓는 법을 알았고 그 시대의 노래책 속에 토머스 캠피온(Thomas Campion)과 그 당시의 청중을 만족시킨 기타 여러 시인들의 서정시가 실려 있음을 볼 수 있다.

드레이턴이나 다니엘은 우리 세대에서 무척 동떨어졌으나, 존 단(John Donne, 1572~1631)은 우리 세대보다도 오히려 앞선 현대 시인 같은 인상을 가끔 준다. 그의 생애는 문자 그대로 파란만장했다. 낭만적인 연인인가 하면 궁신이었고, 에섹스 백작의 카디즈(Cadiz) 탐험대원이면서 대법관의 비서 노릇을 했는가 하면, 주인의 질녀와 빼소니를 친 죄목으로 감옥 신세도 맛보았으며, 마침내는 성 폴 사원의 부감독으로 생애를 마쳤다. 그의 정신은 항상 불안의 연속이었고 모험적이었다. 그의 독서 범위는 광범위했고 심오한 학술 지식을 풍부하게 흡수, 저축했다. 치열하고 신경질적인 흥분은 그의 사상과 행동의 특징이었다. 또한 그는 예리하게 경험했거니와 정반대적인 분위기를 배경삼아 자기 경험을 되살리는 역량마저 지니고 있었다. 단은 연인인 동시에 관능주의자였으나 그의 지성은 자기가 경험한 연애를 철학의 용어로 체득한 이미지(image)를 가지고 자기가 겪은 사랑의 본질을 마구 파고들어가는 것이었다. 그는 미를 인식할 수 있으되 그 미를 인식하는 바로 그 순간에 시체와 수의와 해골을 심안(心眼)을 통해 보는 것이었다. 그는 또한 정열을 이해는 하고 있으되 그 정열을 전달하는 수단이 되는 육체에 대해서 조소를 퍼부을 줄도 알고 있었다. 이렇듯 그의 불안성은 자기 육체와 열정을 상호 접근시키는 것이다. 그의 사상은 항상 자기 정열에 굴복되어, 그 정열은 이윽고 자기 사상 속에 깊숙이 몰입되고 만다. 그의 지성 속에 이렇듯 공존하는 이율배반성은 항상 혼연 일체가 되는 것이다. 한 마디로 간단하게 말하면, 단은 성 폴 사원의 부감독으로 생애를 마친 혈기 넘치는 연인이었다.

이 숨김없는 정열과 산산이 부서진 생활상에서 어느 통일된 조리를 찾아보려는 절망적인 노력은, 그를 몇몇 현대 시인에 접근케 했다. 이토록 현대적인 시인인 그가, 당시의 인습적인 시 형식과 천편일률적인 음운과 낡아빠진 비유법에 염증을 느낀 것은 당연한 일이라 하겠다. 페트라르크식 소네트 시인들이 답습했던 구태의연한 재래식 비유법을 완전히 청산한 다음, 그는 당차게 매우 기기묘묘한 이미지를 찾으려고 했다. 존슨 박사는 후일 단과 그 일파 시인들을 '주지주의적인 시인군(Metaphysical Poets)'이라 일컬었다. 존슨이 이렇게 일컬은 까닭은, 그때까지 누구나 따로따로 보았던 여러 이념을 단 일파의 시인군은 하나로 묶어서 보았기 때문이다. 단이 이런 과업을 이룩한 사실은 아무도 부인할 수 없을 것이다. 그러나 때때로 그는 다른 방도로 더할 나위 없이 간결하고도 단순하게 표현함으로써 효과를 이룩하기도 했다.

단이 이룩했음이 분명한 일군의 시인파와 17세기 영시사(英詩史)의 대부분이 단의 시 수법을 지지하는 계열과 반대하는 계열로 양분할 수 있다. 그를 유독 지지하는 계열은 주로 종교시인이었다. 조지 허버트(George Herbert, 1593~1633)는 단에 비해서 순진하고도 한없이 경건한 시인이다. 그렇지만 〈성당(The Temple)〉에 수록된 여러 서정시는 종교적 체험을 표현하기 위하여 비범한, 때로는 소박한 비유적 표현법을 효과적으로 채용하고 있다. 단과 허버트의 영향을 받은 헨리 보은(Henry Vaughan, 1622~95)은 〈은퇴(The Retreat)〉나 〈나는 어젯밤에 영원을 보았노라(I saw Eternity the other Night)〉 등에 엿보이듯이 신비 사상을 지니고 있는데, 이와 같이 고도의 수준에 달한 시는 좀처럼 보기 드물다. 이들 주지(主知) 시인군 중 제3의 시인은 리처드 크래쇼(Richard Crashaw, 1612?~49)인데, 그는 철두철미한 카톨릭 시인으로 그의 〈성당에 이르는 층계(Steps to the Temple)〉(1646)는 단의 영향을 받았지만 단 못지않게 정교한 형식을 취한 이탈리아 시인인 마리노(Marino)의 영향을 입증하여 주고 있다.

단의 사거(死去)에 대해서 애도시를 쓴 시인들 중에 토머스 케어리(Thomas Carew, 1598~1639)를 들 수 있는데, 그는 세칭 왕당파에 속하는 초기 시인이다. 그의 시는 우아하고 재치가 풍겨서 그의 연애시와 서정단가(敍情短歌)는 어떤 시선집에서든지 당당하게 자리를 차지하고 있다. 그의 장시 〈황홀(The Rapture)〉은 단의 시만큼 높이 평가되지는 않고 있다.

왜냐하면 이 작품이 지닌 시적인 장점이 무엇이든 간에, 이 장시가 시선집을 엮는 사람들이 보통 좋아하지 않는 호탕한 특징을 지나치게 지니고 있기 때문이다. 왕당파 서정시인들 중에는 재기가 넘치는 아마추어 시인 같은 사람도 가끔 있었으나, 케어리는 그들 중에서 비할 바 없이 용의주도한 시인이었다. 존 서클링 경(Sir John Suckling, 1609~42)은 간혹 심각한 시를 짓기는 했지만 그의 경쾌하고도 풍자적인 몇 편의 서정시를 읽어 보면 그의 특색은 어디까지나 즉흥적인 것임을 알 수 있다. 리처드 러블레이스(Richard Lovelace, 1618~58)는 케어리나 서클링에 비교해서 시 재간이 아주 미흡한 듯싶기도 하나 그의 명성을 떨치게 할 만한 시 〈돌담이 형무소를 이루지 않는다(Stone walls do not a prison make)〉를 비롯한 여러 편의 단시를 남겼다.

전술한 왕당파 시인들과는 약간 각도를 달리한 로버트 헤릭(Robeert Herrick)이 시단에 등장했다. 그는 벤 존슨의 제자로 시를 쓰는 한편 데번셔(Devonshire)의 목사로 귀양살이를 체험한 시인이며 그 역시 왕당파에 속해 있었다. 그의 시는 1648년 종교시와 비종교시 약 천여 편을 실은 시집 〈헤스페리더스(Hesperides)〉에 집대성되어 있다. 그의 시는 스승인 벤 존슨에 비해서 덜 의식적이나 스승으로부터 배운 간결한 표현법에다 그가 타고난 서정시재와 투명하면서도 기상천외적인 어구를 날쌔게 포착하는 색다른 재주를 결합시켰다. 메이데이(May-day)를 맞이하여 소박한 행사를 즐기는 영국 전원 풍속의 온갖 모습이 헤릭의 시 속에 소생되어 있다. 그가 즐겨 쓴 서정시는 흔히 공상적이고 경쾌한 연애에 관한 것이나 지상의 낙이 덧없음을 생각할 때 그의 시는 일말의 우수에 잠기곤 한다. 헤릭이 은퇴생활을 한 데 반하여 앤드루 마블(Andrew Marvell, 1621~78)은 종교 파동 속에서 당시의 보람 있는 사회생활에 몸소 참여하였다. 그는 청교도측에 가담하였으며, 찰스 2세의 왕정복고 이후에 쓴 시는 풍자적이고 신랄한 분노에 충만해 있다. 자연과 명상과 은퇴 따위의 테마가 강유(剛柔)를 겸비한 서정시 속에 혼연 일체가 되어 있는 그의 초기 시는 왕정복고 이후의 시에 비하여 현저한 대비를 보여 주고 있다.

제 3 장 밀턴에서 W. 블레이크까지의 시

여러 모로 보아서 17세기는 현대 세계에 이르는 과도기적인 역할을 하고 있다. 연이어 일어나는 내란은 영국민으로 하여금 구태의연한 생활양식에서 이탈케 하고, 종교 분쟁은 중세기 이후부터 영국민의 상상력 안에 면면히 이어오던 어떤 중요한 것을 매몰스럽게 짓밟고 말았다. 공업 발전에 뒤이어 나타난 중상주의의 해독은 숭고한 정신 문명 위에 내뻗고 있었다. 과학의 대두와 함께 합리주의는 바야흐로 득세하였고, 합리주의의 거센 힘의 대부분은 인간 정신이 신화를 창조하는 힘을 파괴하고 한때 인간이 소유했던 예술의 권위를 땅에 떨어뜨리는 데 주로 사용될 수 있었다. 단의 불안성은 사람의 주위에 야기하려는 세계를 정신으로서가 아니라 오히려 '손가락 끝'으로 인식하는 어떤 민감한 인물을 예상한 듯싶다. 그의 몇몇 후계자 중에서 이를테면 에이브러햄 카울리(Abraham Cowley)와 같은 시인은 그러한 새로운 사태를 적이 안이한 낙관주의로 대했고, 과학과 시는 상호 부조할 수 있다고 믿어 의심치 않았다.

단의 위치가 자못 위태로웠을 바로 그 무렵에 존 밀턴(John Milton, 1608~74)이 혜성과 같이 나타나서 시의 기능을 가장 고상하고 장엄한 위치로 지향케 하는 희안한 수법으로 시를 썼다. 그의 초기

작은 내란 전에 씌어진 것인데, 〈코머스(Comus)〉(1634)나 1645년에 처음으로 한묶 수록된 수많은 아류시들도 이 시기에 속한다. 국가가 동란의 도가니 속에서 신음하고 있을 때 그는 라틴어 비서로서 활약했다. 순수한 시인으로서 밀턴의 모습을 보는 사람이라면 밀턴이 논설전에서 그에게 반대되는 당에 대하여 퍼부은 험구악담을 발견할 때 놀라지 않을 수 없을 것이다. 내란에 있어서 밀턴이 지지한 당파는 결국 패배의 고배를 마셨고, 크롬웰(Cromwell)이 내세운 대의명분이 인간의 장래를 위한 원대한 희망을 그의 정신 속에 일깨워 주었을 때 그의 실망은 더욱 클 수밖에 없었다. 비통한 실망 속에 이미 노경을 맞아 설상가상격으로 눈마저 먼 채로 칠각된 시인이 어렸을 때부터 줄곧 그의 상상력을 떠나지 않은 대작시를 이룩하려고 했던 만년의 모습이야말로 실로 영웅적인 것이었다. 〈실락원〉은 1667년에 〈다시 찾은 낙원(Paradise Regained)〉과 〈삼손 애고니스티스(Samson Agonistes)〉는 1671년에 출판되었다.

수많은 밀턴의 작품 중에서 오늘날 가장 대중성을 띠고 알기 쉬운 것은 아마 〈코머스〉일 것이다. 이 작품이 무대 위에 상연되는 것을 본 사람이라면 극적인 비효과성을 떠들어대는 교과서 따위의 논지에 아예 가담치 않을 것이다. 몇몇 다른 극작품과 같이 이 작품 역시 읽기는 몹시 어려우나 무대에 옮겨 놓고 보면 읽기와는 전혀 다를 만큼 훌륭하다. 이 작품이 전혀 가면극답지 않다는 사실을 지나치게 과장하는 이는 오직 현학자(衒學者)가 있을 뿐이다. 〈코머스〉의 내용은 마법사 코머스의 유혹을 받은 정숙한 처녀가 곧은 부덕(婦德)의 힘으로 그 유혹을 극복하는 이야기이다. 밀턴의 후기 시를 지배하는 핵심 사상은 청교도적인 것인데, 그 사상이 이미 이 초기작에 나타나 있다. 인생은 선인과 덕인의 승리를 위한 청교도적인 투쟁이라는 것이 그의 일관된 인생관이었다. 〈실락원〉 중의 아담과 이브나 〈다시 찾은 낙원〉 중의 사탄에 대항하는 그리스도의 모습이나 〈삼손 애고니스티스〉 중의 거짓된 충고와 싸우는 삼손 등은 모두가 청교도 사상의 상징이다. 밀턴에 있어서 이 투쟁은 결코 만만한 것이 아니었다. 그도 그럴 수밖에 없는 것이 그의 정신은 지상의 유혹과 육체의 쾌락을 끊임없이 의식했으니 말이다. 그는 〈코머스〉를 통해 지상의 모든 쾌락은 모름지기 즐겨야 한다는 변명을 멋지게 하고 있다. 청교도가 추구하는 바는 그렇듯 안이한 것이 아님은 물론이려니와 소극적인 것이 아니었다는 사실 역시 말할 것도 없다. 환경이 그의 인생 항로에 어두운 그림자를 던졌을 때 그가 원숙한 후기 작품에 착수했다는 것은 정말 애석한 노릇이다. 고궁의 우람한 열주에 비길 만한 그의 후기 시 사이를 소요하는 독자라면 누구나 그 언저리에 감도는 냉기로 인한 고독감 때문에 속세에 대한 향수를 금치 못할 것이다. 그러나 이들 후기 작품은 모두가 영문학 사상 최고에 위치하는 비극시이다.

아담과 이브의 이야기는 대부분의 사람들에게는 그다지 중요한 뜻을 갖지 않게 되어 버렸으니, 밀턴에 있어서는 적이 본의에 어그러지는 일이라 하겠다. 반 영웅적이며 반 악마적인 사탄이 신에 대항하는 대목의 묘사라든가 혹은 거인적인 행동을 그리기 위하여 모든 인간 경험과 과거의 문학을 샅샅이 뒤져 적수를 찾으려고 하던 밀턴의 웅대한 언어는 영원히 파괴되지는 않을 것이다. 〈리시다스(Lycidas)〉에 일찍이 표시된 바와 같이 그는 처음부터 시에 헌신할 뜻을 가졌으며, 그의 정신 생활의 과정은 그가 청년 시대에 일찍이 상상력 속에 윤곽이 잡히었던 위대한 시를 대성시키기 위한 일종의 수련이었다.

청교도 정신을 가장 잘 표현한 시인이 밀턴이라면 그와는 반대로 청교도 사상의 위선적인 면과 이 사상이 인간 정신을 속박한다는 것을 풍자시 〈허디브라스(Hudibras)〉에서 토로한 시인이 새뮤얼 버틀러(Samuel Butler, 1612~80)였다. 세르반테스(Cervantes)의 희극 정신이 전편에 넘쳐 흐르는 이 희작시(戱作時)에서 그는 장로교 기사인 허디브라스 경과 그의 부하인 랠프(Ralph)의 행태를 백일하에 폭로함으로써 청교도 사상을 짓궂게 허물했다. 이 조잡한 희극 속에 저자는 풍자적이며 회의적인 정신을 말하려는 것 같다. 이 시인의 지적인 익살과 밀턴의 웅대한 수법의 대조는 더할 나위 없이 현격하다. 밀턴이 생시에 비대중적인 시인이었다는 전설은 하도 오래 계속되어서 앞으로 이런 관념은 쉽사리 무너지지 않을 것이다. 그러나 사실은 그 전설과는 반대이다. 그의 작품은 그의 생시에 읽혀졌을 뿐더러 18세기로 접어드는 동안에도 지성적은 아닐지언정 광범하게 그를 모방하는 시인들이 소생했다.

18세기 이후에도 예술로서의 시에서 쾌락을 느끼는 소수의 시인들이 끊임없이 그의 시를 애독했으나 금세기에 들어서자 밀턴을 공격하려는 경향이 이따금씩 일부 소장파 평론가들 사이에서 엿보인다. 이는 편견이며 그릇된 판단이라고 아니 할 수 없다. 그 당시 밀턴의 시가 고의적으로 고답적이었다는 것도 사실이려니와 시가 정도를 이탈했다는 것 역시 시인해야 할 사실이다. 당시의 취미적이며 이해하기 쉬운 테마를 채택하여 가급적 시를 간결화하려고 드는 시인들이 밀턴 시대에 가장 괄목할 만한 시 동향을 좌지우지한 것이다. 이러한 수법을 믿는 시인들은 약강오보격 대구시(弱強五步格對句詩 : heroic couplet)로 알려진 시 형식을 사용하게 되었다. 이것은 포프(Pope)가 후일 유명하게 만든 시 형식이다.

글을 참으로 쉽게 쓰는 법은 우연에서가 아니고 기교에서 온다
춤추기를 배운 사람만이 가장 쉽게 춤출 수 있듯이
True ease in writing comes from art, not chance,
As those move easiest who have learn'd to dance.

간결하고 정연하고 정확하고 균형을 이룬 이 서사시적 이행연구(二行連句)는 로코코(rococo)식 현관과 같으며, 단이 무척 애써 표현했던 저 악전고투를 겪은 나머지 험하게 뒤틀린 시행과는 좋은 대조를 이룬다. 이런 규칙, 균형을 지향하는 시 운동의 출발은 에드먼드 월러(Edmund Waller, 1606~87)와 존 데넘 경(Sir John Denham, 1615~69)의 이름들과 관련되어 온 지 오래이다. 그들이 시에 있어서 이룩한 많은 변화가 당시 문인들에게 인정된 사실은, 월러에 대한 드라이덴(Dryden)의 찬사 '그는 처음으로 글짓기를 예술로 만들었다'만 보아도 넉넉히 짐작할 수 있다.

드라이덴은 데넘의 〈쿠퍼의 언덕(Cooper's Hill)〉에 나타난 바와 같은 주제와 그것을 다루는 형식의 명석성에 대해서 극구 찬양하고 있었다. 이 시에서 자주 인용되는 다음 네 줄의 시구는 신파시(新派詩)의 표식이 되어 버렸다.

아, 그대와 같이 흘러갈 수 있다면, 그대의 흐름을
나의 으뜸가는 본보기로 만들 수 있다면, 그대는 나의 주제이려니
깊으되 해맑고 유순하되 퉁명스럽지 않은
사납지 않고 드센, 넘침이 없이 흐뭇한 그대이려니

O could I flow like thee, and make thy stream
My great example, as it is my theme.
Though deep, yet clear; through gentle, yet not dull;
Strong without rage; without o'erflowing, full.

신파시에 있어서 칭찬할 만한 것을 많이 발견한 존 드라이덴(John Dryden, 1631~1700)은 그 자신이 으뜸가는 신파시를 도창실천(導唱實踐)하는 선각자의 한 사람이었다. 극작가와 평론가에다 번역가를 겸한 그는 무엇보다도 시인이었고, 시에 있어서는 원래 기교가였다. 경제적인 위기와 궁중에 매인 몸으로 대단히 생활의 제약을 받았던 이 문인은 우수한 시를 씀으로써 예술가가 되어 보겠다는 것이 숙원이었다. 폭넓게 독서를 했고 널리 존경을 받았건만 영국인들은 그들의 수많은 졸작(拙作) 문인만큼도 이 시인을 기억해 주지 않는다.

그의 전기에 대해서는 잘 알려지지 않았고 자기 자신에 대한 시는 비인칭적이기가 일쑤이다. '독보적인 환상'을 지니지 못한 시인으로 그의 시가 이룩한 예술적인 효과는 단 한 번도 만족할 만한 인식을 받아 본 적이 없다. 그는 그 당시의 테마를 택해서 그것으로 시를 지었다. 〈안누스 미라빌리스(Annus Mirabilis)〉(1667)에서 네덜란드 전쟁과 런던의 대화재에 대해 쓰고 〈압살롬과 아키토펠(Absalom and Achitophel)〉(1681)에서는 샤푸스버리 백작의 정치 음모와 몬마우스(찰스 2세의 서자)의 불충성을 취급함으로써 영문학사상 보기 드문 풍자시를 엮었다.

〈평신도의 종교(Religio Laici)〉와 당시의 종교 논쟁을 소재로 한 〈사슴과 표범(The Hind and Panther)〉은 오늘날에 와서는 홍미가 덜하나, 후자에서 종교 논쟁에 동물을 등장시킨 드라이덴의 교묘한 시재에 대해서는 오늘날에도 역시 숭배할 만하다. 번역가로서 그는 버질, 주베날(Juvenal), 오비드, 초서 등을 번역했는데, 그의 제일 훌륭한 산문인 〈우화(Fables)〉의 서문에서 그가 죽은 1700년에 자기가 번역한 것 몇 가지를 대중에게 소개했다.

알렉산더 포프(Alexander Pope, 1688~1744)의 생애는 어느 모로 보나 분명히 드라이덴의 후계자이다. 영문학사상 포프만큼 열렬히 빈번하게 토의된 시인도 드물 것이다. 그런데 더러는 포프의 인간성과 시인성을 혼돈하는 사람도 있다. 그는 체구가 왜소하고 초라하여 표독스럽고 까다로운 성품이어서 수많은 적에게 약점을 잡히었다. 그렇지만 예술가로서의 포프는 단일적인 목적성을 지향하며 항상 완벽을 기하였고, 영국에서는 드물게 볼 수 있을 만큼 고전 시인에 가장 접근한 시인이었다. 물론 그의 환상은 국한되었고 낭만시에서 볼 수 있는 열광성이라든가 줄기참은 극력 회피하였다. 밀턴, 워스워드 등의 시인이 지닌 헌신감과 고상한 목적은 그에게서 도저히 기대하기 어렵다. 〈인간론(Essay on Man)〉은 철학을 운문으로 표현한 것으로 볼 수 있는데, 상상의 입장보다는 오히려 도덕의 견지에서 쓴 것이다.

일견 그의 교훈은 낙관적인 인상을 주나 파고들어가 보면 인간의 존엄성이나 만만한 야심, 그리고 이것들에 대조되는 인간의 무능성을 예리하게 인식하는 그의 태도를 엿볼 수 있다. 포프가 만약 내적 환상을 망각한 시인이라면 가장 그와 비슷한 문인으로 그의 친우 스위프트(Swift)를 들 수 있다. 포프의 으뜸가는 장기는 무엇보다도 그의 예리한 풍자에 있다. 그의 예술이 최절정에 달했을 무렵의 작품 〈머리카락 도둑(The Rape of the Lock)〉에서 그는 18세기의 상류 사회를 전면적으로 풍자, 공격할 수 있었다. 그렇다 해서 상류 사회의 우아한 점에 대하여 어느 정도의 정열적인 미련을 갖지 않은 것은 아니었다.

〈우물열전(愚物列傳 : The Dunciad)〉은 우둔한 당대 인사와 자기 성미에 맞지 않는 문인들을 들어 마구 욕하는 하찮은 작품이나 저 혼돈(Chaos)에 관한 당당한 결론에 이르러서는 탄복하지 않을 도리가 없다. 이 대목은 확실히 포프의 전작품 중에서도 제일가는 문장이라 할 수 있다. 현대 독자는 몇몇 단작(短作), 특히 〈아버드노트 박사의 편지(The Epistle of Dr. Arbuthn-ot)〉에 흥미를 느낄 것이다.

신랄하게 꾸며진 이 작품에서 포프는 스포러스(Sporus) 혹은 하베이 경(Lord Harvey)을 풍자적으로 묘사함으로써 에디슨(Adi-son)을 은근하면서도 통렬히 공격하였다. 포프의 작품이라 해서 항상 풍자를 일삼는 것은 아니다. 〈전원시(Pastorals)〉 〈윈저의 숲(Windsor Forest)〉 등 자연 묘사에 탁월한 작품을 썼는가 하면, 중년기에는 호머(Homer)의 영역(英譯)에 심혈을 기울인 일도 있다. 이 번역은 간혹 악평의 대상이 되기도 하나 동종의 영역본 중에서 가장 광범위한 독자를 가지고 있다. 물론 포프의 호머 역이 호머의 문학 자체는 아니겠지만, 독자에게 순수한 기쁨을 주는 의미에서 시임에는 틀림없다. 세인이 포프의 호머 역을 비난하는 이유는 주로 그 용어가 너무도 화려하다는 점에 있다. 그러나 우리들은 다음 사실을 인정하여야 할 것이다. 즉 그는 풍자에 있어서는 간결하고 더할 나위 없이 정확성을 기하나, 그 반면에 묘사와 정서면에 이르러서는 용어가 우아하고 장식적이 아니면 만족하지 않는 것이다.

〈에로이자와 아베라드(Eloisa to Abelard)〉와 〈불행한 여인을 추도하는 만가(Elegy to the Memory of an Unfortunate Lady)〉에서 시인은 자기의 낭만적인 면을 표현하려고 무한히 애썼으나 상술한 경향으로 말미암아 시 효과가 다분히 손상되어 버렸다. 포프를 뒤따르는 시대가 마치 그의 작품에 지배되기나 하는 것처럼 교과서에는 써 있기가 일쑤이나 이는 당치 않은 오해일 것이다. 순수한 후계자로는 새뮤얼 존슨(Samuel Johnson)과 올리버 골드스미스(Oliver Goldsmith) 두 사람을 들 수 있는데, 이들마저 포프와는 거리가 멀다. 존슨의 시에 대한 공헌은 보잘것없고 겨우 두 편의 풍자시 〈런던(London)〉(1738)과 〈욕망의 허영(The Vanity of Human Wishes)〉(1749)이 있을 따름이다. 이 두 시는 로마의 풍자시인 주베날에 의거한 것으로 존슨의 강력한 도덕관뿐만 아니라 그의 날카로운 필치를 찾아보기에 넉넉하다. 포프가 지닌 아치신과 풍자, 경묘한 해학미 따위는 찾아볼 길이 없으나 그 대신 반향적이면서도 조화된 육중한 보조를 존슨의 시는 갖추고 있다.

골드스미스는 〈나그네(The Traveller)〉(1764)와 〈황폐한 마을(The Deserted Village)〉(1770)의 두 시에서 당대의 영국과 아일랜드에 있어서의 사회적·경제적 폐단을 묘사하였다. 그는 포프보다 사회적인 관심이 깊었으나 그렇다 해서 포프보다 위대한 시인이라고 할 수는 없다. 영웅시체(heroic couplet)는 포프에서 차용한 것이나, 골드스미스의 시는 포프에 비하여 한결 자유롭고 초서의 시체에 오히려 가까우며 자유롭게 자기 사상을 노출하였다. 골드스미스가 좀더 노력을 아끼지 않았더라면 영문학사상 일류급 거물 시인이 되었을지도 모른다. 포프가 독자의 주의를 사회에 집중시키려고 했던 반면에, 자연에 대한 관심이 또한 18세기에 고개를 쳐들고 있었다. 자연은 고대 영어 시대부터 셰익스피어, 밀턴에 이르기까지 일관된 영문학의 테마였으나 18세기에 와서는 독립된 테마로 행세하게 되었다. 이와 같은 관심이 1726년에 출간된 제임스 톰슨(James Thomson, 1700~48)의 〈사계절(The Seasons)〉에서 엿보인다. 이 시집은 출간 직후 대단한 인기를 끌었다. 주로 지식인들 사이에 퍼지고 있었지만 또한 포프의 고상한 풍자가 감히 침투치 못할 대중 속까지도 속속들이 스며들었다. 톰슨은 너무 산만하여 위대한 예술가로 부르기에는 자못 손색이 있다. 그의 시는 소정의 스페이스를 메워 놓은 치기(稚氣) 풍기는 소년의 작문과 같은 인상을 줄 때도 더러 있다. 그러나 그는 1세기 이상 영국에서 가장 널리 독자를 가진 시인이다. 관대한 감정과 아울러 대중 생활과 빈곤에 대한 동정이, 포프의 딱딱하고 찬란한 문학에 참을 수 없었던 대중의 환심을 사게 된 이유이다. 또한 그가 자연을 취급한 태도는 명상적인 동시에 독창적이었다. 그리고 이와 같이 자연을 문학에 취급하는 것은 대중적인 인기의 폭을 넓히는 데 안성맞춤의 테마였다.

이와 같이 세인의 자연에 대한 관심이 증가한 사실은 무엇을 의미하는가? 이것을 확실하게 말하기는 아주 곤란한 일이다. 사람들이 정치의 전망이라든가 화가들이 즐겨 그리는 풍경에 흥미를 갖게 된 것이 부분적인 이유일 것이다. 도로의 개선에 따라 신사숙녀들은 마차 안에서 외부 풍경을 감상할 수 있었고 부유층은 자기네들 사유지나 공원 안에 정원을 만들기까지 하였다. 사람들의 자연에 대한 흥미는 아담하고 소규모적인 꾸밈에 만족치 않고, 나아가서는 조야하고 꾸밈없는 자연 그대로의 모습에 접하려고 했다.

그리하여 마치 인간 정신이 그 세기에 날로 증가하는 합리주의에 대하여 반항하는 듯한 인상까지 주게 되었다. 이와 같은 관심은 주로 감리교와 같은 종교적 운동이나 인류 전체에 대한 관용심과 밀접하게 관련되어 마침내는 대중의 관심을 부유 계급의 호화로운 생활과 빈민층의 처참한 빈곤상의 현격한 차이에 집중시킨 것이다.

윌리엄 쿠퍼(William Cowper, 1731~1800)는 자기 작품에다 이와 같은 당대의 관심사를 수많이 주입하였다. 그의 대표작인 해학시 〈존 길핀(John Gilpin)〉은 실지에 있어서 건전성을 획득하려고 암투하며 조바심하는 한 인간의 해학을 나타낸 것이다. 정신병의 침노를 받았을 때 인간 정신을 건전하게 간직하는 방도는 쓸모없고 사소한 일에 대하여 지대한 관심을 갖는 것이라는 것을 스위프트는 일찍이 알고 있었거니와, 쿠퍼는 이 방법을 그의 서한문(Letters)에 도입하여 영문학상 가장 흥미 있는 독특한 작품을 만들어 냈다. 이와 비슷한 관심은 그의 가장 성공적인 작품 〈과제(The Task)〉(1784)를 작성하는 데 도움이 되었다. 그는 작품에서 톰슨보다 아주 경쾌하고 자연스러운 수법으로 농촌 풍경을 자유자재로 묘사하고 있다. 〈과제〉는 그의 후기, 그러니까 그가 제법 행복한 시기에 쓰여진 것인데, 그가 이와 같이 비교적 명랑한 시기에 도달하기까지는 결코 수월한 일은 아니었다.

감리교의 괴짜 목사인 존 뉴턴(John Newton)은 쿠퍼를 괴롭혔으나 한편으로는 언윈(Unwin) 형제와 함께 〈올니 찬송가집(Olney Hymns)〉을 작성하도록 영향을 미치기도 했다. 유명한 찬송가 〈피에 가득 찬 샘이 있도다(There is a fountain fill'd with blood)〉와 〈하느님의 움직임은 신비하도다(God moves in amysterious way)〉 등은 이 찬송가집에 실려 있는 것이다. 이성을 아주 잊어버릴 날이 오고야 말리라는 공포심은 복잡 다난한 쿠퍼의 정신 배경을 종래 떠나지 아니하였으며, 이 공포심이 그의 시 중에서 더할 나위 없이 매서운 작품인 〈버림받은 사람(The Castaway)〉이란 종교적인 단시를 짓게 하였다. 이 작품에서 그는 어느 영시보다도 명료하게 광증이 다가오는 공포를 묘사하고 있다.

쿠퍼를 위협했던 병적인 정신은 18세기의 수많은 창작자들에게 매력을 준 듯싶다. 이 강건한 시대에 예민한 작가들은 저마다 자기 분열과 고민 속에 뛰어들어가고 있는 듯싶었다. 폐허와 유령을 즐기고 한밤중에 묘지 사이를 소요하는 등 그러한 우울한 것들이 당대의 유행이었는지도 모른다. 그러나 이와 같은 것은 〈만가(Elegy)〉의 작가인 토머스 그레이(Thomas Gray, 1716~71)의 전 생활을 채색할 만큼 충분히 실재적인 것이었다. 그레이는 청년 시대에는 호러스 월펄(Horace Walpole)과 더불어 파리에서 호사스러운 생활도 하였으나 그 생애의 대부분을 케임브리지 대학의 무기력한 대가님들 사이에서 보냈다. 어느 정도 타고난 그의 비관적인 인생관은 그의 행동성을 마비시키고 창작을 거의 불가능케 하였다. 그는 당대 유럽에서도 일류급 식자들 사이에 끼기는 했지만 그의 시작품은 극히 소량이어서 몇 편의 송시(頌詩)와 만가가 있을 뿐이다. 그는 〈시인(The Bard)〉에서 중세기적인 새로운 취미를, 그리고 〈오딘의 후예(The Descent of Odin)〉에서 스칸디나비아적인 새로운 감흥을 다루었으나, 고전적이며 중세기적인 세계가 그의 손아귀에 들어오자 우울증과 타성에 사로잡혀 시작에서 손을 떼게 된 것은 극히 유감스러운 일이다.

그레이의 송가에 대한 취미는 세련된 것이어서 선인 작가들이 애용하던 화려한 용어를 가끔 택했다는데 대해 독자들은 쾌감을 느낄 것이다. 그의 〈만가〉에 대하여 영국민이라면 누구나 여러 대에 걸쳐 판단하고 있는 것이지만, 존슨 박사의 말을 빌려 요약하면 다음과 같다. 즉 그의 〈만가〉에는 만인의 마음속에 거울을 발견하는 이미지와 만인의 가슴속에 메아리를 던져 주는 감정이 가득 차 있다. 그레이가 다른 시도 이와 같이 썼다 하더라도 감히 허물치 못할 것이며 오직 칭찬할 수밖에 없을 것이다.

그레이의 우울증은 그와 때를 같이한 문인 윌리엄 콜린스(William Collins, 1721~59)에 비하면 온건한 편이며 무궤도적인 것은 아니다. 그는 단명한 생애 동안 빈곤과 광증 속에서 줄곧 신음했다. 콜린스는 〈용맹한 자의 잠(How sleep the Brave)〉과 같은 시에서 볼 수 있듯이 당대의 생활상을 전혀 의식하지 못하였고, 그의 정신의 현저한 면은 마물(魔物)이 들끓는 웅달 속에서 살고 있었다. 이와 같은 것은 〈고원의 통속 미신에 주는 송가(Ode on the Popular Superstitions of the Highlands)〉 안에 확실히 나타나 있을 뿐만 아니라, 〈저녁의 송가(Ode to Evening)〉나 〈심벨린의 만가(Dirge in Cymbeline)〉에도 엿보인다. 그는 말기 시 〈심벨린의 만가〉와 같은 단순한 묘사법을 항상 택한 것은 아니었지만 딱딱하면서 섬세한 용어를 즐겨 사용하였다. 그의 시는 단순성에 다다르고 다시금 영창조(詠唱調)를 간직하게 되어 18세기 시단에 유례가 없을 만큼 희귀한 미를 지니게 되었다.

크리스토퍼 스마트(Chirstopher Smart, 1722~71)의 부조리하고 비방이 자자하던 생애는 병적 상태에서 급기야는 정신병원 신세를 지게 되고 말았다. 전하는 말에 의하면 '벽 위에 숯으로 쓰기도 하고 때로는 병실의 판자 위에 열쇠로 새기기도 하면서' 그는 정신병원에서 〈데이비드 송가(Song to David)〉를 추고하였다고 한다. 이 〈송가〉는 로제티와 브라우닝과 같은 열렬한 지지자를 가지고 있다. 제아무리 온건하게 판단한다 해도 이 시에 나타난 정신적 환상이라든가, 종 울림, 나팔 소리 등의 음악적인 효과만은 도저히 무시하지 못할 것이다. 이 병적 경향과 광적 상태에 18세기의 시인들이 사로잡혔다는 것은 극히 우연한 사실이었는지도 모른다. 그러나 합리주의 운동과 당대를 설치던 열병적인 물질 만능주의가 예술가로 하여금 내면생활 속으로 파고들게 하였다고 추론하는 것은 절대 불공평한 판단은 아닐 것이다. 한 시인이 있어 이 물질 세계의 모든 압력에 감히 반항하였으니, 비록 세인들이 그를 일컬어 미치광이라고는 할망정 이 광성(狂性)이야말로 환상과 예언에서 우러나오는 우람한 흥분이며 기뻐 날뛰는 광성이라 하겠다.

윌리엄 블레이크(William Blake, 1757～1827)의 인생관은 특이한 것으로 그는 영문학상 이채로운 존재이다. 사실인지는 모르지만 그는 실제로 그의 회화가 표상하는 천사와 기괴한 자태를 대낮에도 목격했다고 한다. 그가 정원이나 숲속에 앉아 있으면 천사들이나 괴물들이 마치 그의 친구나 되는 듯이 옆에 와서 다정스럽게 앉는다는 것이다. 이와 같은 환상들이 18세기를 '절망의 수렁' 속에 꼼짝 못하게 사로잡고 만 물질주의에서 그를 해방시켜 준 것이다. 그는 물질의 노예에서 인간 정신을 해방하였으며 한결 원기가 왕성할 때에는 선악을 초월한 세계, 즉 작열하는 순수한 정력의 환상을 보기도 했다. 억압에서의 해방을 현대 수법인 심리학적 방법으로서가 아니라 신비로운 수법으로 해결하였지만, 그는 억압을 악으로 단정하기에 서슴지 않았다. 그의 독서는 흔히 상상되는 것보다는 한층 광범위했다고는 하지만 그의 이상은 주로 그 자신의 직관력에서 완전히 형성되어 나온 듯하다. 그리고 무엇보다도 스웨덴버그(Swedenberg)가 그의 작품에 미친 영향은 대서특필할 만한 사실이다.

블레이크의 가장 큰 의의는 예언자라는 것과 인간 정신의 해방자라는 점이다. 그러나 그의 예술성은 도그마적인 수법과 훈련 부족으로 인하여 국한되고 말았다. 전통을 완전히 무시하여 버리는 일은 어느 예술가든지 간에 위험천만한 일이다. 그는 조상들이 세워 놓은 전통은 조금도 돌보지 아니하였으며, 전통을 파괴하고 그 대신 새로운 예루살렘을 세우려는 정신적인 무정부주의에는 악마가 비국교 예배당과 같이하는 죄악의 취기가 풍긴다. 특히 그의 후기작 〈예언서(Prophetic Books)〉에 있어서 이와 같은 위험에 빠져 있다. 그는 늘 독자들을 황홀케 하였으며, 예술 작품으로서의 시의 통일성을 파괴하는 자기류로 날조한 상징주의와 신비한 언어를 즐겨 사용하고 있다. 사실상 주석가(註釋家)들의 협력이 없이는 그의 예술이 지닌 의미성을 알아내기가 무척 힘들다. 블레이크는 인도주의를 얽매여 놓은 쇠사슬을 분쇄한 공로도 있지만, 그 반면에 인류가 오랜 세월을 두고 세워 놓은 전통을 파괴한 죄과 역시 간과하지 못할 사실이다. 시인으로서의 블레이크의 절정작은 가장 단순한 초기작인 〈천진난만과 경험의 노래(Songs of Innocence and Experience)〉인데, 이 시에서는 지혜가 어린아이의 목소리로 얘기하고 있다. 이 시와 〈영원한 복음(The Everlasting Gospel)〉과 같은 후기 시에서 그는, 인간 정신을 일깨워서 드높고도 순진한 환상으로 지향시켜 주는 향기로운 직감으로 시를 쓴 것이다.

블레이크와 거의 시대를 같이한 시인으로 로버트 번스(Robert Burns, 1759~96)를 들 수 있다. 이 시인에 대해서는 특히 영국에서 잘못 전해진 바가 많아서 진실을 기록하는 것은 보람된 일인 것 같다. 그의 최대 걸작은 1786년 판 〈킬마녹(Kilmanock)〉에 수록된 풍자시들 속에 나타나고 있다. 이 시집 덕분에 그는 에든버러(Edinburgh)의 상류 사회에 들어가게 되었다. 한때는 무식한 농부였던 그가 이처럼 일약 거물 시인이 되어 세상 사람들의 호기심을 자아낸 적도 있다. 이 시인만큼 불우한 시인은 일찍이 없었을 것이며, 이만큼 세상에서 푸대접을 받은 천재도 아마 없을 것이다.

사랑과 술에 대하여 유달리 감각이 날카로운 그의 천성은 고민의 나락에 빠졌고, 수도 에든버러의 화려한 면을 맛본 이후로는 전원 생활에 매력을 잃게 되었다. 세무서에서 징세원으로 있었던 그는 마침내 건강을 해칠 정도로 음주벽에 기울어지고 말았다.

그가 전혀 교육을 받지 않았다는 말도 있으나 이는 근거없는 얘기이다. 스코틀랜드의 고대시를 비롯하여 포프, 톰슨, 그레이, 심지어 셰익스피어에 이르기까지 그의 독서 범위는 넓었다. 그가 쓴 시는 세련된 시인에 못지않은 것이며, 스코틀랜드 말로 씌어진 그의 시만 하더라도 한낱 치기를 풍기는 방언시는 절대 아니었다. 에어셔(Ayrshire) 방언에서 표준 영어에 이르기까지 그의 언어 구사력은 그지없이 명석하였다. 그는 흔히 프랑스 혁명의 총아로 알려지고 있으나 이것 역시 잘못 전해진 것이다. 그는 철두철미한 피트(Pit) 당의 지지자였으며, 그의 대걸작이 씌어진 것은 프랑스 혁명 이후이다. 그를 정당하게 판단하려면 광범위한 유럽 정치를 배경으로 생각해서는 안되고 소규모적인 스코틀랜드를 무대로 생각해야 한다. 그는 종교의 위선과 인간과 인간을 이간하는 사회적 장벽에 대하여 반기를 들었다. 이러한 그의 평등 사상은 정치 이론의 교과서에서가 아니라 자기 자신의 관찰에서 발견한 것이다. 그의 최대 걸작시 〈홍겨운 각설이(The Jolly Beggars)〉 속에 그런 사상이 멋지게 표현되어 있다. 에든버러를 여행한 뒤에 위와 같은 초기 시에 비등할 만한 유일한 시 〈탬 오섄터(Tam O'Shanter)〉를 지었다. 그 외에는 주로 〈나의 조, 존 앤더슨(My Jo, John Anderson)〉 따위의 주로 감상적인 노래와 서정시들이었다. 그의 걸작시가 한결같이 술집에 관한 것은 홍미로운 일이다. 그가 술집에 이끌린 이유는 극히 명백하다. 술집이야말로 당대에 있어서는 교회보다도, 아니 이 지구상의 어느 제도보다도 평등함이 분명했기 때문이다.

18세기 말엽에 시의 형태가 변화하고 있었으나 조지 크래브(George Crabbe, 1754~1832)는 이와 같은 조류에 휩쓸리지 않고 포프와 존슨이 사용한 서사시체에 복귀하고 있었다. 그의 작품은 대단한 성공을 거두어서 심지어 바이런 시대까지도 꾸준히 독자를 확보하는 형편이었다. 그의 시를 읽은 적이 없는 사람들은 그를 언제나 우둔한 작가로 판단할는지도 모른다. 사실상 그의 테마는 낭만적인 환상으로 비쳐지지 않은 현실적인 전원 생활에서 겪는 여러 사건이었다. 그러나 인생을 사실대로 기록하는 진지한 태도와 치밀한 형안(炯眼)은 〈촌락(The Vilage)〉(1783) 〈교구 호적부(The Parish Register)〉(1807) 〈시화집(Tales in Verse)〉(1812) 등의 인기 있는 걸작을 내게 하였다. 크래브와 같이 시를 쓰는 것을 쉬운 일로 생각하는 사람도 있을 만큼, 진부한 그의 시 구절은 풍자를 일삼기 좋아하는 많은 사람들의 공격의 대상이 되었다. 그의 예술이 절정에 달했을 때 그는 사실주의 시인이었다. 그러나 그렇다 해서 그가 이룩한 업적이 저속하다는 것은 절대로 아니다.

만약 진부한 시의 수법이 여전히 싱싱한 생명력을 가졌다는 것을 증명하는 시인이 크래브라면, 낭만시의 선도 역할을 해준 경이로운 각성(awakening of wonder)을 중세기 시의 모방 속에서 보여 준 시인이 바로 토머스 채터턴(Thomas Chatterton, 1752~70)이라고 말할 수 있다. 채터턴의 이야기는 이제 와서는 전설이 되고 말았으나, 18세에 자살한 이 소년 시인이 과연 어느 정도의 위대한 천재로까지 발전하였겠느냐 하는 문제는 어쩔 수 없이 불문에 붙여 둘 수밖에 없다. 그는 거만한 재주꾼이었다. 만약에 그가 더 오래 살았더라면 당대의 식자층을 기만하려고 꾀하였던 허위적인 중세기 시편과는 판이한 시를 썼을지도 모를 일이다.

제 4 장 낭만 시인군

19세기 초엽의 30년 동안 수많은 시인들이 떼를 이루어 등장하여 무척 이채로웠는데, 이런 현상은 영문학사상 흔히 화젯거리가 되는 어떤 작가군에서도 좀처럼 보기 어려운 일이다. 이른바 '낭만주의 부흥운동'이란 교과서들이 붙인 명칭인데, 낭만 시인들 자신이 이 명칭의 의미를 의식했는지는 별개의 문제이다. 이 명칭은 다만 낭만 시인군이 이룩한 업적이 그들에 앞선 시인들의 그것과 다르다는 것을 표시하는 하나의 시도에서 온 것이라 하겠다. 아름다운 경치를 중심으로 자연을 보는 것이 아니고, 오히려 인생에 미치는 유익하고도 정신적인 영향력으로서의 자연에 대하여 낭만 시인들은 저마다 심오한 관심을 가지고 있었다.

산업주의와 공업에 홀린 도시의 대두에 위협을 느낀 시인들은 자기들의 보호책을 자연에서 구하는 듯싶었다. 바꿔 말하자면, 전통적인 종교적 신앙의 힘이 차츰 감세하여 감에 따라 사람들은 그들이 몸소 겪은 경험의 정신성에서 자기류의 종교를 만들어 내고 있는 듯싶기도 했다. 그들은 이전 시인에서는 그 유례를 찾아볼 수 없을 정도로 그들 자신의 경험을 소중히 여겼다. 스펜서, 밀턴, 포프 등은 시재를 전설이나 인류에 공통된 지식에서 구한 바 있었으나 낭만 시인군은 내면에 파고들어간 다음 자기 자신의 생활 속에서 기이한 감흥을 찾아내고 있었다. 워즈워스에 있어서는 이와 같은 감흥은 도덕적인 가치를 갖게 되고, 때에 따라서는 단순한 인간사와 관련을 맺게 되었다.

바이런(Byron)의 경우에 있어 이 감흥은 일찍이 선인들이 겪지 않았던 어느 정서나 모험에 대한 이국 정조를 추구하는 데서 나오는 것이다. 콜르리지(Coleridge)에 있어서 이와 같은 감흥은 사나두(Xanadu)의 꿈의 세계에까지 미치는 것이다. 이 모든 시인들의 시에는 새로운 감각과 참신한 통찰력으로 관찰된 생에 대한 경이감이 공통되어 있다. 이와 같은 개인적 경험의 신기로움은 낭만 시인들을 각기의 정신적 고독 속으로 이끌어 주고 있다. 그들은 사회적 의무감을 통렬히 느끼기는 하나 생에 대한 고귀한 꿈이라는 무거운 짐이 그들로 하여금 동포를 거의 외면할 지경의 도피자로 만들어 버리는 것이다. 그들에게 공통된 이와 같은 감각은 셸리(Shelly)의 문학에서 유난히 강하게 엿볼 수 있다. 그는 인간이 살고 있는 속에서보다도 낙엽, 달빛이 비친 호수, 그리고 혼령 등에서 한결 만족감을 느끼는 듯싶다. 낭만 시인들은 독자들을 인간이 경험하는 기이한 장소로 이끌긴 하지만 일상 회화로나 혹은 범용한 사상을 유포하여 독자들을 대하려고 들지는 않는다.

윌리엄 워즈워스(William Wordsworth, 1770~1850)는 낭만 시인군 중에서 가장 원로요, 가장 위대하며 또한 가장 생명이 긴 시인이다. 그가 죽은 해는 1850년이나 그의 시가 사실상 생명을 잃은 해는 대략 1815년으로 그 이후의 시는 되풀이에 불과하다. 청년 시대에 그는 인도주의에 대하여 드높은 희망을 품고 호수 지방(The Dake District)에서 그의 시재를 키웠다. 루소(Rousseau)의 가르침과 자기 자신의 경험은 그로 하여금 인간의 성품은 원래 선하다는 확신을 갖게 하였다. 그는 프랑스 혁명이 인류 해방을 위한 위대한 운동이라고 생각했기에 프랑스 혁명을 환영하였다. 워즈워스 자신의 고백에 의하면 영국이 갓 태어난 프랑스 공화국에 대하여 선전포고를 했을 때 자기 생활에 미친 정신적 타격은 이루 말할 수 없이 컸다고 한다. 그 뒤 몇 해 동안 그는 사뭇 정신적 환멸의 고민에 빠지지 않으면 안 되었다. 연소한 보나파르트(Bonaparte)가 다스리는 프랑스는 인간의 자유에 대한 꿈을 좇기는커녕 폭군 샤를마뉴(Charlemagne)의 전철을 밟고 있다는 것을 그는 드디어 깨닫게 되었다. 그가 영국을 이 신판 제국주의에 대항하는 자유의 수호자로 인식하게 된 것은 어느 정도 버크(Burke)의 영향에서 온 것이다. 워즈워스의 가장 꽃다운 25년간 영국은 전쟁하기에 분주했는데 다시금 평화가 깃들였을 무렵은 이미 청소년기의 독특한 경험은 매몰스럽게도 그를 저버리고 말았다. 수많은 워즈워스의 평론가들은 그를 철저한 반동으로 보고 있다. 이와 같은 평가에는 다분히 정당성이 내포되어 있으나 전적으로 옳다고는 말할 수 없다. 그는 다만 자기가 옳다고 믿는 바를 시종일관 좇았을 따름이다. 그리고 만약에 그가 혁명 운동을 신임하지 않았다면 그 이유의 하나는, 사랑하는 조국 특히 영국의 전원이 차츰 머리를 쳐드는 산업주의자들의 마수에 인하여 파괴되어 버리리라는 공포심 바로 그것때문이었다.

그는 전 생애를 시에 헌신하였고 유년 시대부터 자연의 꿈에서 얻은 여러 영묘한 경험을 마음속에 알뜰히 간직해 두었다가 후일 시에 회상할 준비를 하였다. 프랑스 혁명이 아직 초기 단계에 있는 동안 그가 프랑스 땅에 발을 딛었을 무렵에야 그렇듯 강한 그의 정신 생활이 최고 절정에 달한 것이다. 공사(公事)에서 느낀 그의 흥분은 프랑스 처녀 안네트 밸론(Annette Vallon)에 대한 사랑으로 한결 강화되었다. 전기 학자들도 이 안네트 밸론이 바로 워즈워스의 시에 등장하는 소녀의 어머니라는 사실을 발견하고서 환희의 아우성을 올렸던 것 같다. 워즈워스는 얄궂은 전쟁으로 인하여 사랑을 버리고 고국에 돌아가지 않으면 안 되었다. 그 뒤 몇 해 동안 누이동생 도로시(Dorothy)의 영향으로 정신적 환상을 되찾아, 이것을 기록하는 독특한 시법을 발견하게 되었다. 시인은 바로 이 시기에 자기 시혼의 발전을 1850년에야 비로소 발간된 자서전적인 시 〈서곡(The Prelude)〉에서 가장 인상 깊게 기록했다. 아마도 현대 영시 중에서 가장 으뜸가는 시, 이 인간 정신의 기록은 시인 자신의 심오한 경험을 숨김 없이 적은 것으로, 알기 쉽게 쓰는 그의 글 솜씨야말로 과연 놀랄 만하다 할 수 있다. 개인적인 고민이며 어수선한 세상사의 소용돌이 속에서 사는 우리들이 어떤 시를 읽을 때 워즈워스의 시에서처럼 확고한 정신적인 보수를 얻기는 아마 어려울 것이다. 〈서곡〉이 완성 즉시에 출판되었더라면 워즈워스의 명성을 위하여 한결 다행한 일이었을 것이다.

워즈워스의 생전에 알려진 최초의 시집은 〈서정가요집(Lyrical Ballads)〉(1798)인데, 이 시집에 콜리지(S.T. Coleridge)도 〈노수부(老水夫 : The Ancient Mariner)〉를 기고한 바 있다. 워즈워스는 소박한 전원 생활을 소재로 하여 필부(匹夫)도 이해할 수 있는 일상 용어로 쓰려고 시도하였고, 이 시집은 어디까지나 하나의 경험이었다. 〈노수부〉에서 콜리지는 시를 통해서 독자로 하여금 초자연성을 믿게 하기 위하여 무한히 애썼다. 워즈워스의 실험적인 시편들은 반밖에 성공을 거두지 못했으나 〈마이클(Michael)〉에 있어서는 목자 부자간의 이야기에 비극적인 위엄까지 나타냈다. 자기 자신의 경험으로 돌아간 〈틴턴 애비(Tintern Abbey)〉에서는 〈서곡〉

과 같이 워드워스의 독특한 경험을 대담하고도 상상적인 언어로 독자들에게 이해시켜 주고 있다.

〈서정가요집〉 이후로는 워즈워스가 시 이론에 집착한 태도가 보인다. 그는 밀턴과 같이 영국민에게 국제 문제에 대한 책임의식을 일깨워 주고 자기 개인의 경험에 있어서 신랄한 순간을 표현하기 위하여 소네트 형식을 택하였다. 〈영원부(Immortality Ode)〉에서 그는 인간이 탄생되기 전의 신비로운 직시력을 적었다. 인간이 타고나온 직시력은 물질계에 태어남과 더불어 상실되지만 자연의 꿈에 안겨 행복을 느끼는 순간 다시 그것을 회복할 수 있다는 사실을 워즈워스는 이 시로 말해 주고 있다. 〈행복한 무사의 성격(Character of Happy Warrior)〉에서 읊은 자기 동생 워즈워스 대위와 넬슨 장군의 전사는 그로 하여금 행동의 생활을 숭고하게 요약케 하였다. 〈의무 송가(Ode to Duty)〉에 있어서의 그의 작시 태도는 종래에 비하여 한결 고전적으로 엄격한 경향을 띠었다. 그는 중년기의 한층 진실한 도덕적인 신념을 묘사하였거니와 새로이 발견된 이 엄숙성은 고귀한 고전시의 하나인 〈레이오다마이어(Laodamia)〉에도 확연히 표현되어 있다. 셰익스피어만을 제외한다면 아마 워즈워스만큼 20세기 독자를 감명 깊게 해주는 시인도 흔하지는 않을 것이다.

아마 그의 자연관은 한낱 꿈일는지도 모른다. 그러나 워즈워스는 그런 꿈을 적어 가는 동안 예리한 지성인들까지도 그의 시에 호응하는 점을 부인하기가 곤란할 만큼 인간성의 미묘한 구석구석까지 수많은 경험을 추구하였다. 그러므로 고도로 성숙한 지성을 지닌 사람이 아니라면 그의 시를 읽고서 공명을 느끼지 못할 것이다. 위대한 사람이면 덮어놓고 증오감을 갖도록 편파된 교육을 받아온 마음내키지 않는 청소년들에게, 그의 시가 강제로 가르쳐지는 일을 흔히 볼 수 있는

데 이는 유감스러운 일이다.

콜리지(S. T. Coleridge, 1772~1834)는 워즈워스와는 막역한 사이로 그들이 서로에게 받은 감화력은 상호 부조적이었다. 워즈워스는 심원하게 느낄 수 있는 동시에 북국적(北國的)인 완강하고 엄격한 테두리 안에서 움직이는 심오한 도덕적 성격의 소유자이기도 했다. 그뿐 아니라 워즈워스는 비상한 인내력을 지녀서 자기가 맡은 일이면 무엇이든 기어이 수행하고 마는 사람이었다. 그와는 반대로 콜리지는 모든 지식을 자기 영역으로 삼았으나 그 영역을 완전히 정복하지는 못하였다. 그는 청어가 알(卵)을 까듯이 계획을 많이 세우기는 하였으나 대개는 미완성인 채로 포기해 버리기가 일쑤였다. 전기학자들이 그를 취급하는 태도에는 약간 정당성이 결여된 감이 있어, 그의 약점을 전적으로 아편 탐닉에 돌리고 있다. 그가 아편 상습자였다는 것은 사실이다. 그가 최초로 아편에 빠지게 된 동기는 신병의 고통을 잊자는 데 있었는데 그 신병은 한평생 그를 떠나지 않았다. 그는 자기 동정이란 가장 저속한 감정에 잠긴 탓으로 타인의 동정을 쉽사리 받기는 어려운 인물이라는 사실을 우리들은 인정해야 할 것이다. 친구와 우둔한 처에 대하여 무척 책임감이 박약한 그였으나, 그를 만난 사람이면 누구나 그 인물의 매력과 사치스러운 말씨에 굴복하고 말았다.

그는 자기 생애의 대부분을 시에 바쳤으나, 시인일 뿐 아니라 평론가와 철학자의 면모까지도 지니고 있었다는 사실을 또한 기억해야 할 것이다. 당시에 상호 반목하고 있던 과학, 종교, 철학 등을 통일시키려는 것이 그의 목적이었다. 그의 시도는 무모하고도 부당한 일이라 하겠으나 아직껏 해결을 보지 못한 현대의 욕구를 예언해 준 셈이다. 그는 문학 비평, 특히 〈문학전기(Biographia Literaria)〉에서 예술에 대한 철학적이고 심리학적인 비평을 일찍이 꾀하였다. 워즈워스와 긴밀한 관계를 맺고 있던 시기의 작품인 〈노수부〉 〈쿠빌라 칸(Kubla Kahn)〉 〈크리스타벨(Christabel)〉 등 세 개의 시만으로 콜리지를 판단해 버리려는 시도를 흔히 볼 수 있는 판에, 앞서 말한 콜리지의 업적은 유독 기억되어야 할 것이다.

〈서곡〉을 읽은 다음 워즈워스에게 준 훌륭한 헌시로 미루어 보면 콜리지가 워즈워스를 얼마나 숭배했는가를 뚜렷이 알 수 있다. 워즈워스와 같은 시인이 되어서 그가 본 바와 같이 인생의 의의를 찾아보고 싶었는지도 모를 일이다. 시인은 자기 자신 속에 파악하고 있는 시가 아니면 그가 막상 쓰고 싶은 시를 쓸 수 없는 법이다. 콜리지의 문학 세계는 확실히 그 부류가 다르다. 그 까닭은 기억, 꿈, 괴상한 조류, 환상의 배, 남극의 바다, 동굴 등이나 아니면 마술이 다스리는, 이성을 초월한 세계에 넘나드는 영묘한 악기 소리나 홀린 사람들의 말소리…… 이러한 것들이 그의 문학 세계를 구성하고 있기 때문이다. 〈노수부〉에서 모럴을 찾는 사람도 더러는 있었다. 콜리지는 이 시의 말단부에 교훈을 붙인 까닭에 모럴을 운운하는 이야기도 아주 근거가 없는 것은 아니나, 시 자체는 흡사 기괴한 아라비아 야화를 연상시킨다. 〈쿠빌라 칸〉은 때로는 단편작으로 인정되기도 하지만, 사실은 허물할 바 없는 완성 작품이다. 이 시는 콜리지의 시 정의로나 혹은 마술사에 호응하는 〈애비시니아(Abyssinia)〉 처녀의 노랫소리로 인정하는 것이 가장 적당할 것이다. 이와 같은 시는 진실성에서는 아주 거리가 멀고 스펜서, 밀턴, 혹은 워즈워스의 '고상하고 진지한 태도'를 전혀 지니고 있지 않다. 이 시인은 이와 같은 시에 있어서 이미 인생의 조정자라는 의의를 잃고 다만 잠재의식의 세계에서 끌려나온 꿈나라의 관리인밖에 못 되는 것이다. 현대시는 다분히 콜리지의 이런 면을 모방하고 오랜 전통을 지닌 정상적인 목적성에서 시를 분리시키고 있다. 평론가로서의 콜리지가 좀처럼 시인하지 않을 듯 싶은 시를 그가 몸소 솔선수범하였다는 것은 이해하기 곤란한 일이다.

워즈워스와 콜리지는 월터 스코트(Walter Scott, 1771~1832) 경이나 바이런(Byron, 1788~1824)과 시대를 같이하고 같은 낭만파에 속함에도 불구하고, 전자 시인군과 후자 시인군 사이에 공통점은 극히 적다. 스코트는 〈마지막 음유시인의 노래(The Lays of the Last Minstrel)〉(1805)에서 시작하는 일련의 시 가운데에서 18세기에 유행했던 중세기 가요나 모험담에 대한 흥미를 계속 시재로 삼았다. 그의 이런 관심은 철저한 것으로, 그 발단은 고물수집 연구에 있었다.

그는 고원 지방을 부지런히 답사한 다음, 재래의 민요와 모험담을 수집한 것을 〈스코틀랜드 국경 지방 민요집(The Minstrelsy of the Scotish Border)〉(1802~3)이란 명칭으로 출판하였다. 수집에서 자작 민요로 옮아간 다음 〈마미온(Marmion)〉(1808) 〈호숫가의 여인(The Lady of the Lake)〉(1810) 등의 시집이 이어 간행되었다. 1814년 〈웨이벌리(Waverley)〉가 성공을 거두자 그 후로는 주로 산문소설에 정력을 기울였다. 그러나 1817년까지는 계속 운문으로 로맨스를 썼다. 이 운문 로맨스는 내용과 범위에 있어서 도저히 소설에 비할 바가 아니나, 소재만은 기사, 전쟁, 페이소스, 감상, 현란한 과거의 상상 세계 따위의 낭만적인 것이었다. 이 시담들은 능히 후세에 남을 가치가 있으며 대부분의 비평가나 심지어는 시인 자신이 허심탄회하게 인정한 것보다는 아주 훌륭하다.

바이런 경은 인간적인 면에서는 과대 평가되어 왔으며 시인으로서는 과소 평가되는 폐단이 있다. 그는 해로(Harrow) 소년 시절부터 시작에 뜻을 두었으나 그의 처녀시집 〈한가한 시절(Hour of Idleness)〉은 감상적인 서정시를 모은 졸렬한 시집이다. 이 시집이 혹평을 받았을 때 바이런은 분에 못 이겨 비평가들과 시인들에 대한 전면적인 공격을 퍼붓는 동시에 〈영국 시인과 스코치 평론가(English Bards and Scotch Reviewers)〉(1809)란 시집으로 응답하였다. 이 시는 지혜롭지 못하며 정당성과 적의성이 모자라나 날카로운 풍자 정신만은 지니고 있었다. 그의 시와는 별도로 그는 이미 무모하며 낭만적이고 기괴한 인간성으로 인하여 불리한 세평을 면치 못했다. 해로 시대에는 가난한 불구 소년이었던 그가, 일약 거만하고 안하무인격인 런던 사교계의 총아가 되고 말았다.

그가 세상의 소문과는 달리 보다 깊이 있는 지성의 소유자였다는 사실은, 그가 상원에서 베푼 노팅엄(Nottingham) 노동자의 사형에 대한 반대 연설로서 알 수 있다. 그 당시 영국은 지도자에 굶주리던 때였던만큼 그가 만약에 연설의 방향으로 정진만 하였더라면 필시 훌륭한 국가 지도자가 되었을 것이다. 그러나 그의 타고난 낭만 정신은 정치라는 한심한 고역보다는 오히려 그의 예민한 감각의 개발을 한층 절실하게 요구했던 것이다. 그는 이미 널리 여행한 경험을 시에 살려서 독자들에게 그들이 견문하지 못한 이국 정조를 전개시켜 주었는데, 유난히 거센 그의 낭만 정신으로 인해 독자들이 그의 시에서 느끼는 감흥은 한결 더했다. 그는 자기가 직접 겪은 여러 모험이 가장 진실하다는 것을 보여 주려고 했다. 〈이단 외도(The Giaour)〉(1813)로 시작되는 몇 편의 로맨스는 당시 사람들의 구미에 맞았다. 이와 같은 작품들은 영국뿐만이 아니라 심지어는 프랑스나 러시아에 이르기까지 전 유럽을 풍미하였다.

좀더 야심작은 〈차일드 해럴드(Childe Harold)〉(1812~18)인데, 이 작품에는 자서전적인 요소가 적지 않게 가미되어 있다. 이 시의 후편을 보면 비평과 묘사가 결합되어 있음을 볼 수 있으며, 풍경·도시·폐허 등이 바이런 자신의 싱싱한 비평과 아울러 독자들의 심안에 전개되고 있다. 이 시에서 풍경·도시·폐허 따위의 모든 것이 마침내 빈틈없이 배열되어, 시인 자신의 낭만적인 기분보다 숭고한 생활양식에 대한 시인의 향수 또는 찬란한 과거의 유물을 눈앞에 보았을 때 시인이 느끼는 서글픔 등이 배경을 이루고 있다.

그러나 시인으로서 바이런의 위대성은 이와 같은 시나 〈만프레드(Manfred)〉 〈카인(Cain)〉등의 암담하고도 자기 의식적인 비극에 있다기보다는 오히려 〈벱포(Beppo)〉(1818) 〈판단의 눈(The Vision of Judgment)〉(1822) 〈돈 주앙(Don Juan)〉(1819~24) 등의 풍자시에 있다고 말할 수 있다. 불행히도 빅토리아 시대의 점잔빼는 비평가들로 인하여 그의 시가 대중에게 애매하게 인식된 후로는 바이런의 시는 이제까지 신통한 평가를 받지 못하고 있다. 〈돈 주앙〉은 영문학상 가장 위대한 시의 하나이며 보기 드문 예술적인 작품이다. 해학, 감상, 모험, 비장미 등이 인생에서 발견할 수 있는 불협화음과 혼합되어 있다. 문체는 풍자적이고 희극적인 효과를 교묘하게 나타내고 있으며 일상 회화 용어를 맵시 있게 다루고 있다.

우리가 어떤 문학 작품을 비평할 때에는 마땅히 문학 자체만을 취급해야 하겠지만, 바이런의 경우는 그의 시의 도처에 자화상이 투영되어 있기 때문에 바이런의 인간적인 면을 무시하고는 도저히 올바른 비평을 할 수 없다. 그는 영국의 낭만 시인들 중에서 누구보다도 자기 자신의 명예나 자기의 역량을 자랑삼았고 반의식적이나마 자기 생활양식이 후세에 쉽사리 전통이 되어 버리도록 자기 생활에 철저하려고 결심하였다. 스위프트(Swift)나 스턴(Sterne)과 같이 그는 생의 현실이 자기 이상과 너무나도 착오가 심하다는 것을 통렬히 느꼈다. 이 환멸은 스위프트를 고통에 몰아넣었고 스턴을 라블레(Rabelais)적인 유머에 빠뜨렸다. 그러나 바이런에 있어서는 양자가 악마적인 자기 본위주의와 결합되어 온 세상 인류가 모조리 악마에 홀리는 한이 있어도 자기만은 그것을 면하리라는 것을 암시하고 있다. 불협화음적인 인생의 현실을 벗어나서 그는 새로운 감성과 감각을 찾은 나머지 배다른 누이동생 어거스타(Augusta)와 친간 관계(親姦關係)를 맺었는데, 이것을 정열적인 미지(未知) 세계로 향한 실험으로 해석해 준다면 지나치게 호의적이 아닐는지. 그는 병적인 반면에 도덕 세계의 존재만은 엄연하게 인식하였다. 이 도덕 세계의 존재를 멸시할 때면 항상 죄악 의식에 사로잡힌 까닭에 그의 감성은 한결 깊이가 있다 하겠다.

그의 정신은 그를 육성시킨 조지 왕 시대의 육중한 사회가 아닌 어느 다른 세계를 무대로 하였더라면 한결 무성하였을는지도 모른다. 그리스에 있어서의 마지막 에피소드는 그가 지도 의식과 용기를 가졌다는 것에 대한 뚜렷한 증거이다. 그는 결혼 문제에서 세인의 악평을 받았고 그런 다음부터 잠시 동안은 정신 이상에 걸린 듯싶다. 바이런 부인은 감상적이고 자기 의식적이며 지나치게 방정한 세계의 테두리 안에 빠져 있었으므로 이것이 시인에게는 고통스럽도록 못마땅하였다. 그는 이탈리아의 베니스에 가서 자기 주위에 야성적인 여인들을 모아 놓았을 때나 기치올리 백작 부인(Countess Guiceioli)의 봉사를 받았을 때만 오직 정신의 자유를 느꼈다. 과연 경탄할 만한 그의 〈서간문〉이나 〈일기(Journals)〉를 보면 그가 이탈리아 시대에 얼마나 자유스럽게 자기 개성을 발로하였는가를 가히 짐작할 수 있다.

시인으로서의 바이런의 명성이 가장 잘 기억되는 〈벱포〉〈판단의 눈〉〈돈 주앙〉등 세 개의 풍자시는 바로 이 시대의 소산이다.

바이런의 문학이 낭만주의의 악마적인 면을 나타냈다면 셸리(P. B. Shelly, 1792～1822)는 그것의 이상주의적인 면을 보여 준 셈이다. 그의 문학은 신경과민이며 비효과적인 것이라고 보는 평론가도 있지만, 좀더 동정적으로 고찰하여 볼 때 그는 블레이크와 같이 예언 시인에 가장 가까운 사람이다. 블레이크보다는 고차원적인 시인이며 인생에 대한 고민도 그보다 한결 컸다. 상상력이 무딘 그의 부친은 소년 셸리에게 이튼(Eton)의 관례를 강요하였다. 그는 무신론에 관한 의견을 유포하였다는 이유로 옥스퍼드(Oxford) 대학에서 추방 명령을 받은 후로는 생활에서 일정한 궤도라고는 찾아볼 길이 없었다. 새로운 위기에 직면할 때마다 고결성만은 끝내 견지하고 있었으나 자기 의지로는 어찌할 수 없는 어떤 힘에 이끌리며 갈팡질팡 분주한 생활을 일삼은 듯싶다. 해리어트 웨스트브루크(Harriet Westbrook)와의 지각 없는 조혼(早婚)은 둘 중 누구의 잘못도 아니었다. 그 여자가 번민한 것은 명백하였고, 셸리의 비타협적이며 자아도취적인 성품에 접하는 사람이면 그녀뿐이 아니고 누구나 같이 번민하지 않으면 안 되었다. 이 부부가 갈라선 것은 불가피한 운명이었으나 그렇다고 해서 그녀의 자살 책임을 그에게 전가시키는 것은 부당한 일이다. 메리 고드윈(Mary Godwin)과 교제를 하면서부터 그는 행복의 접근을 느끼게 되어 해리어트가 죽은 다음 메리를 정식 부인으로 맞아들였다. 그는 부인과 더불어 주로 대륙, 특히 스위스와 이탈리아에 살다가 1822년 스페치아 만(Gulf of Spezia) 에서 뱃놀이를 하던 중 폭풍을 만나 익사하였다.

셸리에 있어서는 예언자적인 면이 시인의 면보다도 선행한다. 그리고 그의 시는 주로 예언적인 사명을 위한 방편이었다. 그는 생을 현실 그대로 받아들이려고 하지 않았으며, 또한 그럴 필요성이 없다는 것을 타인들에게까지도 설득하려고 들었다. 만약에 폭군이 제거되고 질투와 권력 행사로 인한 인간 대 인간의 잔인성과 부패성을 없앤다면 인생이 아름다워질 것이며, 경험은 사랑으로 말미암아 지배받게 될 것은 명약관화한 노릇이다. 이와 같이 그가 인도주의에 대한 사명을 띠고 나온 것은 대부분이 그리스도의 말씀과 플라톤(Platon)의 가르침 때문이지만, 그는 장인(丈人) 윌리엄 고드윈(William Godwin)의 정치적 저의(Political Justice)에서도 얻은 바가 적지 않았다. 그의 시인으로서의 최대 야심은 고드윈의 가르침을 시에 옮기려는 시도에 있었다. 그는 〈맵 여왕(Queen Mab)〉〈이슬람의 반란(The Revolt of Islam)〉과 같은 비교적 실패에 가까운 작품을 쓴 다음, 드디어 그의 최대 걸작 〈사슬에서 풀린 프로메시오스(Prometheus Unbound)〉에 이르러서 마침내 시인으로서의 사명을 성공적으로 이룩했다. 이 작품은 이스킬루스(Aeschylus)의 비극을 모델로 삼아 프로메시오스가 주피터로 인해 암석 위에 묶이는 전설을 서정시극의 형식으로 엮은 것이다. 사랑을 지도 원리로 삼고 어떤 폭군이든지 절대로 용서하지 않으려고 할 때에 인간이 가지게 되는 거룩한 인간 정신을 찬양하기 위하여 셸리가 전설을 수정하고 있는 것이다. 〈사슬에서 풀린 프로메시오스의 주제는 인간의 정신적 구제라는 커다란 문제인데, 이 시야말로 현대 문학에서 그 유례를 찾을 수 없을 만큼 서정적이다. 그러나 셸리의 시에 대하여 불만을 품는 독자들도 많다. 그는 유머 감각이 없고 인간의 현실 생활과의 접촉이 거의 없다는 점이 그들의 불만거리일 것이다.

〈첸치 일가(The Cenci)〉로 그는 극작가로서의 성공을 거두기는 하였지만, 우리는 이 작품 속에서 초서적인 면도 셰익스피어적인 면도 엿볼 수는 없다. 그뿐 아니라 밀턴이 분명히 지니고 있는 구체적인 현실 세계와의 대결 같은 것도 그의 문학에서는 찾아볼 수 없다. 그가 자기 시에 사용하는 이미지는 항상 바람·낙엽·음향·색채·개울 등의 비현실적인 것이기가 일쑤다. 그는 때때로 보통 인간보다 사뭇 추상적이며 형이상학적이다. 가끔 자기 시 안에서 달빛 교교한 바다 위에 뜬 배의 영상이나 혹은 맑은 이탈리아의 밤에 빛나는 배 모양이 아니면 초생달에 돌아갈 때도 있다. 이와 같은 이미지의 몇몇, 다시 말해서 호수 위에 뜬 배 속에 깃들인 영묘한 달 그림자나 그 배 안에 언제나 불타는 인화(燐火) 따위가, 그의 시를 다 잊어버린 다음에도 읽는 사람들의 마음속에 머물러 있다. 만일에 그의 시가 과거만큼 독자가 적고 또는 그의 시 가운데에서 셸리적인 특색을 가장 적게 지닌 시 〈종달새에게(To the Skylark)〉로 인해 그가 기억된다 할지라도, 그가 인생에 어느 정도의 영원한 영향력을 미친 것은 어기지 못할 사실이다. 그 까닭은 진보철학이 꿈이 되어 버린 다음 그 꿈에서 다시 인생이 나올 수 있을 때까지 셸리는 그 진보철학을 그의 투명한 정신으로 접촉하였기 때문이다.

존 키츠(John Keats, 1795~1821)는 낭만 시인 중에 제일 늦게 태어났을 뿐 아니라 제일 일찍 죽은 천재 시인으로 영문학상 어느 문인보다도 기적적인 경력을 가지고 있다. 마부의 자식으로 태어난 그는 시에 대한 정열이 대단하였지만 청년 시대의 가장 좋은 세월을 의사 견습에 허비하여 버렸다. 정식 교육이나 가족들의 도움은 거의 없다시피 한 환경 속에서 자기가 믿고 의심치 않던 미의 세계를 자기 주위에서 모으기를 일삼았다. 사서류(辭書類)와 참고서에서 고전적인 우화와 전설을 발견하였고, 스펜서나 셰익스피어 등의 대 시인에게서 언어의 마력을 배웠으며, 그리스의 대리석 조각물과 그의 친구 헤이던(Haydon)의 회화에서 조형미술과 회화예술이 시에 이바지할 수 있는 점을 발견하였다. 그는 자수성가한 천재이며, 그가 성숙기에 도달한 속도야말로 놀라운 일이 아닐 수 없다. 그의 〈서간문〉을 읽으면 이 시인의 시관(詩觀)과 패니 브론(Fanny Brawne)에 대한 열렬한 사랑, 광범한 우정, 또는 막바지에 다다른 건강을 회복하기 위한 헛된 희망 속에 이탈리아를 여행한 눈물겨운 이야기 등을 알 수 있다. 그가 애오라지 성숙한 생활을 맛본 경험은 의사 견습 시대의 말미에 폐병 초기로 괴로운 수개월에 지나지 않았다. 이 짧은 생애 동안에 그는, 매튜 아놀드(Matthew Arnold)와 같은 건실한 비평가가 최소한 어떤 면에서 셰익스피어와 비교할 만한 걸작을 세상 내놓은 것이다. 그는 1818년에 〈엔디미온(Endymion)〉이란 장편 로맨스 시의 제1권을 작성하였으나 이 작품은 당시 비평가들로부터 천대와 혹평을 받았다. 이 시는 지나치게 현란하고 착잡한 점은 있지만, 개개적인 대목을 따지고 보면 키츠가 화가나 조각가도 감히 나타낼 수 없는 효과를 마치 시로 표현한 것과 같은 독특한 미의 특색을 의식할 수 있다. 그는 1820년에 〈레미아(Lamia)〉 〈이사벨라(Isabella)〉와 〈성 아그니스 전야(The Eve of St. Agnes)〉 등의 작품으로 이야기를 시로 표현하고 그 이야기에 대하여 다채롭고 면밀하게 적절한 배경을 만들어 낼 수 있다는 것을 보여 주었다. 그는 〈레미아〉에서 스토리와 함께 상상력을 통한 지식은 토론으로 얻은 지식보다 진실하다는 신념을 표백하는 독특한 철학을 암시하였다.

이 테마는 〈송가(Odes)〉에서 교묘한 표현과 익숙한 솜씨로 균형을 이룬 서술과 암시로써 탐구되어 있다. 감각 생활과 미의 명상은 그 자체에 있어서 충분하다는 것이 키츠의 시가 암시하는 테마인 듯싶다. 히페리온(Hyperion)을 주제로 한 그의 두 미완시는 그가 좀더 오래 살았더라면 이 테마를 초월하여 위대한 철학적인 시인으로 비약할 가능성을 암시해 주고 있다. 그의 초기 탐미주의가 표시했다고 상상되는 키츠의 이기주의는 진지한 사회 의식으로 발전해 가는 듯싶었다. 그가 공명하는 범위가 이와 같이 발전해 가는 사실이 과연 시인으로서의 발전과 병행할 수 있었을까 하는 문제는 아직까지 미지수로 남아 있다. 늙은 신이 젊은 신으로 연달아 대치되는 신족(神族)의 이야기를 '밀턴'적 필치로 묘사한 시 〈히페리온〉은 만약에 그가 더 오래 살았더라면 인생의 비평을 겸한 시인이 되었으리라는 것을 암시하여 준다. 어떤 시인이 할 수 있는 일에 대하여 억측하는 것은 헛수고인 줄은 안다. 그러나 짧은 생애 동안에 키츠가 남긴 업적을 우리가 평가하는 마당에, 그는 칼라일(Carlyle)과 똑같은 해에 탄생하였고 칼라일보다 60년 앞서 죽었다는 사실만을 기억하면 족하리라.

제 5 장 테니슨에서 현대까지의 시

죽음이란 사고가 1830년경에 영시(英詩)에 중단을 가져왔다. 즉 키츠는 1821년에, 셸리는 1822년에, 바이런은 1824년에 죽었으며, 콜리지와 워즈워스도 1830년에 시에 있어서는 사실상 죽은 셈이었다. 당시 독자들은 바로 인식하지는 못하였지만 테니슨과 브라우닝과 더불어 새로운 시가 대두하였다. 1830년에 인기 시인은 여전히 스콧과 바이런이었고, 동시에 당시의 취미를 맞추어 준 아류시인을 몇몇 든다면 다음과 같다. 즉 〈이탈리아(Italy)〉를 쓴 시인 새뮤얼 로저스(Samuel Rogers), 아일랜드 서정시와 오색 영롱한 페르시아 풍물시화의 작가 토머스 무어(Thomas Moore)나 여러 면에서 볼 때 다른 시인들보다 한층 순수한 시인 토머스 캠블(Thomas Campbell) 등을 들 수 있다. 1830년에 일반에 인식된 바와 같이 시를 평이화했다는 것이 스콧과 바이런이 세운 전통이었다. 테니슨은 때때로 한 눈을 대중에 두었지만 계관시인(桂冠詩人)이 된 이후는 두 눈을 모두 여왕에 바쳤다는 이유로 비난을 받을 수도 있으나, 이 시인과 브라우닝의 사명은 시가 좀더 고차적인 기능을 갖게 하는 것이었다. 이들 두 시인은 소설이 통속적인 문학 형식이던 그 시대에 수많은 시의 독자를 확보하는 데 성공했다.

테니슨(Tennyson, 1809~92)은 사후 오랫동안 비난 공격을 받아 온만큼 그의 업적을 공평하게 보려고 하는 것은 보람된 일일 것이다. 그의 도무지 흠잡을 데 없는 영어 음률의 구사력과 완전한 청각 그리고 이상적인 용어 선택과 취미 등을 부정할 사람은 아마 하나도 없을 것이다. 사실상 그의 초기 서정시는 오직 유단과 같이 말 무늬를 짰고 혹은 섬세하고도 완벽한 말의 음악을 창작하는 데만 존재 가치가 있는 듯싶다. 그를 굳이 탓한다면 그가 사용하는 말은 그것이 내포한 의미에 비하여 지나칠 만큼 아름답다는 점일 것이다. 낭만 시대에 속하는 선배 시인들에 비하여 그는 독창성과 심도가 모자라고 1830년과 1833년에 발표된 수많은 시는 확실히 공허하다. 그러나 1842년의 〈시집(Poems)〉에 대한 이와 같은 공격은 부당한 일이다. 그 이유로는 〈율리시스(Ulysses)〉와 같은 시에는 그가 초기에 애용하던 멋진 표현과 영웅 정신에 대한 낭만적인 개념을 상징하는 테마가 혼연일체가 되어 있기 때문이다.

테니슨의 천재성은 〈이오니(Oenone)〉 〈미인의 꿈(The Dream of Fair Women)〉 혹은 〈예술 궁전(The Palace of Art)〉과 같은 서정적인 단시에 있어서 뿐만 아니라 장편 시작에도 야심을 품었다. 그리하여 낭만적이며 현란하나 우화적인 동시에 교훈적인 '아서 왕'을 소재로 한 장시 〈목가(Idylls)〉를 일생을 두고 틈틈이 작성하였다. 이 작품은 많은 장점을 가지고 있어서 독립된 명구절을 다시 읽어보면 테니슨의 청각이 얼마나 예민하며 그의 취미가 얼마나 까다로운지를 알 수 있다. 그러나 일단 초서나 스펜서를 단과 비교한다면 〈목가〉 따위의 장점은 문제가 안 되는 것이다. 테니슨은 어디까지나 빅토리아 시대의 어쩔 수 없는 윤리관으로서 이 아서 왕의 이야기를 꾸몄다. 그는 태연스러운 원시안으로 인하여 자기 시대를 똑바로 보지 못하였다. 그는 인생관 그 자체를 그리는 것은 거부하였으나, 그 대신 음악적이며 사치스럽고 흠잡을 데 없는 순수시를 썼다. 그러나 고차적인 안목에서 판단한다면 테니슨은 거짓 시를 지은 셈이다. 〈목가〉는 결국 계관시인다운 시에 지나지 않으나, 〈사우보(思友譜: In Memorium)〉만은 시다운 시이며 순전히 테니슨다운 시이다. 이 시는 테니슨 개인의 시일 뿐만 아니라 당시 최대의 시로서 대접을 받았다. 그는 이 시로써 친우 아서 핼럼(Arthur Hallam)의 죽음, 시인 자신의 사생관, 종교적인 불안과 아울러 영생에 대한 회의심을 기록하고 있다.

초조감을 억누르지 못하는 신비주의자이며, 이 우주를 두려워하고 날로 증가하는 과학의 증거를 못 믿는 채로 신 앞에 서서 신의 교도를 울부짖는 철없는 소년…… 이러한 것들이 〈사우보〉에 등장하는 시인의 모습이다. 이 화상은 반드시 매력적인 것은 아니지만 언제나 진실하다. 테니슨은 폭넓은 독자를 얻었고 그의 모방자도 많았다. 그런가 하면 그의 시에 대하여 반대 기세가 고개를 쳐드는 것도 절대 부자연스런 일은 아니다. 이런 반대운동은 시인이 살아 있을 때부터 현재에 이르기까지 줄기차게 전개되고 있다. 마치 19세기의 추악한 공업주의에 대해서 신중히 외면이나 하는 듯이 그는 시를 아름다운 고대세계의 묘사로 만들어 버렸다. 이와 같은 관점에서 본다면 시는 인생의 해결 방법이 되지 못하고 다만 마술적이며 비현실적인 한낱 꿈이 되고 말 것이다. 때로는 테니슨 자신이 이와 같은 위험을 의식했던지 〈록슬리 홀(Locksley Hall)〉이나 〈공주(Princess)〉 혹은 〈모드(Madu)〉와 같은 작품에서는 자기 시대성도 가미하고 있다. 불행하게도 그가 자기 시대를 취급하게 되자 그의 정신은 이따금씩 우둔성을 나타냈다. 그래서 19세기의 물질적인 번창이 가져오는 듯한 진보의 환상으로 말미암아 자칫하면 시인 자신이 현혹될 가능성을 〈록슬리 홀〉이 증명해 주고 있다. 그러나 〈사우보〉만은 그것에서 사뭇 앞서 있고 설교자의 말소리가 아니라 환상의 소리를 내고 있다. 그리고 설교자의 말소리가 우렁차게 메아리치는데 환상의 소리는 소년의 목소리와 같이 연약했다는 사실은 정말로 기이한 파격이라 아니 할 수 없다.

테니슨을 골똘케 한 도덕 문제나 종교 문제는 역시 로버트 브라우닝의 주제이기도 했다. 그는 시인으로서보다도 윔플 가(Wimple Street)에서 미래의 아내 엘리자베스 배럿(Elizabeth Barret, 1806~61)을 구출했다는 점으로 더 잘 알려지고 있다. 이 사건에 대해서는 두 가지쯤 이야기해 둘 필요가 있다. 첫째로 이 여자로 말하자면, 그녀의 작품인 〈포르투갈인의 소네트집(Sonnets from the Portugese)〉과 〈오로라 리히(Aurora Leigh)〉는 참으로 탐탁지 못한 것이며 겉치레만이 흐뭇할 뿐이나 어쨌든 하나의 시인인 것만은 틀림없는 사실이다. 둘째는 브라우닝이 장차 그의 부인이 될 엘리자베스와 눈이 맞아 같이 달아났지만 그들은 여전히 행복했다는 사실이다. 만일 대륙으로 도주하는 도중 엘리자베스가 죽기만 했어도 그는 거물급 낭만 시인이 되기는커녕 잔인한 사람이 되고 말았을지도 모를 일이다. 그가 인생은 사필귀정(事必歸正)이라는 낙관적인 인생관을 품게 된 이유에 대해서 부분적이나마 해답이 되므로, 우리가 브라우닝을 이해하려 할 때 잊어서는 안 될 것이다. 브라우닝은 인간 정신의 정체를 추구하기 위하여 광범위하고도 비범할 정도로 독서를 했다. 그 결과 브라우닝의 독자들은 그의 시가 지나치게 고답적이어서 당황스러워할 때가 있다. 〈소델로(Sordello)〉(1840)에서 이미 그는 중세기 이탈리아를 소재로 하여 독자가 따라가기 힘들 정도로 난삽한 암시를 전개하고 있다. 그는 동시에 색다른 음률, 기괴한 각운, 뚝뚝하고도 파격적인 어귀 등을 즐겨 사용하여 문체의 독립을 전개하였다. 이 문체가 극도로 세련되었을 때 그의 시는 해학미와 대부분의 19세기 시의 특색인 치우친 음악 성과를 대비하는 강건미를 지니게 되었다. 그가 운문의 대가가 되었다는 사실은 그의 서정시의 자유로운 율동으로 알 수 있다. 그가 노리는 특수한 효과는 그의 시에 사실성을 부여하기는 하였지만 기교에 치우칠 위험성이 있었다.

극적인 방편을 통한 사실주의의 출현은 그가 바라는 바였다. 그는 명우(名優) 매크리디(Macready)의 의뢰로 1837년에 〈스트래퍼드(Strafford)〉를 썼으나 극작품으로서는 성공했다고 보기 어렵다. 철학을 찬란하게 표시한 〈파라첼수스(Paracelsus)〉(1835) 혹은 몇몇 인간 행동을 통하여 그의 사상이 용이하고 적절하게 나타난 〈피파 통과(Pipa Passes)〉(1841)의 경우와 같이, 그가 시극을 쓸 때 상연성을 그다지 염두에 두지 않은 것은 오히려 다행이었다. 그는 수많은 등장 인물의 갈등보다도 개인의 운명에 대하여 더 관심이 깊었다.

그리고 이 목적을 위하여 극적 독백을 전개시켰다. 가장 유명한 작품 〈안드리 델 사르토(Andrea del Sarto)〉 〈프라 립포 립피(Fra Lippo Lippi)〉 〈사울(Saul)〉 그리고 〈주교님 자기 묘를 정하다(The Bishop Orders His Tomb)〉 등도 대부분 이 형식으로 꾸며졌다. 〈극적 서정시(Dramatic Lyrics)〉(1842) 〈남녀들(Men and Women)〉(1855) 〈등장 인물(Dramatis Personae)〉(1864) 등 일련의 시집에 나타난 탁월한 성격 해부는 19세기 후반에 있어서 테니슨 다음가는 명성을 그에게 안겨 주었다.

그는 이와 같은 수법을 〈반지와 책(The Ring and the Book)〉

(1868~9)에 대대적인 규모로 전개시켰는데, 이 작품은 일련의 극적 독백으로 짜인 영문학상 최대 장시의 하나이다. 브라우닝은 칼라일의 풍자적인 묘사와 같이 5분간이면 해치울 수 있는 올드 베일리(Old Bailey : 런던의 Old Bailey 가에 있는 중앙형사재판소)의 이야깃거리밖에 안 되는 천박한 이탈리아 범죄 사건을 기재하여, 이 범죄 사건에 관련된 자들의 동기뿐만 아니라 시인이 지닌 인생 철학의 전부가 명백히 드러날 정도로 그들의 성격을 면밀하게 분석하였다. 〈반지와 책〉 이후 나온 몇몇 후기작은 초기의 어느 작품과도 전혀 다른 미묘한 관심을 지니고 있기는 하지만 점차 모호한 경향으로 기울어졌다.

그는 언제나 평가하기 대단히 어려운 시인 중의 하나이다. 그의 시는 기억에 남는 인물로 충만되어 있고, 문예부흥기의 이탈리아의 전모가 페이지마다 부활되고 있다. 처음에 그는 셰익스피어와 같이 약동하는 인물의 세계를 창작한 듯싶으나 좀더 세밀하게 관찰하여 보면 브라우닝이 그리는 남녀 군상은 자유롭지 못한 것을 알 수 있다. 브라우닝의 문학에 등장하는 남녀들은 이 지상에서 수상이란 항상 대통령의 대변자인데, 신을 대통령으로 모시고 브라우닝 자신이 수상 역할을 하는 정신적인 독재 국가에 살고 있는 셈이다. 악이라고는 별로 아는 바 없이 오직 이론적으로 악에 대해서 매력을 느꼈을 만큼 그의 사생활은 더할 나위 없이 행복하였다. 만약에 그가 생의 현실을 좀더 알았더라면 악은 인간 생활에 있어서 지독하고도 적극적인 타락이라는 것을 인식하였을 것이며, 이 인식은 그의 문학에 한결 깊이를 주었을 것이다.

19세기 후반기의 시는 보통 인식되고 있는 것보다는 아주 다각적이다. 대부분의 사람들은 테니슨이 외치는 소리를 들었는가 하면 그 반면에 비 '테니슨'적인 소리에 귀를 기울이는 사람도 많았다. 매튜 아놀드(Matthew Arnold, 1822~88)는 일정한 수입의 필요성도 있고 해서 시작(詩作)에 헌신할 시간을 문교성에 바쳤으나 〈에트나의 엠페도클레스(Empedocles on Etna)〉 〈버림받은 인어 (The Forsaken Merman)〉 〈서시스(Thyrsis)〉 〈학자 집시(Scholar Gipsy)〉와 〈도버 해협(Dover Beach)〉 등의 시를 쓰기도 하였다. 아놀드는 럭비(Rugby) 학교의 교장 아놀드 박사의 아들로 태어난 데다 상상력이 풍부한 덕분에 과도의 교육을 받았다. 그는 변태적일 만큼 구세주적인 사명을 의식하였다. 그래서 그는 인생의 모든 문제점을 한 몸에 맡아 그것을 산문으로 표시하였다. 그는 당시의 몇몇 다른 시인들과 같이 쏟아진 물을 영원히 되담지 못함을 한탄이나 하는 듯이 줄곧 신앙에 대한 불안감 속에서 살았다. 그는 혁명가나 방랑자였더라면 한결 나았을 뻔했으나 사실은 어느 것도 아니었고, 전형적인 신사이며 학자인 동시에 형용키 어려운 마음의 고통을 줄곧 버리지 못하는 문관이었다. 때때로 그는 자기의 시 이념을 예증(例證)하는 시를 쓰려고 한 결과, 〈메로프(Merope)〉와 같은 우둔한 시나 냉담할 만큼 효과적인 서사시 〈소흐랍과 러스텀(Sohrab and Rustum)〉 등의 작품을 내게 되었다. 그러나 그가 자기 마음의 고통에 귀를 기울였을 때에는 침착하고도 고전적인 시로 그의 가슴에 깃들인 동경과 애수, 심지어는 절망까지도 표현할 수 있었다.

에드워드 피츠제럴드(Edward Fitzgerald, 1809~83)는 명백히 아놀드와 같은 의무 관념을 갖지 않았다. 그는 무척 게으른 생활을 하였으나 문학 취미와 문학에 대한 지적인 태도만은 변함이 없었다. 1859년에 그는 페르시아 시인 오마르 카이얌(Omar Khayām)의 작품을 의역(意譯)하여 〈오마르 카이얌의 사행시집〉이라는 제목으로 출판하였다. 처음에 이 역시집은 푸대접을 받았으나 일단 세인의 주목이 쏠리자 독자 대중은 그것을 멸시당하도록 내버려 두지 않았고, 심지어는 시를 읽지 않는 독자들의 관심까지도 끌게 되었다. 이 시가 지닌 감상성이라든가 낭만적인 문체 등은 흔히 지적되는 바와 같이 원작에 피츠제럴드가 가미한 것이다. 그는 이 중세기 페르시아 시인을 자유롭게 취급하였고, 19세기가 잘 인식한 애수를 역시(譯詩) 안에 솜씨 있게 섞었다. 그러므로 그 업적이 한낱 번역 사업에 그칠망정 피츠제럴드는 당당한 예술가로서, 19세기 시인의 대오에 낄 수 있는 무시 못 할 시인으로 간주되어야 할 것이다.

맨 처음에 피츠제럴드를 발견한 사람은 로세티(D. G. Rossetti, 1828~82)이다. 그가 피츠제럴드의 예술에 매력을 느낀 것은 절대로 부자연스런 일이 아니다. 테니슨, 브라우닝, 아놀드 등은 그들이 살던 시대의 문제를 받아들였으나 로세티는 그것을 거부하였다. 이탈리아 정치 망명객의 아들로 태어난 그는 빅토리아 문학이 열렬히 관여했던 도덕적 · 정치적 · 종교적 관심을 자기 작품에서 전적으로 말살하여 버렸다. 예술의 이미지를 제공하는 것만이 생의 의의라고 생각하는 것이 그의 어쩔 수 없는 예술관이었다. 처음에는 화가로 출발했던 그는 홀맨 헌트(Halman Hunt), 밀레이스(Millais), 포드 매독스 브라운(Ford Madox Brown) 등의 청년 화가들을 자극하여 회화에 있어서 형식주의를 탈피하게 하였고, 문예부흥 초기의 화가들을 본받아 그들의 독립되고 참된 예술 과업을 수행하게 하였다. 환상적이며 상징적인 그의 정신은 자신의 원리가 암시하는 사실주의와 투쟁하기는 하였지만, 로세티의 시 이념은 회화에 지향했던 예술 이념과 흡사하였다. 그의 초기 시 〈행복한 처녀(The Blessed Damozel)〉는 자기 정신의 갈등을 가장 잘 보여 주고 있다. 즉 이 작품에 있어서 세부 묘사는 구체적이고 테마는 신비로우나 궁극적인 정신은 관능적이다. 그의 시 이론의 내용은 고사하고 그가 찾아 마지않던 세계는 상징, 바람, 희미하게 달빛 어린 시냇물, 황혼에 서리는 기괴 요염한 색채 등이다. 즉 그가 동경하는 세계는 물질계가 아니고 한 뼘의 허공인 것이다. 이와 같은 것들이 그의 〈시집(Poems)〉(1870)과 〈가요집(Ballads)〉 〈14행 시집(Sonnets)〉(1881) 등의 서정시와 가요가 풍겨 주는 분위기였다. 신비와 관능을 교묘하게 융합시키므로 그가 14행 시집 〈생명의 집(The House of Life)〉에서 추구한 주제는 사랑이었다. 이탈리아 초기 시인들의 작품에서 적지 않게 어휘와 어구를 배워 가지고 그들의 시를 영역한 것이 〈단테와 그의 주위(Dante and his Circle)〉이다.

언제나 자기 본위적이며 사소한 일에 다분히 곧지 못한 로세티의 침울하고도 강렬한 성품은 젊은 사람들을 이끄는 인력(引力)을 가지고 있었다. 앨저논 찰스 스윈번(Algernon Charles Swinburne, 1837~1909)은 로세티에게 사사(師事)받은 시인들 중의 하나로, 이튼과 옥스퍼드에서 말썽 많은 학창 생활을 보내고 시에 있어서 실험을 누차 거듭한 다음 1866년에야 비로소 〈시와 가요(Poems and Ballads)〉로서 런던의 문단을 울렸다. 빅토리아 시대의 시가는 그 테마에 있어서 끊임없는 감시를 받고 있었지만, 스윈번은 조심스럽게 이에 반기를 들어 정열적이고 잔인하며, 때로는 변태적이며 새디스틱한 애욕 문제를 취급, 묘사하였다. 종래의 시에는 섬세한 감정과 애모가 있는 대신에 스윈번의 시에는 정염, 냉혹 또는 염증 등이 나타나 있기 때문에 마치 호색호주(好色好酒)의 신 새터(Satyr)를 빅토리아 시대에 풀어 놓은 듯한 인상이다.

그의 시는 육중한 두운법(頭韻法)과 푸짐한 음률로 인해 관능적인 효과를 돋우었다. 애정의 암흑적인 면에 관한 그의 지식은 주로 실제 경험에서 얻은 것이 아니었고 보들레르(Baudelaire)를 위시한 폭넓은 독서에서 나온 것인데, 보들레르의 죽음에 〈영별사(Ave atque Vale)〉로서 미숙한 솜씨로 애도의 뜻을 표하였다. 일면 그는 그리스 문학에서 볼 수 있는, 키츠가 존경하여 마지않았던 이단적인 미의 세계를 거듭 주장하고 있었다. 이 방면에 있어서의 그의 조예(造詣)는 광범위해서, 그 결과로 그의 서정시 중에 가장 뛰어난 작품의 하나인 〈이틸루스(Itylus)〉와 두 개의 서정시극 〈캘리돈의 아탈란타(Atalanta in Calydon)〉(1865) 〈에렉듀스(Erechtheus)〉 등의 탄생을 보게 되었다.

스윈번은 〈시가요집〉의 발간 후 40년이 넘도록 한결같이 시를 쓰고 엘리자베스 시대 극의 비평에 골똘하였으나 이시집에 나타난 압도적인 기량은 다시는 획득하지 못하였다. 런던의 다습하고도 안개 자욱한 분위기 속에 화려한 날개를 잠시 동안 자랑하다가, 죽을지를 모르기 때문에 죽을 때까지만이라도 보살펴 주고 정성스레 집 마련까지 해주게 되는 한 마리의 열대조(熱帶鳥)에 스윈번의 생애가 가끔 비유되어 왔다.

이탈리아 독립의 대의를 극구 찬양한 〈새벽의 노래(Songs before Sunrise)〉(1871)와 트리스트람(Tristram)과 이솔트(Iseult)의 전설을 재술한 〈리오네스의 트리스트람(Tristram of Lyonesse)〉 등의 후기 작품에서는 그의 새로운 박력이 표현되어 있음을 볼 수 있다. 그러나 이 박력은 억제가 많고 잡스럽고 음악적인 용어로 인해 이내 흐려지고 만다. 그의 초기 테마는 예외적이며 테두리가 작고 관능적인 것이 특색이었는데, 이와 같은 테마가 고갈되어 버리자 초기 이후의 시문학은 기진맥진하고 말았다. 그가 초기에 유독 사랑하던 테마를 함부로 휘둘러 버린 시, 즉 〈비너스 찬가(Laus Veneris)〉와 〈슬픔(Dolores)〉 〈파우스티니(Faustine)〉 등은 비록 퇴폐적인 힘은 있을망정 그의 천재성이 노골적으로 발휘된 무대였다. 〈이틸루스〉와 〈프로서피니의 정원(The Garden of Proserpine)〉과 같은 몇몇 침착한 시편들은 그의 핵심적인 분위기를 지녔으며 전작에 못지않을 만큼 표현이 힘차다. 그러나 후기에 이르러 좀 더 광범위하고 정상적인 것을 소재로 삼게 되자 그의 시는 수사에 치우치게 되고, 용어는 음악의 미궁(迷宮) 속에서 길을 잊어 음률이 감각을 선행하여 버렸다. 스윈번의 시에서는 시를 음악면과 색채면에 치우치게 하는 낭만적인 수법이 유독 남용되어 있음을 엿볼 수 있다. 시가 생명을 가지려면 일찍이 방향을 돌리어 그와는 다른 어떤 다른 방향을 발견하여야 할 것이다.

로세티는 스윈번과는 아주 다른 면에서 또 하나의 시인에 매력을 주었다. 윌리엄 모리스(William Morris, 1834~96)는 천성이 무뚝뚝하고 정력적이며 솔직한 시인으로서, 시를 그의 다각적인 활동 영역의 한 분야로 삼았다. 그는 처음에는 기예가(技藝家)로서, 또는 가구・벽지・직물 등의 의장가(意匠家)로서 출발하여, 나중에는 사회 혁명가로서 또는 공산주의자로서 당대의 생활과 접촉하였다. 로세티가 그의 스승의 한 사람이듯이 러스킨(Ruskin) 역시 그의 스승이었다. 모리스는 속성생산이나 과다한 잉여가치만을 노리는 자본주의 사회에 있어서는 순수한 공예가를 위한 여지가 없다는 것을 러스킨으로부터 배운 것이다. 로세티의 욕망은 추악한 세상에서 아름다운 것을 만드는 것이었다. 모리스는 러스킨의 감화력에 힘입어 인간이 만든 모든 물건이 아름다워지도록 이 세계를 개조하려고 꾀했었다. 당시에 미친 영향으로 보아서는 후기의 사회 활동이 한층 더 중요하지만 시 활동은 주로 그와 같은 광범위한 사회 활동의 목적성이 나타나기 전인 초기에 이루어진 것이다.

그의 초기 시집인 〈기네비아 변명(The Defence of Guinevere)〉(1858)은 로세티를 따라서 중세기에 들어간 것을 보여 준다. 또한 그는 말로리(Malory)와 프로사르(Froissart)의 지침에 따라, 인간미가 있고 빈틈이 없기는 하지만 무게나 내용이 없는 채로 그저 허울만 뻰지르르한 가공시(架空詩) 따위를 썼다. 그가 쓴 시 중에서 제일 긴 〈지상 낙원(The Earthly Pardise)〉(1868~70)은 초서의 수법을 모방한 것이지만 그가 초서의 인간성을 오해한 탓으로, 초서의 교묘한 언어 구사력도 생생한 성격 묘사력도 찾아볼 수 없다.

〈지상 낙원〉에 있어서 모리스는, 자기 주위의 세계를 여전히 무시하고 자기 자신의 말처럼 허무한 옛 시절을 읊는 처량하고도 한가한 가수로서, 이 추악한 세상에서 자기가 만든 상품을 행상하며 다니고 있다. 이 장시가 완성되자, 그는 문학보다 더 절실히 요구되는 사회 개혁 활동의 생활 단계로 돌입했다. 그런 다음부터 시작에 기울일 한가한 시간이 적어지게 된 것은 그가 마땅히 받아야 할 벌이었다. 그렇지만 그의 문학 생활이 아주 막이 내려지지 않았다는 것만도 불행 중 다행이었다. 아이슬란드(Iceland)를 방문한 그는 북구 신화에 마음이 이끌린 나머지 북구에 관한 독서욕에 자극을 받아 〈볼숭족 시거드(Sigurd the Volsung)〉(1877)를 썼다. 이는 모리스의 시재가 절정에 달한 것을 보여 주는 성공작이다. 그는 운문을 쓰는 한편 〈존 볼의 꿈(A Dream of John Ball)〉(1888)과 〈영문 모를 소식(News from Nowhere)〉(1891) 등의 산문도 계속 썼다. 구제된 미래 세계를 그린 이 두 산문 이야기는 그의 작품 중에서 가장 널리 알려지고 있다. 독자에 따라서는 모리스의 말기 작품에 속하는 이 가공적 산문 이야기는 다른 시 작품보다 월등히 가치가 있다고 생각하는 이도 있다. 사실상 〈이 세상 끝의 샘(The Well at the World's End)〉(1896)은 다른 어느 곳에서도 찾아볼 수 없는 세계를 독자의 심안에 마술과 같이 전개시켜 주고 있다.

이제부터 말할 두 시인은 로세티의 이름과 관련이 있으나 그들의 생활 양식은 로세티와는 아주 딴판이었다. 로세티의 누이동생 크리스티나 로세티(1830~94)는 오빠를 대단히 존경하였으며 독실한 종교 생활에 헌신하였지만 오빠는 이 누이동생의 생활 가치를 이해하지 못한 것 같다. 그녀의 초기 동요시 〈마귀 시장(Goblin Market)〉에는 풍부하고도 다채로운 상상력이 나타나 있으나 후기에 접어들어 신앙심이 돈독하여 감에 따라 이 상상력은 저하되고 말았다. 코벤트리 패트모어(Coventry Patmore, 1823~96)의 경우는 이와 반대로 영적 생활에 대하여 애착심이 증가할수록 시적 역량은 늘어갔다. 운문으로 쓴 소설인 〈집안의 천사(The Angel in the House)〉(1854~6)는 가정적인 덕을 시재로 한 작품으로, 일상 생활에 현실적 효과를 나타내기 위하여 대담하게 시를 구사하고 있다. 이 시의 좀 더 철학적인 부분에는 이미 패트모어의 신비주의가 엿보였으며, 14행시를 모은 〈미지의 에로스(The Unknown Eros)〉에서 그는 대담한 언어 구사력과 미묘한 사상을 운문으로 표현하는 뛰어난 역량을 발휘하며 이 신비주의를 전개시켰다. 프란시스 톰슨(Francis Thompson, 1859~1907)의 화려한 시에 한결 더 매력을 느끼는 독자도 있기는 있지만, 카톨릭 시인의 역량으로 본다면 그는 도저히 패트모어를 따를 수 없다. 톰슨이 적빈과 병고 속에서 싸웠다는 이야기는 그의 인기를 한결 더해 주고 있다. 그의 옹호자들은 그를 과대평가하여 왔으나, 그가 〈천당의 개(The Hound of Heaven)〉에서 신비

작가라면 누구나 겪는 경험을 신비가가 아닌 독자들도 능히 이해할 수 있는 비유로 묘사하였다는 점만은 인정하여 주어도 좋을 것이다.

소설이 문학 형식으로서의 주도권을 장악한 까닭에 19세기 시가 얼마나 많은 손해를 입었는가를 고찰하는 것은 재미있는 일이다. 적어도 조지 메러디스와 하디, 두 소설가는 시인으로 출발하여 소설을 쓰는 한편 계속 시도 썼다. 조지 메러디스(George Meredith, 1828~1909)는 유쾌하고 평이한 서정시를 쓰며 문필 생활을 시작하였는데, 〈계곡의 사랑(Love in the Valley)〉은 그의 서정시 중에서 가장 독자의 기억에 남는 시이다. 이 작품은 그의 소설 〈리처드 페버럴의 시련(The Ordeal of Richard Feverel)〉의 몇몇 최초의 장면에 나타나는 서정적 분위기와 호응한다. 그의 모든 소설을 특색지은 분위기를 세세히 분석해 보면 그 분위기의 시적 대조물을 또한 〈현대 사랑(Modern Love)〉(1862) 안에서 찾을 수 있다. 그의 여러 소설의 배후에서 우리들은 철학을 의식하는데, 이런 경향은 산문보다도 후기 시에 더 농후하고 명백히 나타나고 있다. 〈이 세상의 기쁜 노래(Poems and Lyrics of the Joy of Earth)〉(1883)와 같은 철학시에서 그는 뚝뚝하고도 괴팍한 언어로 도덕과 생물학설을 조화시키려고 꾀했다. 메러디스는 인간이 지닌 몰인정한 성질을 극복하는 손쉬운 방도를 '대지'가 인간에게 지시하여 주지 않았다는 것을 당대에 증명하였다. 야수성과 감상성은 정상적인 생활, 즉 메러디스의 말과 같이 '상식의 생활'을 지향하려고 투쟁하는 인간을 끊임없이 억제하고 있다는 것이다. 그의 여러 소설을 읽어 보면 희극이 인간의 약점을 폭로할 수 있다는 메러디스의 신념을 한층 명백하게 알 수 있다. 메러디스의 시는 시로서는 난해해서 읽는 사람이 더러는 어리둥절할 때도 있지만 그 시가 지닌 사상의 바탕은 건실하고 믿음직하다.

토머스 하디(Thomas Hardy)(1840~1928)는 생의 잔인성과 이로 인해 괴로움을 받는 남녀들의 비극에 대한 확고부동한 신념을 그의 모든 작품의 저류로 삼고 있는 듯싶으나 메러디스만큼 철학적인 시인은 아니다. 수많은 단편 서정시에서 그는 기괴한 인연에 얽혀서 서로 못 살게 굴며 악독한 운명에 쫓겨다니는 남녀 군중을 그려내고 있다. 그렇듯 선이 확연한 묘사를 간결하게 다루는 솜씨는 그가 독특한 시의 재간을 지니고 있다는 증명이 된다. 소설가로서의 과업이 끝나자 하디는 나폴레옹 전쟁에서 취재(取材)한 서사극 〈패자(覇者 : The Dynasts)〉(1904~8)를 작성하였다. 이 시극의 무대에는 초현실 세계와 광범위한 속세적인 장면들이 등장하고 있는데, 간단한 서정시에 등장하는 짤막한 인간사를 다루는 것과 조금도 다름없이 그토록 복잡한 수만 가지 장면이 빈틈 없이 하디의 손에 장악되어 있다. 이 시극이 무대 상연용으로 씌어진 것이 아님은 물론이다. 다만 읽는 사람의 마음 안에 마련된 극장의 무대 위에 뚜렷하고도 감격적인 온갖 장면을 상상적으로 상연시키는 것이 하디의 의도였다.

장시의 유행이 기울어지고 있을 무렵에 하디는 용감하게도 이렇듯 대작을 세상에 선사한 것이다. 같은 시대에 속하는 시로서 하디의 이 대작에 비할 만한 것이 오직 두 개 있을 뿐이다. 탐험가로서 유명하고, 산문 여행기 〈아라비아 사막(Arabia Deserta)〉(1888)으로 로렌스(T. E. Lawrence)에게 큰 영향을 미친 다우티(C. M. Daughty, 1843~1926)는 1906년에 그의 장시 〈영국의 새벽(The Dawn in Britain)〉의 처음 부분을 발간하였다. 이 작품은 당시의 시 전통과는 많은 차이가 있어서 좀처럼 인정받지 못하는 형편이었다.

이 작품은 수식이 전혀 없는 언어로 견고하고 수척할 정도로 묘사된 사건을 소재삼아 유사(有史) 이전의 영국 문명을 상상해서 쓴 일대 서사시라는 점은 분명하지만, 매력이라든가 부드러운 아치미(雅致味)는 전혀 찾아볼 수 없다. 이와 비슷한 로버트 브리쥐의 야심작 〈미의 성서(The Testament)〉(1929)는 초판이 나왔을 때 공전의 대인기를 끌었다. 브리쥐는 이 철학적인 시에서 이지와 미에 대한 시인 자신의 신념을 규정하기 전에 이미 50여 년 동안이나 시작에 종사하였다. 이 작품은 가끔 산문의 조화에 자못 지나치게 접근한 자유로운 격조로 씌어진 것이 특색이다.

자기 시대의 시를 비평하는 것은 언제나 곤란한 일이다. 왜냐하면 과거의 시보다도 한층 열광성이나 혹은 반감을 일으키게 되니까 말이다. 영국에 있어서 현대는 토론의 시험대를 완전히 벗어나고 있지는 않다. 다만 여기에서 할 수 있는 일은 오직 시인들이 시도하여 온 개요를 설명하는 데 그치고 결정적인 판단은 보류하여 두는 편이 분명하리라. 19세기의 종막과 더불어 낭만주의는 끝났다. 일군의 시인들은 우수미를 지닌 서정시로서 낭만주의의 최종 국면을 포착하였다. 이 시인들은 마치 그들이 사용하는 용어와 상징이 머지않아 폐물이 되어 버릴 것을 감지한 듯하다. 그들은 자기들의 서정시에서 빅토리아 시대 사람들을 괴롭혔던 도덕과 철학 문제 등을 제외시켰고, 간결하고도 매서운 시행(詩行)에 그들의 기분, 연애 문제 또는 감격적인 경험의 순간 등을 표현하였다. 오스카 와일드(Oscar Wilde)는 극작가로서의 업적과 추문으로 인하여 그의 시가 허울 좋은 명성을 얻었으나, 위의 문인들 중에서 시인으로서의 비중은 제일 가벼웠다. 어니스트 다우슨(Ernest Dowson)은 와일드에 비하여 아주 유능한 시인으로, 단편 서정시 안에 전통적으로 시를 구성하여 온 가장 오랜 상징들을 끌어모아서 재생시키는 것 같았다. 라이오넬 존슨(Lionel

Johnson)은 한결 고전적인 엄격성으로 잠잠하게 억제된 미를 가진 침착하고도 정돈된 서정시를 지었다. 케임브리지 대학의 라틴어 교수였던 하우스맨(A. E. Housman)은 생활 양식에 있어서는 이들 작가와 유리되었으나 기분에 있어서는 그들과 적지 않은 공통성이 있었다. 그의 〈슈롭셔의 총각(Shropshire Lad)〉(1896)과 아주 뒤진 후기작 〈마지막 시집(Last Poems)〉(1992)은 소박한 환상적인 인상을 주는 언어로 날카로우며 구슬프기까지 한 분위기를 교묘하게 파악, 묘사하고 있다. 낡아빠진 말에 싱싱한 가치를 부여한 여유있는 솜씨와, 그가 창작한 음악성과 자연에 언급하는 날카로움과 심오한 정서를 표현하는 요령 등으로 미루어 보아, 그레이의 경우와 같이 만일에 그가 좀더 시원하게 시 재능을 발휘하려고만 했다면 단연 일류 시인 축에 끼었을 것이다.

하우스맨은 그다지 혹독한 비평을 받지는 않았으나 20세기의 서정 시인군, 즉 조지 왕 시대의 시인군(조지 5세와 조지 6세)은 부당할 정도로 가혹한 공격을 받았다. 공격의 근거인 이 시인들의 시는 깊이가 모자라고 당시의 생활을 희롱하며, 그들의 자연은 주말에 본 피상적인 자연이요 심지어 그들은 아름다운 시를 쓰기 위하여 자신들의 심오한 감정까지도 야유했다는 데에 있는 것 같았다. 이 공격의 부분적인 초점은 애국 사상과 의무감, 그리고 기구하고 비극적인 참전시의 이상주의 등이 구체화된 14행 시집을 1914년에 내놓은 루퍼트 브루크(Rupert Brooke)에 집중되고 있었다. 브루크는 전쟁을 정신을 정화시키는 경험으로 보며 죽음을 영웅적인 행위로 본 듯하다. 브루크가 예견하려고 했지만 하지 못한 생의 추악함을 본 세대는 이 시인을 집중 비난할 수밖에 없었다. 오늘날 그의 시를 읽어 보면 그의 비방자들이 탓하는 것보다는 한결 우수하나 그의 시는 가끔 착각에 빠진 것 같다. 그의 동료 시인의 하나인 월터 드 라 메어(Walter de la Mare)는 자기 시에 한없이 투명한 신비주의로 된 마법을 도입하여 뚜렷하고 인상적인 어휘로 환상적인 기분을 곧잘 나타내었다. 회고하여 보니 당시에 가장 만족할 만한 시인들 중의 하나인 제임스 엘로이 플레커(James Elroy Flecker)는 자기 서정시에 이국적인 아름다운 음운을 주기 위하여 프랑스 시와 페르시아 시의 지식을 사용하였다.

조지 왕조의 시인들에 대한 반항은 주로 현대시는 모름지기 새 수법을 발견하여야 한다는 신념에서 출발한 것이다. 서정적이며 음률적인 시로 출발한 시인들마저 현대 생활의 구미에 한결 가까운 표현의 필요성을 통렬히 느끼게 되었다. 예를 들면 존 메이스필드(John Masefield)와 같은 시인은 초기 해양 서정시에서 전환하여 〈영원한 자비(The Everlasting Mercy)〉와 〈수선화 들판(The Daffodil Field)〉과 같이 심오한 인간 시정사에서 취재한 서사시를 쓰게 되었다. 메이스필드는 신중한 태도로 자기 시 안에 크랩(Crabbe)의 속된 세계와 초서(Chaucer)의 문학이 지닌 인간적인 면을 재도입하고 있었다. 시의 결함이야 어떻든 간에 그가 감행한 모험의 대담성과 성공은 인정받을 만하다. 메이스필드의 반항은 누구나 용이하게 이해할 수 있는 성질의 것이다. 즉 그는 종래에 등한시된 테마를 취한 다음, 이 테마를 묘사하기 위하여 때로는 고의로 거친 어법을 채택하는 것이다.

현대에 있어서 다른 시인들은 이보다 아주 복잡한 수법으로 자기들의 반항을 표시하여 왔다. 이와 같은 시인들 중에서 최고의 선구자는 제수이트파 시인 제럴드 맨리 홉킨스(Gerald Manley Hopkins)인데 그는 1889년에 사거했다. 그의 작품이 1918년에 비로소 발행되자 시와 사상에 있어서의 독창성 때문에 세인들의 대단한 주목을 끌었다. 홉킨스의 문학은 그의 시에 관한 사상이 어느 만큼 심오한가를 보여 주며 종교적 경험을 오묘한 시로 표현한 점에 있어서 17세기 이래 이 시인을 따를 자가 없다. 그는 하나의 노랫가락과 같이 빈틈없이 짜이고 통일된 시를 지으려고 애썼고, 이 효과를 위해서는 시의 용어나 문법 따위를 경시하기까지 했다. 수많은 청년 시인들은 현대적인 경험의 착잡성을 어느 정도 표현해 주는 시의 모델을 그의 시 속에서 발견하였다. 그들은 홉킨스의 시가 나타내고 있는 신념보다 오히려 그의 시 수법을 본받았다. 그가 죽고 난 1세대 후, 다시 말하면 제1차 세계대전이 끝난 다음 몇 해 사이에 그의 시가 지닌 진가가 세상에 알려지게 되자, 참신하고 박력 있는 표현력을 지닌 그의 시는 윌프레드 오웬(Wilfred Owen)의 전쟁시로 말미암아 만족된 것과 같은 기분이 든다.

현대시에서 유달리 두각을 나타낸 시인을 둘 든다면 엘리어트(T. S. Eliot)과 예이츠(W. B. Yeats)일 것이다. 엘리어트는 운문과 산문의 양면에서 자기 세대의 구미에 일대 혁명을 일으켰다. 그의 초기 시 〈프루프록의 연가(Prufrock)〉(1917)는 풍자적이며 때로는 희극적이다. 이른바 현대 문명에 대한 비방을 기조로 삼은 시로서 처음부터 끝까지 극적이며 비개인적인 것이 특색이다. 프랑스 시, 존 단의 시, 제임스 1세 시대의 극작품 등을 광범위하게 읽음으로써 그는 매섭고 암시적인 비유법을 발견하여 지성인의 환영을 받았다. 일면 이 묘사는 그것이 지닌 돌발적인 음운으로 말미암아 지성인의 감각을 즐겁게 해주었다. 전작에 비하여 월등히 심각한 작품인 〈황무지(The Waste Land)〉를 통해, 엘리어트는 '깨어진 이미지의 더미' 속에 전후 유럽 지성인들의 생활을 개괄하여 폭로하였다. 엘리어트의 이와 같은 수법은 다른 여러 작가들과 광범위하게 연관되어 있으므로 최초로 이 수법에 접하는 독자들은 당황할는지도 모른다.

이 수법이 완전히 이해되지 않을 때에도 우리의 상상력을 사로잡게 되는 것은 희안한 일이다. 엘리어트는 〈황무지〉에서, 오직 과거만이 있고 신앙을 잃어버린 현대 문명을 제시하고 있다. 엘리어트는 역시 신자답게 우리가 살아감에 있어 신앙을 절대 필수적인 조건으로 인식하는 나머지 〈성당의 살인 사건(Murder in the Cathedral)〉이란 시극에서는 기독교적인 삶의 가치를 특히 강조하였다. 초기작에 비해서 한결 단순한 시로 씌어진 이 작품에는 현대 생활과 현대가 직면한 딜레머를 다각도로 언급할 수 있도록 테마가 꾸며져 있다. 젊은 작가들이 유독 숭배하는 점은 주로 초기에 있지만, 〈성당의 살인 사건〉은 앞으로의 시에 새로운 영향을 주는 단서를 이룰 것이다.

예이츠의 시에는 양 세대의 영시가 결합되어 있으므로 이 시인으로 인해 이 영시가 개관의 막을 닫는 것이 당연한 일일 것이다. 예이츠는 아일랜드인이므로 자기 자신의 향토적 배경을 의식하고 있다는 차이점은 있으되, 그의 초기 시는 음률적이고 장식적이어서 라파엘 전파 문인들이 지향하던 시 경향과 별로 다를 것이 없다. 초기 낭만 수법으로 시를 구사하는 그의 능숙한 솜씨는 자주 듣지만 여전히 고유한 신선미는 변함이 없는 〈이니스프리의 호수섬(The lake Isle of Innisfree)〉와 같은 서정시의 수법에서 엿볼 수 있다. 시가 시대의 급격한 변화에 순응하자면 새 수법을 채택해야 한다는 사실을 예이츠 자신도 깨닫게 되었다.

그는 동 시대의 몇몇 시인들과는 달라서 과거로 돌아가는 일은 결코 없었으며, 자기 자신의 필요성에 따라 엄숙하고도 아름다운 시를 만들었다. 이와 같은 경향은 다음 네 시집 〈쿨의 백조들(The Wild

Swans at Coole)〉〈마이클 로버츠와 댄서(Michael Robartes and the Dancer)〉〈탑(The Tower)〉〈돌아 올라가는 계단(The Winding Stair)〉 등에 엿보인다.

그는 미를 파괴하려고 호시탐탐 노리는 이 추악한 세계에서 우화와 전설을 소재로 삼아 미를 간직할 수 있는 이미지를 창조하였다. 무엇보다도 그는 스위프트, 스펜서, 초서 등 과거의 문인들의 세계까지 상상력을 거슬러 올라가게 하여 그가 계승한 전통 안에 영국 시인의 힘이 있다는 것을 잊지 않았다.

제 6 장 셰익스피어 이전까지의 극

극을 단순히 문학의 일부분으로 간주하는 것은 착오이다. 왜냐하면 문학이 언어에만 의존하는 데 비하여 극은 하나의 종합 예술로서 언어, 무대의 효과, 음악, 배우의 표정, 그리고 무대 감독의 구성적 재능 등이 요구되기 때문이다. 극에 있어서의 언어의 역할, 다시 말해서 문학적 요소는 극에 따라 각각 다르다. 어떤 극에 있어서는 배우들의 몸짓이 제일 중요시되며 언어는 하찮은 역할을 하는 수도 있다. 이런 경우 극은 발레에 가깝다 할 것이다. 발레는 몸짓과 표정만 격식에 맞추어지며 언어는 표출되지 않는 것이다. 이와는 달리 어떤 극은 언어가 가장 중요한 역할을 하는데, 이를테면 G. B. 쇼의 몇몇 극에서는 한 배우가 말을 하면 그외의 배우들은 모두 부동 자세를 한 채 기다리고 있다.

극에 사용되는 언어는 산문일 수도 있고 운문일 수도 있지만 어느 문체를 취하든 간에 그 극의 전체적 효과에 합당한 것이어야만 한다. 대다수의 시극 작가들은 극이라면 으레 계속적인 멋진 말로 엮어질 수 있다고 믿어 왔다. 스윈번(Swinburne)이 이 이설을 고집하였는데 그것은 셰익스피어의 수법을 오해한 데서 생긴 결과이다. 셰익스피어 자신은 연극이 가장 중요한 요소이며 언어는 제아무리 유창하더라도 어디까지나 이에 종속되어야 한다는 것을 아는 사람이었다.

극작가는 어느 예술가보다 인적 요소와 조직성에 의존하는 바가 크다. 시인이나 소설가는 펜과 잉크와 종이만 있으면 일을 진행시킬 수 있지만, 극작가는 배우와 무대와 관객을 필요로 하는 것이다. 물론 극장을 염두에 두지 않고 극을 쓴 작가들도 있지만 이 '마음속의 극장'은 구체적 · 물질적 문제를 내포하고 있는 실제의 극장과는 달리 평가되어야 하겠다.

영국 극의 기원은 모호하다. 로마 사람들이 영국에 주둔하고 있을 때 극을 상연할 목적으로 원형 극장을 건립했었는데 로마인들이 물러가게 되자 그 극장도 함께 자취를 감추어 버렸다는 증거가 있을 따름이다. 중세기의 극 연출에 관한 최고의 기록은 연극에 관한 것이 아니고 배우, 익살꾼, 광대, 곡예사, 음유 시인 등과 개별적으로 관련되어 있다. 이들 중에서도 음유 시인이 가장 중요하다. 음유 시인은 영웅 장편시를 읊던 '앵글로색슨'의 스코프(Scop)와 후기의 극장을 연결하는 중간인의 역할을 하였다. 얼룩덜룩한 빛깔의 옷을 입은 이 음유 시인은 중세기를 통하여 사람들의 총애를 유독 받았으며 그들에게 친밀감을 주었음이 분명하다. 그는 왕의 궁정과 성에, 모의전(模擬戰)과 혼례식에 참여했으며 또는 시장에 나타나서 군중을 모아 이야기를 하고 노래를 읊곤 하였다. 테일리퍼라는 음유 시인은 윌리엄 1세의 원정군에 참가하여 론세스밸리스(Roncesvalles)의 송가를 읊으면서 숨을 거두었다는 기록이 있다.

때때로 음유 시인은 부호의 보호를 받아 부자가 되는 수도 있었고 토지나 귀중한 선물을 받기도 했다. 그러나 좀더 비천한 음유 시인은 먼 길을 방랑하고 다니는 동안 풍상에 시달리며 자기가 구할 수 있는 청중들의 호의에 의존하여 근근이 호구지책을 마련하기가 일쑤였다.

공적으로는 교회의 학대를 받았으니 그의 영혼이 천벌로부터 구원받을 가망이라곤 거의 없었다. 그 반면에 교회로서는 성지 순례자들이 여행하다가 지쳤을 때, 이 음유 시인의 이야기로 새로운 용기를 얻을 수 있다는 것을 깨달았음에 틀림없다. 승려들까지도 음유 시인의 방법을 본받아 대중 앞에 나서서 하는 신앙 지도 연설에다 세속적인 이야기를 섞는 자가 생겼다. 그들 역시 인간이고 보니 음유 시인의 이야기를 즐겼으며 간혹 승직을 박탈당한 자들이 음유 시인으로 전향하기도 했다. 음유 시인들과 그보다 덜 이름이 알려진 그들의 동료들을 천대하였던 것이 교회인가 하면, 영국에 극을 재도입한 것 역시 교회였다. 그 전에 교회가 로마 제국의 연극을 저주한 것은 그 연극의 광경과 테마에 규탄을 받을 만한 온갖 이유가 있었기 때문이다. 그러나 교회 전례 그 자체가 극적인 어떤 요소를 지니고 있었으니, 이 전례가 10세기에 이르러서는 연극의 기초로 발전되었다. 부활 축제를 계기로 하여, 이를테면 성경에 나오는 '빈 무덤을 참배하는 세 여인' 등의 사건이 라틴어 대사의 음영(吟詠)과 함께 목사들에 의해서 평이하게 연출되었다. 한 패의 목사 또는 성가대 소년들이 무덤을 지키는 천사의 역을 맡고 다른 세 사람의 목사가 그들에게 다가온다. 전자가 라틴어로,

> 예수를 따르는 여인들이여! 무덤 속에서 누구를 찾느냐?
> (Whom are you looking for in the sepulchre, ye women who follow Christ?)

라고 노래부르면 후자 역시 노래로,

오! 천령(天靈)들이여! 십자가에 못 박힌 나사렛의 예수를 찾음이오.
(Jesus of Nazareth, who was crucified, O heavenly beings.)

라고 대답한다. 그러면 전자가 다시,

그는 이곳에 없도다. 그가 미리 말했듯이 승천하였도다.
가서 이 사실을 알려라. 그가 하늘에 올랐음이니!
(He is not here : He has arisen as he said he would do.
Go! Announce it, since he has arisen from the sepulchre.)

라고 대꾸했던 것이다. 이와 비슷한 대사와 연기로써 또한 목자가 어린 예수를 참배하는 장면이 연출되도록 고안되기도 했다. 이와 같은 극적 표현법을 교회가 어떻게 북돋우게 되었는가는 알 수 없는 일이다. 이 극적 표현법은 교회의 예식에서 자연적으로 발전된 것 같다. 그리고 이 교회 예식에 나온 극적 표현법이 부락민의 오월제나 추수절의 놀이를 어쩌면 훼방하리라고 희망한 것인지도 모를 일이다. 그 근원은 애매하지만 이 같은 예배식 연극이 교회가 예상도 못 했던 방면으로 발전하였다는 것만은 명백하다.

처음에 예배식 연극은 단순히 교회 예식의 일부분에 불과하였으나 성장을 거듭하는 동안 13세기에 이르러서는 교회가 송두리째 하나의 연기에 사용됨으로써 교회 전체가 무대로 변했고, 관객들은 배우들 사이에 끼어 구경을 하곤 했다. 그와 같은 예배식 극으로서 예수의 탄생을 주제로 한 것이 루앙(프랑스의 지명)에 기록되어 있다. 세 명의 왕이 각기 교회의 동·서·북편으로부터 들어와 제단 앞에서 서로 마주친다. 그들은 자기들의 연기를 설명하는 대사를 음영하고 나서 이어 찬송가를 부른다. 합창대의 노래에 따라 그들은 하나의 행렬을 지어 사람들 속으로 옮아 간다. 제단 위에 불이 켜지고 왕들이 그곳으로 다가간다. 그 다음 대화가 벌어지다가 왕들은 잠이 들지만 그들의 귀로를 다른 방향으로 택하라는 천사의 음성에 이내 잠을 깨어 다시 행렬을 짓고 미사를 올린다는 줄거리이다. 지금에 와서 이 연출 광경을 정확히 눈앞에 그려 내기는 힘들다. 현대 무대치고 아마 구소련을 빼놓는다면 이렇듯 극장과 무대와 관객이 혼연 일체가 된 곳은 따로 없으리라고 본다. 극의 새로운 형태가 어떤 것이어야만 되겠다는 개념을 파악하기 위하여 오늘날의 무대 감독이 고대 연극에 되돌아가서 배워야 할 점이 바로 이것이리라.

그 같은 연출 광경을 단지 구경거리로만 알고 보는 사람이 많았으므로 고위층 성직자들이 차차 불안해진 기세가 나타나기 시작했다. 교회가 극을 재도입해 놓았지만 극의 종교적 목적보다 극 자체의 요소가 점차 더 많아져 가고 있음을 그제야 깨달았던 것이다. 여기에서 생긴 결과는 명백히 알려져 있으나 그 경위를 계통적으로 조사할 수는 없다. 아무튼 13세기와 14세기 사이에 연극은 세속화되었다. 성직자들은 자기들이 안출(案出)한 연극이 난처한 물건으로 된 것을 깨닫자 이내 그것을 교회 내로부터 교회 구내로 전출시켰다. 그곳에서 연극은 많은 점을 개량하여 추구되고 세속화되었다. 대사는 종전과 같이 라틴어가 아니라 영어가 사용되고 간단한 예배문을 대신하여 긴 연극 대사가 성경 이야기를 중심으로 꾸며졌다. 배우도 그때는 승려가 아니고 중세의 길드(Guild)에 소속된 조합원들이었으며, 하나의 극을 보통 한 길드가 책임지고 연출하였던 것이다. 이 몇몇 길드는 하나의 협동체로 단합해서 일정한 향연일(饗宴日), 특히 성례절(聖禮節 : Corpus Christi)을 위하여 일련의 성경극을 준비했다가 한 도시의 여러 장소에서 그것을 상연하였다. 개개의 극이 무대 위에 설치되고 그 무대 밑에 차 바퀴를 달아 이곳 저곳으로 끌고 다니게 마련되어 있었다. 연극사가들은 종종 이들 종교극이 한낱 연극사적 중요성만을 갖는 것으로 생각하는데 사실은 그 극 자체에 더 큰 중요성이 있다 할 것이다. 그 이유인즉 이 극이 진정한 사회적 활동체로서 또한 협동 기업체로서 이름난 장인(匠人)들의 길드에 의하여 유지되었으며, 거기에 고용된 조합원은 한결같이 비직업적 극 애호가들이었기 때문이다.

여러 가지 증거가 보여 주는 이 극의 활동 범위는 광범위한 것이었다. 당시의 극으로서 현존하고 있는 것은 물론 질로 보아서 대표적인 것이라고 추측되지만, 그 수가 몇 개에 국한되어 있다. 지금까지 보존된 중요한 것은 체스터(Chester)계, 요크(York)계, 타운리(Towneley)계, 즉 웨이크필드(Wakefield)계와 코벤트리(Coventry)계 등 네 개의 계통이다. 그 중 요크계가 가장 완성된 것으로 우주 창조에서 최후 심판일에 이르기까지의 성경 사화를 묘출(描出)한 일련의 극을 수록하고 있다. 현존하는 전기 네 계통에 수록된 극을 볼 때 모두가 때로는 비애——일례로 아브라함이 이삭을 제물로 바치는 극에 나타난 것 같은 애감——를 띠고 있으면서 한결같이 진실성과 독자성을 발휘하고 있는 반면, 연극은 기교면에 있어서는 제각기 다른 색채를 띠고 있다. 이들 극에는 노아의 부인이 사나운 여자로 취급되고 있듯이 소박하고 우스꽝스러운 인물이 극중에 뛰어드는 예가 빈번하다. 이들 종교극 또는 기적극(Miracle Plays)의 작가들 가운데에는 남달리 탁월하여 타운리계, 즉 웨이크필드계에 수록된 극을 다섯 개나 단독적으로 쓴 작가가 있다. 이 작가는 나이 어린 예수 앞에 참배하는 목자를 그려 낸 〈세컨다 포스트룸(Secon-da Postrum)〉에 있어서 처음으로 마크(Mark)라는 염소 도둑과 그 부인을 소개하고 목자의 생활과 곤경에 약간의 사실적 검토를 가함으로써 성경 사화에 대한 자기의 독자성을 여실히 보여 주었다. 이런 극을 구경하고 있던 당시의 관객들의 마음 상태를 지금에 와서 포착하기란 어려운 일이다. 〈세컨다 포스트룸〉이 보여 주는 주요한 희극적 사건 중에 마크 부부가 훔친 염소를 아이같이 가장시켜 요람 속에 숨겨 둔 것이 드디어 다른 목자들에게 발견되고 마는 장면이 있다. 결국에 가서는 이 목자들이 나이 어린 예수를 참배하는 것으로서 이 극은 끝나는데, 이 아기 예수에 대한 참배와 아이로 가장된 양에 대한 우스꽝스러운 참배 사이에 가로 놓인 대조를 어찌 작자 자신이 몰랐을 리가 있겠는가? 이들 종교극으로 말미암아 지금까지 우리가 충분히 인식치 못하고 있는 하나의 위대한 민족 전통이 형성되었던 것이니, 청교도가 국민으로부터 이 향락을 박탈해 버렸던 것이다.

이 종교극보다 뒤늦게 도덕극(Moralty Play)이 생겼으며 거기에는 개념적인 선과 악이 인물화하여 등장하게 된다. 첫인상부터가 이런 극은 노아의 부인이나 염소 도둑 마크가 출연하는 극보다 활기가 덜해 보인다. 그러나 도덕극 작가들 중에는 선악을 인물화하되 거기에 그 시대 인물을 사실적으로 그려 내는 사람도 있었다. 그리하여 〈인간(Mankynd)〉이란 극에서는 주인공이 무(無 : Nought)와 새로운 가식(New-Gyse)과 현대(Nowadays)의 세 악한에게 습격을 당하게 되는데, 그 같은 습격이 어떤 도덕적 취지를 띤 것임은 물론이지만 무대에서는 이 3인조 악한의 습격이 희극적으로 그럴싸

하게 연출되어 있다. 도덕극의 가능성은 영국에서 15세기 말엽의 〈모든 사람(Everyman)〉이 거둔 효과와 장기간에 걸친 성공으로 증명되었다. 인간은 죽음에 의해 신 앞으로 호출되게 마련인데, 속계의 친구들은 차례로 그를 버리고 그가 마지막 심판대 앞에 설 때까지 그를 따르는 자는 오직 선행뿐이라는 것이다. 등장 인물은 이와 같이 전부가 어떤 추상 개념을 대표하고 있지만 서로 인간적인 관련성을 띠고 있으며, 액션 전체가 교훈에 지배되어 있다고는 하지만, 극은 자연스럽게 발전되고 이따금 순수한 사실성을 띠고 있기까지 하다.

숱한 증거가 대부분 상실되었기 때문에 이 시대의 연극을 그 발전 과정에 따라 더듬어 보기는 어렵다. 어떤 일관성 있는 설명을 제시한 사가들도 있으나 그들은 논리의 정연한 외모를 갖추기 위해 사실을 왜곡했던 것이다. 도덕극과는 별도로 막간극(幕間劇 : Interlude)이라는 것이 있었다는 것은 명백한 사실이다. 이것은 종교극과 같은 인기 있는 작품도 아니며 도덕극처럼 우의적인 것도 아니었다. 주로 튜더(Tudor) 왕조의 비교적 지성적인 귀족들의 저택에서 연출되도록 마련된 작품이었는데, 토머스 모어 경(Sir Thomas More)은 이 극을 좋아하였던 것으로 알려져 있다. 가장 우수한 작품 중의 하나는 최근에야 발견된 헨리 메드월(Henry Medwall)의 〈플루겐스와 루크리스(Flugens and Lucres)〉이다. 그 이야기 줄거리는 루크리스가 고귀한 태생과 비천한 태생의 두 청혼가 사이에서 주저하다가 결국 후자에게 자기를 바친다는 것이다. 일종의 교훈적인 요소를 여전히 지니고 있긴 하지만 이와 같은 테마는 그 전의 우화적인 설화라든지 성경 사화로부터 독립되어 있었다. 일단 이런 테마가 안출되고 보면 그 다음엔 극작가들이 자기의 재능이 이끄는 곳을 어디든지 자유롭게 더듬을 수 있는 법이다. 〈플루겐스와 루크리스〉는 그 이야기 줄거리와는 별도로 몇몇 흥미진진한 장면을 가졌는데, 무대 위에 서 있는 대화자가 상대편 인물을 서술하는 것 같은 점은 일면 피란델로(Pirandello)의 수법을 어렴풋이 연상케 할 정도이다. 막간극치고 짜임새가 이 극만큼 발달된 것은 따로 없다. 〈셀레스티나(Celestina)〉라는 스페인의 이야기를 〈칼리스토와 멜레베아(Calisto and Melebea)〉라는 극으로 개작한 작가가 있는데, 그는 싱거운 윤리적 교훈으로 말미암아 원본의 산뜻한 맛을 말살시켜 버렸다. 막간극은 대다수가 적은 의도로 더 많은 소득을 얻고 있다. 제일 단순하면서도 가장 재미나는 작품의 하나는 헤이우드(Heywood) 작인 〈불칸 양의 극(The Play of the Wether)〉(1533년 인쇄)인데, 그 내용은 주피터가 인간의 모든 모순된 욕망을 충족시키려고 애를 쓰는 것이다. 이 작품은 전체의 구성이 〈플루겐스와 루크리스〉보다는 못하지만 흥미진진한 대화가 많고 때로는 최소한의 등장 인물과 각색으로써 상호 관련된 유쾌한 대화를 목적으로 삼고 있기도 하다. 〈면죄부 판매인 및 수도사와 목사보, 그의 이웃 프라트 간에 일어난 명랑극(Merry play between the pardoner and the frere, the curate and neybour Pratte)〉(1520년경)도 그런 작품의 하나로서, 이들 네 명의 명사들이 각기 거짓말하는 것을 경쟁하는 내용이다. 〈남편 요한과 그의 처 티브 그리고 목사 존 경(Johan the husband Tyb his wife and Syr John the preest)〉(1533년경) 역시 재담으로 엮어져 있을 뿐 아니라, 거기에 전제적인 처와 유혹적인 목사와 겁쟁이 남편을 각각 등장시킴으로써 인물과 플롯의 기초를 닦아 주고 있다.

이상과 같은, 그리고 그 외에도 수많은 막간극이 튜더 왕조의 신사숙녀들에게 어떤 교훈이 스민 여홍을 주었다. 그 유머는 조잡스럽고 연기는 미숙한 때가 종종 있었으며 항상 도덕적 교훈과 우화의 시대로 복귀하는 경향에서 벗어나지 못했다. 문학의 발달이란 균일한 보조로 이루어지는 일이 드물고 예상 못 할 만큼 돌발적으로 일어난다. 영국 희곡 사상 몇 개의 가장 위대한 작품을 산출할 수 있었던 이 세기에, 그와 같은 막간극이 씌어졌다는 사실은 이해하기 곤란한 일이다. 어떻게 하여 그런 변혁이 일어날 수 있었던가 하는 문제는 당연히 연구의 대상이 되어 왔다. 말로(Marlowe)나 셰익스피어의 재능은 설명이 불가능하나, 한편 극형식에 나타난 변혁은 사람들이 고전극에 다시 관심을 갖게 되었다는 사실로서 일부분 해명될 수 있다. 이 사조의 영향이 전반적으로 유익했던 것처럼 이따금 주장되지만 이것은 사실과 거리가 먼 이야기이다. 문예부흥은 발생 초기의 영국 극에 충분히 소화나 이해가 되지도 못할 현학적 전통을 부과하였으니 말이다. 그 이득점이 무엇이었든지 간에 여기에서 결과된 연극이 사회 활동체로서의 통속성을 볼 때 기적극(奇蹟劇)보다 못했다는 것만은 사실이다. 그러나 고전극은 재래 영국 극이 전혀 이룩하지 못했던 의도의 대담성과 고매성을 극작가들에게 보여 주는 실례가 되었다. 키드(Kyd), 말로, 셰익스피어에 있어서, 극에 잠재한 이 고도의 가능성이 재래의 고유한 전통 속에 흐르고 있었던 귀중한 요소와 완전한 결합을 이루었던 것이다.

고전극은 희극과 비극에 대하여 다 같이 본보기를 제공해 주었던 것인데, 영국에 관해서만 생각할 때 그리 대수롭지 않은 몇몇 예외가 있을 뿐 대개는 라틴극이 그 본보기가 되었다. 조지 개스코인(George Gascoigne)만 하더라도 그의 작품 〈포카스타(Focasta)〉의 겉장에 명기하기를 자기는 그것을 유리피데스(Euripides) 원작인 그리스 극에서 번역했다고 말하고 있으나, 실상은 이탈리아 극에서 번역하였던 것이다. 영국 희극은 라틴 극의 개입이 없었더라도 능히 발달했음직하며 재래극에 속했던 우수한 점은 끝까지 그대로 남아 있게 되었다. 그런데 비극은 기적극과 도덕극만으로는 충분히 발육되었을 것 같지 않고 16세기에 이르러서 비로소 라틴 극의 도움을 받아 새출발을 하였던 것이다. 희극에 있어서 본보기였던 라틴 작가는 테렌스(Terence)와 플라투스(Plautus)인데 이들이 당시의 영국 극에 끼친 영향은 니콜라스 유덜(Nicholas Udall)의 〈랠프 로이스터 도이스터(Ralph Roister Doister)〉(1553년경)에서 엿볼 수 있다. 이 극은 라틴 희극에 나오는 허풍 떠는 군인 미리스 글로리오수스(Miles Gloriosus)에 주제를 두고 있다. 그 유머는 비록 대부분이 종전의 막간극이 지닌 것과 평행적인 것일망정, 유덜이 막간극의 보잘것없는 몇몇 사건을 중심으로 하고, 한 토막의 희극적 대화 대신 제 길이를 가진 극을 완성할 수 있게 되었다는 데에 고전극에서 힘입은 바가 큰 것이다. 재래극의 요소가 얼마나 강한 것인가는 로이스터 도이스터보다 시대가 약간 앞선 극으로 현존 영국 최고(最古) 희극이라 할 수 있는 〈개머 거턴의 바늘(Gammer Gurton's Needle)〉(1550년경)에 잘 나타나 있다. 이 극의 중심적 사건——바늘의 분실과 발견——은 보잘것없고 익살맞은 것이지만 그 대화를 엮은 작가의 재능과 농촌 생활에 관한 넓은 식견을 보여 준다. 그는 우스꽝스럽고 자연스러우면서 실재 인물과 같이 그려진 농부 호지(Hodge)를 포함한 여러 성격을 창작하는 데에 있어서 뚜렷한 재능을 지니고 있다.

비극에 관해서는 문제가 보다 심각하였는데, 키드나 말로, 셰익스피어가 어떤 재능으로 그것을 해결해 냈는지 아직도 이해하기 어려운 점이 있다. 고대에 윤리 강화로 명성을 떨쳤으며 일련의 실내극(Closet Drama)도 저작한 바 있는 네로(Nero) 시대의 철인 세네카(Seneca)가 주로 비극의 모델이 되었다. 그는 그리스 신화를 취급해서 외관상으로 그리스 극을 많이 닮은 극을 썼었다. 그러나 그는 그리스적 사유방식에 의한 종교적 요소를 삭제하였고, 운명의 개념을 복수라는 좀더 인간적인 동기로 대치시켰다. 사건——보통 피비린내 나는 것이었는데——은 사자(使者)가 보고하는 형식으로 진행되었으니, 이 고전극적 수법이야말로 그의 기나긴 수사적 웅변이 삽입될 여유를 마련해 주었던 것이다. 이 속에서 그는 도덕론에 대한 자기의 취미를 마음껏 살릴 수 있었다. 그것은 마치 낭만파 작가치고도 잔인성과 동시에 도덕적 교훈에 기호(嗜好)를 가진 작가가 고전극이 자기 의향에 영합되도록 개술한 것과도 같다. 세네카는 위험스러운 모델이긴 했으나 그렇듯 별스럽게 배합된 그의 취미가 엘리자베스 시대의 시대정신에 아주 부적합한 것은 아니었다. 그래서 당시의 엘리자베스 시대 사람들은 그들이 그리스 극의 형태이며 주제라고 생각했던 것을 라틴어 속에서 발견하였다. 당시 극소수의 사람들만이 해득할 수 있었던 그리스어의 난삽성을 거치지 않고도 능히 그런 일을 이룩할 수 있었다. 또한 이 고전극 대가 속에 당시의 영국인들이 흥미를 느끼던 범죄 · 폭력 · 잔인성 따위가 충분히 확인되었다. 훈화조의 말조차 처음에는 동화되기가 한결 어려운 것 같기도 했다.

그렇지만 당시의 영국인은 도덕극과 중세 문학의 으뜸가는 전통을 통해서 도덕론에 이미 익숙해졌었다. 호언이나 수사를 두고 말할지라도 그들은 자기들의 라틴어 교사와 능히 실력을 겨눌 만했다. 그런데 가장 큰 불행은 세네카가 극작가가 아니라는 사실이었다. 그리고 16세기의 극작가들이 부닥친 중요한 문제는——그들이 그 문제를 충분히는 의식하고 있지 않았지만——세네카식 연설과 그가 지닌 극적 구성과 폭력 찬성의 태도를 실제로 극장에서 상연할 수 있는 극으로 개편하는 것이었다.

세네카의 극이 번역 출판된 것은 1559년과 1581년 사이였다. 그 동안 1562년에 토머스 새크빌(Thomas Sackville)과 토머스 노턴(Thomas Norton)의 공작(共作)이며, 현존 영국 최초의 비극인 〈고르보더크(Gorboduc)〉가 상연되었다. 비록 그 방법은 세네카식이지만 이 극은 영국적인 테마인데다가 주제가 불안정한 왕위 계승에 따르는 위험성에 관한 것이어서 엘리자베스 왕조의 법률가나 궁정인 같은 관중에게 더할 나위 없이 흥미진진한 화젯거리가 되곤 했다. 그러나 길고 육중한 무운시로 된 연설과 무대 위의 액션이 아주 결여되어 있었으므로 〈고르보더크〉는 유식한 청중에게만 어필할 수 있었다. 그렇듯 완전히 액션이 제거된 극은 영국 국민의 구미에 맞지 않았기 때문에 〈고르보더크〉 하는 수 없이 막간에 무언극을 삽입하여 극적 활기를 나타냈다.

좀더 활발한 연기를 가진 극에 대한 영국인의 욕구는 사극이 일찍부터 성공했다는 사실에서 넉넉히 미루어 알 수 있는데, 사극이야말로 이 민족의 특산물이다. 오늘날 남아 있는 사극은 아마도 아주 옛날에 속하는 작품은 아닌 듯싶다. 현존하는 작품들은 셰익스피어의 여러 작품에 윤곽도를 제공해 주었다는 이유에서 대체적으로 중시되고 있다. 〈헨리 5세의 유명한 전승(The Famous Victories of Henry the Fifth)〉(1588) 〈영국 왕 존의 내정우환(The Troublesome Raigne of John, King of England)〉(1590년경) 〈리어 왕(King Leir)〉(1594) 등이 그것이다. 이들과 그 외의 여러 사극은 많은 사건을 담고 있었지만 다만 정형을 갖추지 못한 것이 흠이었다. 따라서 연극이 발달하려면 문제는 이 민족 전통이 지닌 활발성에다 세네카식 비극이 지닌 야심적인 문체와 구성의 솜씨를 적당히 배합하는 것이었다.

바로 이 문제를 해결한 것이 토머스 키드(Thomas Kyd, 1564~1595)와 크리스토퍼 말로(Christopher Marlowe, 1564~93)의 뛰어난 공적이다. 말로보다 앞서 극작을 하고 있었다고 생각되는 키드는 〈스페인의 비극(The Spanish Tragedy)〉으로 처음으로 극장이 요구하는 극을 제공하였다. 그는 편리한 범위 내에서 최대한으로 세네카의 비극을 받아들여 그것에 기초를 두고 잘 짜여진 통속 비극을 완성시켰던 것이다. 그는 또한 무운시가 얼마나 손쉽게 극의 유효적절한 방편으로 전환될 수 있는가도 알아챈 사람이었다. 이 극에서 그는 공포며 죄악이며, 세네카식 복수의 동기를 사용하면서, 한편으로는 인물들이 뚜렷하고 시추에이션이 연극적으로 효과적이며 극이 통일된 구상 아래에 짜여지게 했다. 정묘하게 구상된 이 극의 중심 제목은 히어로니모(Hieronimo)가 살해된 아들 호레이쇼(Horatio)의 원수를 갚는 것인데, 한 극중 인물로서의 이 노부는 그때까지 영국 무대가 보여 준 것 중에서 가장 인간적이고 숙련된 성격 묘사였다. 키드는 또한 햄릿(Hamlet)을 주제로 한 극의 저자이기도 하다. 오늘날 그 사본이 남아 있지는 않지만 〈스페인의 비극〉으로 미루어 보건대 셰익스피어가 〈햄릿〉을 쓰는 데 있어서 시간적으로 앞선 이 작가에게 영향을 받은 바가 컸다는 것이 분명하다.

크리스토퍼 말로는 파란곡절이 많던 생애를 비참한 죽음으로 막을 내린, 박학다식한 젊은 케임브리지 출신의 극작가였다. 극작가로서의 그의 짤막한 경력은 별도로 치고라도 그는 한때 염탐꾼 또는 스파이로서 정란(政亂)에도 개입했었던 것 같으며, 철학과 종교에 관한 그의 견해가 그 당시 매우 불온한 것으로 인정되었다는 약간의 증거도 있다. 그의 가장 귀중한 솜씨는 1587년에서 1593년 사이에 씌어진 4비극 〈탬벌레인 대왕(Tamburlaine the Great)〉 2부작 〈파우스트 박사(Dr. Faust)〉 〈몰타의 유태인(The Jew of Malta)〉 〈에드워드 2세(Edward II)〉 등에 담겨져 있다. 그 중에서도 〈탬벌레인 대왕〉은 말로의 상상력을 가장 잘 보여 주는 작품이다. 주인공으로는, 그 후의 어느 고대 영웅도 따르지 못할 대정복자가 된 14세기의 한 달단(韃靼)의 목부를 택하고 있다. 〈탬벌레인 대왕〉은 광신적인 야심가이면서 또한 괴상한 잔인성을 지니기도 했다. 이렇듯 극단을 좋아하는 말로인지라 급기야 그는 이따금씩 자신의 수법까지도 풍자하는 듯 보일 지경이며, 아시아 제왕과 더불어 탬벌레인이 자기 전차에다 마구를 채우는 따위의 장면은 엘리자베스 시대의 극에서 가끔 엿보이는 패러디(parody)의 소재가 되어 버렸다.

말로는 탬벌레인을 한낱 잔인하고 정복욕에 불타는 패자로 묘사하는 것만으로는 만족치 않았다. 탬벌레인의 권력욕에는 일종의 철학적 재량이 부여되어 있었다. 다시 말하면 그는 힘으로써 신과 인간에 도전하고 있는 하늘 밑에 둘도 없는 인간상으로 되어 있다. 그를 정복할 자는 오직 죽음이 있을 뿐이니 이 죽음이야말로 〈모든 사람〉이 맞아야 하는 바로 그 적인 것이다. 말로와 이 도덕극 작가 사이에는 중세기적인 인생관과 문예부흥적인 인생관 사이에 가로놓인 차이점이 있음을 알 수 있다.

권선징악극인 〈모든 사람〉의 작가는 현세의 인간 생활을 하나의 영적 여정으로 인식하였는데 이러한 인생 여정에서 사람이 성공할 단 하나의 희망은 오직 신에 헌신적으로 인종하는 데에 있는 것으로 보았다. 말로 역시 죽음이 언제나 엉큼하게 도사리고 있는 것을 알고는 있지만, 이 속세에서 일어나는 일이 무엇이든지 간에 인간이 세속적 영광에 도취한다는 사실 자체가 하나의 보수임을 믿고 의심치 않으면서 신의 율칙에 과감히 반기를 들고 있다. 이와 같이 웅장하고 당차게 묘사된 인물에 대한 그런 착상은 영국 극에 일찍이 전례가 없는 일다. 말로는 장중한 행동을 기록하는 데 알맞는 무운시, 즉 '힘찬 시문'에 그것을 자유자재로 구사해 냈다. 이 극을 본 관중이라면 누구나 좀처럼 잊혀지지 않는 시구(詩句)를 많이 발견하는데, 그중에서도 특히 의의 깊은 것은 탬벌레인이 불면의 성진(星辰)처럼 부단히 야망에 불타오르면서,

> 무엇보다 무르익은 열매요
> 지상행복이며 유일한 복(福)인
> 세속적 왕권의 감미로운 결실
> (The ripest fruit of all,
> That perfect bliss and sole felicity,
> The sweet fruition of an earthly crown.)

이라며 자기의 유일지상의 행복을 발견하고 있는 장면에서 찾아볼 수 있다.

〈탬벌레인 대왕〉에서 이렇듯 추구하는 세속적인 영광은, 기독교 세계에서 말하는 갈등하는 가치관념으로 인해 조금도 구속되고 있지 않다. 말로는 〈파우스트 박사〉에서 이 문제와 대결하여, 만물의 지식을 갖고 있기 때문에 자기의 넋을 악귀에 팔고 마는 마술사에 관한 독일 전설을 취급하였다. 〈탬벌레인 대왕〉이 물질적 장애물과 정면으로 맞서는, 권력에의 의욕을 보여 주는 것이라 한다면, 〈파우스트 박사〉는 그 같은 문제의 내적이며, 좀더 반성적이고 정신적인 결과를 검토한 것이라 하겠다. 이 극은 전적으로 성공적이라고는 할 수 없

다. 파우스트 박사가 자신의 얼을 팔게 되는 개막 장면도 장려하려니와 마지막에 상연되는 응보의 최후 시각은 말로가 일찍이 다다르지 못했던 웅성 깊은 페이소스에 도달하고 있는 것이다. 약점은 그 중간 장면에 있다 하겠는데, 어떤 것은 조잡스럽고 그로테스크하며 심지어는 익살맞기까지 하다. 사실 너무나 적절치 못한 대목이 나와서 말로의 저작 여부를 의심하는 사람이 더러 있을 지경이다. 〈몰타의 유태인〉에서는 초기 작품에서 엿볼 수 있던 고상한 시를 찾아볼 수 없고 인물 착상에 있어서도 전에 보던 장려함을 지니지 못하고 있다. 통속극으로 저하되어 있을 뿐 아니라 그 작풍이 너무 엉뚱하여 말로는 이 극으로써 그보다 앞선 작품을 빈정대고 있는 것이라고 생각할 수 있다. 유태인 바라바스(Barabas)가 기독교도들에게 부당한 대접을 받고 나서 그 보복으로, 일련의 범죄 행위에 속한다고 보는 마키아벨리(Machiavelli) 식의 태도로 인간을 대하게 된다. 그런데 그 태도가 너무나 믿어지지 않을 만큼 야단스럽기 때문에, 이런 종류에 곧잘 구미가 당겼던 엘리자베스 시대의 관중일지라도 과연 그것을 진지한 태도로 대했을까 이해하기 힘들다.

〈에드워드 2세〉는 비교적 온건한 작품으로 그 구성이 말로의 어떤 작품보다 조심스럽게 균형이 잡혀져 있고, 비록 〈탬벌레인 대왕〉이 가진 활기와 신비스런 매력은 없을망정 인물들이 한층 다채롭게 연출되어 있다. 말로는 정형을 갖추지 못한 재래의 사극에서 영국사라는 테마를 얻어 그것을 순수한 비극으로 개량하였던 것이다. 중심인물인 에드워드 2세는 탬벌레인이나 파우스트가 그러하였듯이, 침략적이고 의젓한 존재가 못 되고 감상적이며 연약하다.

말로는 비극에다 무운시라는 훌륭한 방법을 통용하였던 것이다. 이 시형은 웅장한 천상의 사물(brave translunary things)을 묘사하는 데에는 알맞을지 모르나 일상 시정사에는 그다지 적당하다고 할 수 없다. 그는 또한 비극에 성격 인물의 개념을 부여하였고 또한 그것에 무한한 발전 가능성을 암시해 주었다. 플롯을 짜는 법과 어떻게 하면 액션을 순수히 극적 방법으로 묘출하느냐는 문제에 대한 그의 공헌은 보다 덜 감명적이었다. 키드는 시인으로서는 말로에 비교할 바가 못 되지만, 극 구성면에서 볼 때 말로가 미치지 못할 기교를 발휘했던 것이다.

비극이 말로와 키드에 의하여 발전되고 있는 동안, 희극 역시 〈캠머 거턴의 바늘〉이 가진 조잡한 유머에서 탈피하고 있었다. 셰익스피어에 앞서서 희극을 쓴 가장 뛰어난 준재(俊才)는 존 릴리(John Lyly, 1554~1606)이다. 그는 〈유푸스(Euphues)〉라는 소설의 저자이기도 하다. 릴리는 자기의 관중을 궁정에서 구하고 배우로는 소년들을 썼다. 아름답게 묘사된 정취며 우아하고 정묘한 신화적 테마를 갖는 그의 희극이, 소리 지르고 호언 장담하는 〈탬벌레인 대왕〉이나 무대를 선혈로 물들인 〈스페인의 비극〉과 동시대에 속해 있다는 것은 이해하기 힘든 일이다. 그러나 엘리자베스 시대의 극문학의 궁극적 매력은 이 모든 것을 결합할 수 있었던 역량에 있는 것이며, 때로는 그것이 한 개의 극 속에서 이루어지는 예도 볼 수 있다. 몇몇 릴리의 극작품이 지금까지 존재되어 있는데, 〈캄파스페(Campaspe)〉(1584) 〈사포와 파오(Sapho and Phao)〉(1584) 〈가라테아(Gallathea)〉(1588) 〈엔디미온(Endimion)〉(1588) 〈마이다스(Midas)〉(1589년경) 〈엄마 봄비(Mother Bombie)〉(1590년경) 〈사랑의 변모(Love's Metamorphoses)〉 〈동상〉 〈달 속의 여인(The Woman in the Moon)〉(1594년경) 등이 그것이다. 여자를 풍자한 시극 〈달 속의 여인〉을 제외한 작품은 모두 산문으로 되어 있고, 일종의 현대 희극인 〈엄마 봄비〉를 제외하고는 모두 신화적 테마를 택하고 있다. 릴리가 정당한 평가를 충분하게 받은 적이 드물었던 것은 그 뒤를 어어 이내 셰익스피어가 나타났기 때문이다. 그러나 그의 독창성과 창작력은 주목할 만하다. 그는 사실적인 웃음거리와 라틴 희극의 복잡성과 도덕극의 우의를 새로운 모양으로 결합시켜, 부드럽고 꿈 같은 낭만성을 충만케 하였다. 그는 또한 여왕과 궁정인 청중들을 염두에 두고 신화에다 시사적인 내용을 가미했던 것이다.

릴리가 자기대로 부단히 창작을 계속하는 동안 많은 동시대인들이 다채로운 정조를 시도한 바 있었다. 시인이며 소설가에다 팸플릿 작가를 겸한 엘리자베스 시대 문단의 만능가인 로버트 그린(Robert Greene, 1560~92)은 그 수법이 〈알폰수스(Alphonsus)〉와 〈올란도 푸리오수스(Orlando Furiosus)〉와 같은 작품들이 패러디로 해설될 만큼 졸렬하긴 해도, 말로를 모방하여 대중적 구미에 영합하도록 애를 썼다. 그의 극작가로서의 적격성은 〈베이콘 승과 번게이 승(Friar Bacon and Friar Bungay)〉(1589년경) 〈제임스 4세〉(1591년경)와 같은 희극에서 밝혀졌다. 그는 상이한 사회 계층에서 추출된 인물과 제각기 신빙성이 다른 사건이 로맨스의 분위기 속에서 일치 융합되도록 플롯을 꾸며 냈다. 〈베이콘 승과 번게이 승〉에 있어서는 마술사가 궁정인과 왕들 사이에 뒤섞이고 웨일스(Wales) 왕후가 프레싱필드(Fressingfield)의 목장 소녀 마거릿(Margaret)에게 청혼을 하며, 〈제임스 4세〉에서는 영국 왕과 스코틀랜드의 왕이 인접 국의 왕 오베론(Oberon)과 함께 생활을 한다. 이것이야말로 멀리 동떨어져 있기는 하지만 셰익스피어의 〈한여름 밤의 꿈〉의 도화선이 되는 것이다.

그 외의 당대 극작가 중에서 조지 필(George Peele, 1558~98)은 정의 내리기가 보다 어려운 사람으로 되어 있다. 그의 처녀작인 듯싶은 〈파리의 규탄(Arraignment of Paris)〉은 신화극으로 여왕 어전에서 상연되었으며, 모든 점이 궁정의 관객을 위하여 꾸며져 있다. 이 극은 릴리의 전통에 속하며 필은 비록 고안력과 판단력이 뒤지기는 하지만 그 대신 시인으로서의 서정적·수식적 재능을 보여 주고 있다. 〈데이비드와 베스세비(David and Bethsabe)〉는 고대의 종교극과 흥미로운 연관을 맺고 있는 작품이다. 시작은 성경에서 나온 테마로 되어 있으나 그는 이 테마를 어디까지나 이야기를 그리고 자기의 마음에 드는 시구를 사용할 기회를 위하여 발전시켰다. 후세까지 가장 잘 기억되는 그의 작품이——유독 밀턴이 〈코머스(Comus)〉에서 이 극을 되살렸지만——〈늙은 부인들의 이야기(The Old Wives' Tale)〉인데, 황홀할 만큼 낭만적인 이 작품의 첫 장면은 진행될수록 차츰 극적 풍자로 이끌려 나가도록 되어 있다.

16세기의 90년대에 이를 무렵까지는 영국의 극장이 제대로 갖추어져 있었으나 여러 가지 복잡 다난한 입지 조건 때문에 극작가들의 활동이 제약을 받고 있었다. 요약하자면 당시 런던의 형편은 궁정측이 연극에 호의를 보여 준 반면에 시정 관리들은 청교도적인 주저심의 탓도 있지만 부분적으로는 사회적 이유도 있어서 극을 순전히 장애물로 보고 있었다. 비단 궁정 상대뿐만 아니라 일반에게도 공개할 목적으로 연극을 만들어 낸 사람들은 시정 관리들을 피하여 성벽 밖에서 연극을 상연하게 되었다. 극은 처음에는 내정에서 상연되었던 것이나 1576년에는 이미 극장이 시 경계선 밖의 쇼어디치(Shoreditch : 런던의 지명)에 건립되어 있었다. 시내에는 16세기에 있어서 극장이라곤 단 하나, 소년 배우들이 흥행하는 블랙프라이어스

(Blackfriars)가 있었을 뿐이다. 배우들은 수많은 방해에 직면할 수밖에 없었다. 법적으로 그들의 직업이 승인되어 있지 않았으므로 그들은 불량배와 방랑자로 취급되었다. 이런 난국을 극복할 수단으로 배우들은 일정한 영주나 고급관리의 가신들이 입는 제복을 입었었다. 그렇지만 그들은 자기들의 기술에 의뢰할 따름이지 경제적으로 어떤 도움을 받는 것도 아니었다. 단지 배우들은 이 특권을 이용해서 법망을 벗어날 수가 있었다. 때문에 엘리자베스시대의 배우들은 그들에게 합법적 신분을 부여해 준 고관들의 이름을 따라 '여왕의 신하(the Queen's men)' '아드미랄 영주의 가신(the Lord Admiral's men)' '체임벌린 영주의 가신(the Lord Chamberlain's men)' 등으로 이름이 알려져 있었다. 16세기의 공설극장은 여러 가지 중요한 점에 있어 현대 극장과는 달랐다. 노천으로 되어 있는데다가, 조명장치 같은 것도 없었으므로 극은 주간에만 상연될 수밖에 없었다. 흙을 높이 쌓아 올린 단이 무대 역할을 하였고, 후면에는 기둥으로 괴어 지붕 모양이 된 방이 하나 붙어 있었다.

이 방의 꼭대기에는 작은 탑이 있어 그곳에서 나팔수가 연극의 개막을 고했고, 거기에 꽂혀진 깃대가 지금 연극이 진행중임을 표시하여 주었던 것이다. 막은 없고 주 무대는 3면이 관중들에 둘러싸였으며, 소수의 특권자에 한해서는 바로 무대 위에 자리잡을 수 있게 되어 있었다. 햄릿을 두고 생각해 본다면 엘리자베스 시대에 있어서는 그가 지금과 같이 전등이 켜지고 배경이 꾸며진 무대 위에서 컴컴한 관중석을 바라보며 연기하는 것이 아니라, 한낮 햇빛을 받으며 흙을 쌓아 올린 단 위에 서서 관중들에게 둘러싸인 채로 독백을 하였던 것이다. 이와 같이 무대가 관중에게 공공연하게 개방된 결과, 소수의 불가결한 장치를 제외하고는 배경 장치가 일체 불가능하게 되어 있었다. 그렇기에 시인은 연극이 살아날 분위기를 대사로써 조성해야만 했고 정성껏 마련된 값진 의상은 비교적 공허한 무대면을 그럴 듯하게 장식하였다. 이 본 무대의 후면에는 배우들이 드나들 문이 양쪽에 달린 후막과, 그리고 막이 걷힘으로써 이내 어떤 한 사건이 드러나 보이게 되어 있는 막이 달린 곳이 있었다. 관람석은 타원형으로 되어 있어서 일반 관중들은 무대가 차지한 부분을 제외한 그 밖의 장소에서 선 채로 구경을 하였다. 극장 둘레에는 관객이 앉도록 마련된 회랑이 있는데, 그 중의 한 회랑은 무대의 후면으로 가로질러 있어서 이것이 경우에 따라 궁성의 성벽이나 줄리엣(Juliet)의 발코니로 사용되었다. 무대 측면에 있는 아래층 회랑은 일부를 음악인들이 차지하였는데, 이들 음악인들은 그들의 기술로 엘리자베스 시대의 연극에 번번이 도움을 주었다.

17세기에 이르러 벽이 둘러진 극장은 블랙프라이어스 극장을 모방해서 대단한 발전을 보았다. 이들 사설 극장은 조명 장치를 갖추게 됨에 따라 보다 정묘한 무대 장치를 만들 수 있었다. 찰스 1세의 시정 시대 건축가인 이니고 존스(Inigo Jones)의 영향을 받아 주로 우아한 가면극이 성행되었는데, 여기에서 가장 강조된 것은 그 장식과 무대 장치였다. 그리하여 이들 고상한 유흥극이 끼친 영향은 17세기 사설 극장의 무대 장치에 대하여 점점 관심이 높아지도록 반영되었다.

제 7 장 셰익스피어에서 셰리던까지의 극

16세기의 공설 극장에 윌리엄 셰익스피어(William Shakespeare, 1564~1616)가 배우, 극작가, 그리고 극장 경영의 한 주주로 등장하였다. 그의 극에 관해서 이미 씌어진 책이 많고 그의 생애에 관해서도 알려진 극소수의 사실에서 여러 가지 추론이 많이 추출되어 있기 때문에 이것을 간략하게 취급하자면 진부한 것의 되풀이가 될 우려가 있다. 그의 생애에 관해서는 편견 없는 관점에서 볼 때 스트래드포드(Stradford) 태생의 셰익스피어가 명백히 실제의 셰익스피어라는 것, 그리고 그는 우리가 흔히 이해하고 있는 것보다 훨씬 광범위하게 독서를 하였으며 위인들과 접할 기회도 많았던 사람이라는 것을 말하면 족하리라. 그의 성품으로 말하자면 남들의 눈에 띄지 않는 범사(凡事)나 모든 중요한 사건을 그러모아서 자신의 예술에 이바지하는 직관력에다, 천재의 필수적인 속성인 정신 집중을 항상 아울러 지니고 있었다는 사실을 우리는 확증할 수 있다. 작품의 이념과 관련시켜 그의 예술을 살펴볼 때, 흔히 사가들이 그의 극을 허다한 항목으로 구분하지만 그가 어떤 일관성 있는 인생관에 집착하였다는 사실이 뚜렷하게 나타나 있다. 인간 행위에 관하여 그는 도처에서 성실성과 비성실성, 그리고 그것들이 인간 생활에 미치는 여러 결과를 두고 사색에 사로잡혔다. 그러는가 하면 또한 그는, 기쁨의 황홀지경에 이따금씩 따르는 정열을 마구 발휘하면서 이성과 감성 사이의 기묘한 갈등이며, 이성이 사라졌을 때 일어나는 혼돈 상태를 심사 숙고하기도 하였다. 선과 악의 테두리 안에서 용납될 수 있는 최대한의 자유를 극의 인물들에게 부여하고 있지만, 그는 이들이 존재하는 곳이 신성불가침의 천의로 운영되는 도덕적인 세계라는 것을 한 번도 잊지 않았다. 이 같은 일관성을 지탱하는 한편 그의 예술은 거의 천태만상의 색다른 정조를 가능케 하고 있으며, 이 직관력은 그의 문학 생활이 진전됨에 따라 더욱 더 깊어만 간다.

극작을 하는 데 있어서 그는 당시의 극장을 언제나 염두에 두고, 탁월한 재질과 창안력으로써 엘리자베스 시대의 무대를 이용하였다. 그는 〈햄릿(Hamlet)〉의 배우 장면(player's scene)에서의 연설을 통해 명시하고 있는 바와 같이 배우의 연출 기술과 관중의 감상력이 한정되어 있음을 잘 알고 있었다. 그러면서도 그는 관중에 맞서 그들의 요구에 호응했고 '곰 놀리기 곡마단(bear-gardens : bear-baiting을 하는 장소. 이는 엘리자베스 시대 영국에 성행한 대중오락으로서 묶어 맨 곰을 개가 습격하는 잔인한 놀음)'과의 경쟁을 물리쳐 가면서 궁정인들이 감상할 수 있고 동시에 일반인들이 즐길 수 있는 극을 꾸며 냈다. 극의 묘미에 대한 감상 수준이 저마다 다른 관중의 욕망을 충족시킬 수 있도록 그는 때때로 여러 가지 면을 단일극 내에 동화시키도록 했다.

〈햄릿〉과 〈오델로(Othello)〉는 멜로드라마만을 원하는 사람들에게 기쁨을 줄 수도 있지만, 나아가서는 이들 작품 안에는 인물의 미묘한 묘사가 있을 뿐 아니라 연상의 실마리를 제공하여 주는 점에서 따를 이 없는 언어가 살아 있는 것이다. 관중을 만족시키는 것이 그의 주안점이 있다고는 하나, 이것만으로는 불만을 느낀 그가 자기 자신을 또한 만족시켜야 했기 때문이다. 극장측으로 넘어가면 자기의 원고가 필연코 삭제 수정될 것을 미리 알고 그는 자기의 재능이 이끌리는 데에 따라 극을 자기 뜻대로 써냈다는 사실이 〈햄릿〉과 〈리어 왕(King Lear)〉으로 미루어 보아 명백하다. 그는 극적 창안력이 뛰어난 재질과 겸하여 극에다 시어를 적용하는 데에도 소질을 가졌다. 초기 작품에서는 언어에 도취한 듯이 보이지만 그는 차차로 용어를 세련시켜 그것을 극적 효과에 알맞게 만들어 갔다. 그는 다른 시인들보다 폭넓은 시상을 가짐으로써 그의 취미의 보편성을 입증하였다. 이와 동시에 자기 내면에 작용하는 힘을 감지 못할 그가 아니었다.

불행히도 당시의 제반 여건이 여의치 못하여 그의 극은 정규 출판을 보지 못하고 그의 생전에는 그 일부만이 매권에 한 개씩 수록되어 출판되었다. 이것이 이른바 사절판(Quartos)이라는 것인데, 그 중에는 간혹 결함이 많은 부정판도 끼어 있었다. 그렇다고 해서 이같이 자기 작품이 제삼자에 의해 부정 출판되는 운명에 놓인 것에 대해 셰익스피어가 전혀 무관심했던 것은 아니다. 〈햄릿〉의 제2 사절판의 출판 경위가 그것을 예증하고 있다. 그가 죽은 후 두 명의 동료 배우가 1623년의 이절판(Folios)에 그의 극을 전부 수록하여 출판하였다. 셰익스피어의 처녀 작품은 그의 몇몇 영국사에 관한 극 가운데 들어 있다. 헨리 6세의 치정에 관한 세 개의 극은 다른 사람과의 공작(共作)이라고 믿어지는데, 이것을 시초로 하여 그는 리처드 2세의 치정에서 리처드 3세의 치정에 걸친 영국사를 서사시적으로 다루었다. 그가 쓴 극 가운데 한 작품 계열로서 상호 관련성이 이처럼 완벽하게 인증(引證)되는 것은 따로 없다. 첫번째 사극에서는 그가 어느 정도 그 시대의 모형에 의존하고 있다는 것을 알 수 있다. 즉 〈헨리 6

세〉 1, 2, 3권을 볼 때 거기에는 비록 잭 케드(Jack Cade) 장면의 군중에 유독 잘 나타나 있는 바와 같은 성격 묘사의 건실성이 더해진 점은 있을망정 대체적으로 이들 극은 종래의 사극이 쓰던 삽화적 방법을 그대로 답습하고 있는 것이다. 그리고 〈리처드 2세〉와 〈리처드 3세〉에 있어서도 셰익스피어는 사극을 비극으로 바꾸어 씀으로써 말로의 수법을 표본으로 삼았다.

그러다가 〈헨리 4세〉 2부작에 이르러서 그 시대의 그러한 모형을 완전히 벗어나 사실을 그리면서 동시에 폴스타프(Falstaff) 및 그의 일당의 희극 장면이 용납될 수 있는 극을 발전시켰다. 잘 꾸며진 성격의 대조, 특히 호트스퍼(Hotspur)와 핼 왕자(Prince Hal) 간의 대조는 역사적 제재에 극적 구상을 가한 것이며, 동시에 핼 왕자와 부군 헨리 4세가 갖는 인간적 관련성은 이보다 한층 더 규모가 넓고 대중적인 사건의 움직임에 밀접성을 띠어 주게 된다. 폴스타프 역시 한낱 희극적 무용지물에 그치는 것이 아니다. 왜냐하면 대대적인 사건의 움직임이며 호트스퍼의 과장된 여구와 대조를 이루고 있는 그의 철학 특히 명예에 관한 연설은, 이 극을 지도자들의 권모술책과 그 결과로 생기는 전쟁에 대한 하나의 풍자극으로 만들고 있기 때문이다. 국가의 일대 성업을 화려한 광경으로 그려 낸 〈헨리 5세〉는 구상면에 있어 전자 못지않게 독창적이거니와 극이 시작하기가 무섭게 폴스타프를 제거해 버림으로써 그의 거구 때문에 다음에 계속될 사건의 진행이 지연되는 일이 없도록 만들어 낸 데에 셰익스피어의 능숙한 솜씨가 발휘되어 있다.

셰익스피어는 전체 사극에 걸쳐 라파엘 홀린셰드(Raphael Holinshed)의 연대기와 그 밖의 출처에서 사건의 기록을 빌리고 있지만 사건과 인물에 대한 해석만은 전혀 독자적인 것이다. 그는 성실성에 의

하여서만 국가가 생존할 수 있고 이 덕성이야말로 왕이 되는 자가 절대적으로 가져야만 할 속성이라는 관념을 시종일관 시현하였다.

질서와 법칙의 원천이 될 이 성실성이 없어지면 혼돈 상태가 그 추잡한 고개를 쳐들게 되고, 일단 혼돈이 야기되면 안전한 사람은 하나도 없게 되어 심지어 아버지는 자식의 손에서, 자식은 아버지의 손에서 화를 벗어날 길이 없게 된다는 것이다.

셰익스피어가 희극에 대한 그의 개념을 원숙케 한 것은 〈헨리 4세〉의 폴스타프에서였다. 그러나 그는 폴스타프에 이르기까지 그 전에 이미 몇 개의 희극을 썼던 것이다. 최초의 희극으로 인정되는 〈사랑의 헛수고(Love's Labour's Lost)〉는 우아한 생활과 품위 있는 풍습을 그럴 듯하게 묘사한 놀랍고도 독특한 작품이다. 이 극에서 그가 당대의 모든 가식적 표현법이며 용어에 풍자를 던진 것을 보면 말의 연구에 그가 얼마나 세심하였는가를 엿볼 수 있다. 〈베로나의 두 신사(The Two gentlemen of Verona)〉에서 처음으로 낭만적인 희극을 시도한 그는 이 시작에 만족하지 못했음인지 그 다음 〈착오의 희극(The Comedy of Errors)〉에서는 쌍둥이 형제와 쌍둥이 하인을 등장시킨 희극적 사건을 플로타스(Plautus)식의 극으로 다루어 보고 있다. 이 극에는 아기자기한 흥미거리가 많은데 이것은 어떤 인간 가치 문제에서라기보다는 오히려 인물 착오의 메커니즘에서 유래된 이야기이다. 그런 다음 그는 〈악처 다루기(The Taming of the Shrew)〉에 이르러서는 인간성 문제에 복귀하고 있다. 아니 반쯤 복귀하고 있다고 하는 편이 공평하리라. 캐서리나(Katharina)의 청혼이 희극적인 수욕성(獸慾性)을 띠고 있으니 말이다. 엘리자베스 시대의 관중들은 이런 이야기를 감상적인 회의심을 가지지 않고 즐길 수 있었다. 〈한여름 밤의 꿈(A Mid-summer Night's Dream)〉이 가진 매력은 이 모든 실험이 종합되어 이루어진 것이다. 셰익스피어의 극 중에서도 이처럼 독창적이며 교묘하고 완전하게 짜여진 것은 없다. 연인들을 통해서 낭만적인 요소가 경쾌하게 연출되어 있는가 하면 이 낭만성은 보텀(Bottom : 한여름밤의 꿈에 등장하는 직공)이 당나귀 머리를 쓰고 연기하는 대목에 나타나는 '이성'으로 말미암아 은근히 공격을 받기도 하였다. 낭만적인 액션은 몽환적인 요소에 의하여 한층 흐뭇해지는 동시에, 개개의 극적 액션에 대해서 셰익스피어만이 유달리 멋지게 조성할 수 있는 독특한 분위기가 시로 살아나고 있다.

그 후 셰익스피어가 이와 유사한 환상극을 또다시 쓰지 않은 것은 그가 이러한 극에서 이미 극치에 이르렀기 때문이다. 이 극으로 인하여 셰익스피어는 자신의 낭만희극에 대한 개념을 깊게 한 것으로 보인다. 그 후의 〈공연한 소동(Much Ado about Nothing)〉 〈당신 뜻대로(As You Like It)〉 〈열두 번째 밤(Twelfth Night)〉에 있어서 그는 낭만적인 화제에다 교묘한 연출법뿐만 아니라 탁월하고 신중하게 그려진 인물들을 융합시켰다. 이 중에서도 〈당신 뜻대로〉는 잭스(Jacques)와 아덴의 숲(The Forest of Arden) 대 로자린드(Rosalind)와 터치 스턴(Touch stone)이 대조를 이룬 가운데 극히 부드러운 우울감을 배경삼고 명랑한 기분이 상연되어 있어, 영국 극단에서는 가장 총애받는 극이 되었다. 이 극은 몇몇 부수적 사건에 있어 약간 소홀한 감이 없지 않다. 주의가 소홀하다기보다는 오히려 이 작품이 지닌 분위기이며 중심 취지가 경탄할 만큼 능숙하게 다루어져 있다. 〈공연한 소동〉은 가공적인 이야기가 자칫하면 진담으로 변할 위험성이 있음을 예증하는 작품이지만, 베네디크(Benedick)와 비아트리스(Beatrice)의 능란한 기지와 도그베리(Dogberry)

의 바보 노릇에 의하여 이 작품은 그런 위험성에서 구출되어 있다. 〈열두 번째 밤〉이 지닌 아름다움 속에는 낭만희극이 이룩할 수 있는 최대한의 것이 빠짐없이 담겨 있다. 이 작품에서 우아한 기분과 웃음 바다 속에, 이제 말한 몇 개의 극 중 가장 세련된 성격 인물의 하나인 말볼리오(Malvolio)가 등장하는 것이다. 낭만희극은 원래 그 자신의 세계 테두리 안에서 살아왔으므로 일단 현실의 도전을 받았을 때는 그것이 지닌 부분적인 가치는 하찮은 것같이 보였으며, 심지어는 엉터리 같은 것으로 인식되기도 하였다. 이따금씩 셰익스피어의 등장 인물들은 현실주의로 옮아 가려고 발버둥치고 있는 듯싶다. 그런데 그들을 만들어 낸 작가 자신은 그들을 처음에 기획한 어여쁜 보조로 춤추도록 견제를 가하고 있는 듯한 인상이다. 그리하여 〈베니스의 상인(The Merchant of Venice)〉에서 샤일록(Shylock)은 바사니오(Bassanio), 추첨상자, 포샤(Portia)의 청혼, 제시카(Jessica) 등이 나오는 몽환적인 세계에서 벗어나 학대받는 유태인으로서 비극적 인물로 솟아오른다.

분명히 이 낭만희극의 환상적 세계는 셰익스피어의 개성 전체를 만족시키지 못했다. 그는 계속해서 같은 형식으로 〈끝이 좋으면 만사태평(All's Well That Ends Well)〉과 〈되받아치기(Measure for Measure)〉를 썼지만 이들 작품 속에 그가 풀어 놓아야 했던 환상은 낭만희극이 지닌 부질없는 홍겨움에 대해서 너무도 심각하였다. 이 두 극은 그 이야기 내용과 환상 간의 대조로 기묘한 분위기를 빚어 냈으므로, 통칭 우울한 희극(dark comedy)이란 이름으로 불리게 되었다. 이들 희극을 읽어 보면 셰익스피어가 낭만희극에 애착이 컸다는 인상을 받는데, 그때는 그가 비극으로 역량을 발휘하기에 무르익은 단계였다. 무슨 이유가 없고서야 그가 그랬을 리가 만무하다.

그가 〈트로일러스와 크레시다(Troilus and Cressida)〉에 손을 대게 되었던 것은 바로 이런 기분에서였을지도 모른다. 이 극에서 그는 사람들이 영웅적이라고 일컫는 그리스 세계를 해학적으로 정관하는 듯한 느낌이다. 그의 풍자는 사랑의 변절, 명예의 기만성과 전쟁의 무용성을 폭로한 것으로, 거기에서는 희망 같은 것을 전혀 찾아볼 수가 없다. 셰익스피어 비극의 위대한 시기는 〈햄릿〉을 비롯하여 〈오델로〉〈맥베드(Macbeth)〉〈리어왕(King Lear)〉〈안토니오와 클레오파트라(Antony and Cleopatra)〉〈코리올레너스(Coriolanus)〉 등의 극에 걸쳐 있다. 이들은 모두 17세기에 접어든 후 처음 6년 동안에 씌어졌다. 그러나 비극에 있어서의 셰익스피어의 업적이 이 대비극들에만 국한되는 것으로 생각한다면 그것은 오산이다. 그는 이미 그 전에 〈리처드 2세〉〈리처드 3세〉에서 일부 말로의 도움을 얻어, 영국 사극을 통한 비극 형태를 채득하고 있었으니 말이다. 그런 다음 그는 낭만희극에서 방향을 돌려 〈로미오와 줄리엣(Romeo and Juliet)〉이라는 로맨틱한 비극을 만들었고, 〈줄리어스 시저(Julius Caesar)〉에 이르러서는 로마사를 브루터스(Brutus)란 비극적 인물의 연출에 결부시켰던 것이다. 그렇기 때문에 비극은 그의 작품의 어떤 단일시기에만 속한 것이 아니라, 최후의 시기를 제외한다면 그의 작가 생활의 전반에 걸쳐 수반되어 있다고 할 것이다. 그러나 역시 그의 환상은 상술한 대비극의 시기에 처해서 보다 더 심각한 것 같고, 시문과 비극적 소질에 있어서의 그의 역량이 바야흐로 그 절정에 달한 것으로 보인다. 대비극들은 서로 약간의 공통된 특징을 가지고 있다. 그 비극들은 제각기 어떤 고귀한 인간을 그려 내면서 이 인간이 어떤 성격상의 결함이나 편벽심을 노정시킬 때에 어떤 역경 속에 사로잡히게 된다는 것이다. 이 위인의 행동에는 비단 자기 자신의 운명뿐만 아니라 나라 전체의 운명까지도 달려 있다. 이 핵심적 사건에 모든 관심을 집중시키면서 한편으로는 그의 주인공이 움직이고 있는 세계 전체를 그려 낸다. 이 극들은 지식 수준이 서로 다른 여러 관객들에게 영합(迎合)할 수 있도록 만들어져 있다. 예를 들면 〈햄릿〉은 멜로드라마를 요구하는 관객들에겐 암살이며 자살이며 그 밖의 관객에게는 보다 더 날카롭게 성격을 분석한 극이 되는가 하면, 시가 더할 나위 없이 멋지게 사용된 이른바 시극으로도 영합될 수 있는 것이다.

대비극 중 최초의 작품인 〈햄릿〉은 가장 자의식적인 것이다. 이 극은 예술적이며 허식적이요 학술적이며 범죄적인 문예부흥기의 분위기가 전체를 지배하고 있는 극이다. 이 작품에 나오는 중심적인 인물부터가 현명하고 우울한 내성적인 문예부흥기적인 학자——왕자이다. 햄릿은 마치 정말 살아 있는 인물과도 같아서 완전한 해석을 내리기가 불가능할지도 모르지만, 한 가지 분명한 것은 셰익스피어가 그를 두고 행위에 관한 전반적 문제와 내성적인 상태를 탐색했다는 것이다. 〈오델로〉는 그가 훨씬 더 세밀한 설계로 된 극을 만들 수 있다는 것을 과시해 주고 있는데, 여기에서는 테마가 이야기 줄거리에 못지않게 야무진 짜임새를 갖고 있다. 무대에 관한 그의 지식이 이토록 완전하게 발휘된 극은 따로 없다 할 것이다. 왜냐하면 칭찬을 아낌 없이 받고 있는 이아고(Iago)란 인물이 존재하게 된 것은 오로지 이 인물의 창조자가 무대 위에서 관중을 납득시키는 방법에 대한 지식에 의존하고 있는 것이다. 수많은 비평가들이 그랬으면 하고 바라는 것처럼 설사 이 멋진 악한이 무대에서 벗어나 현실 속으로 뛰어들었다 치자! 제아무리 도그베리와 같이 더할 나위 없이 우둔한 경관일지라도 그를 당장 붙잡아 버리고 말 것이다. 〈오델로〉에 있어서 극적 사건을 그렇듯 훌륭하게 도와주고 있는 시문이 〈맥베드〉에 이르러서는 한층 더 고도의 웅장성을 띠게 된다. 그럼에도 불구하고 〈맥베드〉하면 사람들은 지금까지 이 작품의 비극적인 면만을 너무 찬양해 왔다. 맥베드로 분장한 배우가 일찍이 그 명성을 높인 적이 없었던 것은 그 역할이 흥미롭게 하기에는 힘들고, 관중을 수긍시키기에는 불가능한 역이기 때문이다. 이들 비극 중에서도 서사시적인 요소가 많은 〈리어 왕〉은 거칠고 원시적인 와그너(Wagner) 유의 작품이다. 이 극은 현대 무대와 관련시켜 생각한다면 옳게 평가할 수가 없다. 일단 그 배경과 사실적인 모든 부수물이 없어진다면 리어는 아마도 영문학에 있어서 가장 위대한 인물로 폭풍우 치는 장면에 그 모습이 우뚝 솟아날 것이다. 그러나 이 극에는 햄릿이 지닌 우아로움과 다채로움이 결여되어 있고 그 개막 장면부터가 하도 엄청난 것이기에, 앞서 말한 비극 중에서 가장 사랑을 받는 극이라기보다 오히려 가장 경탄을 받는 극으로 남을 것이다.

〈안토니오와 클레오파트라〉는 사랑의 테마가 플롯에 있어서 담당하고 있는 역할이며, 여성이 등장 인물 사이에서 차지하는 위치며, 모두가 다른 비극에서는 그 유례를 찾아볼 수 없는 것들이다. 비평가는 이따금 이 극이 너무 산만하다고 비난하는데 그런 비평가치고 과연 몇 명이나 이 극 전체가 상연되는 것을 보았단 말인가? 이 작품에 나오는 두 중심 인물 그 중에서도 특히 클레오파트라는 가장 우수하게 관찰되고 가장 사실적인 셰익스피어의 인물 중에 속해 있다. 이 극과 현저한 대조가 되는 〈코리올레너스〉는 정치적인 테마에 간결한 처리법을 써서, 마지막 장면에 이르러서는 거의 고전적인 간결한 체제를 가지고 있는 비극이다.

셰익스피어의 이 비극 시대가 무엇으로 인하여 종지부를 찍게 되었는지는 아무도 아는 사람이 없다. 그의 환상에 어떤 변화가 생긴데다가 아마 창작력의 고갈까지도 한몫 거들어서 최후작인 낭만극 〈겨울밤의 이야기(The Winter's Tale)〉와 〈태풍(The Tempest)〉에 나타난 바와 같은 색다른 분위기에 이르게 했던 것이 아닌가 싶다. 〈겨울밤의 이야기〉의 처음 장면에서 그는 다시 한 번 〈오델로〉식의 테마를 취급하고 있는 것이 보이지만, 그 언어가 환상에 물리어 기진맥진한 상태이다. 그런 다음 그는 느닷없이 모든 것을 걷어차고 비극 대신 오로지 화해만이 존재하는 아름답고 온화한 전원 세계로 들어가게 되는 것이다. 물론 말기의 이런 기분은 다른 극에도 항상 깃들여 있었다는 것과 그것은 속죄와 관용이라는 기독교적 교훈의 일부에 속한다는 것을 우리는 논증할 수 있다. 심지어 〈리어 왕〉 같은 극에서도 끝에 가서는 동정과 화해가 신비스러울 정도로 인정되어 있으니 말이다. 그런데 이 모든 것이 상술한 최후의 극들에서는 전혀 딴판으로 바뀌어진다. 그 까닭은 화해가 종전의 작품에서는 너무나 쉽게 이루어지고 있었기 때문이다. 리어의 세계에는 난폭하게 걷잡을 수 없는 폭풍우가 휘몰아치고 있는데 태풍에 있어서의 폭풍우는 프로스페로(Prospero)의 갖은 몸짓에다 순응하고 있다. 한편 이 마지막 극은 독창력이 빈틈없는 데에서 〈한여름 밤의 꿈〉과 다를 것 없이 놀랍도록 뛰어난 작품이다.

등장 인물들은 반은 우의적인데다가 테마는 암시로 가득 차 있으며 사건은 일치성을 지니고 있고 캘리반(Caliban)을 제외하고는 모두가 아름답게만 꾸며져 있다. 이 캘리반은 종전의 창작을 통하여 인간성을 남김없이 규명한 셰익스피어가 이제는 마치 인간계를 벗어나서 상상의 세계에서 하나의 괴물을 만들어 낸 것 같은 인상을 준다.

셰익스피어의 천재적 존재로 인해 동시대의 다른 극이 모호해지는 일이 있어서는 안 될 것이다. 그와 동기인 벤 존슨(Ben Jonson, 1573~1637)은 투지가 왕성하고 억센 성품의 소유자로 거의 모든 면에서 셰익스피어와 대조가 되고 있다. 존슨은 고전파인데다 도덕가이며 연극의 개혁자이기도 하였다. 희극을 쓰는 데에 있어 그는 로맨스를 폐기하고 사실주의로 지향하는 억센 노력으로, 그리고 시간과 장소와 테마가 일치되는 한계 내에 사건을 담아 보려는 의도하에서 당시의 런던을 그려 냈다. 그는 또한 관중의 주목이 미처 자기의 탁월성에 미치지 않는 것을 못내 안타까워했다. 그렇기에 권두시에서 그는, 마치 한 귀족 미망인이 존경은 받을 만하지만 못생긴 자기 딸을 내세우는 것과 같이 자기 극의 가치를 큰 소리로 외치고 있는 것이다. 셰익스피어가 벨몬트(Belmont)와 아덴의 숲을 보여 주는 반면, 존슨은 바돌러뮤 시장(Bartholomew Fair)과 템스 강변(Thames Side) 등지의 불량배들을 그려 내고 있다. 그는 출세작 〈각인각색(Every Man in His Humour)〉을 시초로 해서 그때부터 수법에 일관성을 보여 주면서 기교면에 큰 발전을 거듭했다. 셰익스피어에 있어서 이런 수법에 가장 접근된 인물은 말볼리오(Malvolio)이다. 아무튼 존슨은 이런 유형의 고정적인 인물을 활용하여 인간성의 약점과 도덕적 결함을 강조하는 데 큰 성공을 거두었다. 그가 그려 낸 형형색색의 성격을 가진 인물들이 극히 넓은 범위에 걸쳐져 있으므로, 비록 그에게 디킨스(Dickens)가 가진 경쾌한 기풍과 다정다감한 맛은 없을지라도 보는 각도에 따라서 그는 17세기의 디킨스라고도 할 수 있다. 상업의 발달로 인하여 중류 계급이 얻게 된 새로운 재물의 부패는 존슨에게도 크게 영향을 미쳐 그로 하여금 희극 속에 신랄함을 가미하게 하고야 말았다.

〈볼포네(Volpone)〉〈말없는 여인(The Silent Woman)〉〈연

금술사(The Alchemist)〉〈바돌러뮤 시장〉 등은 그의 독창성이 한정된 테두리 안에서나마 충분히 발휘되어 현저한 성공을 거둔 작품인데, 이것들은 그 진가에 비하여 영국 무대에서 상연된 횟수가 적은 편이었다. 이 가운데에서도 구성면으로 보아 가장 완성되고 가장 취급법이 훌륭한 것은 〈연금술사〉인데, 그것은 엘리자베스 시대 무대 전체를 통해서도 어떤 극보다 뛰어난 사실적인 희극이다. 웅장한 규모로 탐욕을 그려 낸 〈볼포네〉는 채색이 렘브란트(Rembrandt) 화법의 화려함을 지니고 있으며, 이 점이 위의 극 중 다른 어느 것도 따르지 못할 특색이다. 〈바돌러뮤 시장〉은 그 중에서 가장 디킨스와 같이 맛이 도는 작품으로 엘리자베스 시대의 '저급한' 생활을 자신있게 그려 내고 있으며, 〈말없는 여인〉은 보다 더 가벼운 기분으로 후에 가서 왕정복고 시기의 관중이 즐기게 될 풍속희극(Comedy of Manners)에 가까운 것이 되었다. 비극 작가로서의 벤 존슨은 희극면만 못하다. 〈세자누스(Sejanus)〉와 〈카틸리네(Catiline)〉는 세네카식의 극을 영어로 시도하였다는 현학적 장점은 인정받아도 좋을 것이다. 역사에 충실하려고 노력하였다는 허울 좋은 장점을 갖고 있으니 말이다. 이것만으로는 불충분하다. 그것만 가지고는 시문이 굳어서 융통성이 없어질 우려가 있다.

테니슨(Tennyson)도 말한 바 있듯이, 시란 마치 아교〔糊〕 같은 것이어서 시에 기동성이 없으면 인물이 살아나지 않는다. 존슨의 재질은 희극에서 가장 잘 나타나고 있고 또 후세에 미친 영향만 하더라도 꽤 컸다. 왕정복고 시대의 극작가들이 그에게 크게 의존하고 있기 때문이다. 그런데 유감스럽게도 영국 무대에 있어서 존슨이 차지할 사실상의 지위가 18세기 이후의 셰익스피어에 대한 우상적 숭배로 말미암아 박탈되어 버렸다.

존슨은 셰익스피어 시대의 극작가 중에서 가장 뚜렷한 존재이며, 동시에 누구보다도 독창적이었다. 그는 또한 가장 박학한 사람이었고, 자작극보다는 호머(Homer)의 번역으로 더 유명한 조지 채프먼(Geoge Chapman, 1559~1634)을 제외하고는 아무도 그와 겨눌 자가 없을 것이다. 채프먼은 엘리자베스 시대 무대에 수많은 이바지를 한 증거가 있는데, 그의 가장 뚜렷한 업적은 〈부시 댐보이스(Bussy Dambois)〉 〈부시 댐보이스의 복수(The Revenge of Bussy Dambois)〉 〈비론의 비극(The Tragedy of Biron)〉 등 3편의 역사 비극에 나타나 있다. 그는 프랑스 역사를 배경으로 하면서도 거기에 자기의 창안력을 자유로이 혼합시켰고, 상기한 부시의 극에 그 당시의 시대적인 장면을 등장시켰다. 부시는 그가 말로를 본보기삼아 그려 낸 득의만만한 성격인물인데, 이 인물이 구사하는 언어와 행동은 그가 프랑스 궁정에서 자기 주장을 내세울 때 그렇듯이 대담한 자유를 누리고 있다. 누구나 채프먼의 극을 읽어 가다 보면 과연 이런 것이 관중에게 이해되었을까 하는 의문이 생길 것이다. 그의 붓끝에서 마구 쏟아져 나온 언어는 구구절절이 교묘한 은유로 가득 차 있고 구가 구에 얽히고 설켜, 결국에 가서는 찬란하면서도 헝클어진 말의 분일(奔逸)로 인하여 독자의 정신이 어리둥절해지고 마는 것이다. 만일 한가로이 그 문장을 뒤적거려 가며 순서에 따라 그것을 음미하는 독자가 있다면, 그는 이내 자기가 한 철학자와 대면하고 있음을 깨닫게 되겠지만, 당시의 관중이 현대의 관중보다 훨씬 높은 이해력을 갖지 못한 것이 뻔한 노릇이고 보면 그들이 그 난해함에 당황했을 것이 틀림없다. 그렇지만 드라이덴(Dryden)이 그를 평하여, 채프먼의 문체는 '한 난쟁이와 같은 사상을 엄청나게 육중한 말로 단장한 것'이라고 한 것은 옳지 못하다. 왜냐하면 그가 지닌 지성은 대단한 것이었기 때문이다.

17세기 초엽의 연극은 어떤 공통적인 특징을 지니고 있으면서도, 한편으로는 여러 갈래의 뚜렷한 유형으로 구분짓기가 그리 힘들지 않다. 몇몇 작가는 존슨이 통달한 사실주의의 요소를 추종하였다. 토머스 데커(Thomas Dekker, 1570~1632)는 이것을 한 가닥의 아늑하고 낭만적인 감상에다 혼합시켰다. 그의 〈제화공의 휴일(The Shoemaker's Holiday)〉은 런던의 견습 직공들을 가장 적절하게 묘사하고 있으며, 후에 시장이 되는 제화공 사이먼 에어(Simon Eyre)를 통해 데커는 그가 좋아하는 직공들을 찬미하고 있다. 그 후 〈정직한 창부(The Honest Whore)〉라는 보다 더 심각한 극에 이르러서 그는 감상성에다 페이소스를 가미하였고 사실주의를 치밀한 인물 묘사에 적용시켰다. 데커가 장인들을 묘사한 데 반하여, 토머스 헤이우드(Thomas Heywood, 1575~1641)는 특별히 〈친절로 살해당한 여자(A Woman Killed With Kindness)〉에서 신흥 중산계급의 감상성에다 비극을 적용시키고 있다. 이 극의 가치는 셰익스피어의 〈오델로〉가 가진 영웅적인 가치 척도와 대조를 이루고 있다. 다시 말해서 헤이우드는 고답적 비극(High Tragedy) 대신 감상성과 자기 반성적인 도덕미가 풍기는 비극을 썼던 것이다. 그렇다고 이때의 극작가들이 서민들을 언제나 호의만을 갖고 그린 것은 아니다. 궁정 생활에 관심을 두고 집필한 작가들은 서민이나 견습 직공들의 태도를 비판적인 눈으로 주시하였던 것이다. 예컨대 보먼트와 플레처는 합작극인 〈불타는 공이(杵)의 기사(The Knight of the Burning Pestle)〉에서 자신들의 견식을 살려 서민들의 경망성과 낭만적인 이야기를 좋아하는 그들의 성미를 유쾌하게 희롱하고 있다.

존 플레처(John Fletcher, 1579~1625)와 프랜시스 보먼트

(Francis Beaumont, 1584~1616)는 수년 동안 의좋게 합작을 했다. 그들의 작품을 평론가들이 곧잘 셰익스피어의 작품과 비교하기 때문에 그들은 극작가로서 지금까지 피해를 입어 왔다. 그러나 그들의 역량은 〈필라스터(Philaster)〉라는 비희극과 〈처녀의 비극(Tha Maid's Tragedy)〉 〈왕과 왕 아닌 사람(A King and No King)〉의 두 비극 속에 가장 잘 나타나 있다. 이들이 그린 세계는 우리가 아는 평범한 세계와 거리가 멀다. 거기에는 일부러 꾸민 아치 있는 생활을 배경으로 하여 과장된, 때로는 불순하고도 부자연스럽기도 한 욕정과 고답적인 감정, 허울 좋은 공식적인 명예심 등이 그려져 있다. 여러 가지 기교를 실은 플롯은 치밀하게 짜여져 있으면서도 풍부한 독창성으로 만들어져 있으며 경탄할 만큼 그것이 잘 처리되어 있다. 시문 역시 우리 마음을 흐뭇하게 하는 부드러움과 우아함을 지녔으며, 격렬한 감정이 솟구치는 장면에 이르러서는 시도 따라서 기운차게 된다. 셰익스피어와 비교만 하지 않는다면 보먼트와 플레처는 여러 가지 장점을 가진 극작가로 두각을 나타낼 수 있다. 그러다가도 일단 비교를 하게 되면 이내 그 장점은 이들의 세계에서 사라지고 만다. 즉 그들의 아치는 생기를 잃게 되고, 시문은 심각성을 잃게 되며, 기교는 마치 대낮의 햇볕을 배경으로 한 가면 무도회의 의상과도 같이 기묘하게 보인다.

보먼트와 플레처는 셰익스피어가 지녔던 정상성을 비극에 주지 못했다. 그러나 이처럼 비극의 범위를 한정시킨 것은 그들뿐이 아니었다. 17세기에 들어선 후 몇몇 새로운 유형의 비극이 생겼다. 어떤 엉뚱한 비현실적 세계에서 착상된 비극 또는 선악의 동기를 고려에 넣지 않는, 다시 말해서 실로 인간의 윤리적 질서에 반항하는 태도로 전개된 비극 등이 곧 그것이다. 이런 비극 작가군에서 가장 심각한 사람은 존 웹스터(John Webster) (c. 1580~1625)이다. 그는 〈백귀(白鬼 : The White Devil)〉와 〈몰피의 공작 부인(The Duchess of Malfy)〉의 두 극으로 우리가 기억하고 있는 작가이다. 이 극은 둘 다 '복수'를 테마로 하고 있는데 이 같은 테마는 셰익스피어가 〈햄릿〉를 쓸 무렵부터 이미 유행되었던 것이고, 한 40년 동안에 끊임없이 환영받아 오던 테마였다. 웹스터는 자기의 플롯을 중심으로 하나의 세계를 형성하는 데 성공하였으나, 그 세계는 간계가 선인 것처럼 행세하고, 갖은 꾀를 다해서 꾸민 음모술책이 훌륭한 예술인 양 세도부리는 문예부흥기 이탈리아의 괴이한 세계인 것이다. 얼른 보기에 그의 극은 공포가 서려 있고 폭행이 날뛰는 단순한 멜로드라마에 불과한 것같이 보인다. 또 그는 플롯을 짜는 데에도 별다른 노력을 하지 않았다는 것이 사실이다. 그는 다만 극적으로 효과적인 장면에 주력하는 데에만 만족하고, 그런 장면을 상호 연결시키는 데 발판이 될 플롯은 맵시가 있든 없든, 너무 노골적으로 드러나 보였든 말았든 아예 상관하질 않았다. 그러나 이 두 개의 극을 읽거나 상연되는 것을 본다면 그것이 단순한 멜로드라마가 아님을 곧 깨닫게 된다. 폭행이 극적으로 전개되는 이 세계의 배후에 서서 웹스터는 시인의 독특한 영감으로써 인생 자체가 무자비하고 잔악하고 부패되어 있다는 것을 투시하고 있으며, 바로 이 사실이 그가 다루는 폭행을 환상으로 승화케 한다. 〈몰피의 공작 부인〉을 다루는 솜씨가 보여 주듯이 그는 인물에 자비심을 베푸는 일이 전혀 없지만, 간혹 몇 구절의 서정시를 통하여 무자비한 우주의 본성과 이렇듯 생존이 비애를 떠날 수 없다는 사실을 그 역시 모르는 것은 아니라는 걸 암시해 주고 있다. 따라서 인생의 야박스러움에 항거하고 천벌을 받을 위험성까지도 무릅써 가면서 선악의 범주를 초월하여 웅장하게 살려는 인물에 그는 찬미를 보내고 있다.

그러므로 재판받는 장면의 백귀(White Devil : 〈백귀〉의 여주인공)는 웹스터의 모든 극중 인물 중에서 가장 위대한 인물로 두각을 나타낸다. 그녀는 간부에다 살인을 겸한 여자일망정 그녀의 타락에는 고상한 면이 엿보이며, 모든 것이 속속들이 부패한 세계에서는 그녀의 그런 행위마저 고귀성을 띠는 것처럼 보인다.

시릴 터너(Cyril Tourneur, 1575~1626)는 〈복수자의 비극(The Revenger's Tragedy)〉과 〈무신론자의 비극(The Atheist's Tragedy)〉에서 웹스터보다도 더욱 변태적인 세계를 그려 냈다. 〈복수자의 비극〉은 음탕과 잔인성이 지배하는 궁정을 묘사하고 있는데, 그 등장 인물들의 추악상이란 이루 말할 수 없어 그들이 인간이라기보다 오히려 악의 상징과도 같이 나타나 보일 정도이다. 이 해괴한 허수아비 인물들을 터너는 마치 어떤 주검의 무도를 지휘하는 자와 같이 정확하게 조종하여, 이 극의 취지에 맞춰 전체 연기 진행의 집중적 효과를 거두게 하고 있다. 웹스터와 마찬가지로 그 역시 시인이었던만큼 비유적 표현법을 사용하여 횃불이 켜진 아래에서 악의에 찬 얼굴들, 흉악한 술책들, 공포가 서린 장면들, 게다가 숨어 있는 복수자의 모습 등이 유독 드러나 있는 한 세계를 넌지시 보여 주고 있다. 이와 같은 한 형태의 극을 썼다는 데에서 무엇보다도 우리는 웹스터와 터너를 잘 기억할 수 있는 반면에, 이 시기의 몇몇 다른 작가들은 우리를 당황하게 할 만큼 다각적인 극 형태를 이룩하고 있다. 대다수가 합작으로 작품을 썼기 때문에 저작자의 정확한 한계를 규정짓기가 매우 힘들다. 〈치프사이드 가의 정숙한 처녀(A Chaste Maid in Cheapside)〉를 포함한 몇몇 희극과 몇 개의 비극을 쓴 토머스 미들턴(Thomas Middleton, 1570~1627)을 취급하는 데에 있어서도 우리는 역시 그런 문제에 부닥치게 된다. 그와 윌리엄 롤리(William Rowley)의 공작으로 된 〈저능아(The Changeling)〉는 뛰어난 작품인데, 이 비극은 마치 셰익스피어와 웹스터의 합작인 것 같은 인상을 준다. 다시 말해서 테마는 낭만적이고 인물은 악독스럽지만, 중심인물인 베아트리스(Beatrice) 주변에는 비록 그녀가 살인을 선동한 사실이 있음에도 불구하고 셰익스피어의 보다 큰 인간 가치가 간직되어 있다. 정열에 사로잡힌 나머지 그녀는 간악스럽고도 무자비한 애인 드 플로리스(De Flores)의 수중에 이용당하게 되는데, 그녀의 범죄에도 불구하고 그녀의 두려움과 고독에 관중의 동정심이 쏠리게 된다.

필립 매신저(Philip Massinger, 1583~1640) 역시 미들턴의 다각적인 재능을 다분히 지니고 있다. 연극사에 관계되는 한 그가 가장 성공을 거둔 것은 〈오래된 빚을 갚는 새로운 방법(A New Way to Pay Old Debts)〉이란 희극이다. 여기에서 그는 자일스 오버리치 경(Sir Giles Overeach)을 등장시켜 탐욕과 잔인성에다 권력욕까지 겸한 수전노를 그려 내고 있다. 매신저는 인간성을 병든 것으로 노출시킨 점에서 존슨의 재능을 소유하고 있는데, 해학의 신랄함에 있어서는 오히려 존슨을 능가하고 있다. 그는 신흥 상인 계급의 몰인정스러움에 전율의 눈초리를 던지며, 이같이 그들의 죄악을 혹독하게 묘사함으로써 그들이 부끄러워서라도 온정을 갖게 하려고 시도한 것 같다.

1642년 청교도들이 공공연하게 극장을 폐쇄하여 버리기 전에 몇 해 동안은 연극에 있어서 별로 이렇다 할 새로운 발전이 없었다. 좀더 정확하게 말한다면 전에 비해서 몇 가지 과장된 점이 가미되었지만 역시 낡아빠진 테마가 되풀이되어 상연되는 상황이었다. 데커나 셰익스피어, 존슨과 비교해 볼 때 그 뒤 몇 해 동안의 연극은 퇴폐적이다. 부자연스러운 감정이나 착잡한 범죄 사건, 또는 전율적인 계략 등을 연극이 억지 부리고 있기 때문이다. 이런 결함을 시정하는 것은 오직 시인의 손에서만 가능한 일이다. 그리고 이 시기에 산출된 연극 전체의 일대 특징은 연극을 뒷받침하고 있는 탁월한 시에 있다 할 것이다. 존 포드(John Ford, 1586~1639)야말로 이와 같은 일을 해낸 작가이다. 그는 〈그녀가 창부라니(It's Pity She's a Whore)〉와 〈실연(The Broken Heart)〉에 있어서 근친간통과 공포와 역정(逆情)에 둘러싸인 테마의 극에다 시를 사용함으로써 페이소스와 부드러운 기분을 자아내고 있다. 제임스 셜리(James Shirley, 1596~1666) 역시 그런 작가로서, 종래 있었던 여러 형태 극에 손을 대면서 시의 힘을 빌려 그 극이 갖지 못할 광채를 지니게 한다.

내란의 종식과 때를 같이하여 영국 연극의 가장 위대한 시기는 막을 내리게 되었다. 이 내란이 있은 후 영국은 모든 것이 변했다. 따라서 극도 이전의 휘황한 광채와 전국민의 생활과의 밀접한 유대를 잃어버리고 말았다. 찬란한 연극이 말로와 더불어 시작되던 무렵, 사람들은 바야흐로 중세기에 접근해 있어 죄와 죽음에 대한 실제적인 공포심에 좌우되면서, 한편으로는 문예부흥을 눈앞에 두고 그 화려함과 인간 정신 면으로 향한 새롭고 위험스런 모험심을 느낄 수 있었다. 상업 세력이 팽창함에 따라 세상은 눈 깜짝할 사이에 새로운 조잡스런 가치 관념에 오염되어 갔다. 만일 이런 속에서 숭고미가 잔존할 수 있었다면, 그것은 실생활과 유리된 곳에서만 여명을 누렸을 것이다. 그 중 찰스 1세(Charles Ⅰ)는 결함이 많은 왕이었지만 예술을 즐겼기 때문에, 숭고미는 스튜어드 왕궁(Stuard Courts)의 가면극 속에 명맥을 잇고 있었다. 이 가면극은, 시인과 무대 가설자가 협력하여 무도와 음악과 정묘한 배경 장치를 가지고 여흥을 베푸는 일종의 극적 고안품이었다. 당시의 궁전으로서 한 가지 다행한 것은, 가면극의 시문을 위해서는 존슨과 채프먼, 케리(Carew) 등을, 그리고 무대 설계를 위해서는 이니고 존스(Inigo Jones)와 같은 위대한 건축가를 청할 수 있었다는 점이다. 이 가면극이 가졌던 배경의 정치성(情緻性)은 셰익스피어의 〈태풍〉에 나타나 있는 바와 같다. 그러나 17세기에 이르러서는 극작가들의 상상력이 기계적인 설계와 보조가 뜻대로 맞지 않았다. 연극에 깃들여 있던 민족 정신도 이미 가셔져 버렸으니, 그 후에도 뛰어난 연극이 많이 나왔지만 옛날 같은 맛은 다시는 찾아볼 수 없게 되었다.

1660년 찰스 2세의 복위와 때를 같이하여 극장이 재개되었다. 그러나 1642년과 1660년 사이에도 연극이 완전하게 중단된 것은 아니고 그럭저럭 어떤 종류의 흥행이 계속되고 있었다. 또 그 전의 작가들 역시 아주 망각되어 버렸던 것은 아니다. 존슨의 극이 왕정복고 시대의 무대에서 재상연되었으며 셰익스피어의 극도 당시의 풍속에 맞도록 수정되었지만 존슨에 못지않게 영향을 받고 있었다. 그렇지만 정신적인 변화는 심각했다. 왕정복고 시기는 찰스 궁정의 시대일 뿐 아니라 번연(Bunyan)의 시대였고 영국 학사원이 창립되는 시대였으며, 로크(Locke)의 철학이 풍미하는 시대였다. 그리하여 연극은 궁정의 풍습을 흉내내는 인사들을 위한 오락물에 불과했고 그 시대를 대표하지 못했다. 새뮤얼 페피스(Samuel Pepys)는 극장에 항상 출입하여 기회가 있는 대로 무대에서 본 것을 외부에 나가 실행에 옮겼다. 해군의 창설자이기도 한 그는 일찍이 극장에서 자기 천성이 갖고 있는 보다 심각한 창조적인 면에 호응하는 요소를 발견하지 못한 것 같다.

왕정복고 시대가 그의 특이한 탁월성을 보여 준 것은 희극에서였다. 이 시대의 희극은 수도 많았고 다채로웠는데, 그 중 하나의 특색 있는 유형인 풍속희극이 발전을 보게 된 것은 에더리지와 위철리, 콩크리브 등 세 작가의 작품을 통해서였다. 조지 에더리지 경(George Etherege, 1635~91)이 〈멋쟁이(The Man of Mode)〉에서 처음으로 풍속희극의 격식을 발견했다. 도덕적 세계를 그리는 의무에서 완전히 벗어나고 낭만적 요소를 완전히 제거한 희극을 통하여, 그는 그 시대의 품위 있는 부인들과 신사들이 주고받는 회화와 그들의 얽히고 설킨 애정 사건 등을 재주껏 그려 내었다.

윌리엄 위철리(William Wycherley, 1640~1716)는 더 한층 강렬한 정신력을 가지고 에더리지가 시현(示顯)한 세계를 더욱 깊이 파고들어 갔다. 에더리지와 마찬가지로 품위 있는 패덕(悖德)의 장면을 그려 내, 이것을 그는 야유와 풍자로써 묘사한다. 그는 당시의 어느 작가보다도 남성적인 난폭한 성격을 지녔고, 더욱 많은 불안정성을 띠고 있다. 연극에 있어서 존슨을 연구하고 몰리에르(Moliere)의 극을 알고 있었던 그는, 자기의 세찬 성격을 몰리에르의 우아한 세계에다 적용해 보려고도 하지 않은 채 그의 극을 그대로 모방하고 있다. 그는 네 편의 극으로 영국 무대에서 영구 불멸의 위치를 차지하였다. 그 중 〈숲속의 사랑(Love in a Wood)〉(1671)과 〈신사 댄스 교사(The Gentleman Dancing-master)〉(1673)에 있어서는 그가 아직 습작기를 벗어나지 못했지만 〈시골 아낙네(The Country Wife)〉(1675)와 〈정직한 사내(The Plain Dealer)〉(1676)에 이르러서는 그의 역량이 충분히 발휘되어 있음을 볼 수 있다. 세상을 세밀하게 연구한데다 존슨을 본받아서 힘차고 씩씩하게 인물을 묘사하는 방법을 체득하고 있었다. 깔보는 웃음 속에 우리를 완전히 사로잡지는 못했지만, 그는 책략이나 환락, 인물의 약점 등 모든 것을 능히 전달하고도 남았다. 그의 풍자는 어떤 도덕적 양심에 기초를 둔 것이 아니라, 환락을 추구하다가 환락이 아주 헛된 것임을 깨닫는 허수아비 같은 인간에 대한 냉소적인 야유에서 우러나온 것이다.

이 삼인조 작가군에서도 가장 기품이 있는 윌리엄 콩그리브(William Congreve, 1670~1729)는 위철리가 적나라하게 노출시킨 심오한 세계로부터 물러나와 에더리지의 피상적인 환락세계로 되돌아왔다. 동시에 그는 에더리지가 이루지 못했던 유창한 회화를 엮어서 희극을 다루었다. 그는 25세 되던 해에 〈노총각(The Old Bachelor)〉(1693)으로서 일약 명성을 떨쳤고 이어 〈이중인격자(The Double Dealer)〉(1694) 〈사랑은 사랑으로(Love for Love)〉(1695) 〈세상의 풍정(The Way of the World)〉(1700) 등 세 개의 희극이 그 뒤를 따랐다. 그 밖에 〈슬픔에 잠긴 신부(The Mourning Bride)〉(1697)라는 한 개의 비극을 쓰고 나서 그는 30세 되던 해에 극장을 등지고 말았다.

극작가로서의 콩그리브의 위대함은 투시력이 나무랄 데 없이 완전하다는 점이다. 비록 그것이 천박하기 짝이 없는 세계의 환상이었을망정 그는 그 세계의 가치 관념을 묘출해 내는 데 예민한 감각을 지니고 있었으니 말이다. 그의 세계에 있어서의 승리는 악에 대한 선의 개가가 아니라, 추잡한 자에 대한 품위 있는 자의, 둔한 자에 대한 재치 있는 자의, 상놈에 대한 양반의 개가인 것이다. 태도, 풍속, 회화에 있어서의 가벼운 기교가 성공의 유일한 방도가 되어 있는 그런 집단에 감상이나 도덕이 침입할 여유가 없다. 도덕적 가치 표준에 의하여 평한다면 이것은 마콜리 경(Sir Macaulay)이 지적한 바 있듯이 하나의 거짓 세계이다. 행여 방해가 될까 봐, 고민하는 인간의 절규를 멀리하기 위하여 호화로운 문을 굳게 닫고 그 내부에서 환락이 마음껏 벌어지고 있는 세계가 곧 그의 세계이기 때문이다. 그러나 어찌 우리는 〈리어 왕〉과 같은 감흥을 일으키지 않는다고 해서 발레(Ballet)를 저주하며 베토벤(Beethoven)의 음악과 같지 않다고 해서 모차르트(Mozart)를 비난할 수 있겠는가! 예술가로서의 콩그리브는 그가 제거할 것을 제거함으로써 이 호화로운 이기적 세계를 기탄없이 휘황찬란하게 빛나도록 만들었다는 점에 위대함이 있는 것이다. 빈틈없이 짜여진 희극 〈사랑은 사랑으로〉에서도 그는 자연스러운 유머를 써가면서 이 효과를 훌륭하게 달성하고 있다. 〈세상의 풍경〉에서는 더욱 신중을 기하여 한층 더 날카로운 효과를 거두고 있으며, 그가 이 극에서 창작한 밀라먼트(Millamant)는 영국 문학에 있어서 뛰어난 희극 인물 중의 하나가 되었다.

왕정복고기의 희극이 지닌 이 허울 좋은 패륜성이 아무런 비평도 받지 않은 채로 묵인되지는 않았다. 제레미 콜리어(Jeremy Collier)는 〈영국 문학의 패덕성과 야비성에 관한 소론(Short View of the Immorality and Profaneness of the English Stage)〉에서 용의주도하게 학자적으로 그것을 규탄함으로써 교회와 중류 계급으로 하여금 연극에 압력을 가하게 했다. 이것이 어떤 즉각적인 효과를 미쳤다고는 말할 수 없지만, 18세기에 이르러 점차 중류 계급의 도의심이 연극에 대하여 더 많은 지배력을 미치게 되었다. 이런 재난을 당하기 전에 존 반브라(John Vanbrugh)는 〈타락(The Relapse)〉(1696)을 썼는데, 가벼운 터치의 감상이 섞여 있다는 점을 제외한다면 그가 콜리어에게 양보한 것 같은 점은 거의 없다 할 것이다.

1707년에 조지 파크워(George Farquehar)가 쓴 〈계약의 모략

(The Beaux's Stratagem)〉은 보기에 따라서는 풍속희극과 한결 폭이 넓어진 세계인 18세기 소설과의 연결점이라 할 수 있다. 여기에는 런던의 객실 대신에 역마차의 노변에 있는 여인숙과 촌가가 나타나고 신사에 섞여서 마부와 도둑이 등장한다.

왕정복고기의 극치고 희극을 따를 것이 없다. 이 시대의 영웅시극(heroic drama)은 지금에 와서는 다만 문학 교재로 기억되고 있을 뿐이다. 이 낯선 극 형식에는 사랑과 명예에 기인되는 이야기가 엄청난 길이로 팽창되어 있고, 그 속의 인물들은 서사시체 이행연구를 규칙적으로 반복하면서 호언장담을 토하는 것이다. 심리학자라면 혹시 이 극에 재미를 느낄지도 모른다. 왜냐하면 이 극들은, 냉소에 지배되는 생활을 하던 당시의 관중이 이 환상적인 명예 개념을 그려 낸 꿈 같은 세계에서 약간의 위안을 발견한 사실을 암시하여 주기 때문이다. 이 영웅시극에 관하여 한 가지 주목할 만한 것은 드라이덴(Dryden)이 그의 위대한 재능을 이 극에 바쳤다는 사실이다. 이런 종류의 극으로서 그의 가장 뛰어난 걸작은 〈오렁지브(Oureng-zeve)〉(1675)였다. 1668년 〈시극론(An Essay of Dramatic Poesy)〉을 냄으로써 시작된 그의 산문은 대부분 이 영웅시극에 관련되어 있는데, 드라이덴과 같이 훌륭한 작가가 그처럼 보잘것없는 문제에 사로잡혔다는 것은 애석하기 짝이 없는 노릇이다. 영웅시극은 영속을 누리기엔 너무도 해괴한 방식이었다. 셰익스피어의 안토니오와 클레오트라에 관한 이야기를 되풀이하고 있는 〈만사 사랑을 위하여(All for Love)〉에서는 밀접하게 연결된 액션을 묘사하기 위하여 드라이덴도 마지못해 영웅시극의 불합리한 각운을 버리고 무운시를 사용하였다. 1682년 토머스 오트웨이(Thomas Otway)는 엘리자베스 시대의 수법으로 돌아가 〈베니스 구출되다(Venice Preserved)〉로 한층 더 큰 성공을 거두었다.

18세기의 극문학은 소설만큼 높은 수준에까지 도달하지 못했다. 말기에 이르러서야 겨우 골드스미스(Goldsmith)와 셰리던(Sheridan) 같은 영국 극단에 불멸의 공헌을 남긴 작가들이 나왔지만, 역시 〈톰 존스(Tom Jones)〉나 〈트리스트람 샌디(Tristram Shandy)〉 같은 소설과 겨눌 만한 극작은 없었다. 그 이유는 여러 가지 들 수 있겠다. 그 중에서 한 가지는 1737년에 검열법이 포고됨으로써 극작가들의 표현 자유가 제한되고 다수의 유능한 사람들이 극장에서 축출되었다는 사실을 들 수 있다. 일례로 헨리 필딩만 하더라도 처음에는 극작가였으므로, 만약 월펄(Walpole)의 검열법만 없었더라면 그의 보다 더 성숙한 재질이 소설 대신 극작에 쏟아졌을지도 모를 일이다. 1737년 이후 오늘에 이르기까지 극단은 검열의 제한으로 방해되어 왔다. 게다가 또 한 가지 명백한 사실은, 그 당시 중류 상인 계급이 득세하여 극장에서 상연될 만한 화제에다 그들의 우둔한 견해를 강요할 정도가 되어 있었다는 점이다. 이와 같이 18세기가 극에 있어서 버젓이 내세울 만한 공로는 없다 하더라도, 이 시대는 영국의 연극 연출 전통 위에 뚜렷한 이름을 남긴 두 배우를 배출하였다. 본래 배우의 연기란 비참할 만큼 덧없는 것이어서 그가 죽은 다음 박수 갈채가 없어지기가 무섭게 이름까지도 망각되어 버릴 우려가 있는 것인데도, 개릭(Garrick)과 시돈스 여사(Mrs. Siddons)의 이름은 이미 영국 연극 전통 위에 불후의 일부분이 되어 있다. 이와 똑같이 19세기 초엽의 배우 키인(Kean) 역시 그 시기의 어떤 극작가들보다 훨씬 더 유명하다.

19세기 전반의 수십 년간에 걸쳐 가장 뛰어난 작품은 존 게이(John Gay)의 〈걸인의 오페라(The Beggar's Opera)〉이다. 노상 강도 맥히스(Macheath)의 서정시, 폴리(Polly), 뉴게이트 감옥을 무대로 하여 하나의 유기체를 이룬 이 목가적인 극은 오늘날에 이르기까지 명작으로 남아 있다. 그뿐 아니라 이 희극은 월폴(Walpole) 경에 대한 풍자를 탐지할 수 있는 관중에게는 어떤 통쾌감까지도 보여 주고 있다. 이와 비슷한 게이의 그 밖의 작품이나 또는 이것을 모방한 다른 작가의 극중에서도 〈걸인의 오페라〉에 비견할 만한 것은 없다. 18세기의 희극은 자칫하면 감상주의로 흐르는 서글픈 몰락 과정을 겪었다. 지금까지 감상주의의 내력에 관하여 씌어진 책이 없지만 감상주의를 빼놓고는 현대 영국을 완전히 설명할 도리가 없을 것이다. '감상(sentiments)'이라면 곧 '느끼는 것(feeling)'을 말하겠는데, 느끼는 힘은 허다한 조잡성과 야비성이 배경이 되어 있는 18세기의 생활과 문학 속에 다 같이 발전되고 있었다. 그 느끼는 힘은 종교면으로는 감리교와 같은 운동 안에 그리고 사회 생활면으로는 대다수의 인류가 겪어야 했던 궁핍에 대한 인식이 더욱 증가하는 사실에서 찾아볼 수 있다. 그러나 이 느끼는 힘에는 명백히 위험성이 따르고 있다. 왜냐하면 감상주의는 으레 신비주의 대신 감정주의로, 성실한 개혁 대신 자선심으로 흘러 버리고 말기 때문이다. 그것은 이성을 어둡게 하며 비극을 페이소스로 대치시키고, 더욱 괴로운 인생의 여러 문제를 정에 겨워 모호하게 만들어 버린다. 이 감상주의는 문학 전체를 두고 말할 때는 그 효과가 많았지만 희극에 대해서는 막대한 손해를 입혔다. 감상주의의 초기 대변자는 〈스펙테이터(The Spectator)〉 지(紙)를 애디슨(Addison)과 공간했던 리처드 스틸(Richard Steele)이었다. 그는 〈상냥한 남편(The Tender Husband)〉(1705) 같은 극에서 가정적인 모럴을 격찬하고 있는데, 우리는 그가 마음속에 두고 있는 관중이 위철리나 콩크리브의 관중과 얼마나 판이하게 다른가를 알아 두는 것이 중요할 것이다. 중간 계급의 가치 관념이 진정으로 극에 개입된 것은 조지 릴로(George Lillo, 1693~1739)에서 비롯되었다. 그는 〈런던의 상인(The London Merchant)〉이나 〈조지 반웰의 내력(The History of George Barnwell)〉 같은 극에서 종래의 극작가들이 오로지 귀인들의 생활을 그려 내는 데에 한하여 보여 주었던 진지성을 한 견습공의 생활을 통하여 보여 주고 있다. 이 극은 모럴을 역설하고 멜로드라마적인 테마를 가짐으로써 광범위하고 직각적인 흥미를 일으켰다. 비록 극작가가 일류급에 속하는 작가는 아니었지만, 그가 연극에 새로운 요소를 도입했다는 사실만은 인정받았다. 이 혁신적인 요소가 그것을 처음으로 소개하고 있는 극 그 자체보다도 훨씬 더 중요한 것이다. 그 까닭은 현대의 사회적 · 사실적 연극에의 도정(道程)이 바로 이것에서 시작되었기 때문이다.

감상주의는 휴 켈리(Hugh Kelly)와 리처드 컴벌랜드(Richard Cumberland)와 같은 희극 작가들에 의해서 깊이 들어가게 되었다. 호기심 있는 사람들은 누구든지 컴벌랜드의 〈서부 인도인(The West Indian)〉 같은 극을 본다면 거기에서 모든 인간 문제가 감정의 분류(奔流)에 휩쓸려 들어가 모호하게 되어 버릴 수 있는 과정을 알아볼 수 있다. 이같이 감상주의의 심연에 잠긴 연극을 골드스미스와 셰리던이 구출했다. 올리버 골드스미스(Oliver Goldsmith, 1730~74)는 그가 좀더 노력만 했더라면 영문학상 가장 위대한 극작가들 중의 한 사람이 되었을지도 모를 사람이다. 〈양순한 사나이(The Good-natured Man)〉(1768)는 지금에 와서는 별로 읽혀지지 않고 있지만 극단에 흐른 위선적 자선심을 야유하는 데 이 작품의 명백한 의도가 나타나 있다. 〈지는 것이 이기는 것(She Stoops to Conquer)〉(1773)은 오늘날까지 무대, 특히 아마추어 무대를 한 번도 떠난 적이 없다. 어떤 면에서 이 극은 영어로 씌어진 아마추어 천재에 의한 희극의 한 탁월한 표본이라고도 할 수 있는 작품이다. 이 극은 파크워의 〈계약의 모략〉이 지닌 분위기로 되돌아가서 당시 극단적인 감정으로 질식 상태에 빠졌던 연극에다 한 줄기의 성실한 인간성을 되찾아 주고 있다. 그 줄거리는 엉터리 같아서 믿어지지도 않지만, 그런대로 이 작품은 극 장면의 그때그때에 알맞는 유머와 퉁명스러울 만큼 선명하게 그려진 인물들을 알맞게 견지하고 있다. 하드카슬(Hardcastle)과 토니 럼프킨(Tony Lumpkin)은 인간의 타입인 동시에 개인적 특색을 지니고 있다. 모든 위대한 희극 인물의 경우와 같이 그들은 그 당시를 대표하는 비유적인 인물이지만, 일단 그 시대성이 사라져 버린 다음에는 다시 일반적인 인간상으로 인식되는 것이다. 비범한 생애를 통하여 한때 외무 차관과 재무 장관까지 지낸 바 있는 리처드 셰리던(Richard Sherdan, 1751~1816)은 보다 우수한 희극을 썼다. 불행히도 너무 일찍 극작가 생활을 떠났기 때문에 그의 명성은 〈경쟁자(The Rivals)〉 〈악평 학교(The School for Scandal)〉(1777) 〈비평가(The Critic)〉(1779)의 세 희극에만 국한되어 있다. 셰리던과 더불어 왕정복고기의 날카로운 대화는 어느 정도 희극에 복구되었다. 그러면서도 그의 작품에는 왕정복고기의 그 편협하고 모럴이 없는 세계를 찾아볼 수가 없다. 그 대신 좀더 훈훈하고 낭만적인 분위기가 조성되어 있어 흡사 셰익스피어의 어떤 유물이 18세기의 온천 속에 들어앉아 있는 것 같은 흐뭇한 기분이 들게 한다.

인물은 존슨을 회상시키는 선명한 수법으로 건실하게 묘사되어 있지만, 그 분위기는 셰리던의 경우가 한층 더 명랑하다. 셰리던 역시 때에 따라서는 감상주의와 어느 정도의 타협은 불가피한 일이었다. 그렇다고 해서 관객이 이 점을 지나치게 문제삼아 빈정댈 필요까지는 없으리라. 원래가 셰리던의 세계에 어떤 심각성이 있다거나 새로운 인간성을 설명해 주는 점이 있었던 것이 아니니 말이다.

이 점에선 그가 존슨보다는 와일드에 더 가깝다 할 것이다. 그뿐만 아니라 우리는 극작가로서의 그의 경력이 얼마나 짧았는가를 잊어서는 안 된다. 〈경쟁자〉에는 처녀작치고는 믿기 어려울 만큼 침착성과 원숙성이 나타나 있다. 극적 사건의 균형면에서나 각 장면의 기교적 원숙면에 있어서 첫 출발부터 그처럼 탁월한 솜씨를 보인 그는, 〈악평 학교〉에 이르러 거기에 다시 개량을 가하고 있다. 그의 극에서 기억에 남을 만한 점은 용어상의 교묘성과 잘 꾸며진 장면에서 쏟아져 나오는 웃음판이다. 그 가치를 쉽게 서술하지는 못하겠지만 그의 희극은 의심할 바 없는 탁월한 것이다.

구성면에 있어서는 이따금 이전 작가들을 상기시키기도 하지만 그 전체는 뚜렷한 개성을 지니고 있다. 일찍이 다른 작가가 묘사한 적이 없었던 18세기 말엽의 세태를 능히 그려 냈을 만큼 사실적이면서도 한편으로는 낭만적인 온화한 분위기를 지니고 있다. 너그럽고 솔직한 정신만이 인생에서 기특하다는 것만을 빼놓고는 어떠한 문학 사명이든 일체 개의치 않고 수행하는 것이 그의 성품이다. 그의 극에서 후세의 관중들이 발견하고 있는 즐거움은 아마 이 작가의 그런 성품을 인식하기 때문에 더욱 큰지도 모르겠다.

제 8 장 셰리던에서 G. B. 쇼까지의 극

19세기 초기의 영국 극은 대체적으로 한심스러운 것이었다. 시와 소설이 낭만파 재주꾼들의 인기를 모으고 있는 동안 무대는 고르지 못한 구경거리며, 통속극이나 소극 따위가 판을 치는 장소가 되어 버렸다. 그 전의 인정받을 만한 극이 재상연될 때에도 관중은 별로 흥미를 느끼지 못했고 이해도 하지 못했다. 대부분의 낭만파 시인들이 극에 손을 대었지만 별로 성공을 거두지 못했다. 다만 뜻하지 않게 셸리의 〈첸치 일가(The Cenci)〉(1820)는 그것이 비록 근친상간을 테마로 한 까닭에 극장 상연이 곤란시되는 점은 있었지만 하나의 특출한 예외였다. 극이 이처럼 쇠퇴한 데에 대하여 지금까지 여러 가지 이유가 얘기되어 왔다. 한 가지 단순한 외적 이유는 그때 진실한 극을 상연하는 것을 코벤트 가든과 드루리 레인 두 극장에서 독점하고 있었다는 데에서 찾아볼 수 있다. 이들 극장은 배우들이 섬세한 연기의 효과를 내기에는 너무 컸고, 게다가 경영자는 수지 균형을 맞추기 위해 여러 가지 편법을 쓰는 처지에 놓여 있었다. 그러던 중에 1843년 극장에 관한 규정을 내린 법령이 공포되자 극장의 독점성이 제거되어 전기 두 개의 특허 극장보다 규모가 작은 극장도 동등하게 연극을 상연할 수 있게 되었다. 그 결과 60년대에는 많은 극장이 런던에 건립되었다.

그러나 연극이 쇠퇴한 것은 어떤 한 가지 이유 때문은 아니다. 날로 홍성하는 중산 계급은 예술로서의 연극에 대한 감상력을 갖지 못했으며, 배우들만 하더라도 몇몇 유명한 배우들을 제외하고는 거의가 다 명예 의식이 없는 직업 배우들이었다. 19세기의 극장에 모여든 관중들은 엘리자베스 시대의 관중들이 지녔던 지력, 다시 말해서 상상력이 없었다. 그런가 하면 정부는 정부대로 한 나라의 건전한 국민 생활에 있어서 그 중추 역할을 하게 될 극예술을 백안시했으며, 궁정이나 여왕도 극작을 고무해 줄 만한 능력을 다 같이 지니지 못했었다. 그러니 당시 영국을 그 밖의 여러 면에서 침식하고 있던 상업주의는 극 또한 지배하게 되었던 것이다.

19세기의 극장이 내포한 위험성은 그것이 그 시대의 실생활과 동떨어져 있었다는 점이다. 그때 사회 조직에 일어난 변천은 마침내 인간성 자체까지도 변화시켰기 때문에 당연히 거기에는 어떤 새로운 연출법이 불가피해졌다. 18세기의 릴로(Lillo)가 이 사실을 어렴풋이나마 인식하고 있었지만 그는 극작가로서의 역량이 부족했고 따라서 아무도 그를 추종하지 않았다. 19세기에 이르러 영국에서 연극을 실생활에 접근시키려고 하는 가장 용감한 시도는 로버트슨(Y. W. Robertson, 1829～71)의 희극에서 엿보인다. 그의 가장 이름난 작품은 〈계급(Caste)〉이다. 이 작품은 희극이 지닌 직관적인 요소를 파괴하는 감상성과 멜로드라마적인 면을 가지고 있어서 읽을 때는 거칠고 저속한 것같이 보이지만, 무대 위에 올려놓고 보면 극 전체에 생기가 돋아난다. 즉 인물이 살아나고 액션은 진실성을 띠고 이따금씩 관중의 심금을 뒤흔들기까지 한다.

〈계급〉은 1867년에야 처음으로 상연을 하게 되었다. 바로 그 해에 입센(Ibsen)이 〈페르 긴트(Peer Gynt)〉를 썼다는 사실을 기억할 때 우리들은 두 사람의 준재와 천재를 혼동할 위험에 빠지기 쉽지만, 로버트슨의 이 작품은 당시의 영국 극으로 보아서는 앞선 가작이라 할 수 있다. 입센이 영국 극에 미친 영향에 관해서는 지금까지 씌어진 것이 많지만 G. B. 쇼를 별도로 하고는 이 위대한 노르웨이 작가로부터 유독 깊은 영향을 받은 작가를 찾아보기가 어렵다. 입센의 작품은 현대 영국 극단이 산출한 모든 극 위에 드높이 솟구치고 있다. 그의 두 편의 시극 〈횃불(Brand)〉과 〈페르 긴트〉에 필적할 만한 영국 극이 없는 동시에 〈인형의 집(The Doll's House)〉 〈유령(Ghosts)〉 〈민중의 적(An Enemy of the People)〉 등에서 〈우리가 죽었다가 깨어날 때(When We Dead Awaken)〉에 이르는 그의 사회 심리극은 영국의 현대 극단이 가진 어떤 극보다도 훨씬 더 무대 기교면에 있어 숙달되어 있고 사상면에 있어 심원하다.

입센에서 헨리 아서 존스(Henry Arthur Jones)나 피네로(A. W. Pinero)에 이르는 경사는 무척 가파르다. 이 두 영국 극작가는 다 같이 상업적 성과를 노릴 만한 것에 대한 날카로운 계산력과 연극에서 자기들이 거둘 수 있는 이상의 깊은 효과를 관중에게 주려는 야심을 갖고 있었다. 존스의 가장 인기 있는 작품은 〈은왕(The Silver King)〉이지만, 그 밖에도 그는 〈성인과 죄인(Saints and Sinners)〉 〈데인 부인의 변명(Mrs. Dane's Defence)〉과 같은 작품을 통하여 문제 테마를 시도했다. 입센과 비교해 볼 때 이 문제극들은 한 아마추어치고도 아직 자기의 기량을 다룰 줄도 모르는 그런 작품에 불과하다. 존스보다는 피네로가 무대 장치를 다루는 데에 더 면밀한 솜씨를 보이고는 있지만 그의 솜씨 역시 입센과 비교할 때 졸렬하기 짝이 없다. 리얼한 장면들을 취급해 보려고 노력은 하고 있지만 이들 장면의 대부분은 부자연스러운 연극 분위기를 풍기고 있다. 그의 작품 중 가장 효과를 거둔 극은 어떤 과거를 지닌 여인의 결혼을 취급한 〈제2의 탱커러리 부인(The Second Mrs. Tanquerary)〉이라는, 한때 추문이 자자하던 극이다.

무대에 다시 지성이 되돌아오고 있다는 사실은 길버트(Gilbert)와 설리반(Sullivan)의 희극 오페라에서 더욱 뚜렷하게 찾아볼 수 있다. 이들의 작품은 마치 관중으로 하여금 머지않아 오스카 와일드(Oscar Wilde, 1854~1900)나 쇼(G. B. Shaw)의 희극이 나올 것을 기대하게 하는 것과 같다. 와일드는 한때 길버트의 〈인내(Patience)〉에서 야유를 받은 적도 있었지만 한 희극 작가로서 그는 길버트와 함께 영국 극단에 셰리던 이후로 질식되어 왔던 용어상의 기지를 되살리고 있었다. 1895년 그가 동성애 사건으로 투옥당하게 된 것은 극단으로서는 큰 타격이었다. 〈윈더미어 부인의 부채(Lady Windermere's Fan)〉(1892) 〈대수롭지 않은 여인(A Woman of No Importance)〉(1893) 〈이상적인 남편(An Ideal Husband)〉(1895) 〈어니스트가 되는 행운(The Importance of being Earnest)〉(1895) 등 네 편의 희극을 통하여 그는 이미 그 자신의 탁월성뿐만 아니라 기교가 얼마나 급속히 발전해 가고 있는가를 여실히 보여 주고 있기 때문이다. 20세기는 연극에 있어서 19세기가 감히 비교하지 못할 인재들을 배출하였다. 그랜빌 바커(Granville Barker)와 베드런(Vedrenne)은 궁정 극장(The Court Theatre)에서 극을 정기적으로 상연하며 연출을 계몽하고 연기법을 훈련시키게 되었다. 그랜빌 바커는 〈보이세이의 유산(The Voysey Inheritance)〉(1905)과 〈황폐(Waste)〉 등을 몇몇 극에서 과감하고 확고부동한 사실주의로 현대 문제를 모색한 극작가이기도 하다. 우리는 〈안 리트의 결혼(The Marrying of Ann Leete)〉을 통하여 그가 낭만적인 요소를 지니고 있다는 것을 알 수 있지만, 그는 언제라도 무자비하고 절망적인 세계를 개발할 용의가 있었다.

이런 요소는 로렌스 하우스맨(Laurence Housman)과 합작한 〈프루넬라(Prunella)〉에 이르러 한층 더 뚜렷하게 찾아볼 수 있다. 극작가보다는 소설가로서 더 훌륭한 예술가였던 존 골스워시(John Golsworthy, 1867~1933) 역시 사회적 · 현대적 여러 문제에 기초를 둔 극을 썼다. 〈투쟁(Strife)〉(1909)과 〈정의(Justice)〉(1910)로써 극장 관중들의 환영을 받기 시작했던 그는, 이어 〈충성(Loyalties)〉(1922) 등 몇 개의 극을 써서 성공을 거두었다. 그러나 그는 이따금 자기가 선택한 사회 문제를 너무 야단스럽게 취급하고 있지나 않은가 하는 인상을 줄 때가 있으며, 인물 묘사가 단순한 데에 반하여 사회에 대한 비난은 거듭 강조하여 쏟아놓고 있다. 그의 극은 구성이 잘 되어 있으나 기교가 늘 뻔히 드러나 보이는 경향이 있다. 그의 동정심은 대체적으로 지성으로 잘 조절되어 있지만 언제나 그의 감상벽이 극단에 흐를 우려가 있었다.

성 존 어빈(St. John Ervine)은 그의 초기 작품, 특히 〈제인 클레그(Jane Clegg)〉(1913)와 〈존 퍼거슨(John Ferguson)〉(1915)에서 이 사실주의 전통을 매우 성실하게, 그러나 자기 의도를 보다 덜 노출시키면서 계승하고 있다. 그리고 존 메이스필드(John Masefield)는 또한 〈낸의 비극(The Tragedy of Nan)〉(1908)에 있어 17세기의 연극을 회상시켜 주는 가정적 사실담에 시적 효력을 가하고 있다. 성(聖) 존 어빈은 한 그룹의 아일랜드 극작가들과 접촉해 왔는데, 이 작가들의 작품은 더블린에 있는 애비 극장(The Abbey Theatre)에서 상연되고 있었다. 영어의 현대극에서 가장 잘

된 작품이 이 아일랜드 운동에 의해 산출되었다. 이 운동의 창시자의 한 사람인 그레고리 부인(Lady Gregory)은 그 자신도 극작가였다. 예이츠(W. B. Yeats) 역시 그의 천성적 시재로 이 운동에 이바지한 바 있으나 그는 극작가라기보다는 서정 시인라 할 수 있다. 그런데도 〈캐들린 백작 부인(The Countess Cathleen)〉(1892)이나 〈마음의 고향(The Land of Heart's Desire)〉(1894)과 같은 그의 몇몇 극은 아일랜드인의 상상력에서 유래한 신비성과 민속성을 일깨워 주고 있다. 극작가로서 이보다 더 훌륭한 사람은 멀리 대륙을 유역(遊歷)하다가 예이츠의 격려를 받고 아란 섬(The Aran Islands)으로 들어와 연극의 새롭고 소박한 용어를 발견한 존 밀링턴 싱그(John Millington Synge, 1871~1909)였다. 그의 희극 〈서쪽 나라의 귀염둥이(The Playboy of the Western World)〉는 오묘한 시정과 아울러 이해심이 지배하는 분위기 속에서 아일랜드적인 인물을 희극적으로 묘사한 작품이다. 비극으로는, 한 어머니가 그의 마지막 아들까지 잡아가고 말리라는 운명의 어두운 힘을 눈앞에 인식하는 줄거리의 짤막한 극 〈바다로 달리는 사람(Riders to the Sea)〉을 썼는데, 이 작품에는 농촌 배경에 알맞는 소박성에 그리스적 요소가 혼합되고 있다. 〈슬픔의 데어드레(Deirdre of the Sorrows)〉는 그가 사십이 채 못 되어서 요절하기 직전에 집필한 작품으로, 극단이 그의 죽음을 무척 애석하게 여길 만한 걸작 소질을 보여주고 있다. 아일랜드 연극이 싱그의 사후에도 여전히 살아 있다는 사실은 숀 오케이시(Sean O'casey)의 작품에서 볼 수 있다. 숀 오케이시는 〈주노와 공작새 (Juno and the Paycock)〉 〈포병의 그림자 (The Shadow of a Gunman)〉를 통하여 그보다 앞선 작가들이 아일랜드의 농민 생활을 보여 준 것에 못지않게 더블린(Dublin)의 생활을 묘사해 냈다.

한편 영국 연극은 그랜빌 바커나 골스워시의 사회적 사실주의에 국한되어 버리지는 않았다. 오늘날 제임스 배리 경(Sir James Barrie)을 무시하는 것이 유행처럼 되어 있지만, 신화를 창작하고 영국 극단에 하나의 불후의 극을 남긴 작가를 무시한다는 것은 위험 천만한 일이다. 그 극은 다름아닌 〈피터 팬(Peter Pan)〉(1904)이다. 어린 시절의 민간 전설을 가득 실은 이 환상극이 지닌 다감성은 일상 생활에까지 연장시켜 생각될 때 받아들이기 어려운 점이 있는 것도 사실이지만, 그것 때문에 〈위대한 크리츠턴(The Admirable Crichton)〉(1902)과 〈친애하는 브루터스(Dear Brutus)〉(1917) 같은 극의 훌륭한 기교가 등한시되는 일이 있어서는 안 될 것이다.

그 밖의 모든 현대 극단의 산물은 조지 버나드 쇼(George Bernard Shaw, 1856~1950)의 업적에 비교하면 2류에 속할 수밖에 없다. 영국 극사상 누구보다도 장기간에 걸친 그의 극작가 생활은 1892년 〈홀아비의 집(Widowers' Houses)〉으로 시작되어 1939년 〈선량한 왕의 황금 시대(Good King Charles's Golden Days)〉에 이르기까지 계속되었다. 쇼는 처음엔 극평론을 썼는데 〈90년대의 우리 극단(Our Theatre in the Nineties)〉은 그 당시의 극단에 대한 탁월한 논평을 과시해 주고 있다. 그의 지적인 장비는 그와 때를 같이한 어떤 극작가보다 사뭇 탁월하였다. 입센의 위대성을 오직 그만이 깨닫고 있었으며, 그는 자기 극 역시 사상을 전달하는 방편으로 만들려고 결심하였다. 그러나 그의 기질에는 입센에서 볼 수 있는 준엄성은 전혀 없었다.

비록 그가 비범한 명확성으로 세상의 수많은 악을 보았다 할지라도 그는 아일랜드인이 아니면 가질 수 없는 웃음거리를 다루는 솜씨와 콩그리브나 와일드에 비견할 만한 용어상의 기지를 지니고 있었다. 널리 퍼져 있는 사회의 광신적 요소를 희극적인 천부적 재질에다 결부시킨 그의 솜씨는 도무지 과소 평가할 수 없는 것이니, 쇼의 극들이 저마다 어떤 특질을 갖게 된 것은 바로 그 때문이라 하겠다.

윌리엄 아처(William Archer)는 그를 가리켜, 마르크스(Marx)의 〈자본론(Das Kapital)〉과 가극 〈트리스탄과 이솔더(Tristan and Isolde)〉의 악보를 펴놓고 영국 박물관 독서실에 앉아 있는 한 청년과 같다고 말한 적이 있다. 이 표현은 그의 작품을 아주 불공평하게 비유한 것은 아니다. 그는 사회주의, 페이비언 협회(The Fabian Society), 성(性) 문제, 윤리, 종교 따위를 이것저것 가리지 않고 마구 극의 테마로 삼고 있으면서도 형태를 다듬는 어떤 순수한 예술적 재질을 겸비하고 있었다. 기교적인 면만이 그의 모든 관심거리는 아니었지만 실제 무대에서의 서투른 솜씨를 못내 안타깝게 여기고 있었다. 그의 희극을 존스나 피네로에 비교해 본다면, 구성면에 있어서나 인물들을 다루는 수법에 있어서나 그가 얼마나 앞섰는가를 이내 깨달을 수 있다. 이와 같은 보다 더 평범한 면의 장점은 자칫하면 그의 독창성에 가리어 등한시될 경향이 있지만, 그 자신의 평론에 잘 나타나 있는 것과 같이 그는 극적 수법을 연구하는 데에 무척이나 세심한 주의를 기울였다. 초기 작품에 있어서 그의 독창성은 주로 인물 구상에 들어 있다. 그는 종래의 전형적인 무대 인물을 택하여 그것을 180도 전환시킨 다음 그런 인물 역시 진실이라는 것을 증명하여 주곤 했다. 이같이 하여 〈무기와 인간(Arms and the Man)〉에서 기존의 낭만적인 병사 대신 공포와 굶주림을 뼈저리게 느끼는 직업적 고용병을 그렸고, 〈와렌 부인의 직업(Mrs. Warren's Profession)〉에서는 낭만적인 고급 매음부 대신에, 매음이란 직업으로 돈을 잘 벌지만 그 직업을 항상 불쾌하게 생각하는 여인을 등장시키고 있다. 그는 또한 듣는 사람이 당황할 만큼 도를 벗어난 말일지라도 등장 인물들의 마음속에 있는 것을 모두 거리낌없이 털어놓게 하고 있다.

종래의 인물 개념을 이렇듯 전환시키는 점은 그의 풍자적 희극에 가장 일관된 특색으로 되어 있어, 〈시저와 클레오파트라(Caesar and Cleopatra)〉부터 〈성녀 존(St. Joan)〉에 걸친 여러 극에 이 수법이 사용되고 있다. 그의 연극이 존슨의 희극적인 인물 묘사법과도 유사한 고전미를 희미하게 띠게 된 것도 바로 이 때문이라 할 수 있다. 그러나 쇼는 처음부터 플롯과 인물들을 제시하는 것 이상으로 어떤 다른 임무를 자기의 연극에 용인하고 있었다. 극이란 어떤 문제를 제시한 다음 그것을 철저히 토의하여야 한다는 것을 그는 자기 자신에 대하여, 그리고 입센의 극 정신에 대하여 약속한 바 있었다. 그러므로 그의 극에서는 인물이 일차적인 존재가 된 적이 없다. 초기 희극 가운데서도 오직 입센을 본받아 여성 자유를 옹호하고 있는 〈캔디다(Candida)〉에서만 그가 전달하려는 취지를 떼어 버려도 기억될 만한 한 여성을 그리고 있을 뿐이다. 일찍이 아리스토텔레스(Aristotle)는 연극의 인물보다 플롯이 더 중요하다고 인정하였는데, 쇼 역시 그의 견해에 따랐으나 이유만은 다르다. 쇼가 극에서 다루는 이야기는 으레 그가 작정한 어떤 문제를 충분히 다 논의할 수 있을 만한 것이어야 한다. 논평가 중에는 그의 극을 가리켜 플롯이 없다고 지적하는 사람도 더러는 있다. 사실이 그렇다면 쇼는 사람들이 말하고 있는 것보다 더욱 현명하다는 말밖에 되지 않는다. 그의 플롯 관념은 극에 따라 각기 다르다. 때때로 그는 〈악마의 제자(The Devil's Disciple)〉와 〈성녀 존〉에 나타난 바와 같이 평범한 이야기 줄거리에 접근하여 보기도 했다가 때로는 〈결혼하는 것(Getting Marriage)〉에서와 같이 이야기를 최소한도로 압축시키기도 했다. 아마도 그의 중기의 극 중에서 가장 대중의 마음에 드는 것은 〈바바라 소령(Major Barbara)〉이나 〈블란코 포스네트의 등장(The Shewing-up of Blanco Posnet)〉 〈존 불의 또 하나의 섬(John Bull's Other Island)〉에서처럼 두 방법 사이의 균형을 찾고 있는 그런 극들일 것이다. 극을 논의의 전개에 사용하고 있으면서도, 그는 다시 극에 서문을 붙여 테마를 더 철저히 다짐하는 버릇이 있다.

예를 들어 〈앤드러클리즈와 사자(Androcles and the Lion)〉와 같은 몇몇 작품에서는 기독교에 관한 논문을 서문에 실어 논의의 부담을 서문에서 해결하고 있다. 〈단장의 집(The Heartbreak House)〉(1920) 〈사과 마차(The Apple Cart)〉(1929) 〈너무 참말이 되어서 싫어(Too True to Be Good)〉(1932) 〈백만장자 여인(The Millionairess)〉 〈제네바(Geneva)〉(1938)와 같이 전후에 씌어진 그의 후기 연극들에는 논의가 더욱 증가되어 있는 것을 볼 수 있다. 거기에는 대화를 건실한 극적 순서로 배열하기 위하여 알맞는 형태의 플롯을 사용하는 데에 비상한 솜씨를 나타냈다.

한 위대한 현대 인물을 평가하는 데 있어서 장래에 대한 어떤 정확한 전망을 말하기는 어려운 법이다. 그러니 쇼의 작품이 앞으로 여명을 누리게 될지 어떨지는 오로지 후세 사람들에게 달린 문제이다. 〈인간과 초인간(Man and Superman)〉이라는 찬란한 철학적 희극은 이미 이 극이 처음에 지녔던 눈부실 정도의 신선한 맛을 어느 정도 잃어버렸고, 〈미듀즐러로 돌아가라(Back to Methuselah)〉 역시 같은 입장에 있다. 여명을 누릴 수 있는 가치로 보아서 이 두 작품은 모두 〈피그멀리온(Pygmalion)〉만 못하다. 쇼는 이 작품에서 한 가난한 소녀가 귀부인으로 변모하는 옛 동화 같은 테마를 인간미 풍부하게 현대적으로 각색하고 있다. 한 작가로서 그 시대에 이만큼 공헌을 많이 한 사람에게 불평을 말하거나 유감을 표명한다는 것은 잘못이라 하겠다. 다만 우리는 그가 지녔던 낭만적인 요소를 그렇듯 철저하게 억눌러 버리지만 않았더라면 하는 욕심을 표명할 수 있다. 이 낭만적 요소는 〈성녀 존〉에 있어서 그의 작품을 윤색(潤色)하고 있는데, 그 밖의 극에서도 그는 오다가다 마치 갑작스럽게 그런 윤색의 필요성을 깨닫기나 한 것처럼 얼룩덜룩한 가장복 같은 빛깔 무늬를 이용하기도 했다.

그의 가장 훌륭한 천부적 재질은 용어의 기지(機智)에 있다. 사람에 따라서는 그를 일종의 정신적 사기꾼, 다시 말해서 타인을 존경하고 신성하게 여기고 있는 것에 대하여 험담하기를 좋아하는 그런 인간으로밖에 보지 않을 수도 있다. 그러나 그런 견해는 분명히 그릇된 것이다. 왜냐하면 그의 극은 모두 진실성을 지니고 있고 그 서문은 모두가 정직하고 치밀한 추리로 엮어진 의론이기 때문이다. 희극은 그에게 하나의 소일거리가 아니라 무기력하고 퉁명스러운 대중들과 싸우는 무기였던 것이다. 그가 그의 세대에 던지고 있는 경고는 대부분이 답변하기 어려운 것들이었다. 문명화한 인간은 필연코 더욱 발전하거나 아니면 그에 앞선 원시 동물들이 망한 것처럼 멸망하고 말 것이라는 것이다. 생명 원천력(Life Force), 즉 신은 인간이 이대로 계속하여 잔인과 부패와 무능력함을 지니고 살아 나가는 것을 그저 보고만 있지는 않으리라는 것이다. 그는 이 중심 테마를 교육, 사회정세, 정치, 국제 문제, 종교에 이르기까지 인생의 모든 면에 걸쳐 설명하였다. 그가 심각한 영향을 끼쳤다는 것은 의심할 필요가 없으나 단 한 가지, 만일 그의 기지가 좀 덜했더라면 그의 메시지가 더욱 투철하지 않았을까 하는 생각이 든다. 우리 시대야말로 또 한 명의 새로운 아퀴나스(Aquinus)가 필요하던 판에 우리는 마침 G. B. 쇼를 갖게 된 셈이다. 그러나 만일 그에게 유머가 없었더라면, 그가 본 인생관은 혁명적이란 이유로 그를 단두대의 이슬로 사라지게 했을지도 모를 일이다. 장차 어떤 사람들은 이 시기를 돌이켜 보고 아마 다음과 같이 생각하게 될지도 모른다.――즉, 쇼는 물론 쇼대로 이 문제 저 문제에 대한 자기의 견해를 가질 권리가 있었고 또 그 견해를 표명도 했지만, 그때 차라리 쇼가 단두대에서 사라져 버렸다면 좋았을 것을 하고.

영국 극단에 대한 간략한 개관은 쇼로써 끝내도 좋을 것이다. 전반적인 영국 연극사상에 있어 극작가로서의 엘리어트(T. S. Eliot)에게 어떤 위치를 차지하게 하기에는 아직 시기 상조이다. 〈사원에서의 살인(Murder in the Cathedral)〉(1935)은 고전극과 도덕극에서 암시를 받고 있는 재미있는 실험적인 시비극이다. 오든(W. H. Auden)과 크리스토퍼 이셔우드(Christopher Isherwood)가 〈죽음의 무도(The Dance of Death)〉(1933)와 〈F6호의 승진(The Ascent of F6)(1936)에서 보여 준 실험을 우리는 또한 많은 기대를 갖고 주시하고 있다. 그들은 무용과 무언극을 사용함으로써 연극을 산문과 의론에서 해방시킬 것을 시도하고 있고, 무대 효과에도 독일 표현파와 다른 자기류의 수법을 쓰고 있다.

이 작가들은 영리주의 극장에서는 그리 크게 환영을 받지 못하고 있다. 1939년에 대전이 벌어진 후 처음 몇 달 동안 런던 극장에 걸려 있는 목록을 보면 무대가 빈사 상태에 빠진 것을 느낄 수 있다. 그러나 지금은 그렇지 않다. 우리에게는 배우들이 있고 또 극작가가 항상 많이 있는 것은 아니지만 우리는 새로 상연할 수 있거나 재상연할 수 있는 극을 풍부하게 지니고 있다. 런던의 영리주의 극장은 연극을 부패시키는 존재이다. 이것에 대항하여 몇몇 소수의 극장은 지금까지 높은 수준을 유지해 왔고, 지방에서는 레퍼터리 극장(전속 극단이 있어 몇 개의 극을 순차적으로 단기내에 상연하는 극장)이 탄복할 만큼 눈부신 활동을 해오고 있다. 언젠가는 정부도 연극이 국민 생활에 필수 불가결한 것이라는 사실을 깨달을 때가 올 것이다. 그리하여 관료적인 간섭을 받지 않으면서 기금 마련을 할 수 있게만 된다면, 영국이 그렇듯이 훌륭한 전통을 지니고 있는 이 예술 형태는 길이 융성을 누릴 수 있게 될 것이다.

제 9 장 디포까지의 소설

스토리는 가장 보편적인 문학 형식이다. 서사시, 민요, 일화, 로맨스 등은 모두가 스토리이다. 동시에 오늘날 우리들이 알고 있는 소설은 가장 늦게 발달된 문학 형식이며 이야기를 전달하는 하나의 특수한 형식이다. 그래서 소설의 기원을 18세기의 소설, 즉 리처드슨(Richardson)의 〈파멜라(Pamela)〉에 두는 사람도 더러는 있다. 하지만 영국 소설의 기원을 따지기 위하여 16세기, 즉 시드니(Sydney)의 〈아케이디아〉 이전에까지 거슬러 올라갈 수는 없는 노릇이다. 하기야 시드니의 이 작품을 읽은 사람이면 우리가 소설에서 요구하는 몇 가지 점을 이 작품이 충족시켜 줌을 느낄 것이다. 그렇다면 소설을, 이야기를 전달하는 것과는 구별할 필요가 있는 듯싶다. 왜냐하면 예전에는 이야기를 전달하는 데 운문을 사용했지만 소설이란 산문으로 씌어진 문학 작품이기 때문이다. 초서의 〈트로이루스와 크리세이드〉는 그것이 운문으로 씌어졌다는 점만을 제외하면 현대 독자가 소설에서 기대하는 점을 많이 지니고 있다. 그 뒤에도 운문은 이따금씩 이야기를 전달하는 방편으로 다시 통속성을 갖기도 했다. 스콧과 바이런은 그들의 운문 로맨스로 통속적인 성공을 마지막으로 거두었다. 그렇지만 스콧은 운문으로서는 도저히 표현하기 어려운 폭과 배경의 여러 가능성을 산문이 지니고 있다는 사실을 직접 증명하였다. 폭과 배경은 소설가의 기법이 이야기꾼의 기법과 구별되는 두 가지의 방편이다. 소설가는 이야기를 전달할 뿐만 아니라 그 이야기를 수단으로 해서 무엇을 묘사하여 준다. 다시 말하면 소설가란 스토리와 아울러 인물과 사회 배경을 그리는 것이다. 소설가가 어떤 야심을 가졌든지 간에 그가 이야기꾼으로 출발했다는 사실은 부인할 수 없는 소설의 기원이다. 그러므로 소설은 어디까지나 스토리를 기준으로 하는 산문으로 씌어진 설화라고 규정지을 수밖에 없다. 이 스토리를 가지고 소설가는 인물이나 어떤 시대의 역사를 묘사할 수도 있으려니와 인간의 감정이나 정열 또는 남녀의 환경에 대한 반응 등을 분석할 수도 있다. 소설가가 이런 일을 하는 데는 배경을 현재에 둘 수도 있고 과거에 둘 수도 있다. 그뿐 아니라 소설가는 우리들의 일상생활에 배경을 두면서도 소설을 환상으로 이용할 수 있으며, 어떤 초자연성을 묘사하는 데에 사용할 수도 있다.

소설은 가장 최근에 자립한 문학 형식이라고 말할 수 있으나, 18세기 이후로 소설이 이룩한 성공은 실로 눈부시다 할 수 있다. 순회도서란 방편으로 소설은 대중에게 보급되어, 18세기에 이르러서는 사람들이 소설을 읽는 데 과다한 시간을 소비한다는 불평이 자자할 지경이었다. 그렇지만 그 정도로 대중이 독서에 애착을 느낀 것쯤이야 놀라울 바가 못 된다. 수많은 독자 대중이 소설에 애착을 갖는다는 것은 광범위한 경험에 대한 한낱 배설(排泄)밖에 안 되나, 어떤 특수한 독자들에 대해서는 딱딱한 이론으로서가 아니고 실제 행동으로 이룩된 철학적 혹은 도덕적인 선도에 대한 어떤 욕구가 간접적이나마 충족된다. 이와 같은 것은 별도로 치더라도 소설은 인생을 샅샅이 접촉하며 서술할 뿐 아니라 극작가적인 대화의 기교까지 활용하는 위대한 예술이다. 소설은 평범한 인간의 생활까지도 철두철미하게 파고 들어가서 그것이 지닌 묘사될 만한 가치를 발견한 문학 형식이다. 어느 모로 보면 소설은 여성이 남성과 가장 치열하게 경쟁을 한 문학 형식이라고 말할 수도 있다. 그래서 앞으로의 소설의 전망은 남성과 더불어 있다고 하기보다는 오히려 여성과 같이 있다고 하는 편이 적절한 표현일 것이다. 오늘날 소설의 독자 대중은 주로 여성이라고 해도 과장은 아닐 듯싶다.

소설은 분명코 위대한 예술의 하나이긴 하나, 그 반면에 범용한 재주를 다분히 용인할 수 있는 예술이기도 하다. 소설의 수는 하도 많아서 그 역사를 기술하기란 아주 곤란한 일이다. 소설이 걸어온 길을 개관하여 보면, 소설은 점차 복잡성이 증가하였으며 스토리 그 자체에 대해 불만을 느껴 온 것을 알 수 있다. 또한 원체 양이 많아서 소설의 유형에 대해 말하는 것도 수월한 일은 아니다. 웰스(H. G. Wells)가 〈토노 번게이(Tono Bungay)〉에서 시도한 바와 같이 작가 자신의 시대를 취급한 소설과 과거의 역사를 배경으로 쓴 소설 사이에는 아마도 대단한 가치 차이가 있을 것이다. 전자는 흔히 현실적이나 후자는 오락 본위의 모험이 가미되기가 일쑤이다.

이 현실적인 현대 소설은 로맨스에 비하여 역사적으로 성장과정이 극히 완만하나 일단 발전하기만 하면 대중의 상상력에 호소하는 바가 매우 큰 것이다. 소설은 그 자체에 있어서 〈햄릿〉 극에 나오는 폴로니어스(Polonius)의 극 분류 방식만큼이나 다양하다. 즉 〈픽윅 페이퍼스(Pickwick Papers)〉와 같이 희극적인 것, 찰스 리드의 〈아직도 늦지는 않다(Never Too Late To Mend)〉와 같이 사회적인 것, 또는 메레디스의 〈기로에 선 다이아나(Diana of Crossways)〉와 같이 철학적인 것 등, 표현 형식에 의하여 또 하나의 소설 분류 방식이 성립된다. 이 방식도 역시 복잡성을 면키 어렵다. 소설가는 사건을 연대순으로 진술함으로써 단순한 방식으로 스토리를 옮길 수도 있다. 앤서니 트롤로프(Anthony Trollope)와 같은 작가는 가급적 단순한 양식으로 이야기를 나열함으로써 소기의 이득을 보는 듯하나 이와 같은 방식에 만족하는 작가는 극히 소수이다. 몇몇 소설가에게는 스탄의 〈트리스트람 섄디(Tritstram Shandy)〉에서와 같이 서술의 형식이 무엇보다도 중요시되고 있다. 스탄은 표현 형식으로 실험을 꾀한 현대 소설가들, 특히 도로시 리처드슨(Dorothy Richardson), 제임스 조이스(James Joyce), 버지니아 울프(Virginia Woolf) 등의 선구자이다. 이 실험은 이러한 작가군에 있어서와 같이 그다지 극단적인 필요도 없거니와 또한 그들의 수법과 같이 그렇듯 고의적일 필요도 또한 없을 듯싶다. 토머스 러브 피코크(Thomas Love Peacock)나 올더스 헉슬리(Aldous Huxley)는 소설을 관념과 대화의 전달 수단으로 삼기 위하여, 원심적이며 구심적인 방법으로서 평탄한 서술 양식을 아주 폐기하여 버렸다. 18세기에 들어서자 새뮤얼 리처드슨(Samuel Richardson)은 우연한 기회에, 소설에 있어서 인간 감정의 심리 분석을 하는 데는 서간문이 최고 양식이라는 것을 발견하였다. 이쯤 되고 보면, 소설은 복잡한 문학 형식이라는 것을 우리들은 새삼 깨닫게 될 것이다. 소설가가 대화를 사용하여 묘사를 최소한 압축했을 때 비로소 극에 접근하는 것이다. 제인 어스틴(Jane Austen)의 〈편견과 거만(Pride and Prejudice)〉은 연극에 사용되는 본질적인 대화를 모조리 간직하고 있으며 조지 메레디스(George Meredith)의 〈이기주의자(The Egoist)〉 역시 마찬가지다. 이와 정반대로 월터 페이터(Walter Pater)의 〈향락주의자 메리어스(Marius the Epicurean)〉와 같은 내성적인 작품은 평론

조나 논설조를 지향하고 있다.

이제부터 영국 소설의 발전 양상을 현저하게 나타내는 대표 작품을 통하여 영국 소설의 내력을 더듬어 보기로 하겠다. 사실상 시초는 아닐지 모르나 영국 소설은 필립 시드니 경(Sir Philip Sidney)에서 시작되었다. 시드니는 자기 친구들을 위로할 목적으로 그의 누이동생 펨브로크 백작 부인(The Countess of Pembroke)의 아름다운 집 윌턴(Wilton)에서 〈펨브로크 백작 부인의 아카디아(The Countess of Pembroke's Arcadia)〉를 쓴 것이다. 이 작품은 파선(破船)당한 왕자와 미모의 공주, 기사의 모험 그리고 목가적 배경, 이상향 등의 여러 가지를 혼합시킨 것인데, 18세기까지도 독자들의 인기를 확보하였다. 부호 인쇄업자 리처드슨은 시드니를 기념하기 위하여 그 작품에 나오는 인물의 이름, 파멜라(Pamela)를 따다가 자기 작품의 하녀 여주인공의 이름을 지었다. 시드니와 동시대에 존 릴리(John Lyly)라는 케임브리지 출신의문인이 등장하여 색다른 작품을 썼다. 만약 셰익스피어가 바로 뒤이어 나오지만 않았더라면 그는 당당한 희극 작가로 문학사상에 좀더 뚜렷이 기억되었을 것이다. 그의 작품 〈유휴즈(Euphues)〉와 〈유휴즈와 영국(Euphues and his England)〉에는 이야기 줄거리가 극도로 압축되어 있으나 풍습, 감정, 도덕적 내성(內省) 등을 토론하는 대목은 과연 재기 발랄한 데가 있다. 재료의 일부분은 이탈리아 신사의 예의 범절 안내서인 카스티글리오네(Castiglione)의 〈궁신(The Courtier)〉에서 따온 것이다. 릴리는 여인층에서 수많은 독자가 나올 것을 예기하고 그 작품을 영국 숙녀층에 헌정(獻呈)한 것이다. 엘리자베스 시대의 저열한 사회 계급의 3류 작가군은 순전히 영리 목적으로 작품을 썼다. 대중의 비위를 맞추려고 온갖 노력을 하였음에도 불구하고 그들의 생활을 보면 보수가 그다지 신통치 않았던 것 같다. 극작가이자 시사 단편 작가이며 방랑 시인이었던 로버트 그린(Robert Greene)은 시드니와 릴리의 효과를 단순히 통속화한 수많은 단편을 썼다. 그의 작품 〈판도스토(Pandosto)〉(1585)는 후일 셰익스피어의 〈겨울 얘기(The Winter's Tale)〉의 자료가 되었다. 동시에 그는 엘리자베스 시대의 런던 하류 사회에서 볼 수 있었던 도둑·깡패·매춘부 그리고 그들의 책략이나 희생 따위를 묘사하는 데에 있어서 독창적인 수법을 전개하기도 했다. 토머스 로지(Thomas Lodge, 1558~1625)는 시드니를 모방하여 〈로잘린드(Rosalynde)〉(1590)란 작품을 씀과 동시에 현실에 입각한 팸플릿에 손을 대기도 했다. 한결 재미있는 작가로는 토머스 델로니(Thomas Deloney, 1543~1600)가 있는데, 그의 문학은 단순하고도 시대 착오적인 반면에 현실에 깊숙이 뿌리박고 있는 서술체로 한 직공의 작업을 묘사하고 있다. 〈뉴베리의 재크(Jack of Newbury)〉에서 그는 직공의 생활상을, 〈구둣방 이야기(The Gentle Craft)〉에서는 양화공들의 수많은 숨은 이야기를 인상적이고도 그럴 듯한 배경 위에 묘사하고 있는 것이다. 이런 작가들과 더불어 극작가를 겸한 토머스 데커(Thomas Dekker)는 수많은 팸플릿으로 당대 생활상을 그렸는데, 가장 성공적인 대표작은 런던의 하류 계급 생활상이 유독 과시되어 있는 〈아가씨의 입문서(The Girls Horn-Booke)〉이다.

이 작가들은 사실적이었지만 서술에 있어서는 별로 형식을 갖추지 않았다. 그러나 이 방면에 있어서 약간의 발전이 토머스 내슈(Thomas Nashe, 1567~1601)에 의하여 이룩되었다. 〈잭 윌턴(Jack Wilton)〉에서 그는 자신이 직접 겪은 파란만장한 생활 체험에서 얻은 모험을 기록했다. 이 소설에 등장하는 악한 주인공은 헨리

8세의 군대에서 인생 항로를 출발하여 여행하는 도중 수많은 인물들을 만나는 것이다. 16세기가 산출한 사실소설에 이르는 가장 가까운 길을 여기에서 엿볼 수 있다. 엘리자베스 시대에 이처럼 출발한 소설 분야가 17세기에 가서 순조롭게 발전하지 못한 것은 기이한 사실이며 이해하기 곤란한 일이다. 접종(接種)하는 종교 논쟁이며 사회 분쟁, 게다가 내란 등이 부지기수의 소책자를 남기게 한 나머지, 문인들의 정력이 문학 이외의 것에 허비되었으므로 17세기는 산문 설화를 쓸 이유를 갖지 못했다고 생각하는 사람도 있을 지경이다. 그러나 17세기 초엽기가 소설사에 공헌한 바가 전혀 없는 것은 아니다. 우아하고 적지 않은 억제는 있을망정 한없이 영웅적인 드 스퀴데리(de Scudery) 양의 로맨스가 프랑스에서 수입되자 이것은 중요하고도 참신한 요소를 영국 소설에 제공하였는데, 그의 대표작인 〈위대한 시러스(Le Grand Cyrus)〉는 1653년과 1655년 사이에 번역되어 널리 읽혀졌다. 이와 같은 로맨스는 처음에는 귀족 사회에만 인기가 있었으나 나중에는 귀족이 아닌 평민들도 즐기게 되었다. 그리스 영웅시와 로맨스를 산문으로 모방하는 바람에 감정 · 성격 · 주제 등은 모조리 숭고하고 이상화되었다.

전술한 작품들은 실생활에서 아주 동떨어진 모험을 취급했다. 이와 같은 사정을 묘사하느라고 영국인은 최초로 '로맨틱'이란 말을 쓰기 시작하였다. 17세기의 후반기는 좀더 눈부신 발전을 보게 되었다. 소설 자체가 별로 발달하지 아니했다 하더라도 우리들은 자기 자신의 생활을 그리는 시정인(市井人)들의 소리를 비로소 그때에야 듣게 되었다. 새뮤얼 페피스(Samuel Pepys)와 존 이블린(John Evelyn)은 일기문으로 소설가들이 후일에 사용하게 된 종류의 소재를 기록하고 있었다. 그들과 다른 작가들을 이끌어 세세한 일상 생활을 관찰케 하던 인생 태도는 후일의 소설을 소설답게 하는 분위기를 발전시켜 주고 있었다.

17세기를 통틀어 사실상 가장 위대한 소설가이지만 자기 자신은 소설가라는 명칭을 꺼려했을지도 모르는, 영문학사상 최대의 인물 중 하나는 존 번연(John Bunyan, 1628~1688)이다. 그는 베드포드셔(Bedfordshire)에서 상인의 아들로 태어나 공화군의 병사로 복무한 다음 교사 생활을 하였는가 하면 감옥에 갇혀도 본, 일종의 신비주의자였다. 그의 초기 작품은 폐부를 찌르는 듯한 정신적인 자서전인 〈넘쳐 흐르는 은총(Grace Abounding)〉(1666)이다. 수감중에 씌어진 〈천로역정(The Pilgrim's Progress)〉의 제1부는 1678년에, 제2부는 1684년에 출간되었다. 그다지 세상에 알려지지 않았지만 대표적인 작품으로 〈배드맨 씨의 생과 사(The Life and Death of Mr. Badman)〉(1680)를 들 수 있는데, 이 작품은 〈천로역정〉과 함께 규모가 큰데다 장엄한 〈성전(聖戰 : Holy war)〉(1682)의 자매편이다.

현대 평론가들이 프로 작가를 찾을 때 번민이야말로 숭고한 적절한 예라는 것을 망각하고 있으니 다음 사실을 기억하는 것이 타당할 것이다. ——즉 번연은 형식적인 계급 투쟁을 취급하는 대신에 영문학상 수세기에 걸쳐 더 중요한 듯싶은 정신의 계급 투쟁을 작품에서 시종일관 취급했다는 사실을. 정규 교육은 전혀 받지 못하고 문학 전통에 도무지 구속받지 않은 채로 그는 영역 성경에서 위대한 산문의 표본을 발견하였다. 종교적인 명상을 통해 그는 후세의 인간 대 죄악의 투쟁에서 숭고한 체험을 얻었으며, 대부분의 신비가들에게 공통된, 죄악에 대한 의식을 자신의 인격 안에 간직하고 있었다. 〈천로역정〉에서 번연은 인간 영혼의 역정을 여행기에 비유하여 진술해 보려고 결심하였다. 비유(比喩)는 이 작품을 무미건조한 메커니즘에서 싱싱하고도 상상적인 위대한 작품으로 만드는 어떤 역할을 해줄 수 있었다. 번연은 면밀한 묘사와 멋진 일화, 그리고 배경 묘사와 대화 창안 등에 천부적인 재질을 타고난 사람이었다. 그가 이와 같은 재능을 비유와 그럴 듯하게 결합시키고 보면 설화는 그것이 지닌 정신적 의미성에도 불구하고 현대적이면서 진실성을 띤 아주 현실적인 내용이 되고 마는 것이다. 이 사실주의와 정신적 경험의 연합은 〈넘쳐 흐르는 은총〉에서 대화를 유도하는 여러 사건을 정확히 묘사하는 솜씨를 통해서 엿볼 수 있다. 번연의 비유적인 방법은 결국 중세기적인 것이지만 그의 작품은 전례도 후례도 찾아볼 수 없을 만큼 단연 독보적인 위치에 있다. 그의 작품이야말로 시대성을 초월하고 영구 불멸한 문학 분야에 돌입한 것이라 하겠다.

이와 같이 발전하여 내려온 영국 소설이 18세기에 들어서자 드디어 문학 형식으로 공고한 지위를 확보하게 된 뒤로는 우수한 소설 작품들이 연이어 나오게 되었다. 대니얼 디포(Daniel Defoe, 1660~1731)라는 매혹적이며 신비로운 거장(巨將)과 더불어 영국 소설은 새로운 출발을 하였지만 영국 대중에게는 그다지 환영을 받지 못하고 있었다. 스토크 뉴잉턴(Stoke Newington)에 있는 한 이교도 대학에서 교육을 받은 디포는 끈기있는 작가는 못 되는지라 휘그(Whig)당과 토리(Tory) 당의 관리 노릇을 하였다. 그는 공론가인가 하면 발명가이기도 하였고, 파산 경험도 맛본 속인인가 하면 여행을 많이 해본 저널리스트이기도 했다. 한때는 형을 받은 일도 있고 여러 차례의 투옥 경험도 가졌다. 그의 도덕적인 성품은 강직한 편은 못 되었으나 그가 교육받은 청교도적 양심만은 언제나 마음 한구석에 빈틈없이 간직되고 있었다. 그가 소설 쓰기를 유일한 활동 분야로 삼은 것은 경험을 풍족하게 쌓은 비교적 말년기였다. 초기 저작 중에서 유독 뛰어난 것은 〈리뷰(The Review)〉(1704~13)인데, 이는 영국의 신문과 잡지 문학에 획기적인 것이다. 흡사 상상적인 작품같이 씌어졌으나 사실은 저자가 애써 연구한 결과의 소산인 〈빌 부인의 유령(Apparition of Mrs. Veal)〉(1706)을 제외한다면, 디포가 쓴 소설의 처녀작은 사실상 〈로빈슨 크루소(Robinson Crusoe)〉(1719)이다. 디포가 60세 때 이 작품이 출판되어 호평을 받게 되자 기운을 얻어 다음과 같은 작품을 계속적으로 세상에 내놓았다. 〈몰 플랜더스(Moll Flanders)〉(1722) 〈재크 대령(Colonel Jacque)〉(1722) 〈록사나(Roxana)〉(1724) 〈흑사병이 나던 해의 일기(A Journal of the Plague Year)〉 (1722) 등——디포의 소설관은 〈흑사병이 나던 해의 일기〉에 가장 잘 나타나 있는데 이 작품은 한때는 가공적이라는 세평을 받았다. 사실상 소설적인 요소가 극히 희박한 이 작품은 디포의 어린 시절에 실제로 창궐했던 염병(染病) 얘기의 추억과 기록 문서를 손수 뒤져 본 경험의 결과에서 나온 것이다. 저자 자신은 이 소설을 상상의 작품으로 보지 않고 실제 진술이라고 생각했다. 사실적인 밑천이 모자랄 때는 반 사실적인 사실주의를 견지하기가 일쑤이다. 그의 독자 대중은 주로 청교도 중류층인데 그들이 지닌 지식으로 디포는 소설을 쓴다. 그리고 그들의 폐부에 직접적으로 호소할 수 있는 테마를 골라 낸다. 피상적으로 보면 이 두 가지 조건은 저자의 독창성을 깎아 내리는 것같이 보일지 모르지만, 섬세한 형안과 항상 단순하고도 호감을 주는, 그렇다고 해서 절대 수다스럽지 않은 문체로 소재를 특이하게 짜인 이야기로 꾸며 놓는 재주야말로 디포의 독특한 솜씨라 할 수 있다. 이 여러 가지 특성이 결합되어 〈로빈슨 크루소〉는 독자에게 항상 직접적으로 끊임없이 호소한다. 이

스토리는 후안 페르난데스(Juan Fernandez)란 섬에서 수년간 고독한 생활을 보낸 알렉산더 셀커크의 실제 모험 이야기에 근거를 두고 있는데, 저자 자신이 기행문을 널리 읽었다는 조건과 아울러 그의 다채로운 체험 등이 이 실제 이야기로 하나의 소설을 이룩하게 한 것이다.

이 소설의 특징은 실제 경치를 눈앞에 보는 듯한 섬세한 묘사에 있다 할 수 있다. 디포는 소설을 쓸 때 형식에 대하여 그다지 신경을 쓰지 않았다. 즉 그의 소설은 사발시계와 같이 태엽이 아주 풀릴 때까지 계속 달릴 뿐이다. 그러나 그 시계가 움직이는 한 주의력만큼은 소홀히 하지 않았다. 그는 심리 묘사에 약간 흥미는 가지고 있었으나 우리들이 기대하는 만큼 크루소의 심적 상태를 묘사해 주지는 않는다. 만일 헨리 제임스(Henry James)에게 이 스토리를 재술시킨다면 재미있는 결과가 나타났을 것이다. 이 작품의 가장 무미건조한 면은 윤리적·종교적 내성(內省)에 있는데, 여기에서 디포는 순수한 청교도적 가치를 견지하는 자기 정신의 편모를 보여 주고 있다. 그렇게 해야만 독자들의 비위에 맞으리라고 생각하였기 때문이다. 〈로빈슨 크루소〉의 압도적인 호평으로 인해 이 작품에 뒤이어 나온 도덕적이거나 혹은 악한을 주제로 한 여러 소설들의 싱싱한 가치가 무시되어 버렸다. 〈싱글턴 대위(Captain Singleton)〉는 아프리카를 배경삼은 인상적인 소설이며, 불량 소년인 몰 플랜더스(Moll Flanders)와 한결 우아한 록사나(Roxana)는 저자의 창작 중에서도 가장 생생한 성격 인물이다.

제 10 장 리처드슨에서 월터 스콧까지의 소설

디포는 그와 때를 같이하는 소설가도 없었거니와 그의 문학을 바로 인계할 소설가 역시 없었다. 그러던 판국에 아마 전 영국 사상 가장 중요하다 할 만한 일이 극히 우연히 고개를 쳐들었다. 가구(家具)장이 아들이었던 새뮤얼 리처드슨(Samuel Richardson, 1689~1761)은 런던에 나와서 인쇄업을 생업으로 삼다가 요행히도 주인 딸을 아내로 맞이하게 되었다. 그는 무식한 사람들을 위하여 대리 편지를 써주기도 했다. 리처드슨은 하녀들에게는 구혼 신청하는 법을, 견습공들에게는 취직 운동하는 법을, 심지어는 아들이 아버지에게 용서를 비는 법까지도 가르쳐 주었다. 이와 같은 미천한 일을 하는 관계로 리처드슨은 자연히 서간문으로 자기 의사 표시를 하는 기술을 자유자재로 다루게 된 것이다. 그리하여 그 후로는 대단히 호평을 받은 3대 장편 소설을 세상에 내놓았다. 〈파멜라(Pamela)〉(1740) 〈클라리사(Clarissa)〉(1747~8) 〈찰스 그란디슨(Sir Charles Grandison)〉(1753~54)인데, 이 소설들의 중심 스토리는 모두가 단순하다. 파멜라는 작고한 마님의 아들의 유혹을 물리치는 덕 있는 하녀이다. 그리하여 그녀는 마침내 정식 구혼을 받게 되어 쾌히 승낙하게 된다. 클라리사 역시 부덕 있는 숙녀이다. 마음에 없는 결혼을 강요한 가족의 압력이 몹시 괴로워서 매력적인 러블레이스(Lovelace)의 보호를 믿고 집을 나선다. 그러나 일단 그 여자를 자기 손아귀에 넣은 러블레이스는 교양 있게 자라난 그녀가 도저히 범할 것 같지 않은 흉책을 꾀하여 그녀를 농락하려 든다. 그는 이것만으로 만족하지 않는다. 일이 뜻대로 진행되지 않자 그는 마침내 폭력을 행사하여 그 여자를 죽음으로 이끌고 마는 것이다. 찰스 그란디슨 경은 전형적인 신사이다. 어느 날 한 숙녀를 유괴에서 구출해 준 다음 후일 다른 여자와 약혼을 하게 된다. 경은 두 여자에게 섭섭치 않도록 교묘하게 이 난처한 입장을 처리하는 것이다.

리처드슨의 소설 주제는 자기 만족적이며 타산적인 중류 계급의 모럴을 표방한다는 이유로 비난을 받아 왔다. 파멜라는 덕의 대가를 결혼으로 받았다 해서 사면초가에 몰려 있으며, 클라리사 역시 영원에 대해서 무작정 장기간의 투자를 하면서 쓸데없이 고집을 부림으로써 내세의 보수를 보류하여 버린 셈이며, 찰스 경은 그가 지닌 휘황찬란한 귀족성에도 불구하고 한낱 사이비 도덕가에 그치고 마는 것이다. 단순히 스토리 작가로서만 평한다면 리처드슨의 문학 지위는 별것 없지만, 이미 언급한 바 있듯이 그의 소설이 독특한 수법으로 씌어진 것만은 높이 평가해 주어도 좋을 것이다. 이 독특한 수법이야말로 리처드슨의 천부적인 재주이다. 서간문을 통하여 이야기를 서술한 이 색다른 형식은 극히 우연히 나온 것이었다. 그러나 그는 무의식적이었지만 확실히 자기 수법이 이상적인 방편이라는 것만은 분명코 인식하였을 것이다. 그의 강점은, 인간 심정에 대한 지식과 덧없이 변화하는 감정의 그림자, 그리고 정(情)과 지(知) 사이에서 고민하는 모순된 인간 심정을 묘사하는 데에 있었다. 릴리(Lyly)의 〈유휴즈〉에는 이와 같은 요소가 극히 적으나 초서의 〈트로이로스와 크리세이드〉에는 그런 요소가 다분히 내포되어 있으므로 리처드슨은 그들의 전통을 계승하고 있는 셈이다.

리처드슨에 있어서는 감정 분석이 무엇보다 중요한 요소가 되어 있는데, 이 요소는 영국 소설에 있어서 적수를 발견하기가 아주 어려울 만큼 세밀성과 인내성을 가지고 추구되어 있다. 그는 유순한 하인들과 중류 계급을 다루는 데에 만족을 느낀 나머지 그들의 감정이 실현되는 생활의 제반사를 더할 나위 없이 대가다운 명확한 필치로 세세하게 그려 내고 있다. 리처드슨의 문학에 있어서는 도덕적이거나 종교적인 가치를 수반치 않는 주제 자체란 존재할 수 없다. 리처드슨은 인생의 세세한 사실을 항상 정신적인 의의의 각도에서만 보았기 때문이다. 서술에 있어서의 그 사실주의는 일찍이 정당한 평을 별로 받은 적이 없었던 그의 대화 기술과 긴밀하게 결합되어 있다. 흔히 상상되듯이 그의 인물 묘사는 시종일관 침울성을 띠는 것은 절대 아니고 발랄성과 명랑성, 심지어는 기지까지도 더러 띠기도 한다. 그러나 으뜸된 요소는 감상과 애수를 혼연일체로 완전무결하게 묘사하는 데에 있다. 리처드슨은 예술가인 동시에 청교도인이어서 그가 지닌 청교도적인 기질이 스토리를 만들어 내면 예술성이 그 스토리를 상술하는 역할을 도맡는 것이다. 이야기를 서서히 신중하게 풀어 놓는 희한한 재능을 갖고 있는 이 위대한 작가를 곡해하여 조소하는 것이 이제까지의 상투적인 평론이었다. 영국 평론의 어느 페이지를 뒤져 보아도 알 수 있듯이, 이 작가가 지닌 예술의 위대성이 공평 정당하게 완전히 인식되기를 바라기는 앞으로도 어려우리라.

심지어는 리처드슨과 때를 같이하던 문인까지도 기회가 있는 대로 그의 업적을 마구 비난 공격하여 그의 입장은 매우 곤란하였다. 헨리 필딩(Henry Fielding, 1707～54)은 귀족 가문에 태어나서 이튼과

레이덴(Leyden)에서 교육을 받고 고전을 폭넓게 탐독하여, 로버트 월펄 경(Sir Robert Walpole)이 1737년에 내린 라이센싱 법령(Licencing Act)으로 인해 상연 금지를 당할 때까지는 극작가이기도 했다. 동시에 그는 시평 문학가이면서 변호사이고, 또한 바우(Bow) 가에서 치안판사 노릇도 하였다. 1742년에는 〈조셉 앤드루스(Joseph Andrews)〉를 세상에 내놓아 리처드슨의 〈파멜라〉를 마구 조소하였다. 그는 리처드슨의 소설과는 180도 사정을 달리하여 멋진 풍자를 마련하였다. 부덕한 하녀 대신에 필딩은 얌전한 사내 하인을 등장시켜 그 하인이 부비 부인(Lady Booby)의 유혹을 받게 한 다음 급기야는 그 유혹을 물리치도록 이야기를 꾸몄다. 이야기가 바로 이 대목에 이르자 필딩은 독특한 자기 서술 기능과 희극적 소질을 발휘하는 데 자기 도취가 되어 버린 나머지, 그가 애당초 의도했던 리처드슨에 대한 공격 따위는 그만 오리무중에 빠지고 말았다. 그런 다음 이야기는 돈 키호테 타입인 목사 아담스(Parson Adams)와 동반하는 일련의 모험담으로 계속된다. 이 희극적인 작품은 양돈을 유일한 낙으로 삼는 목사의 호가스(Hogarth)적인 희극적 성격으로 말미암아 소설의 짜임새가 한결 희한해진다. 이 처녀 소설에서 그가 의도한 목적성은 단순한 외곬 은 절대 아니다. 풍자의 동기가 아니더라도 그는 평민적인 당대의 생활상을 그린 소설과 고전 서사시 사이의 대조에 대해서 무척 박학하게 매력을 느꼈다.

이 사실을 마음속에 두고 저자는 자기의 소설을 산문희극시라고 칭하는 것이다. 그리하여 결국에는 세르반테스(Cervantes)의 자극을 받아 문체 속에 또는 이따금씩 사건 속에서까지도 희극적 요소를 도입하게 되었다. 이것이 그의 두 번째 소설인 〈위대한 조나단 와일드의 이야기(The History of Jonathan Wild the Great)〉(1743)

에 이르러서는 일관된 풍자의 동기였다. 이 작품에 있어서 저자는 티번(Tyburn)에서 교수형을 당하는 도둑의 생애를 주제로 함으로써 위대한 악한이나 위대한 군인 혹은 로버트 월펄 경(Sir Robert Walpole)과 같은 위대한 정치가도 오십보 백보라는 것을 표명하였다. 〈조셉 앤드루스〉가 지닌 유머의 저류에는 좀처럼 드러나지는 않으나 중요성을 띤 인생관이 잠재하고 있다. 이 인생관은 리처드슨의 타산적인 도덕률과 필딩이 우러러 마지않던 관용스럽고도 인간적인 태도 사이에 개재하는 차이점에서 찾아볼 수 있을 것이다. 조셉이 나체인 채로 노상에 누워 있었을 때 지나가는 마차에 탄 리처드슨식의 선량한 신사들은 공연히 점잔 빼느라고 보고도 모르는 체하려 하나, 마부 소년(나중에는 닭장을 훔쳤다는 이유로 쫓겨났지만)만은 그를 측은히 여긴 나머지 자기 저고리를 벗어 던져 준다. 선과 악의 좀더 착잡한 관계에 대한 명상과 관대한 충동이, 사회에서 천대받는 사람들의 마음속에 흔히 존재한다는 비유가 필딩의 힘찬 신념이 되어 제2의 소설 〈톰 존스(Tom Jones)〉(1749)의 깊이를 한층 더해 주었다. 이 위대한 작품은 대단히 신중히 계획되고 수행된 것으로 저자의 작품 중에서 단연 독보적인 걸작이다. 주된 테마는 톰 존스의 유년 시절부터의 전기에 입각한 것에 지나지 않지만, 이 작품에 전개되는 빈틈없이 짜인 액션으로 독자는 마지막 순간까지 손에 땀을 쥐게 된다.

필딩의 최후작인 〈아밀리아(Amelia)〉(1751)는 다른 작품에 비해서 성공적이다. 그는 이 작품의 여주인공을 이상화한 나머지 페이소스 과다증에 빠진 감이 있어, 그 결과로 〈톰 존스〉가 지닌 조화감이 이 작품에는 결여되어 있다. 그렇지만 필딩에 있어 이 작품은 성년기에 달한 셈이다. 그는 소설의 가장 고상한 형식의 하나인 중류 계급적 사실주의로 〈아밀리아〉를 이룩한 것이다. 그는 이 작품에 소설 형식의 개념을 부여한 다음 이 소설을 호가스(Hogarth)의 회화 예술과 비교할 만한 가치를 지닌 예술 작품으로 만들었다. 톰 존스를 통해서 그는 영문학사상 가장 위대한 성격 인물의 하나를 창작하였다. 필딩의 문학에 있어서 배경이 빈약한 것은 사실이다. 스콧이 그의 소설에서 푸짐하게 배경을 설정할 때까지 영국 소설의 배경은 줄곧 빈약한 채로 머물러 있어야만 했다. 무엇보다 그는 리처드슨이나 19세기의 다른 어느 소설가보다도 수다스러운 편이었다.

토비아스 스몰리트(Tobias Smollet, 1721~71)는 필딩과 때를 같이한 소설가이지만 도저히 그의 문학적 비중을 따를 수는 없다. 그는 스코틀랜드 태생으로 의학 공부도 했고 나중에는 해군 군의 노릇도 했다. 그가 소설 형식에 별로 이렇다 할 만한 공헌은 못 했지만, 음산한 해전 시대에 바다라는 새로운 배경을 도입한 공적만은 인정해 주어야 할 것이다. 성급한데다가 감수성이 둔한 편인 그는 잔인하고 험상궂은 속된 오락거리가 많은 거친 해양 생활에 분명코 맛을 들였던 모양이다. 그뿐만 아니라 그는 조잡하고 피상적인 생활 감정의 테두리 속에 살고 있었다. 처녀작인 〈로더릭 랜덤(Roderick Random)〉(1748)에서 그는 악한 주인공이 미모의 요부 나시사(Narcissa)와 결혼하게 될 때까지의 생활을 그렸다. 이 소설의 배경이 되고 있는 무모하고도 잔인한 해양 생활의 묘사만은 영구히 기억할 만한 가치가 있다. 〈페리그린 피클(Peregrine Pickle)〉(1751) 역시 악한 소설로 얌전한 여성 에밀리아와 결혼할 때까지 남자 주인공의 타락한 생활을 그린 것이다. 이 주인공보다도 매력적인 인물은 제독 트루니언(Trunnion)과 선부 파이프스(Pipes) 등이라 할 수 있다. 배경은 선명하게 그려지고 혁명 전 프랑스에 있어서 볼 수 있는 수많은 잔인한 행동을 묘사하고 있다. 이 두 소설로 인해 스몰리트는 자기

체험이 고갈되어 〈페르디난드 카운트 패돔(Ferdinand Count Fathom)〉(1753)에서는 후세의 공포 소설에 나옴직한 인물을 예언하는 듯이 허무맹랑한 악한을 그려 내고 있다. 스몰리트는 소설이 마감되기 전에 도덕 의식의 재생을 묘사함으로써 자기 양심을 구하는 것이다. 이 소설가의 다른 작품들은 덜 인상적이다. 즉 〈랜셀로트 그리브즈 경(Sir Lancelot Greaves)〉(1762)은 돈 키호테의 18세기판이라 할 수 있다. 〈험프리 클링커(Humphrey Clinker)〉(1771)에서 그는 리처드슨의 서간문적 수법을 수정하여 초기 소설보다 한결 유머가 많고 침착한 방법으로 쓰고 있다. 스몰리트는 선배 소설가들에 비하여 지적 통일성도 부족하려니와 투찰력의 깊이도 모자란다. 그러나 그의 폭력적이고 요란스러운 이야기를 즐겨 읽는 사람이 많았고 통속적 가치에 있어서는 디킨스에까지 영향을 미칠 만큼 생명이 길었다.

18세기 소설가 중에서 가장 괴벽스럽고도 가장 다각적으로 평가되는 문인으로 로렌스 스턴(Laurence Sterne, 1713~68)을 들 수 있다. 주교의 증손자이며 군인의 아들인 그는 거의 바로크식으로 교육을 받았으나 나중에 케임브리지 대학에 입학하여 학사를 받을 기회를 얻게 되었다. 목사의 임명을 받은 그는 요크셔(Yorkhisre)에서 목사로 생계를 마련했다. 신학 공부를 하고 설교집을 출판하였으나 그는 자신이 사숙하던 라블레(Rabelais)와 또한 그가 경애하여 마지않던 세르반테스의 작품들을 탐독하였다. 괴벽스러운 목사가 들끓던 18세기에서도 둘째 가라면 섭섭하다고 할 만큼 그는 아주 색다른 괴짜 목사였다. 그의 〈신사 트리스트람 섄디의 생애와 인생관(Life and Opinions of Tristram Shandy, Gent.)〉(1759~67)은 일찍이 전례가 없는 소설이었으나 독창적인 작품으로 출판 즉시 인기가 대단하였다. 세상에 이야기 전달이 주목적인 흔해 빠진 항간(巷間) 소설의 척도로 감정한다면 〈트리스트람 섄디〉는 의심할 여지도 없이 불합리한 작품이다. 이 소설의 주인공이 탄생하기까지 독자는 셋째 권까지 기다리지 않으면 안 되며, 심지어는 3권에 이르러서도 주인공의 미래 생활은 확정되지 않고 있다. 서술 솜씨를 분석해 보면 에피소드, 대화, 한없는 지식의 편력, 게다가 미완성 문장, 대시, 공백 페이지, 광적인 문장법, 변덕스러운 유머, 육담(肉談), 감상 따위가 불협화음적인 일대 교향악을 이루고 있다. 이 북새통 속에서 뚜렷이 묘사된 성격을 추려 내면 트리스트람의 부친 코포럴 트림(Corporal Trim), 의사 슬롭(Slop), 그리고 말버러(Marlborough) 전선에서 돌아온 재향군인이며 이 소설에서 가장 감상적인 인물인 엉클 토비(Uncle Toby)를 들 수 있다. 일견 이 작품은 온통 정신병에 사로잡힌 것도 같고 형식의 무모한 파괴인 듯도 싶으나 이렇게 판단을 내리는 것은 피상적인 관찰일 것이다. 스턴은 이 사실을 은근히 다음과 같이 주장하고 있다.——규칙적인 서술법이나 또는 시간적 · 공간적 사실 수법은 연관성이 부조리하고 형편없이 취광적(醉狂的)인 인간 정신의 혼돈성과는 거의 연분이 없는 것이라고. 그리하여 그는 〈트리스트람 섄디〉에서 이 지구는 소용돌이와 카오스로 이루어진 일개 유성(流星)으로 묘사하였는데, 이러한 경향은 스위프트로 하여금 그의 초독할 만큼 풍자적인 기분을 스턴과는 다른 수법으로 그려 내게 하였다. 이 사실은 스턴이 광범위한 유머나 라블레적인 취미를 지녔다는 것을 말하는 것이며, 심지어는 그가 인간의 생리적인 생태에 대해서까지도 희극적으로 인식하려 드는 태도를 가히 짐작할 수 있다. 이 희극은 단순히 냉정한 희극으로 그치는 것은 아니다. 인간 생활에 있어 허다하게 눈에 띄는 기괴한 경험을 비웃는 반면에 억눌린 채로 고민하는 인류에 대해서 따뜻하게 동정심을 보인다. 이 작품에 흐르는 인간 감정은 흔히 그 감정을 일으키는 대상물에 대해서 과다증에 빠지고 있는 듯싶다. 왜냐하면 엉클 토비는 식탁 위에 앉은 파리까지도 동정의 대상물로 인정해야 하기 때문이다. 이와 같이 감정에 빠지는 것에 센티멘털(Sentimental)이란 말을 붙일 수 있다. 그리고 이 말은 스턴이 자기 작품 〈감상 여행(Sentimental Journey)〉(1761)의 표제에 사용하기도 했다. 이 작품에서 그는 〈트리스트람 샌디〉를 다룰 때보다는 한결 침착한 마음으로, 그리고 초기 작품을 고무하던 유머는 여전하지만 비교적 덜 현학적인 태도로 프랑스 여행기를 그리고 있다.

전술한 4대 소설가가 활약한 뒤로 소설의 흐름은 계속 팽창하여서 급기야는 단순한 지성을 가지고는 도저히 겨루지 못할 만큼 거센 홍수가 되어 버렸다. 18세기 말엽에 이를 무렵 소설의 발전상은 하도 다채로워서 일일이 진술하기가 곤란할 지경이다. 그 중에서 몇몇 작품은 독립되어 있다. 새뮤얼 존슨(Samuel Johnson)의 〈라셀라스(Rasselas)〉(1759)는 형식상은 압시니아(Abssinia)에 관한 이야기에 지나지 않지만, 18세기의 낙관주의에 대하여 통렬히 철학적인 공격을 가하는 데에 목적을 두고 있다. 이 작품은 설혹 외부 형식은 다를망정 그 의도에 있어서는 볼테르(Voltaire)의 〈칸디드(Candide)〉와 좋은 대조가 된다. 올리버 골드스미스(Oliver Goldsmith)의 〈웨이크필드의 목사(The Vicar of the Wakefield)〉(1766) 역시 어떤 한 유파에 속하지는 않는다. 이 소설에서 전개되는 우연성이나 있을 듯싶지 않은 사건에도 불구하고 이 작품은 여전히 대중성을 띤 독특한 작품이다. 골드스미스는 희극과 성격 묘사의 소질, 효과적인 클라이맥스를 맺는 극작가적인 형안(炯眼), 또는 어느 문학적 소스에서 나온 것이 아니고 오히려 작가 자신의 성질에서 우러나온 다정 다감성 따위를 모조리 지니고 있었다. 이 모든 특질을 그는 빈자와 모든 인간고에 대한 민감성과 결합시키고 있다. 그리하여 이 소설이 지향할 예정이었던 후기 사회주의적 취지가 이 작품의 감옥 장면에 일찍이 묘사되어 있다. 그 당시의 영국 독자들 역시 영문학 작품에만 전적으로 의거하고 있지는 않았다. 그 까닭은 프랑스와 계속적으로 사상적인 자유무역을 하는 바람에 수많은 프랑스 서적이 영국 독자에게 소개되었기 때문이다. 〈파멜라〉의 센티멘털리즘은 루소의 〈신 에로이즈(La Nouvelle Héloise)〉에서 사용된 치우친 감상과 좋은 대조가 되던 판에 마리보(Marivaux)의 〈어정뱅이(Le Paysan Parvenu)〉와 〈마리안느(Marianne)〉가 〈파멜라〉의 애독자들에게 환영을 받았다. 리처드슨의 가장 직접적인 후계자는 음악가 찰스 버니(Charles Burney)의 딸로서 젊었을 때 존슨한테 애호와 칭찬을 받은 패니 버니(Fanny Burney, 1752~1840)였다. 그녀는 나중에 캐롤라인(Caroline) 여왕의 시녀가 되었고 프랑스에서 이주해 온 다르블레이(d'Arblay) 장군과 결혼하였다. 그녀의 처녀작이며 걸작 소설인 〈이블리나(Evelina)〉는 놀랄 만한 예증적인 사건을 전개시킴으로써 시골 색시가 화려한 런던에 올라와서 모험을 거듭하는 이야기를 묘사한 것인데, 이 작품은 1778년 런던에서 폭풍적인 인기를 자아 냈다. 이 작품에 대해서 존슨, 버크, 레이놀즈 등의 칭찬은 지금에 와서는 다소 지나친 것 같지만, 이 작품은 앞으로도 흥미 진진하게 읽을 수 있는 것이다. 버니 여사를 리처드슨과 비교하는 것은 평론적 조화의 상실을 의미한다. 버니 여사는 겨우 자기 자신의 관찰과 경험을 가냘픈 창작 재능으로 지탱했을 뿐이나, 리처드슨은 독특한 창작을 했으니 말이다. 그 결과 그녀의 작품은 향상되기는커녕 오히려 저하되었다. 〈세실리아(Ceclia)〉(1782)는 좀더 복잡한 이야기지만 부자연스럽고 덜 효과적이다. 〈카밀라(Camilla)〉(1796)에서는 존슨 문체의 모방이라고 오평(誤評)되던 거인적인 문장법을 이미 전개하였고, 마지막 소설 〈방랑자(The Wanderer)〉(1814)에서는 문체가 병적으로 되어 버렸다. 그녀의 일기 서간문은 극적인 사건에 대하여 예민한 눈으로 사건을 보고하는 기술을 보여 주고 있다.

스턴이 시작한 센티멘털리즘은 여전히 인기를 끌었고 헨리 매켄지(Henry Mackenzie)의 〈다정한 사나이(The Man of Feeling)〉(1771)에 이르자 그 절정에 달하였는데, 이 작품의 주인공은 어떤 비애와 정서적 흥분의 압력하에 영원히 눈물을 금치 못한다. 오늘날 우리들이 이 소설을 다시 읽어 보면 서투른 모방 작품으로밖에 보이지 않지만 그 당시에는 무척 환영을 받았다. 그리고 이 작품은 지나치게 공상적으로 감정을 그리고 있기는 하지만, 저자는 작품의 도처에서 인간적인 광범한 동정을 보여 주고 있다. 매켄지가 루소의 영향을 받은 작가 중의 하나라면 토머스 데이(Thomas Day) 역시 그의 열렬한 제자라고 하겠는데, 데이의 작품 〈샌드포드와 머턴(Sandford and Merton)〉(1783~9)은 아직까지 이름 정도로 기억되고 있을 뿐이다. 이 소설은 위선과 사치로 타락된 자메이카(Jamaica)의 부잣집 자식과 정직한 농부의 자식을 그린 이야기인데, 토론과 교훈에 치우친 소설의 좋은 본보기이다.

헨리 브루크(Henry Brooke)는 두 인물을 대조하는 또 하나의 교육 소설로서 〈바보(The Fool of Quality)〉(1766~70)를 제공하여 주었다. 그는 루소에게서 많이 배웠는지는 모르겠으나 그가 증대하는 박애주의를 마음껏 표현한 것은 웨슬리(Wesley)의 주의를 이끌기 위한 것이었다.

소설이 18세기 말엽에 이르러 이와 같이 여러 모로 발전을 보게 되는 가운데 자못 미심쩍은 경향이 나타나서 독자와 저자를 유혹하였다. 그 당시 고개를 쳐들던 이른바 공포 소설이나 고딕(Gothic) 소설 따위는 소설의 하부 세계에 뚫고 들어가서, 오늘날 대단히 인기를 끌고 있는 공포, 범죄 소설의 선구 역할을 하여 준 셈이다. 예술 척도로 본 가치 수준이야 어떻든 간에 이 공포 소설은 당대 독자들에게 힘찬 매력을 주었고 그 영향은 보다 고차원적인 예술 영역에까지 미쳐, 급기야는 스콧과 브론테(Brontë) 자매의 소설이나 셸리의 시에까지 이르렀다.

이러한 타입의 소설은 호러스 월펄(Horace Walpole, 1717~97)의 〈오트란토의 성(The Castle of Otranto)〉(1764)에서 그 근원을 찾을 수 있다. 로버트 월펄 경(Sir Robert Walpole)의 아들인 호러스는 부친이 오랫동안 다스리던 위대한 세계를 너무나도 잘 알고 있었다. 깊은 신념도 없이 막연히 찬란한 그의 정신은 자기 주변에서 벌어진 음모와 한없는 권력욕에 염증을 느꼈다. 한가로운 생활 속에 파묻힌 그는 골동품 취미에 빠져 그레이(Gray)를 포함한 수많은 시인 묵객(墨客)들을 벗삼았다. 영어로 씌어진 것 중에서 가장 다채롭고 재미나는 부피 큰 서간문집 속에 저자는 자기 생활을 기록하였다. 그의 골동 취미에는 정서적인 면이 있었다. 왜냐하면 18세기에 설치던 상업주의와 합리주의에 대한 환멸에서 일어나는 정서성이 유한 부유층 사람들 사이에 유달리 보편화되었는데, 월펄은 그 중에서도 유독 뚜렷한 예이기 때문이다. 특권 계급층은 자기들의 소유지 안에 있는 승원이나 성의 폐허에서 흔히 발견할 수 있는 중세기 예술의 유물을 홀로 명상하는 데 위안을 구하였다. 또한 옛 세상을 그리워하는 정은 민요와 기사도, 근세 문인들이 중세기에서 구하던 경악과 신비 등에 대한 취미를 부활시켜 주었다. 월펄은 동시대의 어느 문인들보다 유독 철저하게 이 중세기 숭배를 실천하여, 딸기 언덕(Strawberry Hill) 위에 고딕 건물을 짓고 그 안에서 기사의 생활과 승원 생활의 옛꿈에 잠길 수 있었다. 이 중세기적 백주몽의 소산이 곧 〈오토란토의 성〉인데, 중세 이탈리아에 배경을 둔 이 스토리에는 희생자를 구타하여 죽일 수 있는 거인적인 투구, 폭군, 초자연적 침입, 신비스럽고 무시무시한 공포 등이 들어 있다. 이 작품은 마치 〈맥베드(Macbeth)〉에서 시와 성격 인물 따위를 제거한 다음 미숙하고 기계적인 감상극과 초자연성만으로 엮은 것 같은 인상을 준다. 이 스토리가 대단한 인기를 끌었다는 것만은 이해할 수 있으나 월펄이 공허한 이 작품을 대단한 예술 작품이라고 자인하였다는 것은 도저히 믿기 어려운 일이다. 당시 월펄의 모방자가 얼마나 나오게 될는지는 아무도 예언하지 못하였을 것이다. 윌리엄 벡포드(William Beckford, 1759~1884)는 월펄 못지않게 부유한 한량이어서 손수 폰트힐 승원(Fonthill Abbey)이란 고딕 건물을 짓고 그 안에서 신비 소설을 썼다. 폰트힐은 월펄의 딸기 언덕보다도 한결 사치스러운 것과 같이 그의 작품 〈바데크(Vathek)〉(1782)는 〈오트란토의 성〉보다 한층 더 기괴하게 짜여져 있다. 월펄은 백주몽에 잠겼을망정 물질 세계를 건전하게 인식하였지만, 벡포드는 완전히 환상의 세계에 사로잡힌 것 같다. 〈바데크〉는 터키 국왕을 취재한 동양적인 이야기인데, 이 왕은 모친의 두둔과 악마에 사로잡혀서 학살하기를 일삼고 복잡한 정열을 좇는 것이다. 이 작품에는 아름다운 구절이 간간이 보이기도 하지만 위주가 되는 인상은 사치스럽고도 가공 세계적인 것이다. 이 작품에서 취할 점이 있다면, 그 일관성과 아울러 저자가 자기의 숭고한 변태 심리적 환상을 서술을 통하여 표현하고 있다는 것을 암시해 주는 점일 것이다.

공포 소설을 실천한 후기 작가들 중에서 가장 유능하고 대중성을 가진 작가는 안 래드클리프(Ann Radcliffe, 1764~1823)인데, 그의 다섯 작품 중에서 가장 보편적인 것으로 〈우돌포의 신비(The Mysteries of Udolpho)〉(1794)와 〈이탈리아인(The Italian)〉(1797)을 들 수 있다. 그녀는 공포 이야기의 메커니즘을 용인하긴 했지만 이에 감상적이고 효과적인 배경 묘사를 결합시켰다. 그렇게 하여 이 공포 소설을 18세기 시에 엿보이는 자연에 대한 흥미와 접촉시켰다. 〈우돌포의 신비〉는 가장 순수하고 빈틈 없는 형식을 갖추고 있다. 스토리 내용은 예민한 숫처녀를 손아귀에 넣은 몬토니(Montoni)라는 힘센 색광이 소유하고 있는 음산한 고성(孤城)에서 신비와 공포가 쓸쓸한 복도와 도깨비 나오는 방을 마구 활보하고 다니는 것이다. 래드클리프 부인은 스토리가 마감되기 전에 자기 공포를 합리적으로 설명하는 데 흥미를 갖는다. 그녀의 작품은 순회 문고 독자들의 인기를 매우 끌었을 뿐 아니라(이 점은 제인 어스틴이 그의 작품 〈노스 승원〉에서 풍자하고 있는 바이지만) 수많은 지성인들에게까지도 영향을 주었다. 그 영향으로 바이런은 뉴스티드 승원(Newstead Abbey)에서 몬토니의 생활을 직접 실천하였는가 하면, 셸리는 그 공포 소설에 등장하는 유령이 대낮에도 보일 만큼 실감적인 것이 되었다. 샤로트 브론테의 〈제인 에어(Jane Eyre)〉에 나오는 인물 로체스터(Rochester)는 중류 계급적 배경에 옮겨다 놓은 몬토니에 불과하며, 에밀리(Emily) 역시 그녀의 상상력이 이 기괴한 소스에서 자극을 받지 않았더라면 〈폭풍의 언덕(Wuthering Heights)〉과 같은 걸작은 나오지 못했을 것이다.

래드클리프 부인처럼 대단한 성공은 거두지 못했더라도 이 대중적인 수법을 실천하는 작가는 많았다. 매듀 그레고리 루이스(Mathew Gregory Lewis, 1775~1818)는 괴테(Goethe)와 그 밖의 독일 작가들의 작품을 탐독한 결과 그 독서로부터 받은 나쁜 영향이 그의 작품 〈승(The Monk)〉(1796)에 엿보인다. 이 작품은 무척 대중적이었지만 〈파우스트〉 테마를 개조하여 관능 묘사에 이용한 탓에 당시의 취미로부터 비난 공격을 받았다. 루이스는 〈공포 이야기(Tales of Terror)〉(1799)와 〈놀라운 이야기(Tales of Wonder)〉(1801)로 계속 악평을 받았다. 찰스 로버트 매투린(Charles Robert Maturin, 1782~1824)은 예술가적 양심을 지닌 작가로 그의 작품 〈방랑자 멜모스(Melmoth the Wanderer)〉(1820)는 프랑스에 미친 영향이 컸다. 가장 나무랄 데 없이 훌륭한 공포 소설의 하나는 〈프랑켄슈타인〉(1817)인데, 저자 셸리 부인은 바이런과 남편 셸리의 암시로 이 걸작을 쓴 것이다. 이 소설은 전율적인 인간의 힘을 지닌 기계 같은 괴물의 이야기이다. 이와 같은 종류의 소설이 많은데도 이 소설만이 오늘날까지 변함없이 독자층을 견지하고 있다. 19세기에는 전술한 공포 이야기보다 한결 의미심장한 참된 소설 작품을 만들어 낼 수 있었다. 스티븐슨(Stevenson)의 목사 딸로 태어난 제인 어스틴(Jane Austen, 1775~1817)의 소설보다도 더 섬세하고 성공적인 작품은 일찍이 세상에 나와 본 적이 없다. 그녀의 오빠는 나일(Nile) 강과 트라팔가(Trafalgar)의 해전에 종군했고, 그녀의 생애는 스티븐슨, 바스(Bath), 초턴(Chawton), 윈체스터(Win-chester) 등에서 보냈다. 이 세계야말로 자신의 소설이 그려야 할 배경이라는 것을 처음부터 깨달아 버린 듯이 그녀는 이 세계 안에 틀어박힌 채 외부 세계에 일체 아랑곳하지 않았다. 그녀는 과거에 대해서 호기심을 느끼지 않았으려니와 당시의 유럽을 선동하던 여러 사건도 그녀의 문학에 영향을 주지 못했다. 이와 똑같은 식으로 그녀는 선배 작가들이 범한 전철을 되밟지 않았다. 그녀는 〈노팅거 승원(North-anger Abbey)〉(1817)에서 당시에 유행하던 공포 소설에 대해서 직접적인 공격을 퍼부었고, 고딕파(派)에 대한 풍자와 깊숙이 탐구된 인간의 공포 심리를 결합시켰다. 그녀에게는 리처드슨의 윤리도 인상을 주지 않았다. 그녀의 예술은 그러한 모럴이 없음으로써 그만큼 더 이채로운 것이다. 그런가 하면 센티멘털리즘 역시 그녀의 마음을 움직이지 못했다.

그녀의 관찰력은 스케일의 차이는 있지만 셰익스피어가 지닌 소극적인 역량을 가지고 있다. 필딩 이후의 어떤 소설가보다도 그녀는 소설을 면밀하고도 엄격한 훈련을 요하는 하나의 예술 형식으로 인정했다. 이런 결과에서 나온 문학 표현은 그 율동이 불가피하고 사실이 정확하여 읽는 사람으로 하여금 평이한 인상을 주게 되지만 이 평이성은 저자의 근본적인 두뇌 조직에서 독자를 위하여 짜낸 선물인 것이다. 예술가로서 그녀가 지닌 성실성은 작품을 쓸 때 추고를 거듭했다는 사실만 보아도 능히 짐작할 수 있다. 그녀의 초기작은 출판사의 환영을 즉시 받지는 못했지만 〈오만과 편견(Pride and Prejudice)〉(1813)은 초기 수법을 보여 준다. 이 작품은 아마 그녀의 가장 인기있는 작품으로 남을 것이다. 이 작품에 등장하는 인물로서 광범위한 독자층에게 친근감을 주는 예를 몇 가지 들어 보면, 혼인 중매하는 베네트 부인, 아첨 잘하는 목사인 코린스, 거만스럽고 '어마어마한 부인'이란 별칭을 듣고 있는 캐서린 브르흐, 명랑하고 영리한 젊은 여자 엘리자베스, 귀족 다시 등이 있다.

그런 거만한 태도와 브라만 교도같이 계급으로 따지려고 드는 버릇으로 인해 타고난 좋은 본성을 발휘하지 못하는 다시의 성격은 엘리자베스의 편견과 대립되는 것이다. 어스틴이 그리려던 소설 세계란 극히 국한된 세계였다. 즉 귀족 사회와 정도 차별이야 있을망정 서로 친밀하고 도와줄 수 있는 하부 세계 등이 그녀가 그리는 소설의 무대였다. 어스틴의 예술이 무엇보다도 주장하는 것은, 소설은 고전적인 정확한 짜임새를 가져야 한다는 것이다. 이와 같은 핵심적인 의장(意匠)은, 사실적으로 정확히 규정되고도 하나의 유기체로서의 소설에 기능을 발휘할 수 있도록 고루 짜인 여러 사건을 통해서 교묘하게 다루어지고 있다. 그뿐만 아니라 그녀는 유머가 풍부하고 계발적이며 간결하게 말을 다루는 재주마저 지니고 있다. 이 말재주로 묘사된 소설에서는 하나하나의 사건이 전체 테마의 짜임새에 있어서의 부분적인 역할을 하는 것을 인식하는 쾌감뿐만 아니라 그 사건 자체로서도 독자들은 능히 즐길 수 있다. 나아가서 그녀는 작중 인물들의 이야기가 오래 끌 때만은 여의치 못하지만 희한하도록 대화에 대한 소질을 지니고 있다.

무도회나 회합, 정식 방문 같은 경우만은 그렇지 않지만, 되도록이면 배경 묘사를 생략하는 것이 그녀의 상투적인 수법이다. 〈분별과 감성(Sense and Sensibilety)〉(1811)은 그녀가 쓴 또 하나의 초기 작품으로, 이 작품에서 역시 우리들은 두 사람의 성격 대립을 목격할 수 있다. 짜임새에 있어서 전작과 비슷한 기교를 볼 수 있으나, 이 소설이 당시의 취미에 맞지 않았던지 전작에 비해서 인기가 덜했다.

그 뒤에 3편이나 작품이 연이어 나왔는데 제인 어스틴의 평론가들은 이들 작품을 초기 작품과 비교해서 그 공과(功過)를 운운해 왔다. 〈맨스필드 공원(Mansfield Park)〉은 1814년에, 〈엠마(Emma)〉는 1816년에, 〈설득(Persuasion)〉은 1817년에 나왔다. 토의의 필요성이 없이도 넉넉히 주장할 수 있는 것이지만, 이들 후기 작품들은 처녀작 〈오만과 편견〉이 지니고 있는 연이은 희극성이나 자연스러운 면 따위를 분명코 지니고 있지 않다. 그 대신에 후기 작품들은 인물의 성격을 한결 복잡하게 묘사하고 있으며, 등장 인물들에 대해서 전작품보다 어쩌면 한결 깊게 온정적인 태도를 가지고 있는 것이 특색이다. 〈노팅거 승원〉(1817)에서는 공포파의 소설을 비웃었으며, 그녀의 예리한 사실주의 솜씨와 희극적인 재주로서 공포 소설을 대치했다. 그녀의 편지를 읽어 보면 그녀가 하던 일이나 자신의 소설 한계에 대해서 자신이 얼마나 의식적이었는가를 알 수 있다——나는 내 독특한 문제를 고집해야 하겠고 내 자신의 길을 걸어야만 하겠다. 이런 일에 내가 성공하지 못할는지 모르나 만일에 내가 다른 길을 취했다가는 아주 실패해 버리리라는 것만은 믿어 의심치 않는다. 그녀가 완전히 장악하고 있는 세계는 비록 제한된 세계일망정 셰익스피어적인 요소를 다분히 지니고 있다.

같은 시대에 태어난 두 예술가로서 제인 어스틴과 월터 스콧 경(Sir Walter Scott, 1771～1832)만큼 소설의 취재 범위나 견해에 있어서 생판 다른 예는 일찍이 없었던 일이다. 스콧만큼 동시대 작가의 작품에 대해서 관대한 작가는 보기 드물며, 취미에 있어서 그보다도 보편성을 가진 비평가 역시 흔치 않다. 그는 제인 어스틴을 극구 찬양하였고 그녀의 예술과 자신의 '개가 짖는'것 같은 수법의 예술과는 확연히 구별했다. 변호사의 아들로서 에든버러(Edinburgh)에서 태어난 그는, 아버지의 직업을 계승은 했지만 일찍부터 맛들인 문학 취미와 스코틀랜드의 고적(古蹟) 취미만은 어쩔 수 없었다. 여러 차례에 걸친 고원 지대의 답사 결과로 얻은 스코틀랜드의 전설은 나중에 그가 소설을 쓰는 데 다시 없는 귀중한 자료가 되었다. 이런 방면에 대한 꾸준한 연구로 급기야는 〈스코틀랜드 변경 지방의 영창시집(The Minstrelsy of the Scottish Border)〉(1802~3)을 세상에 내놓게 되었다. 시 수집가였던 그는 마침내는 그 자신의 시를 썼다. 〈마지막 영창시(The Lay of the Last Minstrel)〉를 비롯하여 일련의 운문 로맨스는 경제적으로 제법 수지가 맞았다. 그래서 그는 돈 드는 취미를 만족시키기 위해 필요한 비용을 마련하는 수단을 문학에서 찾게 되었다. 그와 같이 강렬한 상상력을 지닌 몇몇 작가들을 괴롭히던 강직한 가정적인 모럴의 시련을 그는 전혀 겪지 않았다. 그의 약점은 다른 곳에 있었다. 그의 약점은 부분적인 것이지만 유달리 관대한 그의 성품에서 우러나왔다. 그는 '봉건적인 지주'가 되고 싶어서 귀족 계급의 사람들과 허물없이 사귀고자 했으며, 또한 넓은 사유 토지의 주인이 되고 싶어했다.

이런 욕망을 만족시키려고 그는 아보츠포드(Abbotsford)를 자기 집으로 획득했다. 그는 정식으로 소설가가 되기 전부터 그의 저택을 확대시키고 토지 소유욕을 채우기 위한 한없는 계획을 세우는 데 자금을 모으려고 했다. 그 결과 발랜틴 가(The Ballantynes)와 손을 맞잡고 출판 모험을 감행하고 있었다. 소설가로서의 그의 전 생애를 통해서 이렇듯 벼락부자가 되고 싶어하는 압력에 눌려 살던 중, 마침내는 1826년에 콘스테이블(Constable)과 발랜틴 가가 파산 지경에 이르자 그 역시 채무의 비극에 쫓기게 되었다. 만약 그에게 그렇듯 낭비벽이 없었던들 그가 어떤 종류의 예술가가 되었을지도 모른다고 가상해 보는 것은 부질없는 일일 것이다. 그러한 정열은 그가 타고난 어쩔 수 없는 성벽의 일부분이었으니 말이다. 그렇지만 그가 파산하던 시기에 씌어진 일기가 그의 모든 작품 중에서 한층 감명 깊은 것이라는 사실을 기록하는 일은 보다 보람 있는 일일 것이다. 그렇듯이 줄곧 절실한 그의 욕구에 협조나 하는 듯이 그의 소설이 공전의 성공을 거두었다는 사실은 또한 재미있는 일이 아닐 수 없다.

후기에 이르기까지 그는 가속도적으로 잇달아 소설을 생산했지만, 그의 소설 작성법에는 별다른 흔적이 보이지 않는다. 그가 만일 소설을 최소한의 개정만 했더라도 그럭저럭 훌륭한 소설을 썼을 것이다. 그의 머릿속에는 언제나 이야깃거리나 인물, 사건 등이 들끓고 있어서 무척 용이하게 소설 창작을 하였다. 그의 정력은 무궁무진하여서 그가 소설가라는 것을 숨기고 있다가 마침내 정식 소설가로 세상에 등장했을 때는 필시 어느 정도의 소설이 초기에 이미 마련된 것이 아닌가 하고 의심하는 사람도 있었을 정도다. 그가 수많은 법적인 의무와 공무와 공적인 의무를 다해 가면서 유유히 소설을 썼다는 사실을 생각할 때 그의 역량은 더욱 괄목할 만하다. 그의 저택인 아보츠포드를 찾아드는 손님들이 보기에는 그가 소설 쓰기를 일삼는 작가라기보다는 오히려 운동이나 음악을 마음놓고 즐기는 유한 신사라는 인상을 주었으니, 그럴 수밖에 없는 것이다. 이 수수께끼에 대한 해답은——분명코 부분적인 해답이겠지만——그의 수없는 고원 지대 여행이 나중에 걸작 소설을 전개시켜 줄 배경과 흐뭇한 소재를 그의 기억에 가득 실어 주었다는 사실에 있다. 아마도 스콧 자신은 인식하지 못하였겠지만 소설가 스콧을 위한 귀중한 준비기였던 것이다.

스콧은 〈랙렌트 성(Castle Rackrent)〉(1800)이라는 소설로 아일랜드의 생활을 그린 마리아 에지워스(Maria Edgeworth)를 비롯한 몇몇 선배 작가의 영향을 받기는 하였지만, 그의 역사 소설은 스콧 자신의 창작이라고 말해 두는 편이 좋을 것이다. 스콧은 소설의 배경을 당대라든가 또는 중류 사회에 대한 세세한 연구 검토에 두지 않고 으레 과거로 거슬러 올라가서는 흔히 알려진 인물을 등장시켜 모험적이며 호화찬란한 이야기를 꾸미기가 일쑤였다. 필딩이나 제인 어스틴이라면 인물과 그 인물의 환경에 만족할 텐데 스콧은 항상 그의 무대를 위한 배경을 풍경이라든가, 자연 묘사라든가, 또한 그림과 같이 세세히 묘사된 과거로서 창작하기를 좋아했다. 중심 테마가 이따금씩 주요 인물을 도입하기도 하지만 그의 가장 정확한 요소는 평범한 사람들, 특히 그가 너무나도 잘 아는 스코틀랜드의 백성을 그리는 데에 있다. 그가 이런 인물을 그릴 때면 자신이 지닌 뚜렷한 희극 소질이 거리낌없이 발휘되는 것이다. 배경의 다양성이라든가 인물의 폭에 있어서 그는 셰익스피어를 따르고는 있으나 두 사람을 비교하면 스콧에 결여된 요소가 너무나도 많음을 인정할 수밖에 없다. 줄곧 미숙한 그의 영어 구사력은 정열이나 인생의 거친 면을 너무나 솔직히 묘사하는 까닭에 셰익스피어가 지니고 있는 문체의 폭을 스콧은 가지고 있지 못한 것이다. 그뿐 아니라 그는 등장 인물들의 심리를 속속들이 파고들어가지 못하고 있다. 그리하여 그들의 행동이나 정서는 항상 단순한 동기의 지배를 받고 있다. 그는 희극성만은 풍부하게 지니고 있기는 하지만 비극까지는 도달하지 못했으며, 도달했다 하더라도 대단히 비효과적이다. 하기야 행복한 성품을 타고난 그가 시달리고 눌린 사람들의 고민을 알 리가 없지만, 그의 생애 자체가 인간의 생활을 좌지우지하는 여러 가지 사회 기구를 깊게 이해하지 못하는 한낱 허식의 연속이었으니 더욱 그럴 수밖에 없다. 그가 중세기나 교회, 저명한 어떤 기구를 작품에 다룰 때면 깊이 고려하기를 기피하고 있는 사실은 주목할 만하다. 그는 기적을 문학에 다룰 때면 대단한 재능을 지녔으면서도 함부로 발휘하지 않았고, 형이상학적이거나 신비로운 것에 대해서는 거의 감명을 느끼지 못했다.

스콧의 소설에 대해서 '역사 소설'이란 딱지를 붙이는 편이 편리하겠지만, 이 말은 잘 검토하지 않는 한 오해를 초래하기 쉽다. 그의 초기 작품인 〈웨이벌리(Waverley)〉(1814)는 1745년에 제임스 2세 파의 사람들이 득세하던 이야기를 소재로 했다. 이 소설은 어떤 의미에서 역사 소설이라고 할 수도 있겠지만, 그가 고원 지대에서 만난 실제 인물로부터 들은 이야기를 바탕으로 하여 소설 줄거리를 꾸밀 수 있었던 것이다. 유럽의 마지막 중세기 운동인 재코비티즘(Jacobitism)과 아울러 스코틀랜드적인 요소는 그의 전작품을 통해서 가장 으뜸가는 테마이다. 그리고 이 테마는 다음 작품에 빈번하게 등장한다. 즉 〈가이 매너링(Guy Mannering)〉(1815) 〈고물수집가(Antiquary)〉(1816) 〈늙은 인간(Old Mortality)〉(1816) 〈미들로디안의 가슴(The Heart of Midlothian)〉(1818) 〈롭 로이(Rob Roy)〉(1818) 등 이 모든 소설에 있어서 소설가 자신이 기억과 상상을 분간하기는 자못 어려운 노릇이다. 기억과 상상력이 똑같이 그의 창작적인 목적을 도와주었다고 하는 편이 공평할 것이며, 그의 소설이 지닌 핵심적인 서술은 강한 인간성과 스코틀랜드 타입의 하부층에 대한 희극적인 묘사 등으로 인해 지탱되고 있다. 스콧이 너무나 잘 알던 스코틀랜드에서 방향을 중세기로 돌렸을 때는 그가 지닌 창작력은 거의 상실되어 버렸다. 〈아이반호(Ivanhoe)〉(1820)나 〈부적(The Talisman)〉(1825)은 십자군에서 취재한 역사 소설로 그의 작품 중에서 가장 통속적인 것이나, 스코틀랜드를 배경으로 한 소설들이 지닌 정확성과 깊이에 비해서 너무나 피상적이며 무대적이다. 그가 〈캐닐워스(Kenilworth)〉(1821)와 〈니겔의 운명(The Fortunes of Nigel)〉(1822)으로 엘리자베스와 제임스 1세의 운명을 이야깃거리로 삼아 변경을 넘었을 때도 역시 마찬가지다. 일단 인기가 떨어지자 그는 황급히 인기를 회복할 길을 다른 작품들에서 구했다.

이런 동기에서 우러나온 수많은 엽기적인 작품 중에서 〈퀸틴 더워드(Quentin Durward)〉에 대해서만은 어느 정도의 자랑스런 위치를 인정해야 한다. 왜냐하면 이 작품은 프랑스의 루이 11세로부터 취재한 것으로, 유럽의 인기를 끌었기 때문이다. 또한 그의 서술이 이 작품에서 보다 생생한 적은 없었으며 루이 왕의 묘사에 있어서도 그로서는 일찍이 볼 수 없었던 미묘한 성격 묘사를 전개하고 있는 것이다. 이 소설에 있어서 그는 무대를 프랑스로 옮기기는 하였지만, 스코틀랜드 출신의 용사를 프랑스까지 데리고 갔다. 시간적 · 공간적으로 이처럼 방랑하다가 그는 스코틀랜드에 향수나 느낀 듯이 그것을 배경으로 재등장시키려고 되돌아오곤 했다. 〈성 로먼의 샘(Saint Roman's Well)〉(1824)으로 그는 풍속 소설을 실험하고 있는데, 이 소설은 나무랄 데 없이 성공적인 작품은 아닐지언정 흥미진진한 것만은 사실이다. 그러나 재코비티즘의 테마에서 결별을 고한 작품인 〈레드곤틀리트(Redgauntlet)〉(1824)에서 그는, 스코틀랜드야말로 그에게 진정 훌륭한 소설의 테마라는 사실을 보여 주고 있다. 그는 자기 작품에 대해서, 아마 디킨스만을 빼놓고는 어떤 작가 못지않게 폭넓은 낙을 느꼈다. 그가 소설을 쓴 다음부터는 과거에 대한 지식이 늘어간 것이 사실이다. 그의 묘사가 부정확하다 하더라도 역사 전문가가 아닌 일반 독자에게는 그 부정확성이 전혀 괴로움이 되기 않는다. 19세기에 들어서자 소설의 깊이와 짜임새는 변모했다. 그래서 그는 이 사실을 인식한 나머지 고민했다. 그의 역사 소설을 모방하는 작가들이 많았는데 그들 중에는 벌워 리턴(Bulwer Lytton), 디킨스, 대커리(Thackeray), 리드(Reade), 조지 엘리어트 등이 있다. 그의 영향은 영국에만 그치는 것이 아니라 프랑스에서 러시아에까지 이르렀고, 심지어는 대서양을 건너서 미국에서까지도 작가 스콧은 숭배를 받았다.

이런 판에, 때를 같이한 다른 소설가들과는 아주 동떨어진 소설가가 하나 있다. 토머스 러브 피코크(Thomas Love Peacock, 1785~1866)는 셸리의 친구이며 낭만주의를 풍자하는 소설가였다. 그는 아이러니, 토론, 낭만 과다병에 대한 핀잔 등을 포함한 색다른 소설을 만들어 냈다. 그의 소설에 등장하는 인물들은 오직 그림자로서 존재할 따름이며, 그림자치고도 남을 위로하는 말이라고는 한 마디도 하지 않는 그림자이다. 피코크의 소설에서는 플롯은 등장 인물들이 의견을 교환하는 데에 사용되는 한낱 구실에 불과하다. 그는 고전 작품이나 중세기 작품에 대해서 해박한 지식을 지니고 있었다. 〈처녀 마리안(Maid Marian)〉(1822)과 〈엘핀의 불행(Misfortunes of Elphin)〉(1829)에서 그는 로맨스의 매력을 이해하고 있다는 것을 보여 주고 있다. 그의 소설을 읽는 사람은 소수이지만 그래도 읽어서 재미가 없지는 않다. 〈헤들롱 홀(Headlong Hall)〉(1816) 〈악몽의 승원(Nightmare Abbey)〉(1818) 〈클로체트 성(Clotchet Cas-tles)〉(1831) 등은 조지 메레디스나 올더스 헉슬리가 새로운 형식의 소설을 시도하는 데 자극을 준 바 있다.

제 11 장 디킨스에서 현대까지의 소설

19세기의 소설계에서 찰스 디킨스(Charles Dickens, 1812~70)는 유독 두각을 나타낸 소설가이다. 여러 가지 각도에서 그는 영국이 낳은 가장 위대한 소설가이다. 그의 소설 전주곡인 〈보즈의 스케치(Sketches by Boz)〉(1836) 다음에 〈픽윅 페이퍼스(Pickwick Papers)〉(1836~7)를 세상에 내놓았는데 이 작품은 영어로 씌어진 소설 중 희극미가 풍부한 작품이다. 이 희극은 디킨스가 희극적인 인생관을 평이하게 표현한 것이므로 도무지 억제된 데가 보이지 않는다. 디킨스는 여러 가지 세상사를 여러 각도로 재미있고도 자못 허풍떠는 태도로 보는 듯싶다. 그래서 그는 이야기의 짜임새라든가 전체의 구성 따위에 도무지 개의치 않은 채로 하나의 모험에서 또 하나의 모험으로 흐뭇하게 뛰어들어가는 것이다. 그는 그가 살던 시대가 감상과 침묵을 요구하였기 때문에 몹시 구속을 느꼈지만, 그에게 허용된 문학의 테두리에서는 하등의 구속을 느끼지 않는 것처럼 마구 날뛰었다. 그가 만일 보다 덜 메스꺼운 시대의 자극을 받았더라면 '셰익스피어'적인 문학 세계에 도달했을지도 모를 일이다. 디킨스는 생활 자체를 향락은 했지만 그가 태어난 사회 구조에 대해서는 대단한 증오감을 품고 있었다. 그가 사회 혁명에 대해서 적지 않게 동정적이었다는 증거는 얼마든지 들 수 있다. 수많은 후기 작품에서 그는 당대의 부패상을 규탄할 수 있었다. 그러나 소설이 대중성을 띠자면 모럴이나 어휘에 있어서 중류 사회의 전통을 고수해야 한다는 것을 요구함으로써, 그 시대는 한사코 이 작가에게 벌을 강요하는 것이었다. 그는 〈픽윅 페이퍼스〉의 흐뭇한 표현에서처럼 구속을 느껴 본 적이 없다.

1838년에 뒤이어 나온 〈올리버 트위스트(Oliver Twist)〉에는 페이소스가 유머 위에 침략해 오는 싹이 보인다. 그리고 디킨스는 야멸찬 사회에 충격을 받은 나머지 소설을 통해서 그가 본 수많은 악의 증언을 매몰한 그 세대에 전달하는 것이 그의 마땅한 의무라고 느꼈다. 그는 풍부한 창작 솜씨로 여러 가지의 위험과 유혹을 받아야만 하는 착한 거지 소년의 이야기를 전달해 주고 있다. 이 소설의 장점은 페이소스에 있다고 하는 것보다는 하류층의 생활상 묘사나 범블(Mr. Bumble)이라는 인물이 중심이 되어 벌어지는 유머나 풍자에 있다는 편이 타당할 것이다. 〈니콜라스 니클비(Nicholas Nickleby)〉(1838~9)에서는 이야기의 짜임새가 중요성을 띠게 되고 저자가 지닌 멜로드라마적인 기량이 나타나고 있다. 벤 존슨이 17세기에 그랬던 것과 똑같이 정확한 글귀로 그는 인물들을 묘사하고 있다. 풍자가 요크셔의 학교 장면에 풍부하게 나타나 있는가 하면, 빈센트 크럼리즈(Vincent Crummles)와 그 일행이 공연하는 극장의 유머 속에 디킨스의 문학이 지닌 가장 좋은 요소가 다분히 엿보인다. 〈골동품상(The Old Curiosity shop)〉(1841)은 꼬마 넬(Nell)이 죽는 장면에서 유독 유머보다 페이소스가 앞서 있음을 볼 수 있다. 이 작품을 읽는 사람이면, 디킨스를 읽는 당시의 중류 계급 사람들에게 알려져 있던 오직 하나의 예식은 성황을 이루는 장례식밖에 없다는 것을 느끼게 될 것이다. 〈바나비 러지(Banaby Rudge)〉(1841)는 고든(Gordon)을 지도자로 하는 반카톨릭 폭동을 소재로 한 소설로 디킨스가 처음으로 역사 소설을 시도해 본 것인데, 〈픽윅 페이퍼스〉에서 전혀 문제시되지 않았던 스토리의 짜임새가 이 작품에서는 가일층 중요성을 띠게 되었다.

〈마틴 처즐위트(Martin Chuzzlewit)〉(1844)를 세상에 내놓기 전에 그는 미국 여행을 하였던 터라 이 소설에 등장하는 미국 장면은 매우 불쾌하게 그려져 있다. 그렇지만 우리들은 다각적인 디킨스의 요소를 이 작품에서 볼 수 있다. 즉 펙스니프(Pecksniff)와 그의 딸인 서아리 갬프(Sairey Gamp), 점잖고 인간미가 풍부한 톰 핀치(Tom Pinch), 정력적이고 덕망이 있는 마크 태플리(Mark Tapley) 등 더할 나위 없이 성공을 거둔 성격 묘사뿐 아니라 빈틈없이 짜인 사건 따위를 이 작품에서 볼 수 있다는 말이다.

1843년과 1848년 사이에 그는 〈크리스마스 책(Christmas Books)〉을 썼는데, 유명한 〈크리스마스 노래(Christmas Carol)〉도 이 책 안에 들어 있는 것이다. 그의 여러 작품 중에서 어쩌면 제일 대중적인 이 작품은, 거의 신비 지경에까지 이른 따뜻한 인간애에 대한 그의 신념을 보여 주고 있다. 1848년에 세상에 나온 〈돔비와 아들(Domby and Son)〉은 이 작품이 지닌 페이소스를 다루는 능숙한 솜씨로 인해 디킨스의 예술이 〈골동품상〉 이후로 얼마나 엄청난 진보를 이룩했는가를 뚜렷이 보여 주었다. 〈데이비드 코퍼필드(David Coppersfield)〉(1850)로 그의 초기 소설은 막을 닫은 셈인데, 이 작품에는 자서전적인 요소가 유독 진하게 엿보이며, 미코버(Micawber)라든가 우리아 히프(Uriah Heap)와 같은 정확한 성격 묘사가 이 작품의 특색을 이루고 있다.

〈쓸쓸한 집(Bleak House)〉(1853)은 디킨스의 모든 작품 중에서 가장 의식적이며 용의주도하게 계획된 것으로, 이 작품에 나타난 그의 예술은 확실히 〈픽윅 페이퍼스〉의 자연스러운 유머와는 거리가 무척 멀어졌다. 그 다음에 나온 작품이 〈각박한 세상(Hard Times)〉(1854)인데, 이 소설은 칼라일에게 헌정한 것이다. 디킨스는 그의 모든 작품을 통해서 당시의 사회 조건을 공격하고 있지만 이 작품에서는 유달리 그런 테마가 강조되어 있다. 그는 코크타운(Coketown)과 그랜드그린드(Mr. Grandgrind)의 입을 빌려서 체스터 학파의 철저한 방임주의적인 경제 체제를 풍자하고, 이 체제가 부르짖는 명랑한 자기 이권은 곧 암담한 잔인성이라는 것을 암시하고 있다. 사회적인 불공평성은 다시 〈어린 도리트(Little Doritt)〉(1857)를 일관하는 테마인데, 디킨스는 이 작품에서 까다로운 예문(禮文)과 관료주의의 악랄한 방편 따위를 마구 공격하고 있다.――〈픽윅 페이퍼스〉에서는 하나의 희극적 동기였던 감옥 생활의 묘사가 이 작품에서는 빚쟁이들을 가둔 감옥의 묘사로 변모하여 하나의 심각한 테마가 되고 있다. 〈두 도시의 이야기(The Tales of Two Cities)〉(1859)로 그는 역사 소설에 복귀하여 칼라일의 자극을 받은 결과, 프랑스 혁명에서 그 테마를 택한 것이다. 그가 지닌 천재의 근원이 광범위하고 기상천외였다는 사실이 여기에서 가장 명백하게 드러나고 있다. 그는 1870년에 아까운 나이로 세상을 떠나기 전에 두 개의 소설, 즉 〈위대한 유산(Great Expectation)〉(1861)과 〈공통의 친구(Our Mutual Friend)〉(1864)를 완성시켰고, 미완성작인 〈에드윈 드루드의 기적(The Mystery of Edwin Drood)〉을 남겼다.

디킨스는 자기 스스로를 죽음으로 몰아넣은 셈이다. 1858년에서

1868년까지 그는 자기가 쓴 소설을 연극식으로 낭독하면서 미국과 영국의 각지를 순회하였다. 이 일은 대단히 수지 맞는 일이어서 여행의 피곤에도 불구하고 그는 청중들의 박수 갈채에 만족을 느꼈다. 디킨스의 청중은 독한 술과 같았다. 그 술의 도수를 확인하기 위하여 그는 청중을 만족시켜 주어야만 했다. 셰익스피어는 청중을 만족시켰으되 자신의 직관력을 희생하지는 않았지만 디킨스는 대중의 구미를 맞추느라고 자기가 지니고 있던 직관력까지 희생했다. 그러나 디킨스는 그가 대중에게 나타낸 것보다 사실은 더 많이 알고 있었다.

그가 타고난 성품은 너무나 다정다감한 면에 파묻혀서, 도스토예프스키적인 비극 의식도, 톨스토이를 세계적인 대소설가들 중의 하나로 만든 저 원숙한 인생관도 디킨스의 문학에서는 찾아볼 길이 없다. 이 점이 없는 것만이 그의 결함이며 그 외의 모든 조건을 그는 지니고 있었다. 모든 위대한 소설가와 같이 그는 이 세상이 처음으로 보는 아주 새로운 경험이나 되는 듯이 세상을 보았다. 그뿐 아니라 희극적인 표현 수법에서 거창한 웅변에 이르기까지 그가 언어를 구사하는 역량은 실로 비범했다. 그는 셰익스피어 이후로 유례를 찾아보지 못할 만큼 광범위하게 인물과 상황을 창작했다. 그가 독자들에게 너무도 깊은 영향을 끼쳐서 그의 여러 소설 뒤에 숨은 인생관은 곧 영문학의 전통으로 승화되어 버렸다. 합리나 이론 따위를 그는 무척 싫어하였고 온정과 명랑성을 인간의 으뜸가는 덕으로 받들었다. 그가 한결 내성적인 순간에는 명랑성만이 이 세상의 코크타운들을 파멸에서 구제하리라는 것을 알고 있었다. 이와 같은 내성을 그는 몸에 간직하고 버리지 않았는데 그의 드센 다감성 때문에 그것이 흐려지고 말았다. 디킨스가 1870년에 세상을 떴을 때는 영국민의 생활에서 대치할래야 할 수 없는 어느 무엇이 사라진 것같이 허전했다. 당시의 암담한 상업주의를 비추면서 영국 사람들을 웃겨 주고, 그들의 마음을 다사롭게 하여 주고, 사람들이 얽매여 신음하는 수많은 잔인한 일들을 분산케 하여 주는 휘황찬란한 횃불이 꺼져 버린 것만 같이 디킨스의 죽음은 당대에 크나큰 충격을 주었다.

윌리엄 메이크피스 대커리(William Makepeace Thackeray, 1811~63)와 디킨스는 때를 같이했을 뿐 아니라 유독 가까운 동시대의 문인이어서 그들의 작품이 흔히 비교되어 온 것은 당연한 일이라 하겠다. 그렇지만 교육이나 사회적인 신분에 있어서 그들의 거리는 무척 멀었다. 디킨스는 이렇다 할 교육을 받지 못했고 그의 아버지는 가끔 부채 때문에 옥살이까지 겪는 형편이어서 그는 먹 공장에 나가서 일을 해야만 생계를 유지할 수 있었다. 그런데 동인도회사 사원의 아들로 캘커타(Calcutta)에서 태어난 대커리는 차터하우스(Charterhouse)와 케임브리지 등에서 교육받는 혜택을 누렸다. 디킨스는 몸소 가난을 맛보았기 때문에 가난이란 무엇인가를 잘 알고 있었지만 대커리에게 있어서 가난하다는 것은 잠시 빚지는 것을 의미했을 뿐이다. 디킨스는 잘 흥분하는 성품이었으나 대커리는 타협하기를 좋아했다. 대커리는 일생 동안 저널리스트로 지냈다. 1854년까지는 〈펀치(Punch)〉 지에 매번 기고했고 나중에는 〈콘힐(The Cornhill)〉 지의 편집을 맡아 보게 되었다. 그가 소설가로서 세상에 내놓은 처녀 작품이 〈허영의 저자(Vanity Fair)〉(1847~8)인데, 그때 그의 나이가 36세였다.

10년 후에야 그의 무시하지 못할 마지막 작품 〈버지니아인들(The Virginians)〉(1857~9)이 씌어졌다. 이 사이의 찬란한 10년 동안 연달아 출판된, 표지가 노란 염가판은 당시 영국 생활의 특색이 되었다. 이 사이에 그가 세상에 내놓은 책을 열거해 보면 〈펜디니스(Pendennis)〉(1848~50)·〈헨리 에스먼드(Henry Esmond)〉(1852) 〈뉴컴 일가(The Newcomes)〉(1853~5) 등이 있다. 1863년 그는 52세라는 아까운 나이로 세상을 떠났다. 그가 더 오래 살았더라면 풍부한 인생 경험으로 더 훌륭한 작품이 나왔을 것이다. 그는 죽기 바로 일년 전에야 켄싱턴(Kensington)에 저택을 지었다. 그의 취미는 사치스로워서 수입을 송두리째 그 취미에 충당하여야 했다. '문을 열어 주는 꾀죄죄한 스코틀랜드 소녀 하나'와 같이 연수 40파운드를 가지고 초라한 집에 살다니 그렇듯 사치스러운 취미를 가진 그에게는 말도 안 되는 일이었다. 토머스 칼라일 같으면 오히려 그러한 생활이 어울렸을지도 모를 일이다. 디킨스와 같이 그 역시 런던이나 미국을 돌아다니며 자신의 소설을 낭독하였다. 그리하여 그의 연수는 일약 1만 파운드까지 되었다. 이 사실과 그의 생활 방식이 그로 하여금 일찍 죽게 한 것이다.

그는 〈허영의 저자〉로써, 작가로서의 최대 역량을 발휘하였다. 사실적인 수법이 뚜렷하게 보이는 이 작품에서 우리들은 불성실에 대한 철저한 증오감과 광범위하고 힘차게 설화를 발전시킨 작가 역량을 엿볼 수 있다. 성격 묘사나 특히 그가 지닌 온갖 문학적 효과는 디킨스의 경우보다 한층 섬세하다 할 수 있다. 그는 모럴의 해결을 제시하는 것으로도 골치를 앓았지만 그보다는 그가 보아 온 인생의 이미지를 재현하는 것으로 더 골치를 앓았다. 그 결과 베키 샤프(Becky Sharp)를 묘사한 그의 글 솜씨에 대해서는 정말로 위대하다고 할 수 있다. 베키 샤프는 모험을 좋아하는 요녀인데 대커리가 그를 어쩔 수 없이 그렇게 묘사해 놓았기 때문에 독자들은 객관적인 판단을 할 수 없게 된다. 예술가로서의 그는 찬란한 이 처녀작을 낸 뒤로는 견실한 발전을 도무지 보여 주지 않았다. 〈펜디니스〉나 〈뉴컴 일가〉는 이야기 진행에 너무나 한눈팔이가 많아서 〈허영의 저자〉가 지니고 있는 힘찬 짜임새를 찾아보기가 매우 곤란할 지경이다. 이따금씩 개개적인 장면이나 개개인의 경우에 묘기가 보일 뿐이다. 인간 감정을 묘사하는 면에서는 그는 디킨스보다 한결 예민하다. 그는 뉴컴 대령을 등장시켜 놓고 이상적인 영국 신사를 결정적으로 묘사하고 있다. 전술한 여러 소설에 나타난 구성의 결함은 〈헨리 에스먼드〉에 이르러서 비로소 수정되었다. 이 작품은 18세기를 배경으로 한 일종의 역사소설이다. 그는 18세기에 대해서 매우 관심이 깊었던지 〈18세기의 영국 유머 작가들(The English Humorists)〉 〈4인의 조지(The Four Geoges)〉에 대한 강연을 하였다. 이 강연 내용으로써 알 수 있듯이 그는 〈헨리 에스먼드〉를 쓰는 데 18세기의 유머 작가들을 스승으로 삼았다. 그는 무척 용의주도하게 짜인 이야기 줄거리와 다루기 무척 힘든 테마를 가지고 앤(Anne) 여왕 시대의 분위기를 이 소설 〈에스먼드〉에 재구성하였다.

19세기 초기에는 디킨스나 대커리의 작품에 따를 만한 것이 전혀 없었지만 이 시기의 소설은 다양성을 보여 주었다. 소설은 문학 중에서 가장 두각을 나타내는 문학 형식이 되어 버려서 중요한 소설의 형태를 적어 보는 것만 해도 그리 수월한 일이 아니다.

어떤 소설가들은 대중적인 취미의 변천에 적응이나 하려는 듯이 여러 가지 소설 형태를 시도하여 보았다. 벌워 리턴(Bulwer Lytton, 1803~73)은 소설 형태의 다양성을 꾀해 본 가장 현저한 소설가이다. 스콧을 모방하여 수많은 역사 소설을 내었는데, 그 중에서 〈폼페이 최후의 날(The Last Days of Pompei)〉(1834)이 가장 유명하고 〈리엔지(Rienzi)〉(1835)가 가장 역작일 것이다. 그는 계속적으로 〈자노니(Zanoni)〉(1844)라는 공포 소설도 썼고 〈폴 클리포드(Paul Clifford)〉(1830)와 〈유진 애람(Eugene Aram)〉(1832)으로 범죄 소설과 사회 반항 소설을 결합시켰는데, 〈유진 애람〉에는 당시의 시정사(市井事)까지 가미되어 더욱 흥미진진하다. 나중에 보다 사실적인 소설 전통이 복구되었을 때 그는 〈캐스턴 일가(The Caxtons)〉(1849)와 〈나의 소설〉(1853)을 썼다. 벌워 리턴은 이와 같은 다양성 때문에 그가 마치 다른 작가들을 손쉽게 모방하는 작가인 것처럼 수많은 평론가들의 오해를 받아 왔다. 사실 그는 희한한 재능과 기교를 지녔을 뿐 아니라 때로는 독창적인 역량까지 가지고 있다. 그의 처녀 소설인 〈펠햄(Pelham)〉(1828)은 '바이런'적인 반항하는 멋쟁이를 그린 것인데, 그의 가장 견실한 작품들 중 하나이다. 또한 그는 자신의 기나긴 생애가 막을 내릴 무렵 〈미래의 민족(The Comming Race)〉(1871)을 썼다. 이 작품은 새뮤얼 버틀러나 H. G. 웰스의 유토피아 소설의 선구 역할을 했다. 찰스 킹슬리(Charles Kingsley, 1819~75)의 작품 역시 그에 못지않을 만큼 다양성을 지니고 있다. 기독교 사회주의를 도창(導唱)하는 〈누룩(Yeast)〉(1848) 〈앨턴 로크(Alton Locke)〉(1850) 따위의 선견 소설로부터 〈하이페이시아(Hypatia)〉(1853)나 〈서녘으로(Westward Ho!)〉(1855)와 같은 역사적인 로맨스라든가 공상 소설 〈물에서 사는 아기들(Water Babies)〉에 이르기까지 그의 작품 범위는 무척 넓었다. 다양성이란 19세기가 지닌 특징이어서 19세기 작품의 대부분은 수월하게 규정지을 수가 없다. 킹레이크(A. W. Kinglake, 1809~91)는 〈이오덴(Eothen)〉(1844)에서 동양을 소설 무대로 삼았고, 리처드 버튼(Sir Richard Burton) 경은 〈아라비아 야화(Arabian Nights)〉(1885~8)를 번역했다. 조지 보로(George Borrow)의 방랑·모험과 그러는 사이에 수집된 집시 설화는 그로 하여금 〈라벤그로(Lavengro)〉(1851) 〈집시 신사(The Romany Rye)〉(1857) 〈와일드 웨일스(Wild Wales)〉(1862) 등의 소설을 세상에 내놓게 했다. 보로의 이와 같은 관찰이나 민활한 방랑벽은 나중에 다시 리처드 제퍼리스(Richard Jefferies, 1848~87)의 〈런던 이후(After London)〉(1885)와 허드슨(W. H. Hudson, 1846~1922)의 미국 농촌의 묘사 등에 되풀이되었다.

소설을 통한 사회 공격은 디킨스가 잘하던 것인데, 이것은 찰스 리드(Charles Reade, 1814~84)의 기록문서적인 정확성으로 계승되었다. 리드의 이 같은 태도는 그의 멜로드라마적인 소설 〈이제라도 늦지는 않으리(It is Never too Late to Mend)〉에 나오는 감옥 제도를 폭로하는 대목에서 엿보인다. 리드는 가끔 졸라(Zola)에 비교되기도 하는데 이런 비교는 졸라에게는 적이 불공평한 것 같다. 그 이유는, 졸라가 사실 수집을 끈기 있게 하였지만 과장된 격렬성이나 페이소스는 그의 문학에 있어서 너무나도 명백하기 때문이다. 리드가 〈승암(僧庵)과 난로(The Cloister and the Hearth)〉(1861)와 같은 역사 소설을 쓴 것은 그를 위하여 한결 다행한 일이었다. 그는 그 작품을 쓴 중세기를 너무 환상적으로 보기는 했지만 생생하고 면밀한 묘사에 대해서는 과연 탄복할 만하다.

벤저민 디즈레일리(Benjamin Disraeli, 1804~81)는 정치가였지만 소설가로서의 소질과 역량은 리드보다 한결 강렬하다. 그가 당시의 정치적인 거물만 아니었다면 소설가로서의 명성을 떨쳤을지도 모른다. 그의 가장 효과적인 업적은 그가 지닌 정치적인 이상주의를 표백한 〈코닝스비(Coningsby)〉(1844) 〈시빌(Sybil)〉(1845) 〈탠크레드(Tancred)〉(1847) 등 3편의 소설에서 찾아볼 수 있다.

이들 작품 속에서 그는 토리 민주주의가 취하는 젊은 영국의 정책과 새로운 개념의 민족주의에 대한 자신의 신념을 변호하였다. 이런 소설들을 지금 읽어 보면 그 소설들이 지닌 테마나 정치적인 요소가 예상되는 만큼은 그다지 진부하지 않다는 사실을 알 수 있다. 개스켈 부인(Mrs. Gaskell, 1810~65)은 디즈레일리와는 판이한 수법으로 맨체스터에서 실제 목격한 그대로 산업제도의 잔인성을 〈메어리 바턴(Mary Barton)〉(1848)과 〈남북(North and South)〉(1855)으로 폭로하였다. 그녀의 재능은 이런 사회 반항 소설에 국한된 것이 아니라, 사회 비평과 멜로드라마를 결합시키는 재주까지 지니고 있었다. 왜냐하면 그녀는 〈크랜포드(Cranford)〉에서 농촌 생활을 묘사할 때 부드러움과 유머를 보여 주었기 때문이다. 빅토리아 시대의 독자 대중이 그 당시의 정치 문제나 사회악을 외면하고자 했을 때 그들은 호러스 월폴이나 래드클리프 부인보다 아주 미묘하게 공포나 기적 따위를 독자의 마음에 일으켜 줄 수 있는 작가로서 윌키 콜린스(Wilkie Collins, 1824~89)를 발견하였다. 그는 〈백의 여인(The Woman in White)〉(1860)과 〈월석(The Moonstone)〉(1868)에서 거의 신비적인 시의 요소와 멋지게 이야기를 구성하는 희한한 역량을 결합시켰다.

전술한 작가들은 독창성에 있어서 도저히 샤로트 브론테와 에밀리 브론테를 따를 수 없다. 이 두 자매는 요크셔 주의 하워스(Haworth)의 한 촌에서 어른들의 자극도 받지 않은 채로 생활하면서 급기야는 소설을 쓰게 되었다. 그들의 소설이 오늘날에 이르기까지 역대의 독자들에게 재미있게 읽혀지는 이 사실보다도 영문학사상 더 수수께끼 같은 이야기는 없을 것이다. 에밀리 브론테(Emily Brontë, 1818~48)는 그녀의 오직 하나의 소설인 〈폭풍의 언덕

(Wuthering Heights)〉(1847)에서 〈리어 왕〉의 폭풍 장면을 때때로 연상시키는 정열적이며 적나라한 세계를 그녀 자신의 상상력으로 만들어 냈다. 어떤 면에서 보면 〈폭풍의 언덕〉의 이야기는 한낱 멜로드라마에 불과할지도 모르나, 〈오델로〉 또한 시극이 아닌 딴 방법으로 씌어졌더라면 멜로드라마에 그치고 말았을 것이다. 에밀리 브론테가 이야기를 서술하면 그 이야기는 와일드하고 잔인한 사실성을 취하게 되며 19세기의 어떤 소설 이상으로 독창성을 가지게 된다. 그녀가 어떻게 해서 이러한 세계를 착상하게 되었는지는 아무도 모를 일이다. 그녀의 시로써 알 수 있듯이 그 고독 뒤에는 어떤 신비롭고 발랄한 마음속의 움직임이 있었음이 분명하다. 샤로트 브론테 (Charlotte Brontë)의 재능은 동생에 비해서는 한결 산만하지만 그녀는 〈제인 에어(Jane Ere)〉(1847) 〈셜리(Shirley)〉(1849) 〈빌레트(Villette)〉(1853) 〈교수(The Professor)〉(1857) 등 여러 소설을 꾸준히 썼다. 그녀는 요크셔나 브러셀즈(Brussels)에서의 자신의 생활 환경과 상상 세계에서 우러나온 풍부하고 낭만적인 경험을 결부시켰다.

이와 같이 그녀의 작품은 사실주의에 뿌리박고 있으면서 한 걸음 더 나아가 소원 성취의 영역에까지 들어가고 있다. 그녀는 그 당시에 보기 드물 만큼 충실하게 인간 생활을 파고들어가는 용기를 가지고 있었다. 그녀가 살던 시대의 과묵적인 경향이 그녀의 테마가 논리적인 결론으로 따라가게 하지는 못하였지만, 〈제인 에어〉는 그녀의 인생관을 이룩하는 모든 요소를 보여 주고 있다. 제인은 여자 가정교사로, 어느 정도 저자 자신을 모델로 삼은 것이다. 그러나 제인은 저자 자신과는 달리 로체스터(Rochester) 씨의 집에 들어가서 가정교사를 하는 동안 주인과 사랑에 빠진다. 사랑하는 동안 그녀는 로체스터라는 인물 속에서 불길하고 신비스러운 면을 발견한다. 이 남자 주인공은 성욕의 도구로서의 남성을 그녀의 상상력으로 그려 낸 것인데, 보기에 따라서는 몬토니(Montoni)나 중류 사회 배경에 옮겨 놓은 바이런을 적잖게 닮고 있다. 그뿐 아니라 이 로체스터라는 사람의 모든 성격 속에 독자가 감촉할 수 있는 신비스런 요소는 그가 살고 있는 집에서도 볼 수 있다. 이것이야말로 중류 사회 배경에서 떠나지 않고 공포의 분위기를 창조할 수 있는 작가 샤로트 브론테의 역량이다. 그러나 그녀는 에밀리가 〈폭풍의 언덕〉에다 구상한 와일드하고도 부조리한 세계에까지 이 작품을 추진시키는 용기만은 갖고 있지 않았다.

브론테 자매가 그들의 명성을 아직까지도 확고하게 누려 온 데 비해 조지 엘리어트(George Eliot, 1819~80)는 어느 정도의 곡절을 겪었다. 19세기 여류 소설가 중에서 그녀는 가장 지식이 풍부한 여자였다. 그녀는 소설을 쓰기 전에 슈트라우스(Strauss)의 〈예수의 생애(Leben Jesu)〉의 영역(英譯)도 하고 〈웨스트민스터 리뷰〉의 부편집인도 해보았다. 그녀는 철학자인 허버트 스펜서(Herbert Spencer)와 결혼을 할 뻔했으나 스펜서가 그녀를 너무나 '병적일 만큼 지적인 여성'으로 간주했기 때문에 결국 결혼은 성립되지 못했다. 스펜서는 그녀와 결혼을 하지 않은 대신에 그 당시 대단히 유능한 작가였던 루이스(G. H. Lewes)를 그녀에게 소개시켜 주었다.

동거 생활을 하는 동안 그는 그녀를 자극하여 철학에서 문학으로 전환케 하였다. 그녀의 처녀작인 〈목사 생활(Scenes of Clerical Life)〉(1857)은 출판 즉시 성공을 거두었다. 그 다음에 나온 장편 소설 〈아담 비드(Adam Bede)〉(1859)로써 그녀는 소설가로서의 명성을 떨치게 되었다. 이 소설은 영국의 전원 생활을 배경으로 삼은 것으로 빅토리아 시대의 소설에 일찍이 허용되지 않았던 힘찬 테마를 만들어 냈다. 이 작품의 여주인공인 헤티 소렐(Hetty Sorrel)이란 미모의 소녀는 유혹을 받아 급기야는 자기가 낳은 어린애를 살해하게 된다. 작가 엘리어트는 은근히 이 생생하고도 비극적인 여주인공에 대해서 동정적인 태도를 취하고 있다.

그녀는 헤티란 인물을 창작할 때에 자신이 타고난 직관력을 자유자재로 발휘한 반면에 이 소설에 등장하는 착한 인물들, 즉 다이아나와 아담 비드를 묘사하는 데에는 그녀가 지닌 지성의 제약을 많이 받았다. 소설가로서의 조지 엘리어트에 대한 문제는 그녀의 지성이 궁극적인 승리를 거두느냐 아니면 직관이냐 하는 것이었다. 그런데 결국에는 지성의 승리로 돌아가고 말았다는 사실은 곧 그녀가 예술가로서 실패하였다는 것을 의미한다. 〈아담 비드〉에 있어서는 비교적 지성의 제약을 덜 받았기 때문에 묘사나 인물 창작면에서 친근감과 이해력뿐만 아니라 힘찬 유머를 발휘하고 있다. 이 유머는 포이저(Poyser) 부인에 잘 나타나고 있는데, 스콧이나 심지어는 셰익스피어의 유머까지도 연상시켜 준다. 〈플로즈 강의 물레방아(The Mill on the Floss)〉(1860)는 뚜렷이 그의 딜레마를 나타내었다. 한 마디로 말하면 이 작품은 워즈워스의 이야기를 산문으로 쓴 것이다. 어떤 면에서 보면 이 소설은 오누이의 생활을 더할 나위 없이 민감하게 그려 낸 것으로 볼 수도 있다. 즉 정열적이고 신비적이며 내성적인 소녀와 한결 퉁명스럽고 난폭한 가치 의식을 지닌 소년을 대결시켜 놓은 것이 바로 이 소설의 요점이다. 이 모든 것을 조지 엘리어트는 직관적으로 알고는 있었으나, 어쩔 수 없는 지성이 이 자연스러운 습작을 하나의 멜로드라마적인 결론으로 굳어 버리게 하는 소설의 짜임새를 만든 것이다. 그녀의 마음속에 간직된 이와 다른 여러 요소가 〈사일러스 마너(Silas Marner)〉(1861)의 짤막한 설화 속에 균형을 이루고 있는데, 이 작품에서는 모든 요소가 희한할 만큼 유기적으로 고루 짜여 있다. 그녀의 문학 생활에 있어서의 분기점은 〈로몰라(Romola)〉(1836)란 작품으로, 이탈리아의 문예부흥을 소재로 한 역사 소설을 쓰려고 한 첫 시도였다. 조지 엘리어트는 일찍이 마음속에 간직해 두었던 소재를 소설로 엮어 내는 데 모든 지식을 동원할 수 있었으나 이상하게 상반되는 가치 관념에 사로잡혔던 당시 문예부흥 시대의 정신은 이 작품에 결여되어 있고, 로몰라는 방랑 끝에 르네상스 시대의 이탈리아에 어쩌다가 발을 들여놓게 된 우아한 19세기 라파엘 전파(前派 : PreRaphael)의 예술가와 같은 인상을 준다. 〈펠릭스 홀트(Felix Holt)〉(1866)는 선거 개정안 시대의 급진주의에서 취재한 소설인데, 이야기 줄거리의 짜임새가 너무나 착잡하여 그녀의 초기 작품에 엿보이는 자연스러운 짜임새를 상실해 버린 대가를 이 작품에서 지불하고 있는 것이다.

그러나 그녀의 작품은 그것으로 끝난 것이 아니었다. 그녀는 〈미들마치(Middlemarch)〉(1871~2)를 19세기의 가장 위대한 소설 중 하나로 만드는 작가 역량을 상실하지 않고 있었기 때문이다. 그녀는 이 작품의 취재 범위를 과거에서 현재로 옮겨 놓은 다음, 여러 가족의 생활을 동정적인 묘사 속에 모아 놓고서 그들의 반응을 세밀하게 검토하고 있다. 이 작품에서 그녀의 지성은 작품 구성에 무척 도움이 되어서 상상력이 조금도 저해되지 않은 느낌이다. 그녀는 영국 작가 중에서 발자크(Balzac)에 가장 가까운 문학 업적을 이룩했다. 조지 엘리어트의 작품을 읽으면 그 소설 안에 담긴 온갖 가능성을 하나의 표현 형식으로 확대하려는 그녀의 의욕을 의식할 수 있다. 즉 색다른 테마를 얻어 성격 속에 더 깊이 파고들어가려는 그녀의 의욕을 알 수 있다는 말이다. 그녀와 때를 같이한 소설가 앤서니 트롤로프(Anthony Trollope, 1815~82)는 엘리어트와 같은 그런 욕망에 절대로 사로잡히지 않았다. 〈자서전(Autobiogrphy)〉에서 그는 소설 쓰기가 구두 고치기만큼이나 쉬운 것처럼 소설에 대해 말하고 있다.

자신의 예술에 대한 겸손한 그의 태도는 한때는 목사들의 생활상을 감상하는 것같이 가장하였다. 이런 식의 소설을 〈감독(Warden)〉(1855)에서 출발하여 〈바체스터의 탑(Bachester Towers)〉(1857)으로 계속했다. 그는 도무지 힘을 들이지 않고도 극히 자연스럽게 설화를 전달하는 재능과 독자를 수월하게 이끌어 나가는 것 같은 문체와 인물, 사건 등을 창작하는 기름진 상상력을 지니고 있었다. 그를 남성적인 제인 어스틴과 비교할 수 있는데 그의 세계는 그녀의 세계에 비해서 보다 거칠고 폭이 넓다고 할 수 있다. 그는 자기가 할 수 있는 일을 정확하게 인식하였으며 동시에 자기가 이해하지 못하는 세계에는 한 발짝도 빗나가지 않으려고 명확히 결심하고 있었다.

트롤로프는 문학사가들이 쉽사리 등한시할 수 있는 타입의 작가이다. 그는 소설의 발전에 별로 기여한 바가 없기 때문이다. 그와 때를 같이한 작가로서는 조지 메레디스와 토머스 하디를 들 수 있는데, 이들은 소설의 구성이나 내용면에서 그에 비해 한결 독창적이다. 조지 메레디스(George Meredith, 1828~1909)의 명성이 최근에 와서 기울어진 것은 애석한 노릇이다. 그의 소설이 모두 난해하다는 사실만은 누구나 인정해야 하겠지만 19세기의 소설가들 중에서 그보다 더 예민하고 지성적인 작가는 드물 것이다. 그가 지닌 약점은, 그가 작품의 인물에게 어쩔 수 없이 부여한 거만한 성격을 작가 자신이 어느 정도 지니고 있었다는 사실이다. 이러한 성격 때문에 우둔한 사람들이 따라오지 못하게 하는 도표가 되도록 그가 모든 소설의 제1장을 일부러 난해하게 만들어 놓았다는 사실은 누구나 인정할 수 있을 것이다. 그런데 불행하게도 그의 문학을 우둔한 사람들만이 등한시하는 것은 아니었다. 메레디스에 있어서 소설은 한낱 이야기를 전달하는 것을 초월한 사명을 지니고 있었다. 인간 정신의 원바탕이었던 야만성을 저버리려고 발버둥칠 때 그 인간 정신을 에워싸게 되는 위험을 메레디스는 자기의 독특한 희극관을 통해서 표현하려고 염원하였다. 육체와 정신 그리고 무엇보다도 인간의 정적인 면이, 가장 이상적인 생활 태도를 이룩하게 하는 정상성으로부터 인간을 등지게 하였다. 센티멘털리즘의 유혹을 받는 과격하고도 성실치 못한 감정 때문에 인간의 정은 믿을 수 없는 것이었다. 메레디스는 그와 같은 교훈을 인간 감정의 좋은 면을 탐구하기 위하여 만들어진 여러 사건을 통하여 설명하였다. 말하자면 그는 19세기의 리처드슨인데, 리처드슨에 비해서 아주 탁월한 지성을 지니고 있었다.

이렇듯이 철학적인 목적을 따라서 메레디스는 3편의 소설 〈리처드 피버럴(Richard Feverel)〉〈에반 해링턴(Evan Harrington)〉〈해리 리치먼드(Harry Richmond)〉로 한 청년의 정신 발달에 있어서 가장 형성적인 시기를 분석하고 있다. 이들 세 개의 작품이 제공해 주는 형형색색의 흥미진진한 향연은 그의 예술이 다각적임을 알려 준다. 센티멘털리즘의 연구는 나중에 여성을 중심 테마로 하는 작품을 쓰게 하였다. 그리고 〈로다 플레밍(Rhoda Flemming)〉(1865) 〈빅토리아(Victoria)〉〈기로에 선 다이아나(Diana of the Cross-ways)〉(1885) 등의 대조적인 작품에도 다양성이 견지되어 있다. 그의 작가 역량이 절정에 달했을 무렵 그의 작품은 왕정복고 시대의 희극이 가졌던 명석성을 지녔다. 이와 같은 특색은 어느 작품보다도 〈이기주의자(The Egoist)〉(1877)에서 엿볼 수 있다. 그는 장인인 피코크(T. L. Peacock)에게서 소설에서 재미있는 대화를 구사하는 법을 일찍이 배운 바있으나, 그는 명석만 가지고는 좀처럼 만족을 느끼지 않는다. 그는 인간 정신이 가지고 있는 취약성과 기만성을 항상 세밀하게 검토하고 있다. 그는 때때로 인생을 너무나 복잡하게 만드는 것 같기도 하다. 그래서 그의 작품이 발전할수록 그 복잡성은 점점 더하여서, 마침내는 〈정복자(One of Our Conquerors)〉(1891)에서 그가 노렸던 바로 그 효과가 충분히 나타나지 못한 것 같은 느낌을 독자에게 주는 것이다.

소설에 대한 메레디스의 미묘한 태도는 헨리 제임스(Henry James, 1843~1916)의 작품에서도 비슷하게 나타나 있다. 그는 미국에서 태어나 거기서 교육을 받은 후 1875년 유럽에서 자리잡았다가 마침내는 1915년에 미국에 귀화했다. 〈데이지 밀러(Daisy Miller)〉와 같은 초기 작품은 미국인이 유럽 생활에 접촉하는 이야기를 취급한 것이다. 그 다음에 미국 생활 자체를 여러 모로 연구 검토한 〈슬픈 뮤즈(The Tragic Muse)〉(1890)와 그 밖의 여러 가지 소설이 쏟아져 나왔다. 그의 작품이 증가될수록 그의 문체는 점점 착잡해졌다. 그는 감정의 미묘한 뉘앙스를 샅샅이 찾기나 하려는 듯이, 현미경적인 정확성으로 일찍이 볼 수 없었던 인간의 기분과 그것이 지닌 미묘한 움직임 따위를 겨자 씨 쪼개듯이 잘게 나누었다. 이렇듯 원숙한 발전 단계는 〈비둘기 날개(The Wings of the Dove)〉(1902) 〈대사(The Ambassadors)〉 등과 유독 〈황금 주발(The Golden Bowl)〉(1904)에서 발견될 수 있다. 헨리 제임스는 부분적이나마 영문학에 속한다. 그의 유럽관은 미국 배경을 가지고 있는 사람에게만 가능했다. 그는 구세계가 지니고 있다고 상상되는 우아성이라든가 전통, 예의 범절에 대해서 무척 동경하고 있었다. 막상 가 놓고 보니 기대와는 달리 그런 것들이 유럽에 있지 않았으므로 소설가 자신이 만들어 내는 도리밖에 없었다. 그리하여 마침내 유럽에 있어서의 귀족 생활은 모름지기 이래야만 된다는 것을 보스턴 사람식으로 플라토닉하게 서술한 것이 곧 헨리 제임스의 문학 세계가 되고 말았다. 그는 이와 같은 꿈에다 은근한 어휘를 결합시켰는데, 그의 이러한 태도는 도덕적인 어떤 가책에서가 아니라 저속한 것과 물질적인 것에 대한 염증에서 쏟아져 나오는 것이었다. 어떤 사람들은 그의 작품 속에서 초서나 라블레의 정신을 찾아보려고 애쓰는가 하면, 심지어는 무디고도 깨끗한 거리의 사투리를 찾아보려는 사람도 더러는 있었다. 섬세하고도 감칠맛을 주는 그의 문장이 속삭이는 암시 속에 그 자신마저도 어리둥절하고 기절하여 버린 듯싶을 지경이다. 그러나 그는 아무나 흉내낼 수 없을 만큼 세밀한 감정 분석의 솜씨와 인간 관계의 표상으로 인해 소설 자체의 개념을 확충했다. 여기에 전쟁 전의 전통 깊은 유럽 세계의 지도 계급층이 있었다. 인생 자체가 절대로 잔인하다고 볼 수 없을 만큼 그렇듯 정열적으로 그들의 문화를 사랑하던 사람들로 인해 그 세계는 이상화되어 있고 심지어는 우상화까지 되어 있는 것이다. 예술가로서의 그의 장점은 이 가공 세계의 수미(首尾) 일관성에 있었다. 이 세계는 그의 솜씨로 너무도 충실하게 기록되었기 때문에 사람들은 그 세계는 절대로 가공 세계가 아닐 뿐더러 사람들이 일찍이 보지 못했던 우아한 현실이라고 믿지 않을 수 없다.

헨리 제임스가 이방인의 눈으로 영국을 보았다면 토머스 하디(Thomas Hardy, 1840~1928)는 영국인으로서 영국을 보았다.

그는 도체스터(Dorchester)에서 태어나 그의 소설 무대인 웨섹스(Wessex)에서 주로 살았다. 토머스 하디와 헨리 제임스는 때를 같이한 소설가이지만 그들의 세계는 절대로 맞닿아 있지 않았다. 이는 곧 소설가의 예술이 지닌 다양성에 대한 재미있는 논평이 될 것이다. 1871년 하디는 처녀작 〈응급 치료(Desperate Remedies)〉를 냈고, 그 해부터 〈불쌍한 주드(Jude the Obscure)〉가 나온 1895년까지 계속 규칙적으로 소설을 썼다. 그 중에서 호평을 받은 작품은 〈원주민 돌아오다(The Return of the Native)〉(1878) 〈나팔수(The Trumpet Major)〉(1880) 〈캐스터브리지의 시장(The Mayor of Casterbridge)〉(1886) 〈숲 사람들(The Woodlanders)〉(1887) 〈더버빌 가의 테스(Tess of the D'urbervilles)〉(1891) 등이다. 건축을 직업으로 삼았던 그는 소설에 건축학적인 짜임새를 부여하였고, 이야기 속에 나오는 모든 사태를 쌓아 올린 다음 그것을 단일적인 효과로 매듭지었다.

그런 결과에서 나오는 궁극적인 인상은 악의에 가득 찬 운명이 인간의 생활 속에 작용하여 인간이 행복하게 될 모든 가능성을 좀먹고, 마침내는 그 인간을 비극으로 몰아넣는 것이었다. 인생에 대한 이와 같은 그의 직관이 하나의 철학으로 굳어 버리지 않았을 동안에는 그것이 너무도 줄기차서 하나의 주의가 지녀야만 하는 모든 요소를 지니고 있었다. 지성이 이것에 합쳐지자 하디는 19세기에 성행했던 물질주의에 대해서 반항을 하게 되었고 기독교적인 신념이 주는 위안을 거절하였다. 그는 인생을 잔인하고 갈팡질팡한 것으로 보았지만 구경꾼과 같이 인생을 멀리서 보고 있지는 않았다. 그는 '운명'의 꼭두각시인 모든 중생에 대해서 연민의 정을 갖는다. 그 연민의 정은 인간에서 땅벌레에 이르기까지, 심지어는 나무 위에 매달린 가랑잎에까지 미치는 것이다. 이와 같은 개념은 그의 소설을 더할 나위 없이 심각한 것으로 만들었는데, 이러한 심각성은 당대의 소설가들에게 좀처럼 기대하기 어려운 것이었다. 그의 작품 세계는 마치 그리스 비극을 웨섹스의 농군들 사이에 상연시킨 듯한 느낌이다. 그의 작품에 등장하는 순박한 필부(匹夫)들이 그렇듯이 드높은 정열이나, 작가가 그들에게 부여한 정도의 고상하고도 비극적인 폭을 과연 가질 수 있을까 하는 점에서, 그의 작품에 대한 초기 비평가들이 이구동성으로 그 모순성을 지적하였다.

이론만으로 소설가가 성립할 수는 없는 법이다. 하디의 소설이 위대하든 위대하지 않든 간에 여러 세대에 걸친 수많은 독자들에게 계속으로 매력을 주어 온 것은 사실이다. 그의 재능은 다채로웠다. 첫째로 그는 일화의 재능, 즉 이야기를 움직일 수 있는 싱싱한 사건들을 만들어 내는 역량을 지니고 있었다. 그는 그 사건을 통해서 인물들의 점차적인 상호 작용을 줄기차게 전개시켰다. 그는 전원 생활에 대해서 풍부한 지식을 가지고 있었기 때문에 세세한 전원 생활의 묘사에 이르기까지도 독자를 인상 깊게 하여 주었다. 또한 그렇기 때문에, 치밀한 전원 생활의 묘사는 그것이 하디의 테마의 공고한 구조에 대한 중요성은 별도로 치더라도 그 자체만으로도 다채롭고 매력적이다. 사실을 사실 그대로 말하지 않으려는 과묵한 태도는 하디와 때를 같이한 여러 작가들의 예술을 제한하였지만, 하디는 그러한 굴레에 자신을 예속시키려고 들지 않았다. 〈테스〉와 〈아담 비드〉는 부분적이나마 똑같은 주제를 취급했다고 볼 수 있다. 이 두 작품을 비교해서 읽어 보면 하디가 그 얼마나 자유스러운 표현면에 있어서 엘리어트보다 앞서 있는가를 당장 알 수 있으리라. 그는 〈테스〉와 〈불쌍한 주드〉로 영국 소설을 드높고 위엄 있는 비극의 차원에 접근시켰다. 위즈워스나 그 밖의 낭만주의자들이 보기에는 자연은 자극적이며 인자한 것이었지만, 하디에 있어서 자연이란 더할 나위 없이 잔인하고 야멸찬 것이었다. 동시에 그의 가장 친절한 등장 인물들은 인간을 적대시하는 악의에 가득 찬 신들에게 도전하기를 거부하면서 도시를 멀리 떠나 고요히 전원에서 은퇴 생활을 하는 사람들이다.

소설가로서의 그의 위치를 확실하게 결정한다는 것은 자못 곤란한 일이다. 처음에 그는 이류급 낭만적 작가라는 비난을 받았으나 그가 죽은 해에는 영문학사상 가장 위대한 작가들 중의 하나로 승격되었다. 전자적인 견해는 인식 부족인 것이며, 후자적인 견해 역시 과장된 칭찬이다. 그렇지만 그의 예술이 지닌 성실성, 용기, 또는 성공적인 인내는 그로 하여금 영국 소설사상 거물 작가 대접을 받게 하였다. 1914년에서 1918년에 이르는 유럽 전쟁 동안, 인생의 암담한 면을 사실 그대로 그리는 데 용기를 가진 작가로서, 또한 그 암담한 면을 그리면서도 늘 연민의 정만은 버리지 못한 작가로서 그는 홍겹도록 독자의 환영을 받았다. 긴장한 시대에 흔히 하디의 예술은 이와 같은 방식으로 작용할 것이며, 또한 그런 식으로 그의 예술은 영문학의 영원한 전통의 품 안에 안기게 될 것이다.

메레디스나 하디는 다윈(Darwin)이나 그 밖의 생물학자들의 영향을 받았으나 이러한 영향은 또한 새뮤얼 버틀러(Samuel Butler, 1835~1902)의 작품 속에 공공연하게 엿보인다. 19세기는 풍자를 별로 아랑곳하지 않은 세기였지만 그는 〈만인의 길(The Way of All Flesh)〉(1903)에서 어느 정도 스위프트적인 풍자 정신을 부활시켰다. 자서전적인 요소가 많은 이 소설은 어떤 목사 집안의 교육을 취급한 것이다. 그는 이 작품에서 신랄하고도 희극적인 방법으로 빅토리아 사회에 도사리는 타협 정신을 마구 비판했다. 버틀러는 스위프트에 아주 가까운 방법으로 〈에레혼(Erewhon)〉(1872)과 〈에레혼 재방문(Erewhon Revsited)〉(1901)의 두 풍자 소설에서 당시의 가치 관념을 공격했다. 사실상 그는 지적인 반항자였다. 그의 정신이 이따금 이 반응으로 인해 기형에 빠지는 동안은 사회가 뿌리박고 있는 모든 가치관념에 도전하지 않고는 못 배겼다. 기계 숭배는 인간을 기계의 노예로 만드는 것이며, 주인으로 월권하는 기계는 곧 문명에 도전하여 급기야는 인간을 파괴하고 말것이라고 버틀러는 믿었다. 그는 병이라든가 죄악, 교육 등이 이 사회에서 취급당하고 있는 모습을 탐구하여, 자신만만하게 행동하는 사회의 바탕이 되는 천박한 모순이나 의심스러운 가치 관념 등을 백일하에 폭로하였다. 그러나 그는 스위프트만큼 절망에 다가서지는 않았다. 왜냐하면 버틀러의 문학에서 우리들은 어느 정도나마 생에 대한 흥미나 기쁨 따위를 의식할 수 있으니 말이다. 그는 소극적이나마 침착한 낙관주의자로 볼 수 있다. 그가 이성을 마음껏 작용만 시켰던들 인생은 참고 살만한 것이며 또한 유쾌한 것이라고 믿었을 것이다. 버틀러가 쓴 글은 거의가 오늘날 예언과 같이 읽혀지고 있는데, 소설은 말할 것도 없이 수필 속에서도 그는 자신이 당시의 가장 독창적인 지성인의 하나임을 증명해 주고 있다. 〈에레혼〉의 처음을 읽어 보면 그가 글을 다루는 솜씨가 얼마나 자연스럽고 생생한가를 능히 알 수 있다. 그러나 그는 소설 형성에 이바지하였다기보다는 오히려 소설의 사상면에 이바지하였다고 보는 편이 타당할 것이다.

1870년과 1880년 사이에 일찍이 없었던 새로운 가치 관념이 소설과 독자들 속에서 고개를 쳐들었다. 이 무렵에 독자의 수효가 갑자기 증가하였는데, 그들의 대부분은 전통을 지니고 있지 않았던 까닭에 일찍부터 대중의 인기를 모았던 3부로 된 장편 소설에 대하여 반감을 품고 있었다. 출판사는 이와 같은 변화를 바로 알아차리지는 못했으나 세월이 흘러감에 따라 차차 길이가 짧고 좀더 값싼 책이 수지가 맞으리라는 것을 알게 되었다. 로버트 루이스 스티븐슨(Robert Louis Stevenson, 1850~94)은 이와 같은 변화를 출판사측에 인식시킨 첫 작가였다. 그는 소년층을 상대로 하는 정기 간행물에다 〈보물섬(Treasure Island)〉이라는 가공적인 소설을 연재했으나 그다지 탐탁한 성공을 거두지는 못했다. 어떤 출판업자가 이 소설을 단행본 형식으로 재판하기가 무섭게 새로운 성인 독자층 사이에서 대단한 인기를 일으켰다. 짧은 소설이 대두하면서 단편 소설이 등장하게 되었는데, 미국에서는 에드거 앨런 포(Edgar Allan Poe)가 이미 단편 소설을 유행시킨 바 있다. 스티븐슨은 다시 〈신아라비아 야화(New Arabian Nights)〉(1882)로 단편 소설에 크게 이바지하였다. 그런 다음에는 〈유괴(Kidnapped)〉(1886) 〈검은 화살(The Black Arrow)〉(1888) 〈발란트레 경(The Master of Ballan-trae)〉(1889) 〈얄궂은 상자(The Wrong Box)〉(1889) 등을 포함한 수많은 로맨스와 탐정 단편 소설이 연이어 세상에 나왔다. 〈지킬 박사와 하이드 씨(Dr. Jekyll and Mr. Hyde)〉에서 그는 인간성 안에 내재한 선과 악의 문제를 현대적인 우화로 꾸미려는 목적으로 종래의 소설 수법을 완전히 청산했다. 그는 죽을 무렵에 미완성 소설 〈허미스턴의 둑(Weir of Hermiston)〉에 착수하고 있었는데 이 소설을 일컬어 그의 모든 작품 중에서 가장 완벽한 것이라고까지 격찬하는 사람도 더러는 있다. 스티븐슨은 그의 모든 저작, 즉 수필·서간문·소설로써 하나의 예술가로 남게 되었다. 그는 문장에 완벽을 기하는 나머지 너무나 자의식적이었다. 그의 문장은 사실상 작품 내용에 비해 너무도 세련되었다고 생각하는 사람도 가끔 있을 지경이다. 스티븐슨은 소설의 기능을 전진시켰다기보다는 오히려 이야기책으로, 또는 로맨스로 후퇴하게 하였다고 볼 수 있다. 이런 경향은 소설을 타락시킬 가능성이 있으나, 현명한 독자는 그와 위대한 예술가들의 차이점을 잘 의식하고 있는 것이다.

스티븐슨은 견실한 예술가라서 그의 성공을 이룩해 준 현상을 아무나 알아차리기는 어려운 일이다. 당시의 신흥 독자층은 평이하고 그다지 길지 않은 소설을 요구하고 있었다. 이러한 요구는 줄곧 그치지 않았는데 독자의 수효가 늘면 늘수록 그러한 요구도 점차로 커져 갔다. 그 후로 사람들은 소설가를 두 분류로 나눌 수 있었다. 즉 대중의 구미를 용의주도하게 혹은 아무 기교 없이 맞추는 작가와 소설을 순수한 예술로 인식한 나머지 그 예술을 난해한 영역까지 끌고 들어가서 대중의 비평을 무시하는 이른바 고답적인 작가로 나눌 수 있었다. 그러므로 1870년부터 커다란 성공을 연달아 이룩하는 역사는 반드시 그 시대의 영국 소설사에 대해서 뒷받침이 되는 것은 아니다. 이를테면 다음에 열거할 작가들이 그 당시에 뚜렷하게 성공을 거두었던 사람들이니 말이다. 즉 우이다(Ouida), 라이더 해거드(Rider Haggard), 코난 도일(Conan Doyle), 험프리 워드 부인(Humphry Ward), 홀 케인(Hall Caine), 마리 코렐리(Marie Corelli), 그랜트 앨런(Grant Allen), 에드거 월리스(Edgar Wallace) 등 그들이 예술로서의 소설에 접근하는 방식은 형형색색이었지만 그들의 작품은 대다수의 독자들이 이해하기에 좋을 만큼 평이했다. 그들은 대부분이 이야기가 중심이 되는 소설을 썼다. 코난 도일이 셜록 홈즈(Sherlock Holmes)의 이야기들을 쓰는 데 유독 그랬고 에드거 월러스까지도 그런 경향이 다분히 있었다. 월리스는 좀더 노력만 했더라면 상당히 문제시되는 작품을 남겼을 것이다. 라이더 해거드 역시 인기 있는 로맨스 작가 이상인 어느 무엇이 될 뻔한 기회를 아슬아슬하게 떨치고 말았다. 그는 확실히 그랜트 앨런보다는 훨씬 유능한 작가이다. 앨런은 1895년에 화젯거리가 되었던 용감한 소설 〈행동한 여자(The Woman Who Did)〉를 썼다. 험프리 워드 부인의 소설 〈로버트 엘스미어(Robert Elsmere)〉를 당시 영국의 모든 응접실 안에 휩쓸어 넣은 것 역시 같은 화젯거리였다. 그의 작품이 그렇듯이 인기를 끈 것은 새로운 독자층이 무식했기 때문이 아니라 그가 기독교 문제를 말할 때 그 시대 정신의 첨단을 달리는 테마를 날쌔게 포착하였기 때문이다. 때로는 대중의 인기로 인하여 작가가 지닌 참된 장점이 가리워질 수도 있다. 워드하우스(P. G. Wodehouse)는 광범위한 대중으로부터 환영을 받았기 때문에, 그가 가장 관용(慣用) 영어를 구사하는 작가일 뿐만 아니라 영어의 어휘에 이바지한 작가라는 뚜렷한 사실이 모호하게 되어 버렸다.

그렇기 때문에 어떤 작가를 단순히 그가 얼마만큼 대중의 환영을 받고 있는가 하는 사실만 가지고 판단하는 것은 위험천만한 일이다. 이와 아울러 80년대 이후로 대중의 구미만을 생각하고 씌어진 대단히 유능한 소설이 수없이 쏟아져 나왔기 때문에 이 소설들을 오늘날 올바르게 평가하기가 아주 곤란하게 되었다.

이와 같은 난점은 위대한 두 작가 조지 기싱(George Gissing, 1857~1903)과 러드야드 키플링의 경우에 어느 정도 볼 수 있다. 조지 기싱은 대중 작가는 아니었고 앞으로도 그렇게 평가될 가능성은 보이지 않는다. 그렇지만 영국 소설사상 그토록 대담한 사실주의로 그가 살던 세기의 병과 대결한 작가는 일찍이 없었다. 〈새벽 일꾼들(Workers in the Dawn)〉(1880) 〈민중(Demos)〉(1886) 〈하부 세계(The Nether World)〉(1889) 〈뉴 그러브 가(New Grub

Street)〉(1891) 등을 통해 그는 사회의 부패를 그렸고 그 해결책의 약속을 독자에게 거부했다. 그가 이와 같이 해결책을 거절한 탓에 그의 소설이 영국 사람들에게 환영을 받지 못하는 것 같다. 영국 사람이란 비극 속에서도 희극의 요소를 좋아하며, 디킨스의 우울한 문학 속에 웃을 만한 충분한 재료가 없었더라면 디킨스의 문학을 받아들이려고 하지 않을 것이다. 그런데 한결 부드러운 분위기가 〈헨리 라이크로프트의 수기(The Private Papers of Henry Ryecroft)〉(1903)의 언저리에 서린다. 이 작품은 그의 모든 작품 중에서 제일 인기가 좋은 작품일 것이다. 러드야드 키플링(Rudyard Kipling, 1865~1936)은 광범위한 영국 대중이 듣고 싶어하는 것을 흐뭇하고 자연스럽게 표현하는 데 그의 예술을 사용하였으므로 기싱과는 달리 대단한 인기를 얻었다. 그의 작품은 때마침 영국이 제국주의적인 위치를 가일층 의식하고 있을 무렵에 나온 것이다. 그래서 인도에서 태어나 거기서 일생을 보낸 키플링은 영국인이 해외 모험을 하다가 우연히 발견하여 얻은 큰 나라 인도가 지닌 이국 정서적인 색채를 영국 대중의 구미에 맞도록 그려 낼 수 있었다. 그는 스티븐슨과 같이 단편 소설과 중편 소설의 대가였다. 이와 같이 길이가 짧은 것을 취급한 탓에 그의 작품은 당시의 구미에 맞은 것이다. 〈언덕에서 온 솔직한 이야기(Plain Tales from the Hills)〉(1888)에서 시작하여 그는 수많은 단편과 함께 〈꺼진 등불(The Light that Failed)〉(1891)과 〈킴(Kim)〉(1901)을 계속적으로 세상에 내놓았다. 그가 가장 대중의 인기를 끈 작품의 배경은 주로 인도였지만 학교 생활을 독창적으로 취급한 소설 〈스토키와 코(Stalky and Co)〉(1899)와 너무도 유명한 동물 이야기로 엮은 〈정글 북(The Jungle Books)〉(1894~1895)과 서섹스(Sussex)의 무대에다 요정

세계를 테마로 삼은 〈푹의 언덕에 사는 퍽(Puck of Pook's Hill)〉(1906) 등을 쓰기도 했다.

그는 인도에서 새로운 배경을 택하는 데 여러 가지로 유리한 점이 있었다. 그리고 날카롭고 매서운 그의 독특한 문장은 그 배경이 지닌 이국적인 정경과 색채를 포착하였다. 그는 동양을——낭만적으로 보아 당연하겠지만——백인의 무거운 짐의 일부로 보았다. 그러나 그는 억센 자기 신념을 꺾지 않고 항상 자기 문학의 표현을 힘차게 하였다. 그의 작품에 등장하는 인도의 영국인들은 평등하지 않았다. 그가 군인이나 하루 일을 효과적으로 마친 사람들을 찬성하는 태도로 그렸을 때 그는 심라(Simla)의 사회 생활에 악의로 대하지 않을 수 없었다. 이와 같은 효과를 즐겨하는 그의 태도는 그 시대의 기계적인 면에 흥미를 갖게 하였다. 그래서 그의 문학이 지닌 비유는 이따금 그 메커니즘에서 솟아나온다. 그의 문장은 성서의 문장과 같이 형식이 간결하였지만, 그는 문장을 힘차게 하기 위하여 싱싱하기는 하나 뜻하지 않은 말을 투입하는 강력한 상상력을 지니고 있었다. 그의 설화법은 종지부의 하나하나가 필연적인 것같이 보이며 허실이라고는 도무지 찾아볼 수 없다. 그는 섬세한 인물을 좀처럼 그리려고 하지 않았으나 간결하고도 정확한 필치로 멋지게 인물을 설화 안에 등장시키기를 좋아했다.

키플링은 유독 〈퇴장 송가(Recessional)〉에서 그렇듯이 영국이 앞으로 빠질는지도 모르는 위험에 대해서 경고하는 기분도 약간은 지니고 있었으나, 키플링 문학의 무엇보다도 뚜렷한 특징은 제국주의의 승리를 노래하는 것이었다. 그러던 것이 20세기 초기의 소설에는 키플링이 시인하려고 해도 할 수 없을 만큼 자기 비판과 자책 의식이 대두하기 시작했다. 이와 같은 의식을 골수 깊이 간직한 존 골스워시

(John Galsworthy, 1867~1933)는 〈섬의 위선자(The Island Pharisees)〉(1904)라는 작품으로 소설가로서의 생애를 시작했다. 그 후 〈물욕의 인간(The Man of Property)〉으로 시작하는 3부작 소설로 당대의 중류 계급의 생활을 그려 냈다. 〈포사이트 전설(The Forsyte Saga)〉이란 제목으로 출판된 이 한 질의 소설과 그 뒤에 나온 속편 작품은 영국뿐만 아니라 대륙에서까지도 대단한 인기를 얻었다. 죽은 뒤에 그의 인기는 갑자기 기울어져서 앞으로 그의 결정적인 문학 위치가 어떻게 될는지는 오늘날 말하기가 곤란한 일이다.

그가 최고 역량을 발휘했을 때 앤서니 트롤로프가 사회의 모든 계급을 생생하게 문학에 살린 것과 비슷한 재능을 지니고 있었다. 그러나 그가 트롤로프와 다른 점은 사회 묘사를 통해서 그 시대의 가치를 평가하는 것이었다. 이런 일을 하기 위하여 그는 자기의 문학 행동 위에 하나의 간단한 공식을 적용하였다. 〈포사이트 전설〉에서 그는 이 공식을 물욕에 대한 미의 투쟁으로 규정했다. 아이린(Irene)이 미를 대표하는가 하면 그녀의 남편인 솜즈 포사이트(Soams Forsyte)는 물욕을 상징하는 인물로 자기 아내까지도 하나의 소유물로 여긴다. 골스워시의 약점은 편파적이라는 점이다. 왜냐하면 그의 지성이 물질욕밖에 모르는 포사이트 가를 풍자하려는 굳은 의욕에서 출발하였으나 그 지성보다 더 깊은 감성이 솜즈에게 너무나 동정을 베푼 결과, 소설의 끝무렵에 가서 저자는 센티멘털리즘에 빠져 버렸기 때문이다. 이렇듯 애매한 그의 태도는 젊은 독자층을 화나게는 했지만 그렇다고 해서 그의 역량을 과소평가할 필요까지는 없을 것이다. 반 세기에 걸친 영국의 상급 중류 사회를 그토록 견실하고 광범위하게 그린 점에서 골스워시를 따를 작가는 없을 것이다.

골스워시는 중류 계급을 그렸지만 아놀드 베네트(Arnold Bennett, 1867~1931)는 5도시(Five Towns)의 사람들, 스태포드셔(Staffordshire)의 도자기를 만드는 사람들과 외부 세계를 보려고 그곳을 나오는 남녀들의 생활을 그려 냈다. 그는 상업적인 유혹을 너무나 빈번하게 느낀 예술가이다. 감언이설로 성공을 거둔 다음에 일류급 호텔을 즐기며 휘황찬란한 수도 생활에 도취하는 인물을 그는 〈괴짜(The Card)〉에서 그렸다. 베네트는 이 소설의 주인공과 같이 문학적인 괴짜여서 가급적 5도시와는 다른 호사스러운 생활 분위기를 향유하기 위하여, 단순히 그 목적하에 대부분의 소설을 쓴 것이었다. 그는 이와 같이 괴짜인 반면에 예술가로서 행세할 때도 가끔 있었다. 그리하여 〈늙은 아내 이야기(The Old Wives' Tale)〉(1908)는 그 당시 씌어진 소설치고는 허물할 바 없는 걸작이다. 이 소설은 유럽 작품 특히 모파상의 작품을 본보기로 한 것인데, 이 소설에 등장하는 두 자매의 대조적인 성격 묘사만은 완전무결하다고 할 수 있다. 이 작품과 대등할 만한 작품으로서 이보다 한결 명상적인 3부작 〈클레이행거(Clayhanger)〉(1910) 〈힐다 레스웨이즈(Hilda Lessways)〉(1911) 〈쌍둥이(These Twain)〉(1919)를 들 수 있다. 베네트는 골스워시의 예술을 사로잡던 사명을 전달하는 의욕을 전혀 느끼지 않았다. 그는 희극적인 평범한 재능으로 순수한 자연주의를 이룩한 셈이다.

20세기 소설의 전분야에 걸쳐서 웰스(H. G. Wells, 1868~1946)의 수많은 저작물이 흩어져 있다. 웰스는 점원으로 들어갔던 포목상에서 뛰어나와 죽을 때까지 소설·수필·역사·요강·세계 재건을 위한 계획서 따위의 다방면에 걸친 저술에 종사했다. 그는 영국이 낳은 현대의 루소였다. 후세 사람들이 그에 대해서 어떻게 평하든지 간에 두 세대에 걸친 유식한 영국인 중에서 그의 발랄한 지성의 혜택을 어느 정도 입지 않은 사람은 거의 없을 것이다. 그는 소설을 활기차게 한 신(新)계몽자였다. 토머스 헉슬리의 생물학 강의의 견습 교사 겸 학생이었던 그는, 이 강의에서 얻은 새로운 지식을 소설을 통하여 세상 사람들에게 알렸다. 소설은 그의 사상을 표현하는 하나의 방법에 지나지 않았지만 그는 이 표현 형식에 대해서 유독 애착을 가졌다. 그는 새로운 형식의 과학적인 로맨스를 만들어 내기 위하여 〈타임머신(Time Machine)〉(1895)에 있어서 과학적인 상상력을 이용하기 시작했다. 그의 지식은 설화에 확실성을 주었고 세부 묘사를 다루는 교묘한 글 솜씨는 그 설화가 지닌 매력을 한결 더해 주었다. 이렇게 재빠른 성공 뒤에 〈보이지 않는 사람(The Invisible Man)〉(1897) 〈세계 전쟁(The War of the Worlds)〉(1898) 〈잠든 사람이 깰 때(When the Sleeper Wakes)〉(1899) 〈처음으로 달에 간 사람들(The First Men in the Moon)〉(1901) 등의 소설이 연이어 나왔다. 이러한 초기 가공 소설들은 그다지 비판을 가하지 않은 채로 이 세상에 받아들여졌고, 과학적인 가능성만은 어느 정도 고려에 넣은 다음 하나의 가공 세계를 만들어 내는 데에만 흥미를 느꼈을 뿐이다. 그러나 그 뒤에 나온 가공 소설들, 즉 〈신의 밥(The Food of Gods)〉(1904)과 〈혜성 시대에(In the Comet)〉(1906)에 있어서는 사상성이 등장하기 시작했다. 웰스는 이미 사회주의자가 되어 있었다.――하기는 사회주의자라 해도 자기류의 사회주의자에 불과했지만. 그래서 그는 어느 정도의 과학적 정확성과 연구실의 명분을 인간 생활 안으로 도입하려고 염원했다.

1905년에 〈현대 유토피아〉란 작품이 나왔는데 웰스는 이 작품에서, 플라톤의 철학에서 어느 정도의 협력을 얻은 다음 합리적인 세계의 환상을 그려 냈다. 다행히도 그는 이러한 관념에 대한 흥미에다 거의 디킨스적인 희극의 재능을 겸비하고 있었다. 이런 특색은 그의 업적 중에서 항상 고위를 점하여야 할 3편의 유쾌한 소설, 〈우연의 수레(The Wheels of Chance)〉(1896) 〈사랑과 루이스햄 씨(Love and Mr. Lewisham)〉(1900) 〈키프스(Kipps)〉(1906) 등에 잘 나타나 있는데, 〈키프스〉에서 특히 그러하다. 그 다음에 현대 문제를 배경으로 하는 실존 인물을 묘사하는 데 그의 역량을 모으는 시기가 왔다. 웰스는 언제나 자신이 예술가라기보다는 오히려 저널리스트라고 주장했고, 또 소설은 사상을 넣고 다니는 여행용 가방 역할을 해주면 그만이라고 주장한 바도 있다. 그가 이러한 계산을 한 것은 자기 자신에 대하여 적이 불공평한 것이었지만, 부인 해방 문제를 취급한 〈앤 베로니카(Ann Veronica)〉(1909)와 당시의 정치 운동을 해설한 〈신 마키아벨리(The New Machiavelli)〉(1911) 의 소설에 대해서는 오늘날 묵직한 종지부가 찍혀져 있다. 그렇지만 〈토노 번게이(Tono Bungay)〉에서 그는 이와 같은 새로운 형식을 능숙하게 다루었고, 항구적인 희극성을 흐뭇하게 지닌 이 소설에서 상업적인 인기를 노리는 소설이 지닌 오만 가지 악을 마구 폭로하였다. 그렇지만 그는 〈키프스〉에서 엿보이는 초기적인 명랑한 수법은 잊지 않았으며, 〈폴리 씨의 내력(The History of Mr. Polly)〉(1910)에 있어서도 그런 수법에 복귀하고 있는 것이 보인다. 유럽 전쟁 동안에 그는 순소설에서 알맞은 준비가 미처 못 된 채 종교 방면의 저술로 전환하였다. 그렇지만 〈브리트링 씨의 형안(Mr. Britling Sees it Through)〉(1916)이라는 소설에서 유럽 전쟁에 대한 한 지성인의 반발심을 어떤 작가도 흉내내지 못할 만큼 독특한 솜씨로 그려 냈다.

이러는 동안 그의 사상은 당대의 온건한 신앙을 가진 사람이라면 누구나 전개하여 보고 싶어했던 신(新) 유럽이라는 문제에 대해서 점차 골몰하게 되었다. 그의 작품이 후기에 접어들었을 때는 유럽을 재구성하는 데 이바지하려고 시도한 나머지 소설에서 이탈하는 경우가 가끔 있었다. 그의 견해에 의하면 현대 세계가 합리성을 가지려면 단일적인 단위로 구성되어야만 한다는 것이었다. 그래서 그는 미래의 세계를 보다 든든한 반석 위에 올려놓으려는 목적으로 〈역사의 개략(The Outline of History)〉(1920)에서 세계의 과거를 이해해 보려고 꾀하였다. 그 뒤에도 소설을 계속 쓰면서 몇 가지 새로운 실험을 해보았지만 그의 소설은 사상성을 운반하는 방편으로 차츰 기울어져 갔다고 말해 두는 것이 공평할 것이다. 그런가 하면 〈윌리엄 클리솔드의 세계(The World of William Clissold)〉(1926)에서 볼 수 있듯이 일련의 수필을 소설의 의상으로 가장하는 경향도 이따금 보인다. 희망의 면에서든 환멸의 면에서든 간에 20세기를 잘 이해할 수 있으려면 웰스를 연구해야 할 것이다. 문학적인 그의 생애가 고르지 못한 것은 사실이나, 우리들이 그를 항상 과소 평가하고 있는 위험성 역시 사실이다. 여하튼 간에 그는 영국 생활의 횡단면을 송두리째 소설에 옮겨 놓을 수 있었으며, 또한 초기의 가공 소설에 있어서는 생생한 온갖 기상을 미래에 던질 수 있었다. 그의 문장은 절대로 억제가 없는데다 그지없이 연하며 그가 지닌 푸짐한 유머는 그의 모든 소설을 다채롭게 하였다. 그러나 후기에 들어가서 예외를 볼 수 있다. 즉 〈존과 피터(Joan and Peter)〉(1918)에서 볼 수 있듯이 그의 문장은 뚝뚝한 교육적 논문조가 되어 버린 것이다.

초기에 씌어진 가공 소설을 도외시한다면 그의 작품 중에서 가장 지속성이 있는 것들은 아마 〈키프스〉와 〈토노 번게이〉일 것이다.

왜냐하면 그가 작가로서의 최대한의 역량을 발휘한 이 무렵에 디킨스의 정신을 그의 독특한 탐구적인 지성에 병행시켰기 때문이다.

사회 문제를 취급하는 소설을 별도로 치고라도 20세기 초엽의 소설 실태는 다채롭기 짝이 없었다. 그리고 그때부터 소설을 쓰기 시작한 작가들 중에는 아직도 살아서 작품을 다 완성시키지 못한 사람들도 더러는 있다. 세상 사람들이 흔히 인정하듯이 가장 독창적인 작가들 중에 유독 두각을 나타낸 사람은 조제프 콜체니오스키였다. 그는 우크라이나(Ukraina)에서 태어난 폴란드 사람으로 영국 상선의 선장을 하다가 마침내 영국에 귀화하여, 영국 독자들에게는 조셉 콘라드(Joseph Conrad, 1857~1924)란 이름으로 알려져 있다. 해양, 아시아, 미국, 세계의 수많은 항구 등지를 돌아다니면서 광범위한 경험을 쌓은 다음에, 그는 섬세하고도 독특한 음률을 지닌 능숙한 영어로 〈올메이어의 실수(Almayer's Folly)〉(1895) 〈나시서스의 검둥이(The Nigger of the Narcissus)〉(1898) 〈청춘(Youth)〉(1902) 〈태풍(Typhoon)〉(1903) 〈노스트로모(Nostromo)〉(1904) 〈로드 짐(Lord Jim)〉(1906) 〈금화살(The Arrow of Gold)〉(1919) 등과 그 밖의 여러 가지 소설을 썼다.

콘라드의 소설은 모험에 기반을 두고 있는 것은 사실이나 등장 인물의 복잡하고 미묘한 심리 묘사에 유독 관심이 깊었다. 그의 소설은 마치 스티븐슨의 작품을 헨리 제임스가 다시 쓴 것 같은 인상을 준다. 그는 자신의 예술에 대한 자의식적인 태도를 항상 버리지 못했다. 그는 플랜버트(Flanbert)와 같이 완벽을 기하였으므로 그가 목표로 하는 이상에 다가가는 보조가 너무나 완만하다고 느끼는 독자도 있을 것이다. 가끔 그는 폭력과 위험을 취급하지만 그의 예술은 단순히 이와 같은 것들 자체에 그치는 것이 아니었다. 왜냐하면 그는 어떤 '인상파' 화가들과 흡사하게 말(word)이 그림 물감이나 되는 듯이 호화스럽고 다채로운 어휘를 사용함으로써 미묘한 인간 심리를 날쌔게 포착하려고 했다. 그는 인간 생활의 피상적인 반응을 소설에 등장시키는 한편, 몇몇 러시아 소설가들의 수법에 따라 인간 심리가 지닌 한결 미묘한 의식면을 탐구하는 것이다. 그는 당시의 수많은 작가들 보다도 예술가로서의 한결 크나큰 성실성을 지니고 있다. 우리들이 그의 산문이 지닌 교묘하고도 복잡한 미에 도취할 때면 그가 영어로 소설을 쓴 외국인이라는 사실을 잊어버리게 된다. 조셉 콘라드는 자신의 출신으로 인해 소설에 코스모폴리탄적인 다각성을 부여하는 데 공로가 컸다. 이렇게 다각성을 지닌 20세기 소설은 이국적인 모델에 관심이 깊어 감에 따라서 더욱더 다각성이 커졌다.

조지 무어(George Moore, 1852~1933)는 프랑스에 체류하는 동안 졸라, 모파상, 공쿨 형제의 연구에서 배우는 바가 컸다. 그의 작품은 판단하기가 곤란하다. 왜냐하면 그는 줄곧 비평 행위를 이단과 속물 근성의 복합물로 여기는 열광적인 숭배자들로 에워싸여졌기 때문이다. 그는 자의식적인 예술가였으나 동시에 허식가이기도 해서 그의 산문은 가끔 아름다우나 부자연성을 면하기가 어렵다. 아일랜드에서 태어나 파리에서 교육받은 그는, 예술가로서의 자기 자신에 대한 개념을 소설로 극화했다. 그의 최고 걸작은 순수한 소설에 있다기보다는 오히려 〈한 청년의 고백(Confessions of a Young Man)〉(1888)과 〈안녕히(Ave)〉(1911) 〈위안(Salve)〉(1912) 〈골짜기(Vale)〉(1914) 등으로 된 3부작과 〈상봉과 이별(Hail and Farewell)〉 따위의 일련의 자서전적인 설화에서 발견할 수 있을 것이다. 이렇게 요약해서 그의 문학을 평하면 그 문학적 위치는 흔히 인정되는 것보다 아주 떨어지게 된다는 사실을 인정해야 할 것이다. 〈에스터 워터즈(Esther Waters)〉(1894)의 대담한 자연주의, 종교 소설인 〈케리스의 호수(The Brook Kerith)〉(1916)의 우아하고 세련된 산문, 〈에로이즈와 아베랄(Héloïs and Abelard)〉(1921) 등 그의 역량은 실로 범위가 넓었다.

어떤 작가의 진가를 말할 때 그 작가가 향유하고 있는 대중적인 인기가 비평가의 판단을 저해하는 경우가 가끔 있다. 현대 작가로서 서머싯 몸(Somerset Maugham)만큼 그런 난처한 입장에 놓인 작가는 아마 없을 것이다. 〈램베스의 리자(Liza of Lambeth)〉(1897)를 포함하는 그의 초기 작품은 사실주의의 수법으로 런던의 생활을 관찰 묘사한 것이나, 후기 작품에 들어가서는 〈떨리는 잎(The Trem-bling of a Leaf)〉(1921)과 〈고운 베일(The Painted Veil)〉(1925)의 배경으로서 중국과 말레이시아를 등장시켰다. 전술한 소설들과 그 밖의 여러 장편이나 단편집만 가지고도 그는 넉넉히 중요한 작가군에 낄 수 있겠는데, 비평가들은 그를 무시하기가 일쑤이다.

그는 초기에 모파상의 문학에 골몰했기 때문에 설화에 있어서 놀랄 만큼 간결한 묘사법을 구사했는가 하면, 그 반면에 프랑스 문학의 혜택으로 자기의 문학에서 일체의 감상을 배제하여 영국 독자들을 당황시킬 만큼 대담하게 성관계를 취급하게 되었다. 그는 동시대의 작가들과 같이 소설을 통해서 메시지를 전달하지 않는다. 그래서 인생이 불쾌한 모습으로 나타나는 경우에 그는 그 모습을 조금도 변경하지 않고 그대로 기록할 따름이다. 그의 사실주의는 비꼼으로 인하여 오해될 때가 가끔 있다. 그러나 그의 산문은 스위프트의 산문이 지닌 자연스러운 박력을 지녔으며, 스위프트와 같이 인생을 증오하는 태도는 아니지만 어느 정도 스위프트적인 인생관이 그의 작품에서 발견된다는 사실을 우리들은 기억할 수 있다.

몸은 대단한 인기를 얻었지만, 포스터(E. M. Forster)의 작품은 극히 제한된 계급을 제외하고는 그것이 마땅히 받아야 할 자극을 전혀 받지 못했다. 그는 무척 신중하게 붓을 놀렸다. 형안을 지닌 비평가들의 판단에 의하면, 〈하워즈 엔드(Hawards End)〉(1911)는 제1차 세계 대전 직전의 몇 해 동안에 씌어진 소설 중에서 가장 이채를 띤 소설이라고 한다. 그러나 그는 이 작품이 널리 인식받기 전에 다음 작품 〈인도로 가는 길(A Passage to India)〉(1924)을 세상에 내놓았다. 이 소설은 키플링의 제국주의 찬양적 태도에 대해서 훌륭한 교정책을 제시하고 있다. 그는 키플링과 같이 동양을 로맨스의 무대로 그리는 것이 아니라, 섬세한 사실주의 수법과 간결한 묘사로 동양 사람들의 현실을 그려 내고 있다. 〈인도로 가는 길〉의 지배적인 기분은 풍자적인 것이다. 이와 같은 정신은 당대의 수많은 작가들의 작품에서 엿볼 수 있다. 포이스(T.F. Powys)의 〈웨스턴 씨의 좋은 술(Mr. Weston's Good Wine)〉(1928)이 지닌 풍자적인 신비주의 역시 그랬고, 로즈 머콜리 부인(Miss. Rose Macaulay)의 〈고아(Orphan Island)〉(1924)에는 그런 의도가 유달리 거세게 나타나 있다.

최근 이삼십 년 동안에 큰 인기를 획득한 소설가들에 대해 말하는 것은 더욱 거북한 일이다. 그들이 선배 작가들보다 한결 큰 지성과 기교로 소설에 이바지하였다는 사실은, 전 영국 소설사에 있어서 그들의 위치를 궁극적으로 결정하려고 시도하지 않고서도 쉽사리 용인할 수 있는 일이다. 현대 문학 세계는 여러 섹트로 나누어져 있으며, 지식인인 척하는 사람들은 대중성이 있는 문학이면 덮어놓고 비판하는 경향이 있다는 사실 역시 기억해 두어야 할 것이다. 이러한 범주에 속하는 여러 작가들을 낱낱이 들어 보려고 하는 것은 번거로운 일이니 다음 두 작가만을 본보기로 취급해 보겠다.

휴 월폴(Hugh Walpole, 1884~1941)은 1910년에 〈목마(The Wooden Horse)〉란 처녀작 이후로 계속해서 소설을 세상에 내놓았다. 영국 생활의 수많은 유형에 대한 심오한 연구 태도는 그의 작품 〈가람(The Cathedral)〉(1922)에서 볼 수 있듯이 이따금씩 트롤로프를 연상케 하는데, 그의 문학이 지닌 특징은 이상주의적이면서도 인생의 잔인한 면이나 불길한 면에 대해서 외면하지 않는 것이다. 그는 이 근래에 〈불량자 헤리스(Rogue Herries)〉(1930)란 장편 역사 소설로써 그의 문학 태도를 집대성했다. 이 긴 작품 속에서 그는 자신이 설정한 어떤 기준 이하로 떨어지지 않았고, 언뜻 보기에 이 작품은 명확한 한계선을 가지고 있는 것 같으면서 인생 경로의 수많은 면까지 속속들이 침투하여 있음을 볼 수 있다. 이 작품에 대한 평가는 후세 사람들이 할 따름이다. 프리스틀리(J. B. Prestley)는 〈좋은 친구들(The Good Companions)〉(1929)로 혜성과 같이 문단에 등장한 다음 〈천사의 거리(Angel Pavement)〉(1930)와 그 밖의 여러 소설을 연이어 세상에 내놓았다. 대중성을 싫어하는 사람들은 그의 업적을 과소평가하려고 기를 썼다.

그는 처음에는 요크셔를 배경으로 삼은 부피가 큰 소설 속에 수많은 현대 시정사를 천명하여 왔다. 그는 그의 작품을 읽기 전에는 소설이라는 것을 의식하지 않았던 광범위한 독자 대중, 다시 말해서 디킨스가 포착했던 독자층에 어필하는 바가 컸다. 동포와 조국에 대한 그의 사랑은 문학 묘사에 어느 정도의 생기를 불어넣었다. 그는 그 세대의 사람들에게 광범위한 쾌락을 주었으나 그 쾌락이 앞으로 계속될는지는 다음 세대 사람만이 알 것이다.

전술한 작가들이 소설 형태에 조금도 이바지하지 않은 채로 그들 자신의 목적을 이룩한 반면에, 수많은 현대 작가들이 표현 수단으로서의 소설을 확대시키려 애써 왔다. 여러 모로 보아서 가장 힘찬 작가는 로렌스(D. H. Lawrence, 1885~1930)였다. 그는 노팅감 근처의 한 촌에서 광부의 자식으로 태어났는데, 그가 고생한 기록은 〈서간문집〉 속에 역력히 보인다. 그의 배경은 분명코 보통 소설가와는 판이하였다. 그는 어렸을 때부터 광부와 그들의 가족, 누추한 집, 쪼들린 생활, 잔인한 행동과 타락, 광석 찌꺼기의 악취 따위를 알고 있었다.

그뿐 아니라 그는 근방의 전원도 잘 알고 있었으며, 전원이 풍기는 싱싱한 냄새, 전원이 자라나는 모습, 뭇 새소리, 눈 위에 찍힌 여우 발자국을 보았을 때 가슴이 메이도록 쾌감을 느낀 적이 한두 번이 아니었다. 그의 배경이 다른 작가와 달랐듯이 그의 내적 경험 역시 그랬다. 현대 문명은 그의 견해에 의하면 정신을 마구 좌절케 하는 것이었으며, 웰스가 그랬듯이 그 역시 신세계의 계획을 세우는 데에서 아무런 위안을 찾지 못했다. 이 병은 지성의 힘으로 고칠 수 있는 것이 아니었다. 왜냐하면 현대 세계는 로렌스가 보기에는 인간의 정서 생활을 부패해 버리는 것 같았기 때문이다. 사람들의 정열마저 지성의 옹졸한 부산물이 되어 버렸다. 정열적인 생활의 자유스러운 흐름을 되찾는 일은 그에게는 거의 신비에 가까운 꿈이 되어 버렸다. 왜냐하면 오직 그러한 생활 속에서만 참된 인생의 실현이 있으며, 또한 인생의 박력이 있었기 때문이다. 가장 성공적인 작품 〈아들과 연인들(Sons and Lovers)〉(1813)을 비롯한 그의 초기 작품들은 후기 소설이 지닌 그러한 의미의 발전을 암시하여 주었을 뿐이다.

그가 잘 알고 있었던 노팅감의 광부 생활을 생생한 사실적인 수법으로 그려 낸 모든 작품 중에서 가장 정상적인 이 작품에 그 자신도 만족을 느끼고 있었다. 그 뒤 점차 그의 독특한 철학은 〈무지개(The Rainbow)〉(1915) 〈사랑하는여자들(Women in Love)〉(1921) 〈아론의 피리(Aaron's Rod)〉(1922) 등의 소설 속에 잘 나타나 있다. 몸이 허약한 탓으로 참가하지 못했던 유럽 전쟁은 그의 고독감을 더해 주었는데, 이것을 그린 작품이 〈캥거루(Kangaroo)〉(1923)이다. 이 작품은 그의 여러 작품들 중에서 가장 만족할 만한 것은 못되지만 가장 폭로적인 것만은 사실이다. 이와 같이 문명 생활에서의 도피 태도는 굴복 의식을 수반하는 어느 정도의 초조감과 결부되었다. 그리고 〈날개 달린 뱀(The Plumed Serpent)〉(1926)에 있어서 볼 수 있듯이 그는 멕시코의 원주민들 사이에서, 유럽의 문명 생활에서는 도저히 볼 수 없는 보다 자연스러운 생활을 찾았다. 그의 작품은 인간의 육체성을 너무나 강조했다는 이유로 사면초가적인 비방을 받았고, 심지어 어떤 소설은 출판 금지까지 당했다. 이에 대해서 복수나 하려는 듯이 그는 〈채털리 부인의 애인(Lady Chatterley's Lover)〉(1928)에서 두 애인의 성 관계를 영국 소설에서 일찍이 보지 못했을 만큼 대담하고 솔직하게 묘사하고 있다.

그는 무척 용의주도하게 소설을 썼지만 소설 형식에 이바지한 것은 전혀 없다. 그렇지만 그의 독특한 철학은 선배 작가들보다 사뭇 대담하게 성생활을 묘사케 하였다. 그의 작품에 나타난 대부분의 이야기는 비난받아 마땅할 것이다. 그는 전통을 무시하여 버렸다. 그가 전통을 몰랐다는 것이 부분적인 이유일 것이다. 그는 전통을 몰랐을 뿐 아니라 기존 문명을 개조하려고 노력하기는커녕 그 문명에 대해 증오를 느낀 나머지 드디어는 절망에 빠지고 말았다. 인간이 합리적인 생활을 탐구해야만 할 때에 인간에게 부여된 가장 큰 무기의 하나인 지성을 그는 멸시했다. 그가 균형을 아주 적대시한 면에 있어서도 할 말이 많을 뿐 아니라, 지성과 균형을 무시한 점에서 그가 끼친 영향이 파괴적이었다는 점 역시 인정해야 할 것이다. 그렇기는 하나 그처럼 고민한 작가를 냉랭하고 타산적으로 평가하기는 자못 거북한 일이다. 아무리 객관적으로 요약한다 해도 이렇듯 부정적인 조건으로만 계산할 수는 없는 노릇이다. 그의 주장을 가장 간결하게 표시하면 문명이 인간의 성생활을 타락시켜 버렸다는 것인데, 이 변명만은 꼭 들어맞는 말이라 하겠다. 한때 이런 정열에 대한 그의 신념은 블레이크의 환상을 어느 정도 부활시키기나 하려는 듯이 거의 신비스러운 영역까지 다다른 것 같다. 그러나 그의 고독 의식은 그를 좌절시켜서, 드디어 그가 타고난 재능마저 무너뜨리고 말았다. 우리들이 흔히 말하는 스타일에 대해서 그는 극히 냉담했다. 그의 조상들이 탄광에서 석탄을 캐내듯이 그는 말에서 의미를 캐냈다. 그는 성 경험이 묘사될 수 있는 언어를 창조했고, 무의식적이나마 절망에 빠진 자신의 정신에 대한 유일한 위안을 자연에서 찾기나 하려는 듯이 자연의 모든 움직임에 대해서 희한한 형안(炯眼)을 지니고 있었다.

D. H. 로렌스가 소설에 도입한 표현의 대담성은 그와 때를 같이한 젊은 작가 올더스 헉슬리(Aldous Huxley)의 문학에서도 찾아볼 수 있다. 20세기의 소설에 지성을 적용시킨 점에서 그를 따를 작가가 없을 것이다. 그는 한동안은 로렌스의 영향에 빠지다시피 하였지만 배경은 전혀 달랐다. 헉슬리의 문학 속에 빅토리아 시대의 예술과 과학이 마주쳤다고 볼 수 있다. 즉 부계로는 찰스 다윈(Charles Darwin)의 진화론을 열렬히 도창하던 대생물학자 토머스 헉슬리(Thomas Huxley)가 있고, 모계로는 대평론가이며 시인인 매슈 아놀드가 있기 때문이다. 그는 로렌스와 같이 노팅감의 광촌에서가 아

니고 이튼과 옥스퍼드에서 교육을 받았다. 헉슬리의 경우에는 정식 교육보다도 유전적인 힘이 더 큰 것 같다. 왜냐하면 그는 소설 형식에 대한 예술가적인 호기심뿐만 아니라 대과학자적인 지식과 분석을 소설에 도입하였으니 말이다. 제1차 세계 대전 후의 수십 년 동안에 이루어진 지성적인 영국의 변모하는 모습을 이 작가처럼 생생하게 그려낸 사람은 없을 것이다. 이따금 피코크의 영향을 엿볼 수 있는데다 희극적이며 풍자적인 설화로 엮어진 그의 초기 소설들은 제1차 세계 대전을 겪고 난 젊은 영국 지성인들의 철저한 환멸을 예시하여 주었다.

〈크롬 옐로(Crome Yellow)〉(1921)와 〈익살춤(Antic Hay)〉(1923)에서 그는 생의 기만을 희극적으로 폭로하는 데 흥겨워하는 듯싶다. 점차로——여기에서 그는 그의 세대보다 한 걸음 앞서 있지만——그는 비꼬는 버릇에서 탈피하여, 〈메마른 잎(Those Barren Leaves)〉(1925)에는 풍자보다 한결 심각한 탐구적인 결과가 나타나 있다. 그는 자신이 봉착한 딜레마를 편안하게 해결하려고 들지 않았다. 왜냐하면 그는 로렌스와 같이 인간, 즉 사색하는 동물이 지닌 수많은 기이한 현상으로 인하여 고민하고 있기 때문이다. 그렇지만 로렌스와는 달리 그는 성적 경험을 어떤 쾌감으로 대할 수는 없으려니와 그것을 인간 조명의 수단으로 볼 수는 없는 노릇이었다. 이 테마는 그를 매혹하기도 했지만 동시에 증오감을 주기도 했다. 자아를 초월하지 못하고 자신의 선입관념으로 인해서 고민하는 등장 인물들의 하찮은 음욕을 작가 헉슬리는 그저 냉정하게 응시할 따름이다. 스위프트와 같이 우리 인간 생활을 이토록 만들어 놓은 익살맞은 신의 희롱에 대해서 마구 울화를 터뜨리지만, 스위프트와는 달리 인간이라는 이 기묘한 동물이 교향악이나 회화를 창작하는가 하면, 때로는 환상의 순간을 갖는 것을 그는 의식한다. 이러한 선입관념들이 그의 가장 찬란하고도 독창적인 소설 〈연애대위법(Point Counter Point)〉(1928)을 탄생시켰다.

웰스가 잘할 법한 빈틈없이 짜인 기계적인 세계를 그는 덧없이 공상하여 보기도 하지만, 그러한 공상 속에서 헉슬리의 지성이 위안을 찾아낼 수는 없는 일이다. 그리하여 로렌스의 영향을 유독 깊이 받은 결과 그는 〈용감한 신세계(Brave New World)〉(1932)란 작품을 썼는데, 이 작품으로 그는 위와 같은 신념을 마구 빈정대고 있다. 1933년부터 유럽의 변모한 정치 정세가 그의 사상에 보다 커다란 위기와 심각성을 주게 되었다. 그가 일찍이 인간 속에서 발견했던 동물성이 이제 와서는 발악이나 하려는 듯이, 최소한이나마 문화 세계에 구제의 희망을 주었던 은총을 금세라도 파괴할 태세에 있는 듯싶다. 〈게이자에서 눈이 멀어(Eyeless in Gaza)〉(1936)에서 그는 깊숙이 자리잡힌 인생관을 표명하고 있다. 이 작품은 형식면에서 독창적이기는 하지만, 표현 수단으로서의 소설에 대해서 소설가 자신이 어느 정도의 성급함에 도달하지나 않았나 하는 인상을 준다. 그의 문학에 있어서 철학자적인 면이 예술성을 쓰러뜨렸고, 도학자적인 면이 풍자성을 물리쳐 버렸다. 마침내 그는 〈목적과 수단(Ends and Means)〉(1937)에 이르러서는 이야기를 매개체로 하지 않은 채 오직 자기 이념만을 내세우려고 하고 있다. 그리고 여기서는 잠정적일망정 소설을 명백히 떠나고 있는 셈이다.

로렌스와 헉슬리의 소설이 이념에 의지하려는 반면에, 현세기의 어떤 작가들은 소설을 수단으로 해서 인간성의 내면을 탐구하려고 한다. 그들 중의 일부는 인간의 잠재 의식의 연구에서 기운을 얻어 가지고 의식의 생활 속으로 뚫고 들어가고 있다. 고루 짜인 문장으로 인간이 지닌 사상을 마음대로 요리할 수 있는 듯이 인간의 의식 작용을 묘사하는 소설가는 한낱 부자연스런 인상밖에 줄 것이 없다는 것이 바로 그들이 믿고 의심치 않는 바이다. 그러한 신념을 바탕으로 한 내면 생활의 묘사는 이따금 소설의 테두리 안에 스며들었으나, 현대에 다가올수록 그런 태도는 한층 더 깊이를 더하여 마침내는 심리학의 협조하에 우리들의 숨은 정신 생활이 얼마나 부조리한 것인가를 증명하여 주고 있다. 이런 유형의 가장 초기 작가들 중 하나로서 도로시 리처드슨(Dorothy Richardson)을 들 수 있다. 그의 작품인 〈뾰족 지붕(Pointed Roofs)〉(1915)은 한 인물의 의식 작용을 보여 주는 대하 소설의 일부분에 지나지 않는다. 그의 작품은 버지니아 울프(Mrs. Virginia Woolf, 1882~1941)의 작품만큼 좋은 세평을 받고 있지 않다. 울프는 도로시 리처드슨과 똑같은 해에 〈항해(The Voyage Out)〉(1915)란 작품을 쓴 다음 〈밤과 낮(Night and Day)〉(1919) 〈제이코브의 방(Jacob's Room)〉(1922) 〈댈로웨이 부인(Mrs. Dalloway)〉(1925) 〈등대에(To the Lighthouse)〉(1927) 〈올랜도(Orlando)〉(1928) 〈파도(The Waves)〉(1931) 〈세월(The Years)〉(1937) 등을 포함하는 여러 소설을 통해 자신의 독특한 예술을 전개하였다.

그녀의 소설 수법은 흔히 단순한 내용의 플롯을 택하지만 아무리 세세한 사건이더라도 샅샅이 포착하는 인상주의적인 기교로 그 플롯을 개발하는 것이다. 그리고 그렇듯 섬세하고 면밀한 사건을 정리하는 데에 어떤 합리적인 배열 방식을 쓰지 않고, 한 등장 인물의 물과 같이 흐르는 의식 그대로 나타내는 것이 특색이다. 그러고 보니 그녀의 소설은 산만성에 빠질 우려가 생기지만 이런 우려는 고루 짜인 중심 테마의 견지함으로써 회피할 수 있게 되어 결국 그녀의 소설은 하나의 내부 독백이 되어 버린다. 그녀는 덧없이 흘러가는 인간 심리를 이렇듯 날카롭게 파악하는 지성으로 항상 무장하고 있다. 그런가 하면 산만한 낭만적 요소는 오히려 설화를 가볍게 진행시키는 데에 이바지하고 있다. 특히 〈올랜도〉에서 명백하게 볼 수 있듯이 그녀의 지성에는 항상 기지(機智)가 수반되어 있다. 그리고 센티멘털리즘을 배제한 부드러운 터치는 일찍이 파악되지 않았던 인간 관계를 그려내도록 하는 데 이바지하는 바가 컸다. 이렇듯이 등장 인물들의 평상시의 정신 생활을 포착하는 것이 그녀의 상투적인 수법인데, 이들 등장 인물은 그녀 자신이 지닌 지성과 모럴의 분신인 것이다.

언뜻 보면 그녀는 인생의 모든 것을 남김없이 표현한 것 같지만 사실 그녀의 솜씨로 나타내지 못한 것이 얼마든지 있다. 그녀의 소설을 읽을 때 우리들은 이 사실을 인식하지 못할는지는 모르나 그녀의 작품을 제임스 조이스의 작품과 비교해 보면 비로소 그 사실이 명백해진다.

제임스 조이스(James Joyce, 1882~1941)는 좋은 면에서나 나쁜 면에서나 금세기가 자랑할 수 있는 가장 독창적인 작가이다. 그의 초기 단편집인 〈더블린 사람들(Dubliners)〉은 인상주의적인 수법으로 씌어진 간단한 작품집인데, 모파상의 작품 못지않게 명석하다. 그의 개성적인 예술은 〈젊은 예술가의 초상화(A Portrait of the Artist as a Young Man)〉(1916)에서 본격적으로 싹트기 시작하여 〈율리시스(Ulysses)〉(1922)에 이르러서 마침내 원숙해진 것 같다. 17년 동안이나 침묵을 지킨 다음 1939년에 〈피니건스 웨이크(Finnegans Wake)〉를 세상에 내놓았다. 조이스는 재래식의 언어 표현에 구속받지 않은 채로, 의식적인 것이든 무의식적인 것이든 간에 인간 생활을 전제로 형상화할 수 있는 소설을 써보려고 꾀했다. 그는 재래의 평범한 언어 구조가 이렇듯 변화무쌍한 수많은 인상을 형상화할 수 있을 때까지 대담하게 그 언어 구조를 파괴하려고 든다. 좀더 철학적인 표현을 한다면, 그는 이렇게 믿게 되었다.——즉 시간과 공간을 분리하는 일은 기계적인 것이다. 이 둘은 어디까지나 하나이며 예술의 사명은 이 둘의 관계를 상징해야 한다. 그의 작품은 악평을 받았다. 그 까닭은 그가 그런 것을 탐구하려는 나머지, 특히 〈율리시스〉의 마지막 장에서 등장 인물들의 내적 명상이 그들의 성생활에 집중되는 것을 묘사했기 때문이다. 이런 부분만으로 그를 평가하는 것은 예술가로서의 그의 진지성을 무시하는 결과가 되고 만다. 그는 더블린과 카톨릭 교회를 문학 배경으로 삼았으나, 〈예술가의 초상화〉에서 볼 수 있듯이 이 둘에 대해 반기를 들었다. 이 둘은 다같이 고도로 조직된 유기체가 되어서 둘 다 저버린다는 것, 특히 교회와 등지는 것은 정신적으로 그를 혼돈에 빠뜨리는 것을 의미했다. 조이스는 무너진 세계 안에서 통일성을 되찾으려고 심리학적으로 연원히 애쓰고 있다. 그 통일성을 찾으려는 그의 노력이 크면 클수록 깨어진 파편이 산산이 부서져 그의 두 손 사이로 빠져 나가는 것이다. 〈피니건스 웨이크〉에 비해서 〈율리시스〉의 윤곽은 단순하다. 즉 호머(Homer)의 율리시스는 지리적인 세계를 방랑하지만 조이스는 더블린의 한 인물로 하여금 24시간 동안에 정신적인 세계를 방랑케 한다. 그는 이따금씩 문장에 있어서의 재래식인 문법 구조를 답습한다. 그리고 정신 안에 자유스러운 연상을 암시하여 주는 그의 독특한 수법을 파악만 한다면, 그의 문학에 나타난 사상의 연관성도 쉽사리 따라갈 수 있다. 〈피니건스 웨이크〉에 비하면 초기 소설은 한낱 초보 독본으로밖에 보이지 않는다. 왜냐하면 이 어마어마한 작품 속에서 조이스는 언어의 박물관을 꾸며 놓고 있기 때문이다. 더러는 영어 이외의 언어에서 파생된 말을 사용하는가 하면 대부분은 소설가 자신이 창작한 듯싶은 말을 쓰고 있기 때문에, 전문적인 독자가 아니면 이 작품의 의미를 포착하기가 힘들 것이다. 그러나 그의 천재성은 진지한 것이며, 그의 대담한 창작성은 적당한 거리를 두고 신중하게 그를 따라가는 수많은 젊은 작가들에게 미친 영향이 크다.

난해한 조이스의 작품을 마지막으로 우리들은 영국 소설과 작별해야 하겠다. 아마 앞으로는 몇몇 작가들이 조이스보다는 한결 단순한 소설 수법으로 되돌아가게 될 것이다. 일찍이 암시했듯이 소설이란 특별한 방식으로 씌어진 이야기이니 그럴 수밖에 없는 것이다. 조이스의 경우에는 그 특별한 방식이 스토리를 전적으로 압도하여 버렸다. 거듭 말해 두자면, 스토리가 없이는 소설은 생명을 유지할 수 없는 것이다.

제 12 장 18세기까지의 산문

기준을 생활에 두고 예술에 두지 않는 경우, 국민의 산문은 시보다 한결 중요성을 띤다. 법률 · 포고(布告) · 기도(祈禱) · 정치 등에 관한 문장, 적어도 현대에 이르러서는 철학과 역사에 관한 문장 등이 모조리 이 산문의 범위에 들어간다. 한 국민이 그들의 입법자 · 정치가 또는 철학자 들에게 요구할 수 있는 최상의 것은 자연스러우며 모호하지 않고 수식이 없는 산문이다. 이와 같은 것과는 전혀 상관 없이 글을 쓰는 예술가는 소설 · 수필 · 극 등 여러 분야에서 산문을 사용하고 있다. 문학자는 때때로 미묘한 문장 형태와 장식이 풍부한 어휘로 산문을 쓰고 싶어한다. 그런가 하면 그는 또한 단순한 산문을 사용할 수도 있는데 이러한 경우에는 으레 거기에 박력과 웅변이 따르게 될 것이다. 수사와 조화에 대한 갈망으로 문학가는 항상 단순성에서 한층 정교한 효과에 기울어지고 싶은 유혹을 느끼는 법이다. 산문의 연구는 산문이 사용되는 여러 가지 목적성으로 인하여 착잡해진다. 이 장에서 소설과 극이 제외된 이유는 소설 · 극의 분야는 이미 고찰되었기 때문이다. 그래서 여기서는 표현 수단으로서의 영어 산문의 발전 가능성에 이바지해 온 여러 산문가들의 저서만을 취급하기로 하고, 산문을 사용한 그 밖의 중요한 순문학가들의 작품에 대해서는 가급적 언급하지 않기로 한다.

앵글로색슨 시대부터 18세기에 이르기까지의 영국 산문은 라틴어 형태로 되어 있다. 보에티우스(Boethius)의 〈철학의 위안(Consolation of Philosophy)〉은 6세기의 라틴어로 된 작품인데 앨프릿 왕(King Alfred)(901년 사망), 초서(Chaucer)(1400년 사망), 엘리자베스 여왕(Queen Elizabeth)(1603년 사망) 등에 의해 거듭 번역되었다. 라틴어로 된 한 작품이 실로 7백 년 이상 동안이나 이렇듯 세인의 인기를 차지했던 것이다. 이 시기를 통하여 상류 지식층은 라틴어로 이야기하고 글을 쓸 수도 있었으며 일부 인사들은 모든 문학은 라틴어로 써야 한다고 인식을 할 정도였다. 심지어 17세기에 이르러 프란시스 베이컨(Francis Bacon)까지도 영어란 말이 저술가들의 '신임을 잃게 되지' 않을까 염려하였고, 자신이 가장 높이 평가하던 작품들을 모조리 라틴어 번역판으로 후세에 남기려고 결심할 정도였다. 영어로 된 산문으로는 라틴어의 기억을 배경에 의식한 야심적인 것이 끊임없이 나타났는가 하면 일상 영어의 '리듬'에 접근하는 한결 소박한 다른 종류의 산문도 등장하고 있었다.

노르만 정복에 아주 앞선 문학에는 두 가지 종류의 산문이 있었다. 즉 엘프릭(AElfric)은 의식적으로 기교를 부린 산문을 썼는가 하면, 그에 비해 앨프릿 왕의 〈역사기략(Chronicle)〉의 편찬자들은 소박한 문체로 글을 썼다. 단순한 산문은 기교를 부린 산문보다 생명이 길며 그 예민한 기동성은 현대 산문을 닮고 있다. 당시의 산문은 주로 노골적이고 단적으로 사실을 기록하고 있으나, 〈역사기략〉 편찬가가 정서를 표현할 경우에는 정직하고 알기 쉽게 표현하고 있다. 커(W. P. Ker)는 피터버러(Peterborough)의 한 수도사가 스티픈(Stephen) 왕 (1134~54년까지의 영국 왕)의 통치 시대의 참상을 묘사한 한 구절을 다음과 같이 현대어로 번역하였는데 이 구절은 가장 효과적인 대목의 하나이다.

Was never yet more wretchedness in the land, nor did the heathen men worse than these men did. For never anywhere did they spare either church, or churchyard, but took all the wealth therein and afterwards burned the church and all together.

이 나라의 참상은 더할 나위 없었고, 이교도들인들 어찌 이들보다 잔인하였으리오. 그들은 가는 곳마다 교회도 묘지도 가리지 않고 닥치는 대로 재물을 모조리 강탈한 다음에는 교회고 뭐고 마구 태워 버렸으니.

〈역사기략〉은 앨프릿 왕 지휘하에 시작된 것이지만 왕의 사후 약 두 세기 반 동안이나 계속되었고 노르만 정복(Norman Conquest) 이후도 그 일 세기 동안이나 계속되었다. 영어 산문이 노르만 정복과 동시에 사멸하였다고 가끔 암시되고 있으나 사실은 그렇지 않다. 사멸하여 버린 것은 엘프릭의 문장과 같이 정묘하고도 기교적인 산문이었다. 피터버러의 수도사가 1154년까지 계속 쓴 것과 같은 소박하고도 자연스러운 산문은 여전히 명맥을 이었다. 노르만 정복 후에 영어는 잠시 천대를 받아 생존경쟁의 쓰라림을 맛보지 않으면 안 되었지만 영어 산문의 면면한 전통은 이와 같이 계속되었다. 그리하여 이 몇 세기 동안에 프랑스어가 상류 계급의 일상어와 관용어로 채용되었을 즈음에도 영어로 씌어진 작품이 자극적은 아니었지만 영어는 그런 대로 여전히 사용되고 있었다. 시는 이야기와 로맨스에 사용되는 데 반하여 산문은 교훈 · 교육 또는 역사 등의 무미건조한 짐을 져야 했다. 그러나 노르만 정복 이전에 발견되었던 산문의 아늑하고도 믿음직한 효과는 잊혀지지 않았다. 〈역사기략〉 편찬이 중단되고 난 지 얼마 안 있어 13세기에 이르러서는 성 마가리트(St. Margaret), 성 캐서린(St. Katharine), 성 줄리아나(St. Juliana) 등을 기록한 산문 전기와 수녀들의 규율 서적인 〈수녀의 율칙(Ancren Riwle)〉 등에 영어가 사용되었다. 도덕과 약간의 신비 사상을 실제적인 교훈과 순수한 인간 감성에 결합시킨 〈수녀의 율칙〉은 현대 독자들이 읽고자 하는 작품은 못 되나 영국의 장구한 산문의 전통을 증명하는 것으로 엄연히 지금까지 존재하고 있다.

레지널드 피코크(Reginald Peacock)의 〈억압자(The Repressor)〉(1455)와 같은 작품에서도 뚜렷이 볼 수 있듯이 15세기 초엽기에 있어서 산문의 전통이 면면이 계속되었다는 증거는 한결 풍부하다. 그렇지만 이 작품을 특수한 동기가 없이 현대 독자가 읽기는 곤란할 것이다. 15세기 산문에 있어서 가장 중요한 사실은 1476년에 윌리엄 캑스턴(William Caxton)이 영국에 인쇄업을 창설한 것이다. 캑스턴은 인쇄업자일 뿐 아니라 직접 번역도 하였으며 영어 어휘를 확충하는 문제에 대해서도 지대한 관심을 가지고 있었다. 그가 실제로 미친 영향과 인쇄 사업의 보다 중대한 영향은 무정부 상태에 빠진 여러 방언에 철퇴를 내렸고 영국에 표준어를 부여하는 데에 대단히 공로가 컸다.

캑스턴이 인쇄한 작품들 중에서 가장 으뜸가는 것은 토머스 말로리 경(Sir Thomas Malory)의 〈아서 왕의 죽음(Morte D'Arthur)〉(1470년경 저술)이었다. 이 작품은 현대 어느 독자든지 이해할 수 있는 산문으로 꾸며지고 문장의 용어는 무시할 수 없는 율동미를 지니고 있다. 말로리의 업적은 번역이었고 이 번역을 통하여 중세기의 무용담과 로맨스를 기록하였다. 이에 대하여 버너스 경(Lord Berners)은 프라사르(Froissart)의 〈역사기략〉(1520)을 번역할 때에 당대의 실제 생활을 묘사하였다. 프라사르는 그가 본 대로 14세기의 생활상을 서술하였는데 그가 구사한 생생하고도 정직한 묘사법은 그를 사실적인 위대한 사가(史家)로 만들었다. 버너스는 프라사르의 프랑스어 영향 밑에 강건하고 이해하기 쉬운 간결한 문체를 영어에 도입하고 있다. 화술의 범위도 말로리보다 한결 폭이 넓고 내용 역시 덜 고풍스러웠다. 영국 산문은 보는 점에 따라 버너스의 프라사르 번역에서 시작되었다고도 말할 수 있을 것이다. 한편 여러 형태의 영어로 거듭 출현하고 있었던 성경은 차츰 완역본에 접근하여 드디어 수세기 동안 가장 유명한 영어책이 되었다. 영어 성경이 오늘날의 형태를 갖추게 되기까지에는 윌리엄 틴데일(William Tyndale, 1490∼1536)과 마일스 커버데일(Miles Coverdale, 1488∼1568) 두 사람의 수고가 컸다. 14세기에 이미 존 위클리프(John Wycliffe, 1324∼84)는 영역판을 내려고 무한히 애썼으나 그의 번역은 라틴어 판을 기준으로 하여서 영어가 문어체에 치우치고 뚝뚝하게 되었다. 그가 영국 산문의 발전에 끼친 영향은 과장되어 왔다. 틴데일은 이단자라는 혐의로 빌보드(Vilvorde)에서 1536년에 화형을 당하였으나 자기 산문에 간결한 박력을 가진 어구와 힘찬 음률을 부여하였다. 이 〈흠정영역성경(The Authorized Version of 1611)〉은 이와 같은 특징을 계승하였으므로 오늘날 우리들에게 친근감을 주는 것이다. 마일스 커버데일은 틴데일이 착수한 이 사업을 완성시켰다. 성경만큼 영국민에게 영향을 끼친 책은 없다. 종교적인 고려는 도외시한다 하더라도 성경은 모든 계급에 똑같이, 한결 그윽한 생활 정서를 회상시켜 주는 이디엄을 주었다. 성경은 무식한 사람들의 언어에 아치를 주었고 가장 야심적인 작가들의 문체에까지 침투하였다. 성경의 어법은 시인들의 작품을 다채롭게 하였으며, 만약에 성경을 망각한다면 귀중한 재산의 상실이 될 만큼 성경의 언어는 영국민의 전통 속에 뿌리깊게 자리잡고 있다.

영국의 종교 문학은 16세기에서 19세기까지 토론과 논쟁 방면에서 큰 역할을 하였으나 이 종교 문학의 핵심을 이룬 것은 오직 성경의 번역 사업이었다. 오랜 역사를 지닌 도서관을 가본 사람이면 설교문 제작과 신학 또는 교회 관리 문제를 싸고 도는 열렬하고도 유식한 토론 등에 기울어진 어마어마한 정력을 명상하고 때로는 가슴이 벅차오를 것이다. 그러나 이 방면의 작품들 중에서 구상의 박력이나 혹은 작품 중에 포함된 인간적 관심으로 그 생명을 오래 지닐 만한 작품은 극히 소수에 지나지 않는다. 16세기에 이와 같은 작품들 중에서 존 폭스(John Foxe, 1516~87)의 〈이 위험한 날의 행동과 기념탑(Acts and Monuments of these Latter and Perilous Days)〉이 가장 유명한데, 이 작품은 흔히 폭스의 〈순교서(Book of Martyrs)〉로 알려지고 있다. 폭스는 신교 순교자들의 죽음에 관한 상세한 사실을 수집하여 그들의 운명에 대한 격렬한 분노를 느끼면서 그 사실을 진술하고 있다. 현대 독자가 이 작품을 대할 때 수많은 개개의 이야기에서 쓰라린 인간 체험을 느끼기는 하나, 폭스가 쌓아 모은 이야기가 너무나 길어서 단조로운 폐단이 있어 보이기도 한다. 일 세기 혹은 그 이상 동안 폭스의 이 책은 영국 신교의 가장 위대한 책으로서 성경 다음으로 가장 광범위한 독자를 가졌다. 16세기의 종교 토론은 리처드 후커(Richard Hooker, 1554~1600)란 탁월한 산문 작가를 배출하였는데, 그의 저서 〈교회 정치의 법칙(Laws of Ecclesiastical Polity)〉은 1594년에 출판되기 시작했다. 후커는 당시 열화를 이루었던 토론에서 단연 두각을 나타내어 침착하고도 동정적인 태도로 영국 교회가 입각해야 할 여러 원칙을 설정하였고, 영국 교회가 이성을 존중하는 문예부흥기의 자유 사상과 타협하는 가운데 오직 영국 교회의 예지의 증거를 발견할 수 있다는 온건한 설을 내세웠다. 그는 종교에 있어서 절충안을 발견했듯이 문체에 있어서도 영어와 라틴어의 중간 노선을 취하여 둘의 특징, 즉 전자에서는 명석성을, 후자에서는 위엄성을 택하였다. 게다가 모국어의 조화미를 가미하고 보니 그의 문체는 한결 힘차게 되었다. 성격면에서 그는 해박한 지식과 예지를 겸비한 전형적인 선비인 동시에 물질욕이라고는 전혀 없이 전원 생활에 만족을 느낀 사람이었다. 사나운 배우자로 인하여 초지를 좌절케 하는 일은 절대 없었으며 시종 일관 자기 과업에 충실하였다. 영국이 만약에 후커의 의견에 귀를 기울이기만 했더라면 그 뒤 몇 세기 동안 국내적인 종교 내분이나 논쟁으로 덜 당황하였을지도 모른다.

16세기에는 희곡의 탁월성에 비할 만한 산문은 아주 없었으나 학자들은 영어를 표준적인 표현 수단으로 받아들일 방도를 마련하고 있었다. 그리하여 제인 그레이 부인(Lady Jane Grey)의 가정 교사인 로저 애스캄 경(Sir Roger Ascham)은 영국이 지식과 지혜면에서 '세계 만방의 장관'이 되기를 원하였으며, 궁술에 관한 대화 〈톡소필러스(Toxophilus)〉(1545)(lover of the bow의 뜻. Ascham의 조어로 가공의 인명)와 〈교장(Schoolmaster)〉(1570) 등의 저서에서 자기 목표를 수행하려고 무한히 노력하였다. 지금까지 고찰해 본 바와 같이 로버트 그린(Robert Greene), 토머스 데커(Thomas

Dekker) 또는 그 밖의 소설가들과 팸플릿 저자들이 영국의 부랑자들의 행동을 어느 정도 보여 주고 있으나, 대체로 영국의 일상 생활은 엘리자베스 시대의 산문에 그다지 반영이 되어 있지 않다. 번역, 연대기, 역사 등은 여전히 산문의 주된 활동 영역이었다.

1579년에 토머스 노스 경(Sir Thomas North)은 풀타크(Pultarch)의 〈그리스와 로마 위인전(Livies of the Noble Grecians & Romans)〉의 영역판을 출간하였다. 셰익스피어와 같은 대 문호가 그의 로마 사극, 특히 〈안토니오와 클레오파트라(Antony and Cleopatra)와 〈코리올레너스(Coriolanus)〉에서 그 테마뿐만 아니라 어구까지도 만족스럽게 채용하였을 정도니까 노스의 이 번역 업적은 튜더(Tudor) 왕조 시대의 가장 대서 특기할 만한 사업으로 볼 수 있다. 엘리자베스 시대의 번역가들은 당시의 항해자들에 지지 않게 약탈 행위를 일삼았다. 노스는 원문에서 번역한 것이 아니고 재크 아미오(Jacques Amyot)의 프랑스어역에 의거하였으나, 그는 적절하고 교묘한 구절을 만들어 내는 데 자기 자신의 천부적 능력을 발휘하기도 하였다. 노스 이외에 셰익스피어는 플리니(Pliny)의 〈박물(Natural History)〉을 필리몬 홀랜드(Philemon Holland)가 번역한 것을 이용하기도 하였다. 이 책은 고대 과학의 윤곽이며 면밀한 관찰에서 날짐승 또는 괴물에 이르기까지 내용이 극히 광범위하였다.

번역가들이 고대 세계를 이용했는가 하면 연대기 작가들은 영국의 과거와 영국인들의 활약과 실적을 밝혔다. 셰익스피어는 사극의 소재를 제공해 준 〈역사기략〉의 편자 라파엘 홀린셰드(Raphael Hollinshed)란 이름을 무척 중요시하였다.

홀린셰드는 몇몇 공편자들과 함께 이 연대기를 편찬하였으나 언어의 위엄과 미에 있어서 도저히 노스와 경쟁할 수 없었다. 그러나 그의 문장은 비상한 명석성을 지녔고 그가 품은 편견은 어떻든 간에, 그의 커다란 테마와 이 테마를 연주하는 인물들을 홀린셰드는 명확하게 인식하였다. 홀린셰드가 영국을 배경으로 한 데에 대하여 리처드 해클루이트(Richard Hakluyt, 1553~1616)는 〈중요한 항해(The Principal Voyages)〉(1589~1600)에서 자기 동포들이 하고 있는 모험과 발견 등을 기술하였다. 해클루이트의 목적은 실제적인 것이었다. 즉 영국의 상품에 대하여 '광범위한 판로'를 주며 식민지에 있는 재산을 개발하려는 데에 그의 주목적이 있었던 것이다. 그의 과업은 주로 항해자들로부터 실제로 얘기를 듣고 그들의 진술 내용을 편찬하는 것이었다. 그의 문장에는 박력과 매혹적인 미가 따르게 되었다. 해클루이트는 지리적인 세계의 발견을 묘사하였으나, 17세기에 이르러 로버트 버턴(Robert Burton, 1577~1640)은 고전 세계에 대한 해박한 지식의 도움으로 매력적인 기서(奇書)인 〈우울증의 해부(Anatomy of Melancholy)〉(1621)에서 인간 정신을 탐구하였다. 그는 손에 쥔 큰 목적을 위하여 한결같이 가치가 있고 타당하다고 생각되는 것이면 무엇이든 자기 것으로 만들어 버리는 일종의 약탈적인 학자였다. 그가 당시에 우울증, 즉 햄릿의 병을 연구한 것은 20세기의 정신 분석학의 과업이나 마찬가지라고 할 수 있다. 영어로 씌어진 서적 중에 이와 같은 진서는 아주 희소하며, 이 기이한 작가는 그의 사후 오늘날에 이르기까지 꾸준히 총명한 인사들에게 쾌락을 주어 왔다.

17세기 초기의 가장 위대한 작가는 프랜시스 베이컨이다. 그의 중년기가 흠정영역성경(欽定英譯聖經)의 간행과 일치하는 것은 뜻깊은 일이다. 성경이 종교에 기록문을 준 것이라면 베이컨은 후세 기독교 사상에 도전하게 된 과학 연구방법론을 자극하였다고 볼 수 있다. 베이컨 자신은 종교면에 있어서 정통파에 속했지만 그가 조장한 태도는 신앙 또는 인간 경험에 대한 어떠한 신비적인 견해와도 충돌하였다. 베이컨의 업적은 대부분 라틴어로 되어 있다. 당시의 가장 위대한 산문 작가가 언어로서의 영어에 대한 항구성을 의심하였다는 사실은 자못 아이러니컬한 이야기이다. 베이컨은 영국 문예부흥기를 가장 완전하게 대표하는 사람으로, 박식하고 세속적이고 야심적이고 음모적이며 당시에 더할 나위 없는 사치와 호강을 누렸으나, 해박한 반면 자신에 대한 지식은 한심할 정도로 빈약하였다. 황혼이 서릴 무렵 서재에 앉아서 옆방에서 가볍게 들려오는 음률에 귀를 기울이며 손가락은 보석 더미를 어루만지면서, 한편으로 마음은 진리의 본질을 명상하고 있는 그의 모습을 우리들은 그려 볼 수 있다.

그의 만년의 저작인 〈헨리 7세의 역사(History of Henry Seventh)〉는 일찍부터 계획중이었으며, 영국 사학상 최초로 역사다운 기록이라 말할 수 있다. 미완성작인 〈신락토(New Atlantis)〉는 소박한 산문으로 모험담을 기록한 것이나, 그 중간쯤을 보면 웰스(H. G. Wells)의 수법으로 역사적인 탐구의 구실이 깊이 간직되어 있음을 엿볼 수 있다. 그의 과학적인 저서의 일부분인 〈지식의 발달(The Advancement of Learning)〉은 지식의 조건과 지식을 향상시키는 방법을 기술한 것이다. 이 모든 작품도 인간적인 관심에 있어서 도저히 〈수필집(Essays)〉(1597)을 따를 수는 없다. 1612년 판과 1925년 판에 덧붙여진 수필들은 각기 베이컨의 생애의 다른 시기를 암시하여 준다. 1597년 〈학문에 대하여(Of Studies)〉 따위의 수필에 있어서 베이컨은 야심적인 청년에게 처세술을 가르쳐 주고 있다. 1612년에는 한결 광범위한 테마를 취하여 권력의 책임성을 시사하고 있다. 제3판은 〈정원에 대하여(Of Gardens)〉와 같은 수필에서 은퇴의 안일감을 암시한다. 수필집에 수록된 수필들은 모두 문체가 간결하고 치밀하며 잠언적이고, 어구가 미려한 조화를 이루고 있다. 또한,

아이들이 어둠을 두려워하듯이 어른들은 죽음을 무서워한다.

Men fear death as children fear to go into the dark.

와 같은 비유적 표현은 오늘날에까지 영국인이 전통적으로 연설할 때면 늘상 인용되는 구절의 일부분이 되었다. 이들 수필은 과학자에게서 기대할 수 있을 만큼 그 배열에 있어서 정확하고 이론 정연하다. 이 점에 있어 베이컨의 수필은 몽테뉴(Montaigne)의 유쾌하고도 흉금을 터놓는 친밀감과 좋은 대조가 되는 것이다.

17세기의 전반기는 종교적 토론, 내란, 청교도주의의 승리 등으로 이루어진 시기였다. 이 시기의 산문이 세운 불멸의 금자탑은 엄숙성과 진실성, 또는 인상적인 웅대성 등이다. 현대 독자가 최초로 이 시대의 산문에 접하면 원격감(遠隔感)을 느낄 것이나 당시에 존재하던 문장의 웅대성만은 쉽사리 간과할 수 없을 것이다. 17세기 전반기의 산문에서 엿볼 수 있는 장엄성은 그 후의 영어에서 다시는 찾아볼 도리가 없게 되었다. 그리하여 산문은 이런 웅대성과는 다른 면에서 한결 부드럽고 한결 실용적이고 또한 한층 더 인간미를 풍부하게 풍김으로써 산문이 지닌 고유의 특징을 나타낼 수 있게 되었지만, 토머스 브라운 경(Sir Thomas Browne), 제레미 테일러(Jeremy Tailor), 존 밀턴(John Milton) 등의 당당하고도 침울한 웅변을 되풀

이할 만한 산문 작가는 그 후 하나도 없었다.

토머스 브라운 경(1605～82)은 노위치(Norwich)에 거주한 의사였으나 내란의 북새통에 살면서도 전혀 내란의 영향을 받지 않은 것 같다. 그는 당대에 조예가 깊었고 베이컨의 귀납법 논리도 잘 알고 있었다. 그는 이에 못지않을 만큼 종교에 매력을 느끼었고, 동시에 고전과 당시의 작품을 광범위하게 읽었다. 17세기에 다분히 편중되기는 하였으나 현대 사고 방식과 중세기적 사고 양식의 중간에 위치한 그의 과학의 어느 부분은 현대적인 것도 있으나, 코끼리에 관절이 있느냐는 따위의 통속 미신에 대해서도 관심이 지대하였다. 그는 종교에도 관용성을 보여 '아베 마리아 기도의 종소리를 들으면 언제나 마음의 승화를 느낄' 수 있었는가 하면 한편으로는 무당을 믿었고, 그 미신을 입증한 것이 도리어 가련한 몇 명의 무녀들을 사형당하게 한 계기가 된 적도 있다. 그는 불가사의한 일, 또는 성경에 등장하는 마술적인 사건 등이 경험적인 기록에서 거리가 먼 것을 뻔히 알면서도 이와 같은 것들을 한없이 동경하였다. 그의 이중적인 정신은 가벼운 우울증을 증명하여 주기는 하지만 그렇다고 해서 분노에 이르는 일은 없다. 그는 지성을 존중하는 반면, 인간 생활이란 한결 폭이 넓은 어떤 경험의 일부분이라고 생각한다. 어떠한 것을 취재하든지 간에 종말에는 으레 죽음이라는 큰 혼령을 이식하는 것이 그의 상투 수단이다. 그의 〈하이드리오타피아, 일명 단지 무덤(Hydriotaphia or Urn-Burial)〉(1658)의 테마 역시 죽음인데, 이 작품을 꾸미고 있는 그의 엄숙한 산문은 상상적이며 장엄한 효과를 마음껏 발휘하고 있다. 한결 다채로운 작품으로는 그가 30이 미처 못 되었을 때에 저술한 신앙적인 자서전인 〈의사의 종교(Religio Medici)〉(1642년에 발간)가 있다. 그의 문장은 장황하며 운율적인 라틴 계통의 말을 많이 사용하는 것이 특색이다. 이러한 문장에서 브라운이 다스리고 있는 조화성에 비길 만한 영국 산문은 흔치 않다. 토머스 브라운과 거의 시대를 같이하여 영국 교회에 속하는 제레미 테일러(Jeremy Tailor, 1613~67)란 목사가 나타나 가장 유창한 산문을 구사하여 웅변조의 설교를 베풀었다. 그를 후세에 기억케 하는 가장 유명한 작품은 〈거룩한 생활(Holy Living)〉(1650)과 〈거룩한 죽음(Holy Dying)〉(1651)이나, 이 모든 작품은 정열과 언어의 수사면(修辭面)에서 도저히 그의 설교문을 따를 수 없다.

당시의 정치 분쟁은 시인 존 밀턴으로 하여금 산문을 쓰게 하였다. 그 자신이 진술한 말로는, 그는 산문쯤이야 왼손으로 다루었다 한다. 그의 흥미진진한 산문의 대부분, 즉 영국민 옹호론과 기독교에 대하여 자기 개인 의견을 피력한 〈기독교의(De Doctrina Christiana)〉의 중요한 작품들은 라틴어로 씌어졌다. 영어로 씌어진 몇 편의 산문은 이혼론이라든가 교회 통어 문제 따위의 덧없는 것을 취재한 까닭에 대중의 흥미가 이탈하여 버렸다. 그러나 두 개의 팸플릿, 즉 백과사전적인 교육법 옹호론과 언론과 독서의 자유를 논한 〈대심원에 보내는 글 (Areopagitica)〉(1644)만은 영원히 중요한 작품으로 남을 것이다. 밀턴의 산문이 그 극치에 달한 이 팸플릿에서 그는 인간 정신은 자유방임하여 둠으로써 올바르게 발전할 수 있다는 자기 신념을 능숙한 필치로 표현하였다. 다른 논문에서도 그는 조국애와 영국이,

잠을 깬 거인처럼 넌지시 몸을 일으켜 한없이 힘찬 머리채를 뒤흔드는 고상하고도 씩씩한 백성

A noble and puissant nation rousing herself like a strong man after sleep, and shaking her invincible locks.

이 되기를 희망하는 의견을 피력하였다. 그의 산문은 수월하게 읽고 즐길 수는 없다. 착잡할 경우에도 질서를 잡을 수 있는 라틴 문장에 능통한 밀턴이었던만큼 영어 역시 단일 문장 내에 수많은 절을 아무런 혼란 없이 삽입할 수 있는 것처럼 그는 착각을 일으켰다. 복잡한 그의 문체에 대하여 라틴어만이 전적으로 책임을 걸머져야 할 것은 아니다. 왜냐하면 그가 어느 착상을 설명하려 할 때 그의 예민한 두뇌는 구구한 수식을 덧붙이지 않고는 직성이 풀리지 않았기 때문이다. 그러기에 밀턴이 어느 사상을 표명할 때에는 으레 재정(財政) 법령의 한 조항처럼 제한적인 질문이 많이 따라다니게 되어 사상의 명쾌성이 오히려 상해되기가 쉽다. 그가 적대자와 논쟁에 열이 오를 때면, 당시의 유행을 따라 독하고도 비루한 언사를 교환할 수 있었으니 이 면은 확실히 그의 학문이 지닌 또 하나의 특색으로 볼 수 있다. 그의 산문이 가장 세련되었을 때에는 이와 같은 착잡성을 비롯한 여러 결함에서 벗어나게 되는데, 〈대심원에 보내는 글〉의 산문은 유독 그 정열적 웅변으로 인해 명석성과 박력의 지경까지 지양되어 있다.

이런 모든 경향과는 전혀 관계가 없이 당시에 산문을 쓰는 문인들 가운데 가장 크나큰 매력을 후세에 준 작가가 있다. 그는 아이작 월턴(Izaak Walton, 1593~1683)이란 사람으로 1653년에 〈조어대전(釣魚大全 : Compleat Angler)〉을 출판하여, 이 작품은 지금까지 꾸준하게 독자를 확보하여 왔다. 1670년에 발간된 단(Donne), 후커(Hooker), 조지 허버트(George Herbert)와 그 밖의 여러 사람에 관한 전기도 이에 못지않을 만큼 가치가 있는 책이다. 월턴은 엘리자베스 시대에서 왕정이 복고될 때까지 길이 수명을 즐겼고 그의 온화한 낙천 사상은 당시의 번거로움에 대해서는 추호도 개의치 않은 것 같다. 내란과 때를 같이하여 발간된 그의 〈조어대전〉은 낚시질과 낚시질을 하러 가는 도중의 영국 교외의 전원 풍경을 칭찬한 것이다.

1660년의 왕정복고와 더불어 영국 산문은 새로운 발족을 한 듯싶다. 궁신들은 프랑스를 방문하여 프랑스 말의 특징인 명석성의 장점을 배워 왔다. 성경의 영어가 증명하다시피 영국 산문 역시 명석성이 결핍되어 있는 것은 아니었지만, 특히 17세기 초의 야심적인 작가들은 명석성보다는 오히려 장엄성을 더 목표로 하였던 것이다. 영국 산문에 변화가 온 것은 프랑스 산문을 고의로 모방한 탓이 아니라 영국 산문 작가들이, 프랑스 산문이 지닌 안이하고도 사교적인 특색을 시도하려는 데에서 기인했다. 제레미 테일러의 산문은 화려한 사교복 차림의 산문이어서 허드렛일을 하는 하녀에게는 소용이 없었을 것이다. 토머스 브라운의 산문은 정통적인 육중한 산문이어서 회화용으로는 맞지 않는다. 왕정복고 시대의 몇몇 작가들의 산문은 딱딱하고 우둔한 맛도 돌아그 변화가 과장되기가 쉽다. 산문의 정서적인 기질이 확실히 식은 것은 제레미 테일러의 설교문과 로버트 사우스(Robert South), 혹은 존 틸로트슨(John Tillotson)의 설교문을 비교해 보면 알 수 있다. 당시의 관심은 주로 과학과 철학에 쏠려서 자연스러운 산문에 정확성과 노골성을 강요하였다. 궁정은 위철리(Wycherley)나 콩그리브(Congreve)의 희극을 즐기고 있는 반면에, 과학 문제의 연구를 위하여 영국 학사원(Royal Society)이 설립 도중에 있었다. 이와 같은 연구 정신은 단지 과학 분야뿐이 아니었으며 문학, 철학의 영역까지 연장되었다. 시인이며 극작가인 존 드라이덴(John Dryden)은 산문으로 코르네유(Corneille)를 본뜬 몇 논문 속에서 문학의 작업장을 검토하여 보려고 애썼다. 이들 논문 중에서 〈극시론(Dramatic Poesy)〉(1668)이 가장 초기작이고, 그가 죽은 해에 씌어진 〈우화 서론(Preface to the Fables)〉(1700)은 특히 초서와 오비드(Ovid)를 비교한 점에서 무척 매력적이다. 드라이덴의 산문은 적지않게 진부한 매너리즘을 지녔으나, 한창 때에는 '산문의 다른 조화'와 화기애애한 분위기를 조성하여 독자들이 토론의 발전에 들어가게 하는 안이한 수법을 결합시켰다.

과학자들이 조장한 산문의 단순성에는 일장 일단이 있었다. 왜냐하면 당시에는 존 번연(John Bunyan)의 알레고리를 제외하고는 그 시대의 전통의 도움도 방해도 받지 않은 채 순전히 상상력으로만 구성된 작품은 극히 적었기 때문이다. 이 간결성과 명석성이 영국 철학의 가장 중요한 시기의 발족과 부합되었다는 사실은 다행한 일이다. 이들 철학자들 중에 가장 놀라운 존재는 겁많은 철인 토머스 홉스(Thomas Hobbes)였다. 그는 1588년에 탄생하여 악착스럽게 애착심을 가진 현세의 생활을 1679년까지 즐겼다. 홉스는 인간 생활은 사상과 함께 외부적인 변화의 결과라고 암시하였다. 우리들의 오감은 외계에서 인상을 받은 다음 이 감각에 미치는 반작용을 명심하게 되는데, 이 작용은 경험과 도의의 총화라는 것이다. 우리들이 이 반작용을 명심할 때 만일에 어느 제어력(制御力)이 없다면 이 세상은 무정부 상태에 빠지고 말 것이다. 홉스는 17세기의 전제주의자였으나 자기 자신이 권력의 중심 인물이 되기를 원한 혁명주의자는 아니었다.

그는 조심성 있게 그런 권력을 스튜어트 왕조의 상전들에게 떠맡기고 있었다. 자기 철학의 이론과 정치에 대한 관계를 진술한 저서 〈바다 거물(Leviathan)〉(1651)에서 그는, 군주 정체만이 사회를 부패에서 구제할 수 있다는 논법을 명확히 하고 있다.

홉스의 철저한 물질주의는 존 로크(John Locke, 1632~1704)의 철학에서 수정을 받게 되었다. 로크는 지식은 경험에 입각한다는 체제를 발전시켰으나 경험 자체는 홉스의 경우에 비하여 물질적 반응에 대한 관련성이 덜 긴밀하였다. 포크의 〈인간 오성론(An Essay Concerning Human Understanding)〉(1690)은 대륙에 있어서나 영국에 있어서나 광범위하게 영향을 미쳤다. 이 저서는 영국 철학사상 가장 위대한 업적의 하나였고, 또 가장 전형적인 영국 기질을 보여 준 작품이었다. 추상적인 것이 구체성과 잘 타협되어 있고 모든 것이 경험의 표준에 관련되어 있다. 홉스와 로크는 모두 명석한 문체로 쓰고 있다. 홉스는 그 산문에 비상할 만큼 신랄한 문장미를 지니고 있으며 로크는 매력이 없는 냉철한 문체를 구사하고 있다.

당시의 과학은 인간 정신에 관심을 가지고 있는 동시에 사람들은 자기 자신에 대하여 한결 관심이 깊었다. 이 관심은 현재 남아 있는 일기, 신문, 잡지, 역사 등을 보면 곧 알 수 있다. 왕정복고 이전에는 개인의 소리는 좀처럼 들리지 않았으며 설혹 들린다 하더라도 몇몇 중요한, 혹은 공적인 경우에만 국한되어 있었다. 그러던 것이 이제 와서는 하나의 인간이 자기의 사생활에 대하여 세세하게 검토하고 있는 모습이 드디어 영국 산문에 등장하게 되었다. 이 개인은 평민이 아니지만 평민이 알고 있는 일까지도 쓰고 있다. 그는 자기 개인을 위한 비밀 일기를 썼던 것이나 그 일기는 나중에 복사되었다. 이와 같이 해서 새뮤얼 페피스(Samuel Pepys, 1633~1703)는 17세기 후반기의 가장 유명한 산문 저술가가 되었다. 설사 페피스가 일기를 쓰지 않았다 해도 영국 해군의 창설자, 탁월한 공무원, 영국 학사원 원장 등의 공로만으로도 훌륭히 영국 역사상 거물이 되고도 남았을 것이다. 그는 일기 속에 개인적으로 기탄 없이 자기의 향락, 허영, 엽색 또는 기타 일상 생활의 세세한 내용 등을 기록하여 주었다. 이 솔직한 고백 문학은 영문학상 그 유례를 찾아볼 수 없다. 그리고 우리들이 페피스의 일기를 읽을 때는 그가 자화상을 너무나 솔직한 태도로 그렸기 때문에 인간성 자체가 어느 정도나마 해방되었다는 것을 느낀다.

이 방면에서 페피스는 단연 뛰어났지만 사생활을 기록하는 데 흥미를 가진 사람이 그 외에도 몇 사람이 더 있었다. 페피스의 친구인 존 이블린(John Evelyn, 1620~1706)은 학사원의 동료이며, 궁신이며, 시골 양반으로, 좀더 신중한 생활면을 일기에 기록하였다. 그는 정원, 궁정, 여행, 금연, 그리고 자신의 사생활 등에 관심이 지대하였다. 부유하고 교양이 높고 폭넓은 여행 경험을 가진 그는 로체스터(Rochester) 백작인 존 윌머트(John Wilmot)의 작품에서 보통 상상되는 왕정복고기의 방탕한 궁신들의 개념과는 현저하게 대조된다.

페피스와 이블린은 각기 사생활을 그렸으나 크라렌돈 백작, 에드워드 하이드(Edward Hyde, Earl of Clarendon, 1609~74)는 자기 자신에 관하여 쓰게 되었을 때 당대의 영국 역사를 쓸 필요성을 느꼈다. 그는 찰스 1세의 고문(顧問) 중의 하나였고 찰스 2세와 같이 망명하였다가 마침내 왕정이 복고되자 일약 대법관에 영전되었다. 그는 만년에 다시 망명 생활에 들어갔다. 1702년에 발간된 그의 저서 〈반항의 역사(History of Rebellion)〉는 앨프릿 왕의 〈역사 기략〉 이후 영국의 최초의 업적다운 역사책이다. 그의 문체는 안이하지 않고 번잡한 폐단은 있지만, 이 저서는 그가 살던 위대한 시기의 인상화를 그려 주고 있다.

왕정복고기의 산문에 나타난 친근미는 영국 문학의 가장 사교적인 시기인 앤 여왕(Queen Anne) 시대에 이르기까지 명맥을 잇고 있다. 당시의 산문은 주로 소설 방면에 치우쳤으나 몇몇 산문 작가들은 소설 이외의 다른 방면에 재능을 발휘하였다. 대니얼 디포(Daniel Defoe)는 흔히 〈로빈슨 크루소〉의 작가만으로 알려지고 있으나 영국 시평 문학을 수립하는 데 이바지한 바가 컸고, 그가 창설한 주간지 〈평론(The Review)〉은 18세기를 자극하여 정기 간행물을 간행케 하는 역할을 하였다. 이 사업은 리처드 스틸 경(Sir Richard Steele, 1672~1729)과 조셉 애디슨(Joseph Addison, 1672~1729)과 함께 한층 발전을 보았다. 풍속, 유행, 문학, 얘기, 도덕적 반성 등이 조촐한 지면 안에 테마가 되어 의식적으로 중류 계급 독자층을 상대로 하게 되었다. 여기에서 애디슨은 어쩔 수 없이 무뚝뚝하고 까다로운 학자에서 재치 있게 이야기할 수 있는 문인으로 전환할 수밖에 없었지만, 그는 스틸과 함께 그 시대가 요구하는 바를 정확히 이해하게 되었다. 정기적으로 간행된 수필이 18세기에 끼친 역할은 현대의 방송 연설과 흡사하였다. 애디슨은 대중이 친할 수 있는 몇몇 가상 인물을 창작함으로써 자기 과업이 한결 편리하게 될 것을 깨닫자, 영국 중류 사회를 대변하는 신사 로저 드 카벌리 경(Sir Roger de Coverley)과 그 밖의 가상적인 스펙테이터 클럽(Spectator Club)의 몇몇 회원들을 만들어 내게 되었다. 스틸과 애디슨은 대중을 상대로 글을 쓴 관계로 조금이라도 대중을 공격하는 어조는 극력 피하였다.

이에 반하여 스위프트는 기탄 없이 자기 인생관을 토로하였다. 연속적인 그의 풍자는 〈서적들의 싸움(The Battle of the Books)〉(1704)과 〈통 이야기(A Tale of Tub)〉(1704)에서 〈걸리버 여행기(Gulliver's Travels)〉에 이르러 폭이 넓어졌고, 나아가서는 한결 통렬한 말기 작품들에 접어들었을 때 그의 풍자 경향은 한층 더 뚜렷하게 나타났다. 그는 일찍이 자기 동포와 〈걸리버 여행기〉의 제 4장에 등장하는 수인(獸人:Yahoo)들을 동일시할 만큼 철두철미하게 인간을 미워하는 병적인 염세가로 흔히 인식되어 왔다. 그러나 이와 같은 인식은 사실과는 아주 거리가 먼 것이다. 스위프트는 인간 육체의 불편성과 비정당성, 불결, 악취 그리고 제3자가 냉정하게 판단하였을 때의 성행위의 불합리성 등에 대하여 염증을 품었을 뿐이다. 그러나 〈스텔라에게 주는 서한〉을 보면 그가 동료들의 애호를 받았고, 그의 애인 에스터 존슨(Esther Johnson)에 대하여도 순수한 애정을 가지고 있다는 것을 알 수 있다. 〈포목상의 서한집(Drapier's Letters)〉(1724)은 정치 기만에 대한 혐오감과 아일랜드 국민에 대한 철저한 이해심을 보여 준다.

그는 거만하고 때에 따라서는 오만하였을지 모르지만 그 원인은 그가 남달리 비범한 공상력에 사로잡힌 데에 있다. 그의 통찰력은 일체 은폐를 용납치 않으려고 한다. 〈걸리버 여행기〉는 이야기로서도 훌륭히 성립될 뿐 아니라, 인류가 처세 방도로서의 이성과 박애를 거절하는 데에 대한 일종의 비난으로도 볼 수 있다. 그의 성격은 다소 오만하였지만 그가 지향한 철학은 온건하였으며, 인간이 좀더 야심적인 연구에 착수하기 전에 그 인간으로 하여금 전쟁이 없고 부패가 없는 생활을 마련하게 하고 싶었던 모양이다. 이 온건성을 표상하는 그의 산문이 지닌 간결 투명한 문체는 그 세기의 가장 정력적인 지성인인 스위프트만이 지닐 수 있는 문체이며, 도저히 다른 문인들이 추종할 수 없는 것이다. 의미는 절대 애매한 데가 없고, 논의를 하되 수사를 통하지 않고도 정확하며 적당한 말이 적절한 자리에 배치되어 있다.

제 13 장 현대 산문

18세기에 이르자 사람들이 헌신하는 연구 제목들이 한층 수효가 늘었으며 조직성을 띠게 되었다. 이 세기의 산문이 사상을 전달하는 데에 신축성 있게 봉사할 수 있는 수단이 되었다는 것은 영국으로서는 대단히 복된 일이 아닐 수 없다. 이 세기는 명상과 치열한 질의 문답에 가득 찬 시기였고, 힘찬 지성인들이 저마다 인생의 본질 문제 탐구에 헌신 노력하고 자기들로서는 해결책을 제시한 시기였는데, 이 해결책은 아주 동떨어진 후세의 사상에 대하여 뒷받침이 되었다. 이 세기는 무엇보다도 영국이 철학적 사색에 있어서 유럽을 앞장선 때였다. 사색하는 사람들의 흥미의 중심은 인간의 경험이었으며, 동시에 그 경험에서 인생의 본질을 찾아내는 것이었다. 그래서 18세기는 로크에 돌아가서 항상 그에게서 지침을 구한 것은 아니었지만 최소한도 그 지침을 위한 참고 술어를 배웠다. 리처드슨이나 필딩은 인간 경험을 소설로 탐구하였고, 역사가들은 한결 더 야심적으로 사람의 과거를 해석하려고 애썼으며, 철학자들은 현실 자체의 성질을 설명하여 보려고 기를 썼다. 이런 세기에 기독교의 정통적인 교훈이 공공연하게 비판을 받게 되는 것은 지극히 당연한 일이라 하겠다. 그런데 조셉 버틀러(Josph Butler, 1692～1752)가 나와서 더할 나위 없이 교회를 변호하였다는 사실은 교회를 위하여 참으로 다행한 일이었다. 버틀러는 그의 예리한 저서 〈교회의 비유(The Analogy of Religion)〉에서 경험 자체가 제공해 주는 제한된 지식을 밑천으로 하여 종교의 정당성을 찾으려고 노력했다.

이 세기가 낳은 회의적인 지성인들 중에서 버나드 맨더빌(Bernard Mandeville, 1670~1733)보다 더 독창적인 산문가는 없다. 〈벌 이야기(The Fable of Bees)〉에서 그는 개인적인 모럴과 국가적인 모럴의 차이를 들추어 내면서 국가는 부패하면 할수록 수지가 맞으리라는 이야기를 풍자적인 수법으로 암시하고 있다. 맨더빌은 자기의 정신적인 체면을 유지하기 위하여 피상적인 가장을 하고 있지만 그가 말하려는 진의는 명백하며, 그의 작품은 대체로 상업과 정치에 대한 현대적인 비난을 내용으로 하고 있다.

조지 버클리(George Berkeley, 1685~1753)는 맨더빌과 같이 인생을 부패로 보았으나, 이 문제에 접근하는 수단은 풍자가 아닌, 개혁에 대한 관대하고도 이상적인 욕망이었다. 그 결과 그는 미국에 사는 이주민들과 본토인들 사이에 개혁 운동을 전개하게 되었다. 그는 이렇듯이 인생의 실제면에 관여하는 동시에 철학의 제 문제에 당시 가장 예리한 정신 문제들 중의 하나를 이바지하였다. 〈새로운 직관설을 위한 하나의 시론(An Essay Towards a New Theory of Vision)〉(1709)으로 시작되는 한 질의 저서에서, 그는 물질 세계는 존재하지 않는다는 것과 인간 정신이란 정신 속에 깃들인 이념 위에 발판을 두고 있다는 이론을 참으로 명쾌한 산문으로 풀이하였다. 물질 만능주의가 차츰 인간으로 하여금 구체적인 세계에 애착을 갖게 하고 있는 동안 그는 이상주의를 거듭 주창하였다. 그의 이상주의는 면밀하게 토론되고는 있지만 다분히 신비적인 요소를 내포하고 있다. 데이비드 흄(David Hume, 1711~76) 역시 지식의 문제에 온 정신을 기울였지만 그가 내린 결론은 버클리가 일찍이 이룩해 놓은 관념적인 통일성을 파괴하는 데 있는 듯싶다. 데카르트와 로크의 심리학적인 연구를 탐구함으로써 인간 사고의 본질을 찾아보려고 하다가, 마침내 그는 인간 정신은 진리를 밝히는 수단으로서는 부적당하다는 것을 겨우 발견하였을 뿐이다. 그의 주저서인 〈인간 오성론(Essays Concerning Human Understanding)〉(1748)에 나타난 회의 사상은 인간 사상 위에 하나의 영원한 족적(足跡)을 남겨 주었다. 인간 지식의 모든 분야는 흄이 〈인간 오성론〉을 쓴 뒤로는 그 지식 분야가 주장하려는 바를 한결 분명하게 이야기하지 않으면 안 되었다.

흄 자신은 역사가였다. 그런데 당시의 탐구 정신은 모든 다른 역사가들을 유도하여 인간의 과거를 조직적으로 탐색케 하였다. 그때 발전의 중요한 시기에 처해 있던 역사라는 학문이 산문의 대가를 이끌었다는 것은 다행한 일이 아닐 수 없다. 에드워드 기번(Edward Gibbon, 1737~94)은 1776년에 〈로마의 쇠망사(The Decline and Fall of Roman Empire)〉를 출판하였다. 그의 〈자서전(Autobiography)〉에 나오는 감동할 만한 문장에 의하면, 그가 〈로마의 쇠망사〉를 완성한 것은 1788년이라 한다. 그가 이 대작에서 취급한 테마는 고대 세계의 붕괴와 현대 세계의 수립 이상의 아무것도 아니었다. 즉 로마가 야만인들에게 수도를 점령당한 다음, 샤를마뉴(Charlemagne)가 왕이 되어 서부에는 신성 로마제국이 수립되고 그 다음에는 중세기를 거쳐서 1453년에 터키에게 콘스탄티노플(Constantinople)이 함락될 때까지의 경로를 기록한 것이 이 작품이다. 이 작품을 독자가 읽으면 하나의 통일된 짜임새의 인상을 받을 것이다. 기번은 그가 기록해야만 했던 광범위한 영역을 완전히 손에 넣을 만큼 힘찬 지성과 철저한 준비, 게다가 문장이 문맥에서 이탈되었을 때에도 거의 모든 문장에 기쁨을 깃들이게 하는 산문의 기교까지도 지니고 있었다. 이 작품이 통일성을 갖게 한 것은 문체였다. 왜냐하면 문체는 메마른 대목을 묘사할 때에도 필자 자신으로 하여금 안전하게 넘어가게 하였기 때문이다. 이 작품의 중심은 기독교에 관한 이야기인데, 종교 일반에 대한 기번의 태도는 항상 회의적이었다. 그가 이 작품의 중간 부분을 다룰 때 카톨릭 역사가들에게 의존해야 했던 까닭에 그가 당면한 딜레마는 더욱 컸다. 그가 그릇된 종교 교육을 받았기 때문에 풍자를 은근히 던짐으로써 기독교에 복수를 한 것이 아닌가 하고 느끼는 사람이 있을 정도다. 그는 수도원 생활을 묘사할 때 '미신의 다복한 어버이인 이집트(Egypt)에서 수도원 생활이 시작되었다'라고 말하고 있다. 이와 같은 예는 그의 작품을 읽으면 곳곳에서 발견할 수 있다. 이렇듯이 그가 기독교에 대해서 적개심을 품고 있었기 때문에 그의 사관의 핵심이 공허감을 면치 못하였지만, 이 공허감을 은폐하는 것은 오직 그의 변함없이 탁월한 문체이다. 그런 결함 대신에 그는 모든 가능한 사실을 검토하는 데 냉담성과 객관성에다 정직성까지 지니고 있었다. 그는 인간성에 대하여 대단히 온건한 신념을 가지고 있었고 진보의 관념을 거의 믿지 않았다. 그리하여 루소(Rousseau)가 저술에 여념이 없고 영국이 미국 식민지를 상실하고 있던 시대에, 그는 고전 세계의 쇠망에 마음을 기울이고 있었다. 이 고전 세계는 인간 생활에서 얻을 수 있는 완전한 표상으로 그는 인식하고 있었던 것이다.

기번의 친구들 중에는 새뮤얼 존슨 박사(1709~84)도 있었다. 남성적인 인품이며 오랜 문학생활로 인하여 그는 18세기의 가장 중요한 거물급 문인이 되었다. 그의 명성은 제임스 보스웰(James Boswell, 1740~95)의 전기에 힘입은 바가 크다. 보스웰의 〈존슨의 생애(Life of Johnson)〉는 1791년에 출판되었다. 그는 이 책에서 존슨의 후기의 생활, 다시 말해서 그의 말이라든가 판에 박힌 버릇 따위를 사실주의적인 수법으로 세세히 기록하고 있다. 존슨의 역량, 기지, 곧은 성품 따위는 이따금 인정스러운 그리고 열렬한 그의 생활 태도와 함께 보스웰이 창작한 초상의 여러 요소이다. 보스웰의 전기가 없었더라면 존슨은 한결 보잘것없는 문인이 되고 말았을 것이다. 그는 여전히 당시의 문단에서 첨단적인 자리를 차지하고 있었다. 그가 문학에 이바지한 것은 여러 가지가 있지만 18세기를 유명케 한 체계적인 연구에도 공헌한 바가 적지 않다. 그의 〈셰익스피어 전집〉(1765)은 셰익스피어 극의 텍스트를 해석하는 18세기의 과업에 많은 도움이 되었다. 셰익스피어의 편집가들은 미미하게 남아 있지만 존슨의 연구에는 이따금씩 명확성을 찾아볼 수 있다. 존슨이 이 판(版)에 붙인 서문(Preface)은 단편적이나마 대담한 비평으로 볼 수 있는데, 이 서문은 한결 현학적인 신고전주의의 비판에서 셰익스피어의 극을 마침내 구출하였다. 그의 가장 중요한 업적은 〈사전(Dictionary)〉(1747~55)으로, 그의 냉철한 지성이 이 업적에서처럼 잘 나타나 있는 곳은 없으며, 후세의 모든 사전 연구는 존슨의 이 사전에 입각한 것이다. 말의 정의란 인간 정신이 종사할 수 있는 일 중에서 가장 난처한 과업이다. 그런데 존슨이, 그의 사전 속에 심심풀이로 삽입한 몇 개의 풍자적인 정의만으로 기억되는 사실은 실로 애석한 일이다. 영국민에게 영어 낱말의 올바른 뜻을 그처럼 명확하게 설명해 준 사람은 일찍이 아무도 없었다. 그는 또한 후기에 이르렀을 무렵 이렇듯 수많은 위대한 업적에다 〈시인전(The Lives of the

Poets)〉(1779~81)을 덧붙였다. 이 〈시인전〉은 카울리(Cowley)에서 그레이(Gray)에 이르기까지의 영시를, 그의 담화에 이따금씩 맞설 만한 멋진 산문으로 기록한 것이다. 존슨의 업적으로는 이상의 세 가지가 제일 큰 것이다. 그의 〈라셀러스(Rasselas)〉는 이미 소설사에서 말한 바 있다. 또한 그의 〈방랑자(The Rambler)〉와 〈한가한 사람(The Idler)〉 안에 수록된 수필들은 정기 간행물에 기고한 것이었다. 그는 애디슨(Addison) 이상으로 수필 안에 깊은 모럴의 무게를 도입하였다. 그가 지닌 지혜와 편견, 그리고 폭넓은 관심은 유독 〈스코틀랜드 서부 섬들의 여행(A Journey to the Western Islands of Scotland)〉(1775) 안에 잘 나타나 있다.

존슨에 대한 보스웰의 묘사에 의하면 그가 한가한 노인으로 되어 있기는 하지만 18세기의 문인들을 통틀어 그만큼 명석한 사상 속에 산 사람은 없을 것이다. 그가 지닌 인품의 매력으로 우리들은 그가 이룩한 확고부동한 문학적 업적을 과소평가해서는 안 된다. 그의 문체는 균형에 발판을 두고 있는 아치(雅致)를 지니고 있다. 그에 대하여 불리하게 인용되는 몇몇 육중한 문구로 그가 기억되는 일이 흔히 있는데, 이는 그에 대해서 적이 공평치 못한 일이다. 그는 장점도 영국적이려니와 약점 역시 영국적이었다. 경건하며, 신비 사상에 회의적이고, 보수적이고, 솔직성을 자랑삼되 온정을 항상 저버리지 않는 것이 그의 인품이었다. 그는 '보다 멋진 응달'보다는 투명성을, 예술보다는 모럴을 높이 평가하였다. 그의 문학관이 가끔 괴벽스러운 것같이 보인다면 그 까닭은 오직——그가 칭찬과 비난을 가리는 데 있어서 성실하였기 때문일 것이다. 산문에 있어서나 운문에 있어서나 그는 철두철미한 고전주의자였다. 고전주의자치고도, 극작가들 중에서 셰익스피어를 올바른 위치에 놓아 줄 만큼 명석한 형안과 대담한 비판력을 지닌 고전주의자였다.

올리버 골드스미스(Oliver Goldsmith, 1730~74)의 지성은 존슨에 비한다면 보잘것없으며 미흡하기 짝이 없다 할 수 있으나, 창작 재능만은 골드 스미스가 존슨보다 한결 풍부하게 타고났다. 존슨이 그에 대하여 비문체(碑文體)의 시문 속에 말했듯이 그는 모든 타입의 문학을 시도해 보았으며 그가 시도한 문학 타입을 존슨은 극구 찬양하였다. 그의 극이나 소설은 문학 사상에 언제나 기록되어 왔지만 보잘것없는 역사 업적은 기록에 남지 않기가 일쑤이다. 그렇지만 그의 수필은 개성을 보여 주었다. 그리고 〈세계의 시민(The Citizen of the World)〉(1762)에서 그는 중국 손님이 보내-온 가상적인 편지 형식을 취하여 인생을 비판하고 있다.

존슨을 중심으로 한 문인들의 모임이 얼마나 다채로웠던가는, 그 모임 속에 그러브 가(Grub Street)에서 가난에 시달린 작가 골드스미스가 포함되어 있었을 뿐 아니라 영국민의 저명한 정치 고문이었던 에드먼드 버크(Edmund Burke, 1729~97)도 끼어 있었다는 사실에서 미루어 알 수 있다. 미학 논문 중에서는 초기에 속하는 〈숭고와 미(The Sublime and Beautiful)〉(1756)는 별도로 하라도 버크의 으뜸가는 업적은, 주로 연설 형식으로 이루어진 일련의 정치적인 책자에서 발견할 수 있다. 두 가지의 중요 문제에 대해서 그는 유독 힘차게 자기 의견을 토로했다. 그는 〈미국의 세제에 대하여(On American Taxation)〉(1774)와 〈미국 유화 정책(On Conciliation with America)〉(1775)에서, 반항하는 미국 식민지 사람들에 대한 영국 정부의 태도를 마구 규탄했다. 이보다 더 열렬하게 그는, 특히 〈프랑스 혁명에 대한 고찰(Reflcetions on the French Revolution)〉(1790)에서 프랑스 혁명을 공격하였다. 상술한 저서들과 웨런 헤스팅스(Warren Hastings)에 대한 공격을 포함하는 수많은 연설문 속에서 그의 산문과 정치 이론의 주체를 찾아볼 수 있다.

버크의 웅변은 영국사의 일부분이 되어 버렸다. 그는 일견 모순되는 것처럼 보이는 사상의 변천을 겪지 않으면 안 되었다. 그는 미국의 식민지 사람들을 편들 때는 자유를 옹호하는 것 같으나, 프랑스 혁명을 반대하는 점에서는 폭군에 가담하는 듯한 인상을 준다. 사실상 이 둘 사이에는 차이가 없으며 내면적으로 이론의 모순이 없다. 버크는 추상 이론에 반대하였다.——프랑스 혁명은 그가 생각하기에는 이론 철학을 실천에 옮기는 위험천만한 실험이었다. 그리고 미국 식민지인들에게 대한 영국 정부의 매몰찬 태도는 '형이상학적인' 요구를 그들 식민지인들에게 뒤집어씌우려는 하나의 시도로 보였던 것이다. 버크는 18세기의 수많은 다른 사람들과 같이 그의 사상을 경험에 입각시켰다. 사회의 제1원칙은 인간의 신에 대한 관계였고, 그 원칙의 개념은 탁상공론에 있는 것이 아니라 관습과 전통 안에서 찾을 수 있는 것이었다. 버크는 보수주의를 도창하는 위대한 지도자였다. 왜냐하면 그는 항상 경험에 입각하면서도 이성을 전적으로 신임하려고 들지 않았기 때문이다. 그 까닭은, 경험 자체는 이성에 지배되는 것이 아니라고 인식하였기 때문이다. 버크는 산문을 다룰 때면 항상 일상어를 염두에 둔다. 그리고 은밀하게 토의할 때도 청중을 의식한다. 이렇듯이 그가 청중과 접촉을 의식하였기 때문에 그의 가장 유명한 산문 구절에는 웅변과 정열이 침투하게 된다. 산문의 효과에 있어서 그는 존슨이나 기번보다 한결 자유스럽다. 그리고 때때로 그는 존슨이 너무 진부하다고 보았던 낡은 문구들을 도입하려고 한다. 이와 같은 여러 이유로 그의 문체는 다각성을 갖게 되는데, 그 문체의 으뜸가는 효과는 휘황찬란하고 우람한 율동에 있다. 그렇다 해서 호화스러운 그 문체가 계몽적인 이 지성인의 손 밖으로 탈선하는 법은 절대로 없다.

18세기는 서한문까지도 하나의 예술로 지양시킬 수 있을 만큼 한가하며 교양이 풍부한 시대였다. 그리하여 18세기의 산문에 있어서 무척 매력적인 요소가 개인의 편지나 일기까지 파고들어갔다. 토머스 그레이의 시 업적은 가냘프고 비개성적일망정 그의 서간문에는 양성적인 우울증과 당시의 어떤 문인 못지않게 문학에 박식한 지성이 나타나 있다. 윌리엄 쿠퍼는 시에서보다도 서간문에서의 활동이 더 활발하다. 그는 일상 생활의 사소한 사건이나 기묘한 일들을 하나도 남김없이 포착하여 그것들을 흥미진진하게 서간문에 묘사한다. 감리교의 창설자인 존 웨슬리(John Wesley, 1703~91)는 그의 일기 속에서 그가 투쟁하여 마지않던 감리교 운동에 대하여 생생하고 인간미가 넘쳐 흐르는 묘사를 하고 있다. 호러스 월펄(Horace Walpole, 1717~97)은 그의 방대한 서간문집을 18세기 영국 생활의 이모저모를 총망라하는 기념관으로 만들기 위하여 그가 지녔던 모든 기지와 관찰력을 아낌없이 발휘하였다.

이보다 세련된 예술은 체스터필드 백작(Earl of Chesterfield, 1694~1773)이 그의 서자인 필립 스탠호프(Philip Stanhope)에게 준 서간문에서 찾아볼 수 있다. 보수파에 속하는 귀족인 그는, 섬세하고 경귀적인 문구로 양반다운 예의 범절과 남을 기쁘게 해주는 법을 무척 소중히 여기며, 열광성이라든가 다정 다감성이나 혹은 어떤 형식의 난폭성이든지 모두 신임하지 않는 그런 온건한 철학을 표백하였다. 체스터필드와 웨슬리를 함께 읽으면 18세기가 탐구하던 사고방식이 얼마나 다채로웠던가를 알 수 있다. 월펄의 서간문집을 읽으면 우리들은 체스터필드가 주로 소일했던 응접실 밖의 어떤 신비 세계를 18세기가 동경하고 있었다는 사실을 또한 깨달을 수 있다. 그러한 욕망은 어느 정도 제임스 맥퍼슨(James Macpherson, 1736~96)으로 인해 〈오시안의 작품집(The Works of Ossian)〉으로 총괄되어 알려지고 있는 일련의 설화 속에 흐뭇하게 나타나 있다. 맥퍼슨은 영문학상 가장 비극적인 인물 중의 하나이다. 게일(Gael)족의 전통을 어느 정도 알고 있던 그는 그 자신이 고대 시의 번역이라고 단언한 수많은 설화를 음률적인 산문으로 만들어 내었다. 수많은 유력한 지식인들이 이 사실을 인정했으나, 그 설화들의 진위 여부에 대한 질문을 받을 때면 맥퍼슨은 우두커니 앉은 채 자기가 지어 낸 설화들의 근원을 찾아내려고 버둥대야 했다. 아무튼 그는 당대가 바라던 어떤 시대적 요구에 힘차게 응한 셈이다. 그런 시대 욕구의 만족은 영국에만 그친 것이 아니었다. 맥퍼슨의 설화들이 간직한 음산하고 장엄한 웅장성을 괴테(Goethe)와 나폴레옹까지도 애독하였기 때문이다. 그가 만약에 독창적인 창작가로 나섰더라면, 앞에서 말한 그런 말썽거리는 한결 적었을지도 모른다. 아무튼 그는 당시에 영향을 끼친 작가인 것만은 틀림없다. 그가 운문으로 만족시켜 준 것과 똑같은 것을 토머스 퍼시(Thomas Percy, 1729~1811)는 고대의 민요와 시를 모은 〈고요습유집(Relique of English Poetry)〉(1765)을 통해 시로 만족시켜 주었다.

19세기 초엽의 낭만 사상의 정력은 주로 시와 소설에 쏟아졌지만, 동시에 참신한 산문이 발전하였다. S. T. 콜르리지는 문학 비평에 한결 깊이가 있고 한결 철학적인 해석을 부여하였다. 그런 경향이 그의 강연이나 〈문학 전기(Biographia Literaria)〉(1817)에 나타나 있다. 그의 독창적인 문학 정신은 비평 문학을 위하여 한결 미묘하고 계시적인 어휘를 만들어 냈다. 그의 철학은 표현면에서 보았을 때 단편적인 결합은 있으나, 신앙은 믿으려는 적극적인 의지에 좌우된다는 그의 사상은 명백히 세기의 사상에 영향을 끼쳤다. 그의 서한문은 키츠의 것보다는 덜 효과적이다. 키츠는 편지를 쓰기만 하면 으레 어떤 계몽적인 비평 사상을 직각적으로 착안하기가 일쑤며, 자기의 독특한 천재성의 발전을 자연스럽게 노출시킨다. 인간적인 흥미에 있어서는 바이런의 서간문에 따를 만한 것이 당시에 없었다. 바이런은 편지나 일기에서 멋진 묘사에 기지를 가미하며, 친구들에게는 홍겹게 자아를 드러내고 인생이나 당시의 사정에 대하여 거리낌없이 비판을 가한다.

상술한 산문 작가들은 주로 시인으로 기억되고 있지만, 찰스 램(Charles Lamb, 1775~1834)은 〈엘리아 수필집(Essays of Elia)〉(1823)과 〈마지막 수필집(Last Essays)〉(1833)으로 영국인들과 여러 대 동안 정이 들어 왔다. 램은 몽테뉴(Montaigne)에서부터 시작하여 영국에서는 카울리(Cowley)가 처음으로 시도했던 그러한 친밀하고도 자아의 체취를 풍기는 수필을 썼다. 그는 카울리의 파격적인 형식에다 토머스 브라운 경의 엄숙한 고백조의 수법을 가미하고 있으며, 문체면에서는 고전 작가들 중에서도 특히 웅대한 수법에 영향을 미친 문장가들의 문체를 복잡 미묘한 모자이크 모양으로 만들고 있다. 이 미묘한 문체를, 그는 일상 생활 감정이나 자질구레한 일상사들 가운데 가볍게 유머를 풍기는 수법으로 구사하고 있다. 그의 성품이나 의도는 언뜻 보기와는 딴판이어서 그렇듯이 단순한 것은 아니다. 다정다감하면서도 항상 웃음을 잃지 않는 수필의 중심 인물인 엘리아는 램 자신일까, 아니면 램이 속세에서 숨기 위해서 입은 외투일까? 그는 당시의 문학, 특히 워즈워스나 콜르리지의 시에 대해서 도통하였고, 비평에 있어서는 문학의 페이소스적인 면에 유독 공명을 나타내고 있다. 그는 〈리어 왕〉에 대하여 이해력을 가지고 비평할 수 있는가 하면, 구운 돼지고기에 관한 수필을(램은 Dissertation upon Roast Pig라는 수필을 썼음) 쓰기도 했다. 1796년 9월의 어느 날 밤은 그의 문학이나 성품에 대하여 어떤 해결을 지어 줄 듯한 중대한 계기였다. 그날 밤 램의 누이 메어리(Mary)는 광증의 발작으로 그의 어머니를 찔러 죽이고 아버지에게 부상을 입혔다. 램은 누이의 보호를 위해서 일생을 바쳤다. 그는 다른 작가들의 작품 속에서 비극을 발견했을 때는 그것을 이해할 수 있었지만 독창적인 그의 정신면이 막상 비극을 당하고 보니 도저히 감당할 수 없었다. 월터 페이터(Walter Pater)가 일찍이 말한 바 있듯이 '우리들은, 얼핏 보아서 명랑한 것 같은 그의 문학 속에서 가정적인 공포와, 고대 희랍 비극에서 엿볼 수 있는 아름다운 영웅적 자질과 헌신적인 요소 따위를 어느 정도 찾아볼 수 있다.' 그렇기는 하지만 그가 수필 속에서 자질구레한 일들을 상대하여 희롱하고 있는 것은, 알고 보면 이제 말한 그런 이유에서 비롯된 것이리라.

램의 친구들 중에서 가장 유명한 문인은 윌리엄 해즐리트(William Hazlitt, 1778~1830)인데, 그의 수필은 싱싱한 독창성을 어느 정도 지니고 있는 까닭에 지금까지 읽혀지고 있다. 해즐리트는 수필가일 뿐만 아니라 화가여서 마치 말이 지닌 빛깔을 즐기기나 하는 듯이 말을 구사하고 있다. 수많은 수필 속에서 그는 노골적으로 의견을 표시하며, 판단을 내리는 데에는 매섭고도 휘황한 문구를 쓰고 있다. 성품으로 보아서는 램이 인간미가 있는 데 반하여 그는 까다로운 사람이다. 그는 늘 격렬한 판단을 내리기를 좋아한다. 증오의 경우에 그렇고 애착의 경우 역시 마찬가지다. 그는 급진 당원이었지만 나폴레옹을 숭상했다. 그는 나폴레옹의 전기를 쓰려고 애쓰면서 말년을 보냈다. 사생활에 있어서 그의 성품은 〈라이버 아모리스(Liber Amoris)〉(1823)에서 효과적으로 엿보이는데, 이 작품에서 작가 자신은 풍자미를 띤 루소와 같은 인물로 나타나 있다. 그의 수많은 수필집 중에서 제일 효과적인 것이 〈시대정신(The Spirit of the Age)〉(1825)인데, 이 작품 속에서 그는 그와 때를 같이한 문인들을 거의 총동원하다시피 하여 그들을 낱낱이 비평, 묘사하고 있다.

비평가로서의 토머스 드 퀸시(Thomas de Quincey, 1785~1859)는 해즐리트보다 한결 믿음성이 적으나 〈아편 상용자의 고백(Confessions of an English Opium Eater)〉(1821)에서 그는 산문에 새로운 억양을 도입했다. 이 작품으로 그는 아편 상용자로서 자신이 몸소 겪은 경험과 꿈을 묘사하고 있으며, 꿈의 묘사에 대해서는 섬세하고도 낭랑한 효과를 나타내는 '시적인 산문'을 구사하고 있다. 그와 시원한 대조를 이루는 산문가로서 윌리엄 코빗(William Cobbett, 1763~1835)을 들 수 있다. 그는 수많은 책을 시원하게, 가끔 독설조로 썼다. 그는 자기 경험과 견해를 들어 독자를 흥분시키는 재능을 타고난 사람이었다. 수많은 작품 중에서도 그가 말을 타고서 영국의 방방곡곡을 여행한 것을 기록한 〈전원 여행기(Rural Rides)〉(1830)는 대단히 효과적이다. 그는 시골 풍경을 있는 그대로 치밀한 형안으로 그려 내고 있는데 '무가 가득 찬 밭'을 묘사할 때면 특히 그러하다. 그리고 그의 묘사 솜씨에는 이따금씩 자연스러운 미가 엿보인다. 코빗은 그의 작품이 퍼지는 곳마다 언제나 독자를 발견하게 되겠지만, 월터 새비지 랜도(Walter Savage Landor, 1775~1864)의 업적은 그와는 한결 달리 취급되어야 할 것이다. 그는 난폭하고 괴벽스러운 성품으로 인해 동기 문인들에서 고립되어 있었으므로 그의 시와 산문은 당시의 문학 전통에서 멀리 격리되어 있었다. 그의 산문은 확실히 시보다는 더 많이 읽혀질 만하다. 〈사상의 대화(Imaginary Conversations)〉(1824~9)는 그의 지식이 광범위하다는 것과 말을 아름답게 구사할 수 있는 그의 역량을 보여 준다.

19세기를 통해서 어떤 부류의 독자들은 견실한 정기 간행물과 비평지를 요구하고 있었다. 이러한 간행물이나 잡지들은 주로 정치적인 바탕 위에 세워진 것이었지만 적지 않은 지면을 문학 비평에 바쳤다. 가장 지령(紙齡)이 긴 잡지는 〈신사의 잡지(The Gentleman's Magazine)〉(1731~1868)였는데, 포프의 시대에서 브라우닝의 시대까지 존속했다. 19세기의 처음 십 년 동안에 유명한 정치적인 잡지들은 〈에든버러 리뷰(The Edinburgh Review)〉와 더불어 유포되기 시작했다. 가장 유력한 이 리뷰의 편집 책임자는 프랜시스 제프리(Francis Jeffrey, 1773~1850)였는데, 그는 문학 비평가로서 낭만 시인들을 공격하는 데 온 역량을 기울였다. 이 잡지에 기고한 가장 혁혁한 문인들 중의 하나는 시드니 스미스(Sydney Smith, 1771~1845)였다. 그의 지성은 풍자적이었으나 기지도 띠고 있었다. 그는 흔히 편견을 받고 있었으나 존슨 박사와 같이 온갖 상식을 독점하고 있는 것 같은 인상을 줄 만큼 박식한 사람이었다. 그는 때로는 스위프트를, 때로는 머콜리를 연상케 하지만, 기지를 무모하도록 지나치게 내세우는 면에 있어서는 스위프트나 머콜리보다 다산적(多産的)이라 할 수 있다. 〈더 쿼털리 리뷰(The Quarterly Review)〉(1890)는 〈에든버러 리뷰〉에 대한 토리 당원의 답변으로서 출발한 것인데, 스콧과 같은 대가도 한때는 이 리뷰에 기고한 일이 있다. 그 뒤를 이어 나온 잡지가 〈블랙우드 에든버그 매거진(Blackwood's Edinburgh Magazine)〉인데, 이 잡지에서는 스콧의 사위이며 전기학자였던 루크하트(J. G. Lockhart)가 가장 중요한 역할을 하였으며 또한 가장 줄기차게 기고하였다. 〈블랙우드〉는 키츠에 대하여 험상궂게 공격하였다는 점으로만 후세 사람들에게 기억되는 형편이지만, 이는 불공평한 일이다. '크리스토퍼 노스'란 필명으로 씌어진 존 윌슨(John Wilson)의 〈앰브로스 관의 야화(Noctes Ambrosianae)〉를 포함하는 대단히 재미나고도 활기찬 글이 이 잡지에 연재로 실렸기 때문이다. 상술한 모든 잡지들은 지성 훈련을 할 준비가 되어 있는 민활한 유식 대중이 당시에 존재하고 있었다는 사실을 증명해 준다. 그리고 이러한 유식 대중은 19세기를 통해서도 계속 존재하였다.

산문 부문만 하더라도 19세기가 낳은 문학적 업적은 너무도 방대하고 다채로워서 이 자리에서는 어쩔 수 없이 참신한 작품만을 고려하는 수밖에 없다. 표면상은 그렇지 않을지도 모르나 이렇게 하는 것만이 불공평성을 더는 방도일 듯싶다. 왜냐하면 19세기에는 흄이나 버크의 무게에 비.할 만한 사상가로서 오직 찰스 다윈(Charles Darwin, 1809~82) 한 사람이 있기 때문이다. 찰스 다윈은 문학 예술가로 인정받을 권리가 없을지도 모르겠지만, 그의 문체가 지닌 명증성과 심오한 결론을 내릴 때의 침착성이 그의 작품에 예술 작품적인 특질을 다분히 부여하고 있다. 〈종의 기원(The Origin of Species)〉(1859)과 〈인간의 자손(The Descent of Man)〉(1871)에서 그는 인간의 기원에 대한 여러 개념을 해명하였는데, 이 학설은 정통적인 종교 사상에 도전하는 것이었으나 어느 정도 용납되었다. 그는 자신이 이룩한 연구 과정과 결론을 대단히 조심스럽게 진술하였다. 그의 예술성은 주로 이 점에 존재하는 것이다. 문체도 문체지만 그보다도 더 중요한 것은 그의 사상의 중대성이었다. 사상의 중대성은 또한 헉슬리(Huxley)의 간결하면서 질긴 산문 속에 강조되었다.

다윈과 헉슬리는 둘 다 19세기 초엽의 정치철학자들보다 산문 작가로서 더 효과적이었다. 사상사로서의 이 급진 철학자들은 그들 나름대로 독특한 중대성을 지니고 있다. 왜냐하면 그들은 19세기 영국 사상의 중요한 배경을 이룩하면서 불가분리의 관계에 있는 두 개의 개념, 즉 개성과 방임주의를 전개시켰기 때문이다. 문학의 척도에서 보았을 때 그들의 작품은 매력이 적다. 제레미 벤덤(Jeremy Bentham, 1748~1832)의 문장은 깨끗하며, 그렇듯 복잡한 내용을 다루는 솜씨는 칭찬받을 만하다. 그러나 그의 매력은 그것에 그치고 만다. 맬더스(T. R. Malthus) 역시 인구론에 관한 그의 사상만은 높이 평가받을 만하나 미학적인 쾌감은 그의 작품에서 찾아볼 수 없다. 존 스튜어트 밀(John Stuart Mill, 1806~73)의 경우 역시 마찬가지인데, 그의 작품 〈자서전(Autobiography)〉은 문체면에 있어서 앞선 사상가들보다 아주 매력적이다.

정치철학자들이 지니고 있지 않던 문장의 매력적인 묘미는 토머스 배빙턴 머콜리(Thomas Babington Macaulay, 1800~59)의 산문 속에 흡족하게 나타났다. 그는 논문을 구성할 때면 빈틈없이 치밀하고도 명확하게 신념을 내세우는 정신을 항상 발판으로 삼았다. 이 사실은 모든 타협을 거부하는 단순성으로 그의 테마를 천명케 하였다. 이렇듯이 윤곽을 반석 위에 규정지은 다음에 인유(引喩)라든가 회화적인 치밀한 묘사 따위의 모든 솜씨를 동원시켜서 그 윤곽을 장식하였다. 이와 같은 수법에 따라 그는 베이컨, 존슨, 워렌 헤이스팅스 등의 연구 논문을 썼다. 그런데 무엇보다도 단순성을 위하는 문장 격식이 건전한 한은 이 수법은 놀라울 만큼 효과를 발휘한다. 논문들이 서슬진 것은 말할 것도 없지만 머콜리의 주저서인 〈영국사(History of England)〉(1849~61)가 지닌 확고부동한 가치와는 비교가 되지 않는다. 이 작품은 한낱 휘그 당의 정책을 정당화한 것에 지나지 않는다는 이유로 가끔 무시되기도 했지만, 머콜리가 지닌 탁월한 세부 묘사 솜씨와 긴밀히 연관된 안전한 짜임새로 되어 있다. 이 작품에 앞선 수많은 영국 작가들 중에서 이 작품에서처럼 영국의 생활을 명료하게 그려 낸 사람은 일찍이 없었다. 머콜리는 영국사를 쓰는 데 직접적인 선배는 없었지만 과거를 상상적으로 다루는 점에서는 어느 정도 스콧으로부터 배웠으며, 형식을 다루는 능란한 솜씨는 기번에게서 배웠는지도 모른다.

19세기는 프로우드(Froude), 레키(Lecky), 헬럼(Hallam) 등 수많은 역사가들을 배출할 수 있었다. 이들 중에서 가장 독창적인 역사가는 토머스 칼라일(Thomas Carlyle, 1795~1882)이다. 그는 역사를 한낱 교훈 방식의 하나로 사용하였을 따름이다. 그는 장황한 여러 저서를 통하여 자기의 소신을 세상 사람들에게 말하였다. 이 수많은 책 중에서 〈의상 철학(Sartor Resartus)〉(1833~4) 〈영웅과 영웅 숭배(On Heroes and Hero-Worship)〉(1841) 〈과거와 현재(Past and Present)〉(1843) 등이 유독 인상적이다. 그는 또한 일련의 역사 연구 논문을 썼는데, 가장 시간적으로 앞선 작품인 〈프랑스 혁명(French Revolution)〉은 1837년에 그의 명성을 높이 떨치게 하였다. 독자가 이 책을 읽을 때 사상성에서 감명받기도 전에 문체에서 감동되는 바가 클 것이다. 이 작품을 이룩한 문장들은 낱말 하나하나가 마치 세상에 대하여 분노를 터뜨리기나 하는 듯이 뒹굴고 튀기는 폭포수를 이루어 쏟아져 나온다. 이러한 문장이 발휘하는 효과는 희극적인 풍자에서 멋진 웅변에 이르기까지 다각적이다.

언어를 가지고 항상 독자들을 놀라게 하려고 시도하던 영국 소설가 스턴(Sterne)과 독일 철학자인 피히테(Fichte)를 연구하는 것을 칼라일은 즐겼기 때문에 그가 타고난 재능이 그것에서 도움받는 바가 컸다. 칼라일은 독특한 산문으로 자기 만족에 빠져 있던 그의 시대를 일깨우려고 시도했다. 그는 합리성을 신임하지 않는 유달리 파격적인 신비 사상을 지니고 있었으며, 공리주의자들의 물질주의에 반항하였다. 그는 개인이 생활의 중심이며, 〈의상 철학〉에 나타나 있듯이 그 개인은 모든 소극성과 의혹을 극복한 다음 신앙과 적극성 속에 자기 긍정을 해야 한다고 생각했다. 이렇게 함으로써만이 오직 사회의 부패가 저지될 수 있다는 것이다. 그리고 칼라일은 극치에 달한 개인 속에서 '영웅'의 신비로운 자태를 발견한다. 그는 설교자일는지 모르지만 동시에 역사가였다. 한낱 어떤 사건을 지지하기 위하여 증거를 악용하려고 하지 않는 역사가였던 것이다. 그는 과거를 현재에 생생하고도 치밀하게 되살릴 수 있는 방법을 낭만 사상에서 배웠다. 이런 방법이 프랑스 혁명과 크롬웰의 연구에 이룩되어 있는데, 프레드릭 대왕(Frederick the Great)에 관한 장황한 작품에는 그 방법의 효과가 덜 성공적이다. 오늘날 우리들은 그의 가르침에 접근하는 태도가 적이 소극적인 것 같다. 그 까닭은 우리들이 칼라일의 낭만 사상이 지닌 반(反)지성적인 경향을 불쾌할 만큼 자주 보아 왔기 때문이다. 그러나 모든 시대는 제각기 예언자를 필요로 한다. 그런데 칼라일이 19세기에 준 예언적인 사명은, 인간이란 기계적으로 지배될 수 없는 것이며 또한 한 국가의 회계 검사와의 관련만으로는 도저히 살 수 없다는 것이었다.

칼라일은 자기 착상적인 이론으로 영국을 한결 정신적인 생활에 뒷걸음질시키려고 애썼다. 이외에도 여러 사상가들이 수단 방법은 다를망정 칼라일과 똑같은 사명에서 옥스퍼드 운동을 통하여 영국 교회의 혁신 운동이라든지 또는 로마 카톨릭 운동을 눈부시게 전개하였다. 이들 중에서 가장 매혹적인 인물이며 가장 뛰어난 산문가가 존 헨리 뉴맨(John Henry Newman, 1801～90)이었다. 그는 대단히 감동적인 수법으로 그 자신의 정신사를 〈그의 생애를 위한 변호(Apologia pro Vita Sua)〉(1864)에 기록하였다. 그는 위엄이 있고도 탄력성 있는 산문의 대가였으며, 그의 정신은 정서에 움직이기는 하였지만 세련된 지성의 훈련을 받고 있었다. 이와 같은 여러 특질로 인해 로마 카톨릭교로의 개종은 그의 기록문에 영원히 매력을 느낄 만한 인간미를 띠게 되었다.

19세기에 불만을 느낀 여러 작가들 중에서 존 러스킨(John Ruskin, 1819～1900)은 유독 부피 큰 여러 저서로 자기 의견을 발표하였다. 〈현대 화가(Modern Painters)〉(1843～60)에서 그는 터너(Turner)의 예술을 옹호하였고, 그가 마음속에 거의 종교의 대치물로 생각했던 미학 철학을 구성하였다. 〈건축의 일곱 개 등불(The Seven Lamps of Architecture)〉(1849)과 〈베니스의 돌(The Stone of Venice)〉(1851～3)에서 그는 그의 가르침을 불행히도 오해하고 있던 세대에게 건축의 원칙을 자세히 설명해 주었고, 고딕(Gothic) 건축물을 유독 찬양하였다. 그는 그의 예술 이념에 발판을 두고 있던 기예가들에게 이끌려 갔다. 그런 다음 당시의 저속한 상업주의를 주시하고 이 상업주의를 〈이 뒷사람들에게(Unto this Last)〉(1862)에서 맹렬히 공격하였다. 후기에 속하는 단편 작품들 중에 〈포르스 클라비게라(Fors Clavigera)〉(1871～87)라는 노동자에게 주는 편지집과 그의 자서전인 〈지난 일들(Raeterita)〉(1885～9)이 있다. 러스킨이 말한 바는 이제 와서는 대부분 긴박성을 잊고 말았다. 그리고 그가 살아 있을 때만 해도 자신의 견해를 여러 번 변경하였으나 중심 테마만은 아직까지 남아 있다. 그는 장인들의 작품을 훌륭한 예술 작품으로 높이 평가하였고, 기계 시대의 저속한 다량 생산에는 반대하였다. 그는 상업적인 사회가 의존하고 있는 모든 밑받침에 대하여 은근히 도전하였다. 그의 이러한 영향은 윌리엄 모리스(William Morris)와 비교적 이름이 없는 여러 후계자들에 의해 살아 남았다.

러스킨은 그가 지닌 모든 힘과 직관에도 불구하고 약점의 요소를 어느 정도 지니고 있었다. 그의 작품을 읽으면 마치 어떤 사람이 끊임없이 외치는 것을 듣는 기분이다. 하도 요란해서 그가 부르짖는 이론이 요점에서 이탈할 지경이다. 사실상 그의 산문은 때로는 웅장한 의상을 입을 수 있으나 그 웅대성이 기껏해야 독자를 억누르는 효과밖에 주지 않는 것 같다. 그의 자서전에서 엿보이는 침착한 글솜씨는 앞선 몇몇 작품들의 진한 수사(修辭)에서 빠져 나오고 있다.

매튜 아놀드(Matthew Arnold, 1822~88)는 19세기의 영국 비평 문단에 그가 지닌 강력한 지성의 모든 밑천을 제공하였다. 그는 영국민을 편협한 종교의 도그마와 굳어서 낡아빠진 도덕률에 지배되는, 게다가 문학 취미에는 더할 나위 없이 천박한 무식쟁이 백성으로 보고 있다. 그의 이런 공격은 논리적인 결론까지 가고 있지 않으며 가치 관념에 있어서 변화가 많다. 종교에 대한 그의 의견은 음산하고 병적이나, 그가 문학에 대해 언급할 때면 예술 작품이 판단되는 여러 표준을 전개하려고 한다. 그런데 그의 이러한 문학 비평의 태도는 19세기에서는 처음 보는 일이었다. 그는 자신이 살던 고립된 시대에 유럽적이며 대국적인 견지를 도입하였고, 두고두고 기억할 만한 문구를 멋지게 만들어 내는 솜씨로 인해 그가 내세우려는 사상은 한결 매력이 커진다.

월터 페이터(Walter Pater, 1893~94)는 러스킨을 연구한 문인들 중의 하나이다. 그가 러스킨을 연구한 목적은 자기 자신의 결론을 짓기 위한 것이었지만, 러스킨은 예술을 종교로 만들었고 페이터는 예술 그 자체를 목적으로 삼았다. 〈문제부흥사 연구(Studies in the History of Renaissance)〉(1873)에서 희한하게 고운 산문으로, 경험에 있어서나 예술 작품에 있어서 미의 추구야말로 인생에서 얻을 수 있는 가장 만족스러운 활동이라는 그의 신념을 표시하고 있다. 이와 같은 가장 유익한 경험 추구는 〈향락주의자 매어리어스(Marius the Epicurean)〉(1885)에 소설 형식으로 나타나 있다.

문학과 그 밖의 예술에 대하여 그만이 지닌 감각적인 비판 태도는 일련의 수필 속에 엿보이는데, 이들 수필은 그가 말하는 미의 원형을 재건하려는 것 같다. 그의 철학 한계는 너무나도 명백하다. 왜냐하면 그는 사회적·도덕적인 책임 관념을 모두 일축하고 있기 때문이다. 그러나 그가 자기 견지를 묘사하는 산문은 정확한 진술과 어쩔 수 없는 매력을 아울러 지니고 있다. 칼라일에서 아놀드와 러스킨에 이르기까지 위대한 19세기 산문 작가들은 저마다 당시의 여러 문제에 관여하여 왔다. 그런데 이와 같은 문제를 그는 거부하고 있다. 이것은 마치 시에 있어서 라파엘 전파(Pre-Raphaelites)의 문인들이 시대 문제를 외면한 것과 좋은 비교가 된다. 이리하여 페이터와 함께 19세기의 산문은 막을 내렸다고 말해도 좋을 것이다.

현세기의 산문에서 가장 흥미진진한 발전은 쇼의 극과 조이스의 소설에서 찾아볼 수 있다. 이 세기의 다른 산물들은 너무도 부피가 많아서 요령 있게 결론짓기가 매우 곤란하다. 영어의 전통에 어느 정도 이바지한 수많은 유능한 작가들의 역량을 식별하는 것 역시 불가능에 가까운 일이다. 이따금씩 체스터턴(G. K. Chesterton)과 같은 작가는 마치 그가 문체를 사상의 광고 도구로 사용하려는 듯이 산문에 새로운 효과를 강요하고 있는 것 같다.

체스터턴은 광고 시대의 생활 때문에 타락한 시인의 인상이다. 그렇다 해서 그에게 전혀 시인성이 남아 있지 않다는 이야기는 아니다. 힐레어 벨록(Hilaire Belloc)의 산문이 지닌 난폭성의 신선미는 체스터턴의 산문보다 생명이 길지도 모른다. 그래서 그가 몇십 년 전에 보았던 유럽을 읽어서 알기 위하여 그의 수필로 돌아가는 독자들이 많을는지도 모른다. 이들보다 한결 위대한 예술적인 확실성은 막스 비어봄(Max Beerbohm)의 수필에서 찾을 수 있다. 그의 수필은 서슬지면서도 녹슬지 않은 18세기적인 기지를 여전히 보여 주고 있다. 20세기가 진전됨에 따라 우리들은 명백한 몇 가지 이유로 인하여 웅변을 신용하지 않게 되었다. 그래서 영문학의 수사의 표준은 쇠퇴하고 말았다. 오늘날 로이드 조지(Lloyd George)의 초기 연설을 읽으면 별세계에 발을 들여놓은 것 같다. 라디오는 우리들을 모조리 '유행 가수'로 만들어 버렸다. 그런데 윈스턴 처칠(Winston Churchill)만은 웅장한 문체를 지니고 있다. 그의 어떤 웅변은 우리 영문학의 영원한 것의 일부분이 될 것이다. 문장의 수식이 기울어져 가는 대신에 설명이나 토의의 요소가 늘어가고 있다. 이러한 면에는 과학자들의 공로가 상당히 크다 하겠다.

영국 신문에 씌어지는 산문의 수준은 흔히 평가되는 것보다는 훨씬 향상되어 온 셈이다. 어느 정도의 저속성에도 불구하고 오늘날 어떤 통속 신문일지라도 항상 빈틈없이 재치를 부려 글을 쓰고 있는 것을 볼 수 있지만, 이즈음의 신문의 각도에서 볼 때 30년 전의 신문은 다분히 진부하게 보인다. 이렇게 말하면 이의가 나올 우려가 있으니 토의해 볼 필요가 있다. 그렇지만 〈데일리 메일(Daily Mail)〉의 첫호에 실린 사설로 돌아가기만 하면 그런 이의는 해소될 것이다. 그 사설을 오늘날의 신문과 비교해 보면 요즘 신문 기자의 글이 얼마나 질이 저하되었는가를 알 수 있다.

어떤 궁극적인 평가를 하기가 이렇듯이 어려운 판에 확고부동하고 숭고하게 서 있는 20세기의 산문 작가가 하나 있다. 그 작가가 바로 리턴 스트레치(Lytton Strachey, 1880~1932)인데, 그는 〈빅토리아 시대의 위인들(Eminent Victorians)〉(1918)과 〈빅토리아 여왕(Queen Victoria)〉(1921) 〈엘리자베스와 에식스(Elizabeth and Essex)〉(1928)에서 어떤 추종자든지 감히 따라오지 못할 만큼 새로운 방식을 전기에 적용했다. 그는 19세기의 경건한 전기의 전통을 파괴하고 처음에는 풍자적인 요소를 육중하게 가미하면서 줄기차게 진실성을 탐구하였다. 그는 사건이 사람보다 더 중요한 듯이 착각하는 환멸의 시대에 속했다. 그리하여 그는 복수하는 의미에서 과거로 돌아가서 영웅적인 인물에 대한 전설을 샅샅이 파헤쳐 낸 것이다. 그가 처음에 프랑스 문학 연구를 하였을 때는 볼테르를 유독 숭배하였고, 18세기의 기지와 합리주의가 그의 정신을 고취시켰다. 〈빅토리아 여왕〉에서 그는 한결 큰 테마를 발견하여 그 테마를 균형 있게 다루었다. 이 작품에서 빅토리아 시대의 부조리는 모조리 폭로되었고, 그 시대의 비성실성은 더할 나위 없이 고요하면서도 날카로운 풍자로 규탄되었다. 그러나 그는 이 작품에, 인물 묘사의 경우에 그렇듯이 완전무결한 짜임새를 부여하였다. 거짓과 위선적인 것에 대하여 회의적인가 하면, 고령(高齡)에 들어서는 여왕에 대해서도 페이소스가 있는 문장으로 공평하게 묘사하고 있다.

간결한 효과를 노리는 점에서 그는 스위프트와 공통점이 있다.

가 스위프트와 공통점이 있다는 사실은, 천 년 이상의 기나긴 전통을 지닌 영국 산문이 배출한 가장 훌륭한 것들의 하나를 지니고 있다는 증명이다.

옮긴이 약력

경성대학 영문과 졸업
미국 캘리포니아 대학에서 수학
서울대학교 인문대학 교수 역임

역　　서
헨리 제임스 ≪아메리카人≫
W. 포크너 ≪聖壇≫

영문학사 〈서문문고009〉

개정판 인쇄 / 1996년 5월 20일
개정판 발행 / 1996년 5월 30일
글쓴이 / 에 반 스
옮긴이 / 고 석 구
펴낸이 / 최 석 로
펴낸곳 / 서 문 당
주소 / 서울시 마포구 성산1동 20—12호
전화 / 322—4916~8 팩스 / 322—9154
등록일자 / 1973. 10. 10
등록번호 / 제13-16

초판 발행 : 1972년 3월 5일 * 잘못된 책은 바꾸어 드립니다